# 读客彩条外国文学文库

熊猫君激发个人成长

LOS GOZOS Y LAS SOMBRAS

# 欢乐与忧伤 三部曲

## ❶ 重归故里

［西班牙］G.T.巴莱斯特　著

李程　译

GONZALO
TORRENTE BALLESTER

河南文艺出版社
· 郑州 ·

豫著许可备字-2022-A-0074

## 图书在版编目（CIP）数据

欢乐与忧伤. 1, 重归故里 /（西）G. T. 巴莱斯特著；
李程译 . —— 郑州 : 河南文艺出版社 , 2023.8
（读客彩条外国文学文库）
ISBN 978-7-5559-1471-6

Ⅰ . ①欢… Ⅱ . ① G… ②李… Ⅲ . ①长篇小说 – 西班
牙 – 现代 Ⅳ . ① I551.45

中国版本图书馆 CIP 数据核字 (2022) 第 244384 号

## 欢乐与忧伤 1：重归故里

著　　者　［西班牙］G.T. 巴莱斯特
译　　者　李　程
责任编辑　王淑贵
责任校对　李亚楠
特约编辑　张敏倩　王　品　武姗姗
策　　划　读客文化
版　　权　读客文化
封面设计　梁剑清　陈艳丽
出版发行　河南文艺出版社
印　　刷　三河市龙大印装有限公司
开　　本　889mm × 1270mm 1/32
印　　张　15.5
字　　数　372 千
版　　次　2023 年 8 月第 1 版　2023 年 8 月第 1 次印刷
定　　价　59.9 元

如有印刷、装订质量问题，请致电 010-87681002（免费更换，邮寄到付）
**版权所有，侵权必究**

致　带给我痛苦最多的人

仔细想来，卡洛斯·德萨来到伯爵新镇[①]，并非造访，实乃回归。人还没到，各种预告甚至预言便纷至沓来，仿佛有意要把这件事大肆宣扬一番。若不是后来当事者本人辜负了如此热情高涨的期待，本该是个皆大欢喜的局面。其实，鼓噪和排场都是多余的。卡洛斯还是个孩子的时候，就离开了这里，或者说是被带走了，如今多年后又重归故里。回来的人永远没有离去的多，况且并不是所有的归来者都算得上是一个人物。有些人带回钱财、汽车和怀表；另一些没那么风光，一顶草帽和一台手风琴而已；大多数人则是一场重病，了此一生。不过所有人，无一例外，都已改变乡音，还喜欢谈论其他的侨民：那些还留在外面的，那些应该回来的，还有那些要么因为运气不佳而羞于归来，要么已经过世、再也回不来的。因此种种，所有这些还乡者便自然聚在一起了。在有集市的日子里，街上少不了他们的身影；如果是俱乐部会员，还常来俱乐部聚会。因为曾经在外闯荡，见过世面，大家对他们都另眼相看；又因为经验丰富，人们会向他们请教诸如选举，或者把新的喷泉修在哪里更合适的问题，要不就是到底有没有必要保留通往拉科鲁尼亚[②]的长途汽车，还是敦促政府尽快修好早已许诺的铁路为妙。然而，卡洛斯既没有去过那么遥远的地方，又没有带回来汽车、怀表，甚至手风琴；要是向他询问修喷泉的事儿，他也只

---

① 作者杜撰的一个西班牙加利西亚地区的小镇 Pueblanueva del Conde（伯爵新镇）。所谓伯爵，指的是费尔南多伯爵，后文中会具体提到。——译者注（若无特殊说明，本书注释均为译者注。）

② 拉科鲁尼亚（La Coruña），西班牙加利西亚地区的重要城市。

会耸耸肩，笑笑而已。

前面说过，他这一趟与其说是到访，不如说是归来，因此这番造势完全没有必要。那些预告和预言纯属多余，不过也要承认这种做法并不稀罕。因为其他一些类似卡洛斯的人，也没有远赴美洲，出生入死地寻找好运，无非都是曾经离去，又纷纷归来。他们中的一些人，几乎谁也不记得了。卡洛斯的父亲费尔南多就是这样，当过国会议员，却一朝归来，结了婚，住在他的乡间祖宅，直到再次出走，谁也不知道他去了哪儿、怎么走的、为什么走的。玛丽亚娜女士也是离去以后又回来，这都是众所周知的陈年往事了。卡洛斯的父亲和玛丽亚娜女士的去留并没有预示什么；而欧亨尼奥·基罗加和后来的胡安·阿尔丹，这两位的归来就颇有些象征意义了。于是，很容易就会说起来：卡洛斯也会回来的。其实很自然，完全不需要这般热议。

第一个让事情变得离谱的，正是卡洛斯的母亲玛蒂尔德夫人。她这么做也不足为奇。人们经常跟她说起卡耶塔诺·萨尔加多，比如，卡耶塔诺干了什么了不起的事儿，多么有钱又有势。她总是回应道："等着瞧吧，等我儿子回来。"有人夸卡耶塔诺长得英俊，她就拿出卡洛斯的照片给人看，虽然儿子其貌不扬，压根儿也不上相。大家因为卡耶塔诺曾经旅居伦敦而羡慕不已，她就把维也纳说成是更重要的城市，伯爵新镇的人谁也没有去过，甚至都没听说过，因为要是说起华尔兹起源于维也纳，大家还以为那是一种面包呢[1]。当玛蒂尔德夫人展示出印有宫殿、教堂和公园的明信片时，那些认为维也纳是家面包房的人，都张大了嘴惊叹道："啊！面包居然是从那里来的！"

可怜的玛蒂尔德夫人，念叨了好几年她儿子将要归来，几乎用这

---

[1] 维也纳面包是西餐中常见的一种面包。

个来恐吓别人，却到死也未能如愿。不过，她确信卡洛斯终有一天会回来的。遗嘱的每项条款也都把这当成确信无疑的事儿。卡洛斯若是留在国外不归，或者不先回伯爵新镇就直奔马德里，那他就真成了不肖子。甚至连玛蒂尔德夫人栖身的墓地都只是临时的，等着儿子为她选择最终的位置！唉，连死后的事情都这么操心！

用卡洛斯归来的名义来恐吓别人，这可是真的。伯爵新镇的事情，虽然说不上尽善尽美，但还不至于非要诉诸威胁。的确，卡耶塔诺是这里的主宰者，可毕竟总要有人做主啊！要是所有的母亲都觉得自己的儿子应该是发号施令的人，那她们之间可有好戏看了！玛蒂尔德夫人气不打一处来，换了别人也一样：上了年纪的女人都这样。另一方面，她生气也不是没有道理。从前，发号施令的向来都是丘鲁乔家族的人：姓德萨或者萨米恩托、阿尔丹或者基罗加。家族以外的人得势，这还是头一遭。可是，这家伙得势，靠的是征服而非继承；凭借的是金钱的力量，而不是无偿的赐封；他仗着自己的蛮横称霸一方，谁也不敢动弹。关于卡洛斯归来的预告和预言把镇上的人分成了两派，尽管为时不长。"我儿子就快回来了，你们都等着瞧吧，他会把所有事儿都摆平的。"玛蒂尔德夫人不停地念叨。有人把这话从她家带出来，口耳相传，于是威胁有了反响，分裂也有了支持者。总有不少爱好新鲜事儿的人、到处惹是生非的家伙和沉默的不满者，对他们来说有任何一次机会都是好的，哪怕只是改换主人。有人在他们左边的肋骨上揍了一拳，他们就找人来打自己的右肋，还兴高采烈的。

从欧亨尼奥·基罗加悄无声息地归来算起，已经快二十年了。有一回，他想给一个年轻女人画裸体像，结果闹得满城风雨。后来他进了修道院，当了教士。谁也不会指望他能把萨尔加多一家赶下权位，更甭说让他们销声匿迹了。而胡安·阿尔丹回来时名声如此之差，以至于当他开始宣扬无政府主义那些思想时，大家都不理睬他。这二位都在布道，一个在教堂里，另一个在酒馆里，不过没有人把他们说的话当真。伯爵新镇固然成不了省会，也成不了地方重镇，但俱乐部里还是不乏有学问、有见地的人。比如教师利诺先生，资深的共和派人士，或者卡斯托先生，曾在布宜诺斯艾利斯担任过"伯爵新镇同乡会"主席，如今虽然定居拉科鲁尼亚，夏天还是常来伯爵新镇。还有其他一些人，这还没算上卡耶塔诺。

面对这般形势，玛蒂尔德夫人本该闭上嘴了。可她非要说，这就是她的不对了。那些玩牌输了的人，变成了卡洛斯的支持者，仅仅因为卡耶塔诺总是赢家。那些失去了顾客的店主们，也都投奔卡洛斯，无非是因为卡耶塔诺的造船厂是富甲一方的大生意。那些女孩子长得漂亮的人家，纷纷转变立场，正是因为卡耶塔诺已经睡过或是迟早会睡了他们的女儿。其他一众人等也都如此。谁也不知道究竟在盼望什么，以及为了什么。如果卡洛斯是位工程师或者富豪，那还算合乎情理，可他只是一个精神病医生，仅此而已。作为精神病医生，无论是在维也纳还是在圣地亚哥·德·孔波斯特拉[1]学成的，都是一个样。或许能治愈几个呆傻痴茶的病人，但要调理好伯爵新镇，可是另一码事，绝对不容易。眼下，谁想主宰伯爵新镇，一定要钱多、胆子大。

玛蒂尔德夫人用她的方式来描述儿子，听众们则以自己的方式来解读，而到了人群不同的圈子里，大家都凭借各自的好恶来添油加醋。可想而知，故事会变成什么样儿。在玛蒂尔德夫人口中，由于她的编造，儿子的形象有些近乎奇迹了，于是大家都把卡洛斯当作包治

---

[1] 圣地亚哥·德·孔波斯特拉（Santiago de Compostela），西班牙加利西亚地区首府，下文有时简称为"圣地亚哥"。

百病的神医，既擅长提胛疗法①，又能驱魔治病。对于后者，神父们颇为不满。因为历来病人们要想把魔鬼从身体里逐出，都需要虔诚地沿着溺湾右岸前往圣安德列斯隐修所。如果有了卡洛斯，无须烦劳圣徒就能把魔鬼从体内赶出，那修道院可要关门大吉了。于是从神父们那里传出了卡洛斯擅行巫术的说法。胡里昂神父跟利诺先生争论的那天，利诺表示支持卡洛斯和科学，而神父则回答道，除了我主上帝和他的圣徒们，只有魔鬼才能治病；要是卡洛斯也能的话，那他的医术一定跟魔鬼有关。那一回，支持利诺先生的人很少，人们更倾向于胡里昂神父。如果说，以前卡洛斯的名声还有些模糊不清，从那时起他就具体化身为科学魔法师了。有些人没准儿盼望着他出现时会身穿绣着星星的黑色长袍，头顶锥形尖帽，手持魔法杖。不过，无论以何种方式，挑起分裂的这一派人毫不怀疑卡洛斯会推翻卡耶塔诺，统治伯爵新镇。

　　欧亨尼奥神父也掺和了进来。自打皈依宗教后，除了复活节期间留在修道院里，欧亨尼奥神父每个礼拜天都会来主持福音布道。传闻卡洛斯将在圣诞节时回来，于是大概在一个月之前，欧亨尼奥神父就开始站在讲道台上发出预言，尽管没有提到卡洛斯的名字，所有人还是都从一开始就知道他指的是谁。"那时候，他们将要看见人子带着极大的权能和荣耀，从天上的云彩中降临。"②人们相互对视，胡里昂神父坐在圣台所上半睡半醒，此时连忙抬起头来，吓了一跳。让他心惊的是欧亨尼奥神父说这话时的语气。后来大家知道了，这句话其实是福音书里的。接下来的那个礼拜天，欧亨尼奥神父高呼了另一句：

① 西班牙加利西亚地区的一种提拉肩胛的偏方。

② 出自《圣经·马太福音》24：30。

"主啊，让我们的心激动起来吧，为迎接你唯一的圣子铺平道路。"
接着评论了一番，然后就一心讲起了希望与救赎，仿佛卡洛斯到来
时会平分土地、治愈肺痨病人，以及让我们所有人平等地活在世上。
那个礼拜天之后，人们都既躁动不安，又沉默寡言。虽然没几个人开
口，不过大家相互看一眼就都心领神会了，跟共和国①来临的那会儿
差不多，谁也不敢明着说，但只言片语就足以传递心中的希望。如果
说盼望卡洛斯归来也是同样的情形，恐怕是因为共和国成立不久，人
们还不太满意，觉得卡洛斯会带来共和国没能给予他们的东西：这都
要怪那些轻易许诺而后又无法兑现诺言的家伙们。第三个礼拜天，
欧亨尼奥神父说到"先驱"时便开始详细描述他的模样，我们大家都
发现其实他是在形容胡安·阿尔丹，又高又瘦，跟神父本人一个样。
而当他讲到先驱的门徒时，实际上指的是那些渔民，因为阿尔丹总是
在酒馆里向渔民们宣传社会革命那一套。那时候，这股激情还没传到
酒馆里，不过虽然渔民们不去听弥撒，但也少不了有人跟他们提起那
次布道的内容，于是大家都兴奋不已。他们高兴，是因为有人惦记着
他们，哪怕是欧亨尼奥神父。阿尔丹那天则向他们宣传说，没有无产
阶级，新世界就无法存在。最后，第四个礼拜天，神父多次重复道：
"主就在呼唤他的人身边，在所有真心呼唤他的人身边。"并解释说
从前基督徒们打招呼时会说"我主归来，我主降临"，而对基督徒来
说，上帝终将真正地归来，而现在就要降临到伯爵新镇。随主一同
到来的，还有他的天国和他的正义。对此，卡耶塔诺不得不采取行动
了。他在俱乐部里说，欧亨尼奥神父疯了，如果继续这样下去，必须
跟政府官员好好谈谈了。利诺先生在此之前一直保持观望，主要因为

---

① 此处指西班牙历史上的第二共和国，于1931年成立。

卡洛斯是研究科学的人，现在他也转投卡耶塔诺了，理由是不愿意跟那些蛊惑人心的家伙们为伍。这番话在俱乐部里引起了巨大反响，要知道利诺先生一直对卡耶塔诺怀恨在心，因为他老婆几年前曾经跟卡耶塔诺有过一腿。俱乐部的会员和其他德高望重的人看到利诺先生为了信念而摒弃前嫌，不禁对他肃然起敬。那天下午，利诺老师在"三人斗"①牌局中赢得格外起劲，一半是因为他运气好，先后两三回便凑齐了"宝剑——百搭——棒槌"②；另一半则是因为其他人都让着他，以此来回报他的牺牲精神。几天后，他的大儿子，一个游手好闲的混子，进了造船厂的办公室里工作，领一份学徒的薪水，这当然是卡耶塔诺本人的善意之举。其实，卡耶塔诺早先没这么做，主要是利诺先生的错，因为卡耶塔诺对待女人一向还是不错的，造船厂里尽是他那些情人们的父亲、兄弟和丈夫。利诺先生当初因为他妻子的事儿大为光火，公开与卡耶塔诺闹翻，他觉得自己有一份国家发的工资，可以保持独立。而当共和国来临后，为国家工作就像是在对抗卡耶塔诺。然而，卡耶塔诺游走各方，悄悄放弃了对国王的忠诚，在选举前不久，他命令所有工人都投票给共和派，自己摇身一变成了社会党人，并趁机撵走了那些他不喜欢的市政委员，又把利诺先生置于前途未卜的境地。他们二人之间的误会实在令人遗憾，所有人都为之惋惜。也有人劝利诺先生——至少传言是这样的——卡耶塔诺睡了他老婆的事儿，其实过错都在他老婆本人。幸好，卡洛斯的归来，或者说是欧亨尼奥神父的胡言乱语，令这两个男人重归于好了。那些明智的人也都松了口气，因为如果利诺先生加入分裂派，那可是件挺别扭的

① 一种西班牙传统纸牌游戏。

② 西班牙纸牌与英美式扑克牌不同，四种花色分别为金币、圣杯、宝剑和棒槌。这里所说的组合是一手很厉害的牌。

事。要知道，平安夜之前的那些日子，天气很糟糕，两条搭载着船员的船都失事了：一条船撞上了峭壁，另一条沉到了只有上帝才知道的什么地方，了无踪迹。这种悲伤的气氛助长了各种不理智的言行，特别是在那些遭受不幸的阶层或是害怕灾祸重演的人群中间。好在降临节①的第四个礼拜天风向转为西北了，随之而来的是雾天和毛毛细雨，气温上升了一些，海面也平静了。然而，心灵中的暴风雨则需要更长的时间才能平复。那阵子，人们带着一种劫后余生的兴奋，神志有些迷惑，就像传教士来的时候用地狱恐吓大家所引发的喧闹。赶上捕鱼收成不错，酒馆老板们便大卖葡萄酒。不过，在所有这些地方，卡耶塔诺都安插了探子，仔细记下来谁都说了些什么。结果，造船厂一下子解雇了十来个工人，说是叛徒。

没人能弄清楚玛丽亚娜·萨米恩托在这场喧嚣中所起的作用。玛丽亚娜女士跟卡洛斯只是勉强沾边的亲戚。然而，自从玛蒂尔德夫人去世后，她就一直给卡洛斯写信，替他管理田地，并收取微薄的租金。欧亨尼奥神父从不跟她说话，这是明摆着的。她在礼拜天听神父布道时经常打瞌睡，大家都看在眼里，算不上新闻了，因为她一向如此。她也没跟任何人说过卡洛斯什么时候回来，不过，从某天她去卡洛斯祖宅以及在那里待的时间长短便可以推测出一些端倪。她在房子里走了个遍，还命人打扫干净，归置整齐。但是，这房子没办法拾掇好，哪怕找三十个女佣连干十五天也不行。因为真正需要的不是三十个女佣，而是三十位泥瓦匠和木工，以及几个月的工期。所以，玛丽亚娜女士干脆将宅子锁好，在自己家里安排了一个房间给卡洛斯。这事儿发生在卡洛斯回来之前一周左右，消息是从"母驴"奥萝

---

① 按照天主教习俗，降临节指的是圣诞节前的四周，从最接近 11 月 30 日（圣安德列斯日）的那个星期天开始。

拉那里传出来的。她是"章鱼婆"曼努埃拉和一个外号叫"公驴"的捕鱼队长所生的女儿——这家伙到处留下孽种。曼努埃拉给玛丽亚娜女士做饭，奥萝拉当女佣。奥萝拉简直忍受不了她的女主人，因为女主人总是强迫她穿黑色衣服，戴燕尾帽，还要系上围裙，跟大都市里的女佣一个打扮，外出上街也不能换衣服，这样所有人都能认出她是女佣。在这一点上，谁都不认为"母驴"有道理，因为每个人很自然都是凭借衣着来体现身份的。问题是奥萝拉和玛丽亚娜女士之间还有别的过节。奥萝拉是在主人家里出生的，当初曼努埃拉怀孕的时候，玛丽亚娜女士待她很好。可后来，奥萝拉十五六岁的时候就开始跟年轻小伙子们约会，晚上偷着出去。玛丽亚娜女士早有提防，狠狠地教训了她一顿，还威胁说如果再这样，就把她们母女二人都赶出家门。在这件事儿上，大家倒是都同情奥萝拉，因为这孩子毕竟有她妈管呢，玛丽亚娜女士既不该干预此事，也没有道德威信，原因是她自己没结婚就生了个儿子，这可是尽人皆知的。一个女人无权指责别的女人犯她自己同样犯过的错。

　　"母驴"简直成了联络家里和街头巷尾的信息员。怎么布置房间，挑选精致的床单和锦缎绣花床罩；怎么向拉科鲁尼亚市订购葡萄酒，包括佐餐酒、瓶装葡萄酒和上好的白兰地；玛丽亚娜女士怎么因为钢琴走调又找不到人调音而着急上火，因为她信不过那个表匠帕吉托，虽然只有他能把镇上这两三架钢琴的音调准。所有这一切和其他更多的细节，"母驴"都一股脑儿地抖搂出来。任何有点儿智商的人都不禁要问，为什么如此大操大办，对卡洛斯这般关爱？说起来，玛丽亚娜女士即便认识卡洛斯，恐怕也记不清他的模样了。卡洛斯十五年前离开伯爵新镇去读大学，先是在圣地亚哥念书，后来去了马德里，最后干脆出了国。这期间，玛蒂尔德夫人去看过他几次，玛丽亚娜女士则从没见过他。他们之间的书信往来应该也是在玛蒂尔德夫人去世后才开始的。

这一切的背后，一定隐藏着什么秘密，但凡有点儿头脑的人都难免要揣测一番。因为很明显玛蒂尔德夫人憎恶玛丽亚娜女士，近三十年里她们也就见了两三回面，还发生了口角。为什么卡洛斯离开后就一直没回来呢？就算维也纳太遥远、路费太贵，那圣地亚哥就在附近，马德里也没远到哪里去啊。母亲去探望他，花销也是一样的。卡洛斯其实可以在放假时回到家里，跟母亲在一起，是个好儿子都会这样做的。有人跟玛蒂尔德夫人说过这个，她却急了，说卡洛斯学业结束前不能回来，她也不愿意让儿子回来。可是卡洛斯大学毕业后，也并没有回家，而是去了维也纳。不过，有些事情起了变化，因为打那时起玛蒂尔德夫人就开始念叨和恐吓："你们都等着瞧，等我儿子回来。"

"都是丘鲁乔家族的事。"人们经常这样简单地概括，就好比说：都是疯子们的事。不过，丘鲁乔家族的人现在和过去都没疯过。玛蒂尔德夫人在各方面都是个很理智的女人，虽然比较高傲。她一直到去世前都在含辛茹苦地供养卡洛斯上学。如果卡洛斯当初留在她身边，玛蒂尔德夫人原本可以留给他不少产业，而不会只剩下一座宅邸和几块分散的田地。玛丽亚娜女士也没疯。不，她才不会呢！可是，玛蒂尔德夫人不让儿子回伯爵新镇，而玛丽亚娜女士，估计连卡洛斯长什么样都记不清了，却准备着迎接他归来，简直像是在对待自己的儿子或是丈夫。针织床单、锦缎绣花床罩，还有走调的钢琴。在俱乐部里，我们大家七嘴八舌地想要弄清楚究竟是怎么回事儿。

"卡耶塔诺先生，您还记得卡洛斯吗？"

"当然记得！他跟我一个年纪，左右也差不了几个月。我们经常一起玩。"

"这么说来，你们是朋友了？"

"朋友，那要看怎么说了……"

卡耶塔诺笑了笑，点燃一支烟。

"您看，我和卡洛斯，还有那个穷鬼胡安·阿尔丹，小时候经常一起玩儿。他们俩都特爱显摆，真让人受不了。好多次，我们爬到城堡的废墟上，他们俩开始召唤伯爵的鬼魂，就是那个天主教双王①下令在广场上处决的费尔南多伯爵。他们假装看见伯爵显灵，跟他说话，又不让我听他们之间的谈话，因为我只是个仆人。"

"仆人，您是仆人？"

仆人！卡耶塔诺竟然被称作仆人！他这个最有钱的人，伯爵新镇的主宰者！


卡耶塔诺比任何人都更加了解丘乔家族的事儿。有时他会透露某个细节，似乎不经意而为之。

卡洛斯·德萨外出读大学的时候，他母亲想把丈夫留下的田地卖给卡耶塔诺的父亲哈依梅·萨尔加多。玛丽亚娜女士从中作梗，制止了这宗交易。

当然，卡耶塔诺从来也不会这样讲。要说他父亲对玛丽亚娜女士言听计从，卡耶塔诺可是绝对不会承认的。

玛蒂尔德夫人没能卖掉自己的地，她跟玛丽亚娜女士也有好几年都不曾见面。那她是从哪儿弄到卡洛斯上学需要的钱呢？如果是玛丽亚娜女士给的，那又是为什么呢？

---

① 天主教双王是对阿拉贡国王费尔南多二世和卡斯蒂利亚女王伊莎贝尔一世的合称。两人于1469年联姻，奠定了西班牙统一的基础。

不，不是。卡洛斯不是玛丽亚娜女士的儿子。她的儿子远在美洲。卡洛斯是玛蒂尔德夫人和费尔南多·德萨先生的孩子，我们大家都是看着他出生和长大的，直到他念完高中后出去上大学。表匠帕吉托虽然疯疯癫癫，记性却是全镇最好的，也许恰恰因为精神不正常，他反而能记住所有的日期，精确到小时：玛丽亚娜女士是什么时候从马德里来，又是什么时候离开的，费尔南多·德萨先生是什么时候结婚的，以及玛蒂尔德夫人是什么时候生的卡洛斯。

玛丽亚娜女士和费尔南多·德萨先生是好朋友，但费尔南多并不是玛丽亚娜女士的情人。她的情人是哈依梅·萨尔加多先生。因此，玛丽亚娜女士的儿子是卡耶塔诺的半个兄弟。

这是大家都知道的，并非刻意诽谤。不过，表匠帕吉托对日期仔细推敲后，并不认可这种说法。这是多年前的事儿了，那个孩子是在二十世纪初降生的。生于国外，后来由一对马拉加托人给他起了名字，在阿斯托尔加①抚养长大。他母亲供他上学，让他当了工程师，后来打发他去了阿根廷。

谁也无法解释这些情况是为什么以及是怎么被得知的。那时的人们跟现在比要傻得多，但还是有一些比较聪明的。没有怀疑的理由。玛丽亚娜女士从前一直住在马德里，父亲去世后才来到伯爵新镇。那时哈依梅认识了她。

她在伯爵新镇逗留了差不多四个月，然后就回首都马德里了。一年过后，有一天她又出现在伯爵新镇，收拾好房子准备留下来。那时孩子已经出生了。她没有带女佣来，因为凡是知道秘密的都有可能说漏嘴。而她自己，当然也没跟任何人说过。人们怀疑，可为什么怀疑

---

① 阿斯托尔加（Astorga）是西班牙卡斯蒂利亚－莱昂自治区的一个城市；马拉加托人是阿斯托尔加一带的居民。

呢？没准儿是哪个女人。女人们总能猜到我们这些男人们所忽视的东西。人们猜测着，流言不胫而走，简直成了一桩无声的丑闻。从前，丘鲁乔家族的男人经常会和农家女子搞出私生子来，但他们家族的女人却从未招来过什么风言风语。由于不习惯或是胆小，谁也不敢议论玛丽亚娜女士。那些年，提起丘鲁乔家族，人们还是蛮敬畏的。他们已然没落了，没钱了，不断出售地产，连恩里克·基罗加也去普通酒馆里喝酒了。但是，尽管不再那么尊贵，出于习惯人们还是很尊敬他们。伯爵新镇的本地人多少还有些奴仆的心态。那时已经用不着找丘鲁乔家族来帮忙让儿子免除兵役了，人们把手中的选票投给出钱最多的人，也知道如果摊上官司，可以直接跟法院打交道而不需要中间人来调停了，但丘鲁乔家族的人依旧是主人。关于玛丽亚娜女士的丑闻只能小声议论：丈夫在床上告诉妻子，女人在厨房里讲给女儿，而女孩子们则在门廊下说给男友听。直到后来，一个叫佩什的加泰罗尼亚布料商人终于有胆量大声地说了出来。

玛丽亚娜女士经常往阿斯托尔加汇款，也常收到从那里寄来的信件。每个月都汇出一笔钱，收到一封信。佩什费了不少劲才说服邮差查出每笔汇款的收款人姓名。为了这事儿，佩什许诺给他在市政厅里安排个差事，并且最终兑现了。得到那个名字后，佩什委托他的朋友——一个常跑阿斯托尔加的推销员，去调查细节和背景。有那么一个星期，佩什成了伯爵新镇最重要的人物。他掌握着机密信息，却不肯告诉任何人。

他可真残忍，或者说真精明啊！他家的商店俨然成了朝圣中心。十五天里他卖出的货比之前一年都多。那些压根儿不想跟他来往的人一下子都成了他的朋友。为了讨好他，俱乐部临时召开了一次理事会特别会议，推选他当秘书。也是为了逢迎他，"圣母玛利亚女子协会"任命佩什的老婆担任出纳。佩什跟市政厅在税务方面有些纠纷，也立刻以令他满意的方式解决了。他家邻居、杂货铺老板是个马拉加托人，因为照看店铺走不开，就派老婆去探这个加泰罗尼亚人的口风。据说，佩什竟然在店铺后间给这个马拉加托人戴了顶绿帽子，而且吃了豆腐也没透露半点风声。"可是，各位先生们，你们为什么觉得我这里有新闻呢？我以人格担保，我知道的并不比你们多！"上帝已经带走了这个可怜的家伙，在另一个世界里，倘若有正义的话，他恐怕正在为生前的行为赎罪呢。那一阵子，伯爵新镇为了好奇心真是付出了惨痛的代价，直到后来才明白佩什不是什么善类。"这个佩什，真是条油滑的鱼。"[①]玛丽亚娜女士的故事帮助佩什淘到了第一桶金，这笔不义之财正在被他的儿女们挥霍掉。要么是因为忍不住了，要么是觉得想要的都得到了，佩什最终捅破了秘密。原来是阿斯托尔加的一对夫妇给孩子起了名字，抚养他长大，而玛丽亚娜女士正是给他们汇去每个月的开销，只差调查出谁是孩子的父亲了。

费尔南多·德萨立即被排除掉了。当玛丽亚娜的孩子出生时，他已经结婚了，等待卡洛斯降生。而在玛丽亚娜回到伯爵新镇之前，费尔南多就出走了，再也没回来。不是说玛丽亚娜不可能跟费尔南多的婚姻以及他的出走有什么牵连，但要说他们两位是情人，没有人会相信。她性格太要强，而他太怯懦了。也没准儿是，但没有人相信，也没有人希望如此，这样的绯闻恐怕不够耸动。丘鲁乔家族里的丑事，他们会就着面包咽到肚子里，自己消化掉。

哈依梅·萨尔加多先生经常去看望她。佩德罗·萨米恩托去世后，玛丽亚娜来到这里继承遗产时，他们就成了朋友。萨尔加多一家

---

① 原文为加利西亚语。佩什（Peix）的名字在加泰罗尼亚语里恰好是鱼的意思。

已经建好了造船厂，那可是桩好生意。哈依梅常去玛丽亚娜家。他早就结婚了，也已经是卡耶塔诺的父亲了，可还是经常来找玛丽亚娜。那时候，正好曼努埃拉开始给玛丽亚娜女士当厨娘，她还没有生下"公驴"的孩子呢。出于应尽的义务，曼努埃拉说了她所看到的情况。哈依梅先生常到玛丽亚娜女士家中，两人一起用下午茶，相谈甚欢。没别的了？曼努埃拉以自己的灵魂救赎起誓，没有过别的事儿。

哈依梅家里闹得很不愉快。安古斯蒂娅斯夫人倒是什么也不缺，可丈夫自从卡耶塔诺出生后就不再跟她一起睡了。安古斯蒂娅斯夫人从前也漂亮过，后来发了福，每天下午都去教堂打发时光，一副郁郁寡欢的样子。星期天她总是去参加九点钟的弥撒，哈依梅则去十一点钟的那场。从教堂出来后，他陪着玛丽亚娜女士，以示尊重。如果哪天早上或者下午，他们在玛丽亚娜准备散步的海滩或码头遇见，哈依梅也会陪她同行，既恭敬又热情，远远超出必要的客套。安古斯蒂娅斯夫人的女佣们说起过家里吵架的情景。有一回，安古斯蒂娅斯夫人气得失态了，冲着丈夫喊道："你为了那个狐狸精抛弃了我！"哈依梅先生打了她。女佣们都说他动了手，虽然没亲眼看见，但听到了女主人的哭声。她和卡耶塔诺一起躲在自己的房间里，孩子也在哭。"你为了那个狐狸精抛弃了我！"

这正是先前缺少的信息。俱乐部里、店铺里、家里，人们都松了口气。无论那时还是后来，都没有可靠的细节能证实哈依梅先生是玛丽亚娜女士的情人、她孩子的父亲。可在道义上，所有人都有十足的把握，既深信不疑，又为之高兴。如果换成丘鲁乔家族的人或者某个陌生的外乡人，情况会截然不同。可哈依梅·萨尔加多是咱们自己人啊！他祖父还下海捕鱼呢，到父亲那一辈才时来运转，从古巴带回来一笔不多的钱。现在，即便是富了，他对待大家还是很谦恭的，尽量不因为有钱而冒犯别人，这在发迹的人当中并不多见。

　　如果哈依梅·萨尔加多跟玛丽亚娜女士上了床，就好比伯爵新镇所有体面的男人都跟她睡过了。要是哈依梅跟她有了孩子，就仿佛我们也都跟她有了孩子。这世界上，正义总是姗姗来迟，但终究不会缺席。几百年来，丘鲁乔家族的男人们随心所欲地弄出许多私生子来。这十来年，每回哈依梅去玛丽亚娜女士家，我们都在想：他会跟她上床。多少个下午，在俱乐部的小圈子里，我们浮想联翩：现在哈依梅肯定在这样干或者那样干！就好像我们自己都在身体力行似的。可惜好景不长，如今所有这些都只剩下了回忆。

　　玛丽亚娜女士的故事还在流传，就像那些在所有节目中都会冒出来的音乐旋律一样。比如《化装舞会》①，任何人都应该知道。每个风和日丽的傍晚，玛丽亚娜女士依旧出来散步遛狗，腰板挺得笔直，"母驴"跟在身后。她散步的时候，俨然一派贵妇人的风度，看上去也的确如此。我们向玛丽亚娜女士打招呼："太太，下午好！"有人甚至更有礼貌地说："愿上帝赐给我们美好的下午。"其实，我们说这话时嘴角都挂着一丝微笑，仿佛想叫她一声"狐狸精"，却把咒骂掩藏在笑容里了。

---

①《化装舞会》(*La Cumparsita*)是一首著名的探戈舞曲。

# 一

　　火车载着卡洛斯·德萨从德国驶来，于上午九点抵达巴黎东站。询问后得知，开往西班牙最便捷的一班列车恰好同一时间从奥斯特里茨站出发。这下他有了将近一整天的空闲，而拜访贡萨洛·萨米恩托不会花费多少时间。寄存好行李，卡洛斯拎着一个小手提箱迈入市区。他估算了一下到以前常去吃早餐的一家咖啡馆的距离，为了打发时间，干脆步行前往。他边用早餐，边要了份报纸来看，了解一下在法国、在全世界，当然还有在西班牙所发生的事情。没有什么新鲜内容。接着，他去了索邦神学院附近一家曾经住过的酒店，订好了当晚住宿的房间。

　　"我十一点左右去。"

　　时间尚且充裕。他走进了一家书店，翻弄了一阵后，买了两本专业书籍。还有一册腰封很醒目的诗集也吸引了他，但他没敢翻看。他思忖着自己对最近两年的法语诗歌不太了解，其实他对同一时期的法国科学也不甚了了。出于对所学专业的道德义务，他买了第三本，是关于脑组织分布的。走出书店，他在地铁里就读了起来。原来是用法语阐述的德国科学，几乎所有地方都比德语讲得更清楚。他想，当初如果自己学的是这些课本，现在应该是个不错的精神分析师了。

　　萨米恩托住在蒙马特区。卡洛斯把他的住址记在了某处。"莫非我把地址弄丢了？"他在衣兜里翻找起来，顿时忘掉了德国的科学和法国的精辟。贡萨洛·萨米恩托为什么会住在蒙马特区呢？现在没什么人还住在那里了。他向一位街警询问那条街在哪里，街警指向高处，在主教座堂附近，广场旁边。"就在画家乌特里约①家边上。"街警补充道。卡洛斯不紧不慢地向上走，时而看看手表。他想掐在十一点钟的时候到达。或许这个时间不太好，但无论如何总会有人告诉他贡萨洛何时在家。认识贡萨洛的人应该不少，他从二十世纪初就住在巴黎了，而那时候艺术家们还都聚居在蒙马特区呢。贡萨洛想必属于那些没有搬走的人。

"如果路过巴黎，麻烦你去看望一下我的表兄贡萨洛。拜访他或许不是什么令人愉快的事儿。这家伙糟糕透了，现在应该已经很老了，而且也从来不是个聪明人。对贡萨洛我是一点儿也不在意的，只是希望你亲眼见见他女儿，告诉我你对她的印象。我想她正在上学，虽然已经二十来岁了。有可能的话，你最好跟她见个面，聊聊。"玛丽亚娜女士在信里是这么说的。

终于找到了那所房子，它矗立在斜坡上，面向着巴黎。那地方还挺优美，向下俯瞰，整座城市在一片红色雾霭中依稀可见。敲门之前，卡洛斯观赏了片刻。或许大家都迁往蒙帕纳斯区是有道理的。蒙马特区居高临下，景色限定了某种画风。

"好吧。可这一切跟我有什么关系呢？"

不过，他还是朝着巴黎多看了几分钟。似乎时间还早，他又踱入了广场。到处都是好奇的美国游客，纷纷坐在广场中央的露天餐位。一个大胡子老头儿用小提琴演奏着《风流寡妇圆舞曲》。卡洛斯会心地微笑起来。若干年前，他第一次来这里时，有人给他讲过，那个拉小提琴的老头儿，看上去在各桌之间转悠，靠演奏维也纳华尔兹来乞讨为生，其实只是假象。"他是一种点缀。蒙马特自由公社给他发工

---

① 乌特里约（Maurice Utrillo，1883—1955），法国画家。

资，给他房子住，同时允许他卖艺乞讨，但他必须保持固有的形象。如果他把胡子剃了，就会被解雇。"蒙马特区总是养着这类怪人，借此留住一份兼具革命与浪漫的独特情调。美国佬们乘坐游客大巴接踵而至，看到这些冒牌的波希米亚范儿艺术家、伪装的妓女和假扮的乞丐后激动不已。"其实还挺值得钦佩的。"卡洛斯暗想，接着再次寻找贡萨洛·萨米恩托的家。

走过户外的石阶和一方天井后就到了门前。这栋又小又旧的宅子，俨然画中风景，太像了，充满了油画的意境。门上垂下一只铁环。卡洛斯拉了一下，远处一个铃铛响了起来。从大门上方、稍稍高过头顶的门房窗口里，一个黑头发、宽颧骨的女人探出身来。卡洛斯报上了贡萨洛·萨米恩托的名字。

"左手，第二个门。"

进门后，石阶依旧向前延续，在黑暗中向上攀升，上方则莫名其妙地一片明亮。

"左手，第二个门。"

"这家伙是干什么的？"之前在街上遇见的人，大多是手艺人的模样。贡萨洛大概是位失意的艺术家，倒也挺符合他经历的时代。谁知道呢！有些人留在了蒙马特区，卡洛斯以前听说过有位来自伯爵新镇的画家，曾经在巴黎生活过，但在他印象中不是萨米恩托家的人。

左手，第二个门，没有门环。卡洛斯敲了敲门，过了片刻仍然没有回应，只得又敲了一回。门缝里透出一股浓烈的煮蔬菜的味道，闻着像是卷心菜或紫甘蓝。房间里有人的动静。一个声音传来，说的是法语："进来，请便。"

卡洛斯进了门。迎面是一条狭窄的走廊和一间敞亮的大房间。走廊尽头，逆光中站着一个男人，腰间系着厨房围裙，底边一角斜着向上翻起来。他并未发问，只是看了看来客，简单而愉快地说了声"噢！"就侧身闪到一旁。

卡洛斯还一直站在门口。

"我找贡萨洛·萨米恩托。"他用西班牙语说。

"没错，没错！我就是萨米恩托。请进，请进，别客气！请进！"

他声音微颤，透出某种惊讶和愉快。卡洛斯走进明亮的大房间，房间没有从走廊处看起来那么大，但还是很宽敞的，两扇窗户高悬在巴黎雾霭的上方。

贡萨洛·萨米恩托侧身站到一旁，伸出手，微笑着。

"您别告诉我您是谁。您一定姓基罗加，没准儿是欧亨尼奥的弟弟或者表弟吧，但肯定姓基罗加。"

卡洛斯握了一下他的手，摇了摇头。

"不，我不姓基罗加，我姓德萨，卡洛斯·德萨。"

萨米恩托收起了笑容。

"那您是伯爵新镇的？"

"那倒没错。"

"我就知道一定是。"

他把卡洛斯推向一把扶手椅，绿色天鹅绒的，相当破旧了。

"我还以为您是基罗加家的人呢。您不认识他？应该认识吧。他就在伯爵新镇。"

"抱歉，我还真不认识他，也不知道他是谁。我十五年以前就离开伯爵新镇了。"

"那您是怎么想到来找我的？如果不是欧亨尼奥，那是谁安排您来的呢？"

卡洛斯解释了因何而来，以及是谁派他来的。显然，对贡萨洛·萨米恩托来说，听到表姐的名字远没有听到欧亨尼奥·基罗加时那样愉快。

"对，对，玛丽亚娜。我没法问您她现在怎么样，因为您也不是从伯爵新镇来的。况且，前两天我还收到了她的信。她每个月都给我写信，然后我把信都转交给女儿。"

他开始解释，赫尔曼妮在诺曼底的一家教会女子学校读书，那是所很好的学校，比巴黎的要便宜些，离得还不算太远。他每周都去一趟，陪女儿一起度过星期天下午。

卡洛斯没太注意听他的话。既然赫尔曼妮不在，此番来访的意义就不存在了。他观察起房间来。家具都很破旧，桌子上铺着钩针桌巾，墙上尽是歌剧名流的照片，是从杂志里剪下来的，嵌在简易的相框里：卡鲁索[①]、安塞尔米[②]、蒂塔·鲁福[③]、康奇塔·苏佩尔维亚[④]等，穿戴样式都是早些年间的时尚。这些旧杂志里剪下来的图片都落满了灰尘，相框内边的衬纸也已泛旧。壁炉一侧的墙上挂着几幅画，居中的是一幅肖像油画，从他坐着的地方看不太清楚。还有一幅旧的圣心像和另一幅很新的宗教画。从一扇半掩着的门里，飘来紫甘蓝的气味。

贡萨洛·萨米恩托坐下时没有解下围裙。这会儿继续在讲他女儿和学校的情况，说赫尔曼妮将要在那里一直念到年满二十一岁。卡洛斯漫不经心但又出于职业习惯地打量着他，考察的结果不怎么好。

---

① 恩里科·卡鲁索（Enrico Caruso，1873—1921），意大利著名男高音歌唱家。
② 朱塞佩·安塞尔米（Giuseppe Anselmi，1876—1929），意大利著名男高音歌唱家。
③ 蒂塔·鲁福（Titta Ruffo，1877—1953），意大利著名男中音歌唱家。
④ 康奇塔·苏佩尔维亚（Conchita Supervía，1895—1936），西班牙著名女中音歌唱家。

忽然，贡萨洛不再继续说他女儿和学校了。

"您知道吗，您来我真是太高兴了！欧亨尼奥·基罗加是我们的好朋友。我们都很喜欢他，他待我们也一向很好。我还以为您是他弟弟呢，因为肯定不会是儿子。欧亨尼奥是二十年前离开这里的，那时还单身呢。他是个好画家。"

他站起身来，似乎有什么事儿，但又立即坐下了。

"您也是丘鲁乔家族的人，对吧？"

卡洛斯不太自信地承认了。

"不管在哪儿我都能认出您是丘鲁乔家族的人，就像二十五年前认出基罗加一样。同属于咱们这个大家族，真是太棒了！"

他的话音里透着几分虚假。这样说好像是有意讨好卡洛斯，假定卡洛斯原本就认同这一点。

"真是个名门望族啊。我们虽然不是近亲，但还是能认出来。二十五年前，欧亨尼奥跟您一个模样，也是高个子，脸上尽是雀斑，头上像顶着一丛胡萝卜。"

他笑了笑。

"我以前也是这个样子，在巴黎，大家都把我当成是苏格兰人。有一天，我在一家咖啡馆里遇见了欧亨尼奥。我们互相看着，我问他：'您是丘鲁乔家族的人吧？'他顿时笑了：'那可不，我当然是了！'从此我们就成了朋友。他作为证婚人参加了我的婚礼，还给我妻子画了一幅肖像。"

他稍作停顿，看了看卡洛斯。

"您想看看吗？"

贡萨洛快步走到墙边，取来一幅油画。卡洛斯双手接过，身体微侧以便让光线照到画上。画得不错，呈现出一种游移不定的风格，仿佛想摆脱印象主义，但又不清楚该变成什么样。

"这是他送给我的最好的结婚礼物了。苏珊死得早，我们没有她别的画像了。"

他收回画，用围裙背面擦了擦尘土，然后把画挂回原处。

"欧亨尼奥是个好画家。我很奇怪一直没有他的音信。他是战争①开始后离开的。他答应我一定会回来，可后来连一封信都没写过，不会是已经过世了吧？"卡洛斯记得小时候听人说起过一位画家，曾经来过巴黎。对，可能就是战争开始那会儿。

贡萨洛继续说起欧亨尼奥、丘鲁乔家族、他妻子以及其他往事。他时不时地瞅一眼手表。卡洛斯无聊之余，观察着他的脸、双手和身体。首先是从生物学角度，然后是从心理学方面，继而是从伦理与社会学层面。他是个过早衰老的男人，身体从来都不是很结实，性格也一样。看起来很胆小，相当不安。他的脸庞精致而脱俗，感觉很尊贵。他给人的印象要比他本人显得更有范儿。

"您女儿呢？玛丽亚娜女士委托我去学校看看她。我能去吗？"

贡萨洛在座椅上往后撤了一下身子，仿佛被这句话吓了一跳。

"不行，这个不大可能！她在诺曼底呢。您要是去的话，就得把回程日期大大推迟了。赫尔曼妮当然会很高兴认识您，不过要见面不太容易。学校的规定很严格，只有学生父母或是由父母陪同的人，才被允许探望学生。我这个星期六之前没法陪您去。"

他又一次起身，走向写字台，回来时手里拿着一张照片。

"我原来想寄给玛丽亚娜这张照片。您能给她带去吗？"

他看人的眼神是多么奇怪啊，充满了恐惧！好像卡洛斯要是说个

---

① 指第一次世界大战（1914—1918）。

"不"字，他就会大难临头。

"我当然可以带给她。非常荣幸。"

"是最近的照片，几个星期前在学校里照的。您看看，这就是赫尔曼妮。"

毫无疑问，他是高个子，身形瘦弱，有些骨感。头发可以猜得出是红色的。大概有二十岁的模样，穿着马裤，手里拿着一根马鞭。不过照片是在巴黎"索邦神学院街二十四号"由摄影师 F. 米耶拍的，贡萨洛没有注意到这一点。

"玛丽亚娜很关照我们，尤其是我女儿，供她上学，自然也希望我们回去跟她一起生活。当然，我们会回去的。我也活不了多久了。"

他又悄悄看了一下手表，眼神顿时一变。

"我得出门了。您跟我一起走怎么样？稍等一下，我去厨房看一眼，再换身衣服。"

等他的时候，卡洛斯在房间里转悠着，好奇地观察了一番。那里应该是有两个人住，呈现出截然不同的两种生活印迹。他走近钢琴，手指在键盘上滑过。乐谱架上，有几首钢琴伴奏的歌谱，是学生唱的歌曲。他坐下来，打开其中一首，用难听的声音哼唱起来，自己弹着钢琴伴奏。贡萨洛走进来，他已经换好衣服，胳膊上搭着大衣，手里拿着一个柳条篮子。

"您会弹钢琴？很正常，咱们家族的人都有些艺术细胞。欧亨尼奥是画家，我以前想当作家。您是音乐家，这也是很自然的事儿。"

他说"咱们"的时候特地加重了语气，有些做作，但也透着自豪。

"我不是音乐家，我是医生。"

"啊！可您弹得真好。"

"我喜欢弹钢琴。"

贡萨洛指了指那些钢琴和声乐曲谱。

"都是我妻子的。您知道吗，她是女高音，或者说本来可以成为女高音的，可惜嗓子得了病……"

他做了个手势，像是说"完了"。卡洛斯不知道他是在说苏珊的歌喉还是指这次见面。两人一起出了门。走下楼梯后，贡萨洛冲着门房的小窗户用法语喊道："太太，我这就回来！"

雨已经下了起来。

"您很快就要动身了吧？"

"明天。"

"啊！这样的话，我就不冒昧请您再来了，想必您在巴黎还有事儿要办。"

"嗯，是的，我还有事儿要办。"

"您可要给我写信啊。如果您再来巴黎，一定要来找我。我会把赫尔曼妮接来几天，好让您认识一下。"

"我一时半会儿不会再来的。"

贡萨洛要去买东西。两人很快告别了。贡萨洛托他问候玛丽亚娜，又说赫尔曼妮人很好，长得也挺漂亮。她是个很出色的姑娘，会让玛丽亚娜喜欢的。

卡洛斯眼见他沿着一条小街向下走去。一旦走远了，后者马上戴好礼帽，披上大衣。一顶灰色的圆顶礼帽和一件多层披肩的斗篷大衣，正宗的条格布斗篷大衣！卡洛斯忍不住笑了，甚至想跟上他，从近处确认一下他真的换了这身装束。在这股恶作剧的欲望的鼓动下，他差点儿就这么做了。不过，广场上的小提琴仍然在为美国佬们演奏着华尔兹，而华尔兹的旋律使他眼前一亮，有如醍醐灌顶：贡萨洛·萨米恩托也是蒙马特区的那种怪人。他大概也从自由公社那里领取一份工资，被允许居住在那所出奇敞亮的房子里，俯视巴黎，条件是他得穿上这身行头上街。他为什么这样做呢？说了那么多谎话，又是为了遮掩什么呢？难道他金屋藏娇，家里有位年轻的情人，所以为她煮菜，为她上街扮小丑，又不愿意被人识破？如果不是这样，那又是什么呢？他心头忽然涌上一阵对贡萨洛怜悯的温情。

卡洛斯迈开步子，顺坡而下，沉浸在思索中。他回想着萨米恩托的话、他家的颜色、圣像画、钢琴和歌剧乐谱、紫甘蓝的气味、萨米恩托的恐惧、谎言和乔装改扮，似乎想要从中找出意义与内在关联来。他没有注意到，就在下坡路的尽头，一个女孩子和他擦肩而过。她一头红发，身材高挑瘦长，活脱脱一个丘鲁乔家族的人。她腋下夹着一个大大的学生文件夹。


卡洛斯很晚才在左岸一家位于河畔码头的餐厅用了午餐，然后一直步行，经过新桥，走向皇宫。他已经忘记了贡萨洛和他的谎言，还有赫尔曼妮，但发生在蒙马特区这所小房子里的有些事情还是萦绕在脑海里，尽管其中的情景与人物都已变得模糊抽象了。他凭借职业习惯，已得出了一些结论，甚至更进一步："他的脸庞精致而脱俗，感觉很尊贵。他给人的印象要比他本人显得更有范儿。"

如果他写信给萨拉·克拉默说"今天我认识了一个算得上半个亲戚的人"，然后详细描述，讲到贡萨洛那张不俗的面孔，萨拉肯定会笑起来，然后立即回复他："亲爱的卡洛斯，你是在背叛我们还是开始背叛你自己了？"接着会补充道，根据正统理论，应该得出生物学、心理学和社会学方面的结论，依照这个次序，并不需要添枝加叶，"你既不是艺术家，也不是通达人际的活动家，只是个想要从弗洛伊德学派转投荣格学派的心理学研究者。"

萨拉对卡洛斯有着特殊的意义。她意味着对维也纳学派①的反叛和移民德国的邀请。她是匈牙利人，隐瞒着自己的犹太人身份，总是宣称希望通过德国的科学来实现对人类的拯救。一天，她出现在卡洛斯的房间里，身穿旅行服装，手里拎着一个小旅行箱。"我受不了了，我要走了。"但还是坐在床边，说了起来。前一天晚上，她和几个同学一起晚餐，庆祝学业结束。他们中的两个塞尔维亚人，讲了他们的职业计划。"卡洛斯，你一定会承认，这两个家伙顶多配得上研究泄殖腔。我可不想变成他们那样。我要去德国。"

她走了。卡洛斯几天后得知了她的情况。"在我工作的这家疗养院里，有你的位置。卡洛斯，这是一种不同的生活，比维也纳更加严肃和纯洁。我知道你永远也不会像那些塞尔维亚人一样，但维也纳是危险的。你这个人太感情用事了，而你的职业修养要求你牺牲掉音乐、诗歌和所有你的那些爱好。这一行讲究的是苦行般的严谨与方法。你来吧！而且，我需要你。"

他必须给萨拉写信。他答应过，到巴黎后除了发电报，还会给她写信。"亲爱的萨拉：我现在在巴黎，几个小时以前刚到的，剩下的大半天我在这里会很无聊。"信可以这样开头，而且也是实情。他走进一家咖啡馆，要了杯白兰地，开始给萨拉写信。

"亲爱的萨拉：我现在在巴黎，几个小时以前刚到的，剩下的大半天我在这里会很无聊。说真的，一切都让我回想起咱们的最后一次旅行。"

为什么要这样开头呢，这不是在说谎吗？卡洛斯一整天都未曾想

---

① 心理学领域的维也纳学派是指以弗洛伊德理论为基础的心理动力学派，包括弗洛伊德、荣格以及阿德勒等人初期的心理学主张。

起她来。或许是某种没有意识到的欲望抑制了他对萨拉的思念。按理说早应该想起她来呀。

"好吧。坦率地说，其实直到现在我才想起你来。今天上午，我在一家书店买了一本关于脑组织分布的书，你应该会感兴趣的。买书的时候，我并没有想到你。我会把书寄给你，因为这书对我来说无关紧要，对你却应该有用。不过，你最好应该知道我不是特意为你买的。现在，我要问自己：为什么没有想起你呢？

"其实，从我们在波茨坦火车站告别后一直到我睡着，那段时间里我的确一直在想你。那时大概火车已经驶过了莱比锡。我醒来后，一段儿时的记忆开始纠缠我。我讲给你，供你分析，看看你能不能找出我的某种情结：我家房子很古老，有个角楼。好多年前，角楼的门一直上着锁。但是当我满十岁的时候，我母亲让人把它封砌上了。为什么呢？我猜，母亲不想让我好奇看到的应该不会是什么'蓝胡子'①的房间。但自从我在火车上醒来，就想要把那堵砌上的墙拆掉，看看角楼的房间究竟是什么样。现在想起来，正是这个愿望从几个月前就开始支配我的行动。我企图蒙骗自己，说服自己，回西班牙是为了照顾好自己的利益——因为自打母亲去世后这里就一直疏于打理——或者争取在某所大学当个教授；要么就开办一所精神病院。这些无非都是借口。事实上，吸引我的是那扇被封起来的门。我没有办法。不过自打前一阵子开始，不知是在什么场合以及为什么，我想起这件事以来，就一直被它吸引住了。你对此怎么看？

"你肯定会觉得我辜负了你。我避免不了这样。仅仅分开几个小

---

① "蓝胡子"是法国诗人夏尔·佩罗童话作品中的主人公。故事里，"蓝胡子"是一位贵族，他不让新婚妻子打开城堡内的一个房间。等他外出后，妻子无法阻止自己的好奇心，打开房间后发现里面吊挂着他前几任妻子的尸体。

时、几公里的距离，咱们所有那些共同计划就不再让我感兴趣了。可我要问，这些东西当初又怎么能让我感兴趣呢？你好好想想：我们一起去巴西，在那里建一所医院。只要身体能够享受快感，我们就一直活着。然后，我们一起自杀。

"你眼光这样敏锐，难道没有发现我并不是很在乎肉体的快乐吗？我对它几乎就像我对这么多年来一直没能学好的这门科学一样无所谓。这让你感到惊讶吗？我也是，但我刚刚发现了这一点。迄今为止，两个女人一直引导我走在不属于自己的道路上。先是我母亲，为了让她高兴，我当了医生；然后是你，不知为什么我成了你的恋人。

"现在我想，你也许有过一些怀疑，因此你一直坚持想要留住我，甚至要把我拴住。我要是接受了那家医院提供给我的职位，而且是你给我找到的职位，肯定会在德国待上好些年，在研究、诊所和你的床笫之间度过。而这三者之中，哪一个是我最不在意的呢？

"我浪费了多少时光，又是何等空虚啊！我已经三十四岁了，还像个靠别人建议来做决定的少年，只是没有任何人能给我建议，而我也无法做出决定，因为并没有选择可言。几个小时以来，我一直让自己处于一种信马由缰的状态。你肯定会为我感到羞愧，我还没有做出任何计划，甚至不知道过几分钟当我写累了以后会干什么。连写这封信都是意料之外的事儿，这些话就更是如此，很可能我并不会把信寄给你。

"有些看上去像是决定的，其实并不是。要么只是个糟糕的选择，要么是因为没有选择。我认为，所谓选择是指有若干事物在不同程度上吸引你，你挑选它们中的一个，放弃其他的。可当我做出不再回去的决定时，我完全不是从本心出发考虑的，那不是我自愿的行为。你和你所意味的一切，仿佛是我身上结的痂，已然脱落了。别以为因此我就感到更加轻松了。不，我还是老样子，只是没有了你。

"这件事好的一面，就是我要去的地方对我来说也同样无关紧要。今天上午，我见过一个既古怪又爱说谎的老头儿，他从某种意义上讲还是我半个亲戚，给我讲了一些家乡的事儿。我将会遇到他所说的那些事情吗？我想知道那扇封起来的门后面究竟有些什么，就像孩子一般好奇。其实，现在冒出来的正是我年少时的兴趣，和那时候完全一样，丝毫没有改变。而且我觉得内心深处还有许多像这样的东西，一直深藏着，没有变质。我也想到如果它们再冒出来，我该怎么办呢？它们要是已经随着我一起成熟了，有我一样的年龄和色彩，那还算正常。然而，岁月并没有改变它们。它们就在这里，毫发无损，令我有些害怕。

"我开始觉得，那扇门不过是一个象征而已，而真正吸引我的是自由。我离开故乡后，从来没有过自由，如果没算错，应该已经十七年了。我母亲从来不让我回去。她每周都给我写信，假期时来看我。她的每封信都是一纸戒律，我只能严格遵守，直到她去世。可她去世的时候，你已经出现了。你和我母亲之间真是有一种奇妙的巧合啊！你们两个人都想改变我，而我对你们的期待却从来都不感兴趣。我至今不知道我母亲的目的是什么，也从来不明白你的真实用意。无论是对她，还是对你来说，我的用处应该并非我的专业，或者说我的专业对你们有某种用处，而我自己根本不知道。所以你就像从前我母亲那样，安排了我的生活。你的戒律相比之下更为严格，也更有排他性。

"因此我怀疑，真正使我疏远你的原因是我想要自由，甚至可以说是一种动物般狂野的自由。那扇封闭的门，给我当初真实存在的自由划定了界限。是因为这样，我才想要打开它吗？或许被掩藏起来的只是一间空屋子，或许自由也像是一间空屋子。

"可是，不管怎样，我需要体验自由。如果说，对自由的渴望一直躲藏在自我意识之下，现在我承认和接受它。我丝毫不了解将要发生什么，但我想看个究竟。

"我知道你会笑的。你不相信自由，也不热爱它。对你来说，自由只是个词语，用来指称一种被科学戳破的虚幻。你要是没生气的话，可以试试用科学的方法来分析一下我的欲望，没准儿能找到一个更准确的词语来定义它。我姑且继续把它称作自由的欲望。我学的科学，跟你的一样，也知道如果我仔细琢磨一下也会找到相同的词语，但我放弃这样做。眼下，我不认为自己是个有意义的研究课题。

"你看，我一开始怀着良好的初衷写信，却写成了这个样子。我本来还没打算给你写，也不该用这种方式，而是应该蒙骗你，不只写一封，而是好几封。首先，我会说很想你；然后，西班牙的事情令我不得脱身。我相信，与此同时你会找到一个合适的人，愿意跟你合作若干年，并且在一切结束时和你一同自尽。这样的人你一定可以找到的。我冒昧提醒你，莫查医生是个不错的人选。他和你一样是犹太人。他很爱你，当你离开维也纳时他很伤心。他不敢去柏林，也不敢背弃弗洛伊德学派的正统理论，但是我觉得他会愿意移民去巴西的。你也应该远走高飞：你对普鲁士人无比崇拜，在他们面前有着强烈的自卑情结，你希望别人把你当成普鲁士人，这些都没用。他们会砍了你的头，或是因为你的名字、你的耳朵和你的脚跟就把你赶出德国，你完全清楚这一点。如果纳粹们哪天闯入维也纳，莫查医生也将面临同样的命运。他必须逃走。他很擅长精神病学，会赚很多钱。而且，在性的方面，他也比我更适合陪伴你。你给他写信吧！

"萨拉，我有些疲倦了。我还可以给你讲很多东西，不过现在打不起精神了。再见！"

　　他把信揣进兜里，付了那杯白兰地的钱，来到街上。已经下起了雨，于是他沿着里沃利大街的拱廊走了一阵，最后走向酒店。经过新桥时，他突然想起来给萨拉的信竟然是用西班牙语写的，不禁迸发出一阵大笑。他把信撕碎，撒落在河中。"我会把那本关于脑组织分布的书寄给她。"

# 二

那天是赶集的日子。长途汽车上开始挤上来许多村妇，手里拎着蔬菜篮子，还有装着猪崽儿的口袋，甚至有个女人要把一头小牛塞进车里。车厢内外，操着本地话的呼喊声此起彼伏，再加上牲畜的哼叫声，显得更为嘈杂。乘客既相互争吵，也跟检票员争吵，谁要敢跟他们作对，准能折腾个天翻地覆。卡洛斯坐在位置最高、没有遮蔽的座椅上，看着这一幕幕闹剧笑个不停。在他右边，坐着一位老妇人，脸皱得像树根，上来后就不停地大声说话；在他左边，则是个年轻女人，蒙在一条厚厚的大披肩里。虽然老妇人一直跟她唠叨，她却一路都不开口。不过，当雨下起来的时候，年轻女人主动让卡洛斯把披肩盖在头上挡雨。直到这时，她才说了一句："先生，您会淋湿的。"

卡洛斯没有接受她的邀请。右边的老妇人插话道："丫头，你给他披上啊。先生，您别客气！"

卡洛斯只好跟她共享披肩，否则她也会淋湿了。披肩盖在两个人的头上，把他们跟外界隔开。喧闹声被挡在了外边，被雨水的声音裹挟着，渐渐远去，直到留下一片寂静。年轻女人长着金黄色的头发，两根辫子垂下来，贴在胸前。

"先生，您是卡洛斯·德萨，对吗？"女孩子过了一会儿问道。

"对。您怎么知道的？"

"先生您别用'您'来称呼我。我叫罗莎莉奥。先生家有一位外号叫'美男子'的佃农，我是他女儿，差不多算是您家的用人。"

"您是说，您住在我家？"

"不，我爹租种先生您家的田地，还有一所小房子。已经好多年了，从我祖父活着时就这样。您旁边那位是我娘。"

原来，让给他披肩并不是出于怜悯，而是对东家的效忠。卡洛斯简直想要掀掉披肩，宁可被雨淋湿。他不太理解这些事儿。

罗莎莉奥一直没有正视过他，说话时也不转头。她讲的卡斯蒂利亚语①有些勉强，口音很明显。卡洛斯注视着她，观察她的侧脸。她看上去很像法国的乡村妇女，颧骨很宽，头发金黄，面颊红润。身上的衣服质量不错，剪裁得像城里的款式，只有披肩和头上系的围巾暴露出她乡下人的身份。领口处，一枚不小的金质圣牌晃动着。她的手也很大，没有因为耕作而变形，也没有因为干活儿而弄脏，而是干干净净的，指甲也剪得很利落。卡洛斯拐弯抹角地问道："那您也耕种我家的田地？"

"我倒是没有，先生，种地的是我爹。我是裁缝。我跟您说了，别用'您'来称呼我。"

她把头从披肩里探出来，跟她母亲说话。她讲的是加利西亚语，卡洛斯听不太懂，但能明白她们在说他。这时候，她母亲插话进来，没少客套一番。自从她妈开始讲话，罗莎莉奥就又恢复到缄默状态。她双手交叉，放在腿上。卡洛斯看见她手腕上戴着一对精致的金手镯，宽幅，样式很新颖。

老妇人开始了一长串的抱怨："田地收成太薄，而玛丽亚娜女士又把租金提高到了每年十五个杜罗②。十五个杜罗啊，先生，就为了租

---

① 西班牙语，这一名称特别用于与西班牙本土其他地方性语言（加泰罗尼亚语、加利西亚语、巴斯克语等）进行区分时。

② 当时西班牙基本货币单位为比塞塔（peseta），一个杜罗（duro）合五个比塞塔。

那几个费拉多①的地和一栋房子！这都是玛丽亚娜女士干的事。先生您过世的父母，他们当初从来没改过租金，自打五十年前起就一直是七个杜罗。"

长途汽车喘着气爬上一段很长的坡路，中间停了两三回。司机从小溪里舀了些水，浇在冒烟的发动机上。他们终于驶上了山顶。这时，罗莎莉奥说："先生，咱们快到了。"

她做了个手势，指向山谷底部。在一片灰蒙蒙的细雨中，伯爵新镇坐落在两条河之间的一座山丘上。右边那条河比较干净；左边的那条则被废渣弄得很脏。两条河汇聚到一起，向前延伸至溺湾，越来越宽，绕过重重山峦，最终消失在远处的茫茫大海中。

他们沿着一条陡峭的公路下行，经过不少急弯。在其中一处，罗莎莉奥碰了一下卡洛斯的胳膊肘。

"先生，您看，那就是您家。"

卡洛斯向那边望去。右手方向，一块巨大的岩石仿佛是用锄镐在海上凿出来的，他家祖宅就矗立在上面，被一些高大的树木半掩着。他看见了角楼的一侧，上面爬满了常春藤。

"您在家里会很冷的。这么长时间没人住了！"

"您去过那里？"卡洛斯有一搭没一搭地问道。

"老夫人去世的时候，我参加了守灵。已经是四年前的事了。"

下坡路结束后，汽车经过一座长桥，然后驶入一条满是穷人房屋的街道，这一侧的房子都背靠着城墙的残垣。路的另一边，是一道石头矮墙，被海水不断舔舐着。窗户里和矮墙边都有人，他们目送汽车经过，车子走远后还盯着不放。卡洛斯没有注意到这些，一阵远方

---

① 面积单位，一费拉多约合四百至六百平方米，不同地区大小不一。

传来的嘈杂声令他有些走神。那声音像是由许多锤子和钻孔机发出的，充满了整个空间。转过一个弯后，听起来更近，也更加刺耳了。卡洛斯问那是什么。

"是造船厂，先生。"罗莎莉奥回答道。说这话的时候，她第一次转过脸来。她的目光和声音中，颇有几分自豪，好像在说：我的造船厂。

汽车抵达广场，停了下来。车顶上和下面的人相互大声叫嚷着。卡洛斯冒着头部被装着小乳猪的口袋碰到的危险下了车。罗莎莉奥没有先走，而是让口袋隔开了卡洛斯的脑袋和她的腿。不过，无意之间，卡洛斯还是看到了，她的双腿很漂亮，长袜和鞋子也很精致，非常精致，不像是佃农家的裁缝女儿穿的。卡洛斯耸了耸肩，想到伯爵新镇或许没有他以为的那样不开化，虽然广场上到处是些近乎呆痴的面孔。这一张张脸都转向他，所有人的眼神也都盯着他，就像在那些乘客制造出来的喧嚣之外，围上了一圈好奇与沉默，又像是一圈希望，不过已经开始有些失望了。这种感觉深沉地持续了片刻。然后，等所有的面孔都笑过了，人们的头又纷纷转了回去。只有一个好像稻草人的家伙还一直瞅着他，那双机灵的眼睛有些斜视，巩膜充满了红色。他衣着褴褛，没有穿大衣，好像有意要把那条绿色的大领带露出来，头上戴着一顶又破又旧的草帽。他个子矮小，羸弱，身材消瘦，双手撑在一根粗大的拐杖上，手指上戴着宽边的金属戒指，在人群中显得格格不入。卡洛斯仓促间做了个紧急诊断：偏执狂。他本想多研究一下，没准儿跟那人打个招呼，但这时一位打伞的女士向他做了个手势，卡洛斯只好丢下了那个疯子。

打伞的女士也显得格格不入。她没有自己打伞，而是由身后的一位女佣为她撑着伞，为了不碍事，女佣把伞举得很高。卡洛斯很快认出来，她就是玛丽亚娜女士。她站得离长途汽车有点儿远，紧贴着一座房子的墙壁，好像在徒劳地寻找屋檐的庇护，脸上的笑容却清晰可见。卡洛斯一时停下了脚步，想起几天前贡萨洛·萨米恩托说过的话。显然，在一连串谎言之间，那句不情愿说出的"咱们"倒是颇有深意，哪怕只是从生物学角度看。站在她面前的玛丽亚娜女士，恰恰属于"咱们"：跟卡洛斯一样，她也是高个子，骨感，一头红发。这模样，正如卡洛斯、贡萨洛、赫尔曼妮，还有卡洛斯被误认成的另一位丘鲁乔家族成员。至少在世界上某个地方，"咱们"一词还是很有意义的。当然，并不是在巴黎：贡萨洛太夸张了；更不是在柏林或者维也纳：对于萨拉而言，卡洛斯无非是个虚弱的红发男人，和其他虚弱的红发男人们没什么区别。可是在伯爵新镇就是另一回事了。

玛丽亚娜女士看见他正在犹豫。她离开雨伞，张开双臂迎向卡洛斯。某种意义上来说，这很正常。可她向前伸出胳膊，脸上洋溢着真切的表情。这又是为什么呢？他们只是这四年间通过书信才对彼此有所了解。要对人产生真正的感情，唯有朝夕相处才行。

"卡洛斯，亲爱的卡洛斯！"

她声音颤抖着。卡洛斯任由她抱着，同时也拥抱了她。他勉强回答着那些语无伦次的问题。玛丽亚娜女士似乎要在一分钟之内了解他三十年的生活。

真是格格不入。那些注视着他们的人群，市场里叫卖的女人，远处和近处的人，都是另一副模样。当然，也都属于另一个阶层：杂乱无章，比比画画，尖声细嗓。他们穿着灯芯绒外衣，系着五颜六色的头巾，操着一口略带哨音和唱腔的加利西亚语，说话急促，让人难以听懂。玛丽亚娜女士步态稳重，低声向他询问着。她不像是卡洛斯想象中略为旧派的乡下女士，而是属于一个已经逝去和被埋葬的世界，但又充满了光彩和距离感。

"孩子，你赶上的天气真是太糟糕了！你怎么会想到坐在车顶？这大冷天的！"

这不是无足轻重的客套话，也不是为了填补空白，而是句句出自真心。

"唉！算不上有多冷，而且这位女士还用披肩帮我遮雨。"

他指了一下还站在长途汽车边上的罗莎莉奥，她正在收拾母亲从车顶抛下来的包裹。

玛丽亚娜女士微微一笑。

"这个罗莎莉奥真会讨人喜欢。"

这两个女人对视了一瞬间。卡洛斯看到，年轻的女裁缝羞怯而顺从地向玛丽亚娜女士问好，然后把脸藏到了披肩里。这过程相当快。随即，对玛丽亚娜女士而言，罗莎莉奥就不存在了。

"咱们走吧。你不用担心行李。"

玛丽亚娜女士挽起卡洛斯的胳膊，推了他一下。女佣把雨伞交给了卡洛斯，跟在他们后面走。

他们沿着一条狭窄而陡峭的小街往下走，两旁尽是货物堆积到门口的小店。玛丽亚娜女士继续问长问短，卡洛斯则一一作答。他们经过时，偶尔会探出一些脑袋来好奇地观望，然后回身对藏在暗处的人评论几句。他们三人走到海边，经过一座长桥后就离开了公路，转入一条沿着海滩铺设的石面街道。

"你还记得我家吗？"玛丽亚娜女士问道。

"不记得了。我连自己家都快不记得了。"卡洛斯一边回答，一边指向对面高处石崖上他家的祖宅，"要不是长途汽车上的那个女孩子指给我，我经过时都认不出来。"

"你家已经破败得不成样子了。你在这儿的期间，就当我家的客人吧。"

卡洛斯不禁战栗了一下。难道玛丽亚娜女士也像他母亲，还有萨拉一样，想要控制他，让他遵守戒律？他下意识地摆脱了玛丽亚娜女士的手臂，从侧面看了看她。她看上去精力充沛，人很聪明。脸廓有些硬朗，不过年轻时可能很漂亮。她的模样很像卡洛斯行李箱中带回来的赫尔曼妮的肖像照。

"我可能不会待很久。这里……"

他做出一个含糊的表情，表示否定。

"这很正常。你在伯爵新镇能干什么呢？我很想听听你的计划。这里简直就是世界尽头。只有我这样的疯老太婆才能在这里生活，不过我还有很多事要做呢。"

他们到了。卡洛斯看到房子后吃了一惊。这是一座很大的建筑，石头工艺的立面，线条很有法国味道和新古典主义风格，布局匀称。窗户都漆成了白色，门厅很宽敞。与房子相连的是一段粉刷过的矮墙，一直延伸到路的尽头，墙头苦物的上面探出几株白玉兰的树冠。这栋房子丝毫没有小地方的俗气，更不用说乡下的土气了。在门厅尽头，内门上的铜饰熠熠闪亮，地上铺着一块巨大的脚垫，两侧的墙上挂着两盏青铜壁灯。

女佣上前打开房门，玛丽亚娜女士轻轻推了卡洛斯一下。里面出来另一位女佣，比较年轻，扶着房门，问候道："欢迎您，先生。"好像之前排练过一样。前厅中悬挂着一面巨大的镜子，卡洛斯看到自己在镜子里显得朴素而寒酸，裤子皱皱巴巴的，灯芯绒上衣也有些褪色了，而旁边的玛丽亚娜女士则显得高雅而老派。卡洛斯顿时感到有些自卑。他身边的一切都显得既华贵又殷实，甚至他记忆中自己的祖宅也无法与之相比。在镜子里，他的形象与玛丽亚娜女士形成鲜明的对比。然而，两人之间除了相貌，还有另一些共同之处。她也往镜子里看了看。

"你跟你父亲一个样。当然他穿得比你更讲究，但你们真的很像。"

"您知道，我都不记得他的模样了。"

"你当然不记得了。你刚一岁的时候，他就……就去世了。"

"他是什么时候去世的？"

他本想补充道：其实您和我都不知道我父亲是什么时候去世的。但还是决定闭上嘴，以免一开始就对玛丽亚娜女士表现出某种不恰当的举止。这会儿，玛丽亚娜女士正在镜子里满脸热情地冲着他微笑。说这些话，肯定是不妥的。

"你的浴室准备好了，还给你收拾好了一个朝向海边的房间。你会喜欢的。你洗澡的时候，行李就该到了。在我家里，你千万别拘束。我这样说不是客套，而是真心的请求。"

当卡洛斯向她道谢的时候，他脸上的表情仿佛在清楚地说：为什么您待我如此周到呢？我对您来说，无非是个陌生人。

"咱们勉强算是亲戚。"她补充道，"可你父亲和我是好朋友，你是这个世界上我唯一在乎的人。"

跟卡洛斯说"你是这个世界上我唯一在乎的人"，可不属于客套话。但对卡洛斯而言，与这句话本身相比，更令他惊讶的是玛丽亚娜女士说这话时的语气，简直像是用言语又拥抱了他一次，这话显然是恋人或者母亲才会说的。毫无疑问，无论是表面上还是实际上，他都是玛丽亚娜女士唯一在乎的人。可这是为什么呢？他把身体浸泡在热水中，然后搓净、擦干，同时在不断思考。他不明白为什么。玛丽亚娜女士对他的关爱，一定是因为一些从前发生过的、不为人知的事情，以及他不了解的过往的生活，而这些，现在都从那双炽热的眼睛和那些颤抖的话语中浮现了出来。"你是这个世界上我唯一在乎的人。"

有人敲了敲浴室门，随后女佣羞怯地递进来熨烫好的西装、替换的内衣和一件干净的衬衫。他穿衣服的时候，思绪停留在浴室的四壁上，铺面用的是桃花心木而非大理石或瓷砖。"这是间老式的浴室，它的主人不知道冷水浴有利于健康以及卫生是一种道德义务，对他们来说，热水是一种令人软弱的享乐。"卡洛斯以前经常淋浴的房间，墙壁是不同调性的四种白色。他淋浴时速度很快，因为九点钟必须迈进诊所，而萨拉总是多赖在床上几分钟，然后大声催促着卡洛斯给她让出地盘。冷水和匆忙使他无法思考。思考，所谓思考，正儿八经地、自由地思考，无论是他母亲、萨拉还是他的老师们，从来都没有允许过他。他们都像是急迫的冷水浴。他们把重要的和无足轻重的东西分开，对他说：从这里，只有从这里才能得出结论，也就是真理。这是以冷水浴的方式表现出来的真理。或许，如果是用冷水淋浴，玛丽亚娜女士的话就不会重回他的记忆，他也就不会去分析，不会觉得它们不可理解，或者至少表面上听起来有些出格。他总结出，洗热水澡并不像传说的那样有害。他的身体得到了休息，而且还能够思考，以另一种方式来思考，任凭思想流畅而自由地来来去去，而不是被约束在既定的轨道里。

卡洛斯穿好衣服，看上去还不错。还是旅途中的那身衣服，也是他仅有的一套行头，打理和熨烫后已焕然一新。他看着镜中的自己。桃花心木的奢华似乎需要换一个人才显得般配：一个身穿丝绸浴袍、脖子上系着丝巾、背头和八字胡油光可鉴的家伙，或许还要配上一副单片眼镜。不过，他看上去也不赖。系领带时，他把领结打得比平时更低一些，这样可以把料子上褪色的地方掩盖起来。他走出浴室，来到走廊。那位他还不知道名字的年轻女佣，正守在门旁边。

"先生，您不需要别的东西了？什么也不要？"

她讲的卡斯蒂利亚语有些勉强，发音时嘴张得太开，比较生硬，就像坐长途汽车时遇到的罗莎莉奥那样。

"太太在等您。"

卡洛斯走进饭厅。他停住了脚步，颇感惊讶。饭厅很大，富丽堂皇，墙上挂着上乘的油画，橱柜里摆满银器。餐桌上方垂下一盏巨大的水晶灯。摆设都是法式的，有些年头。他记忆中的伯爵新镇与这种雍容华贵完全不沾边。

"你像是换了一个人。"

卡洛斯点头表示认同。玛丽亚娜女士已经在桌边落座。她示意卡洛斯坐到自己身旁。她笑得非常开朗，那笑容使委婉的话语变得多余，足以被省略掉。卡洛斯走过去坐下。他做了个手势，既表示接受，又显示出有些不理解。随后他说道："您对我真是太好了。"

"哪里，孩子！到目前我还谈不上对你怎么好，都是冲着你父亲。"

卡洛斯笑了。

"因为我是继承者？"

"你父亲是世界上最好的男人。"

这一切都可以归结成某些熟悉的套路，不过鉴于玛丽亚娜女士脸上那种格外吸引人的表情，卡洛斯决定把对此事的任何思考都往后推迟。玛丽亚娜女士向他微笑着，看着他，坦诚地和他交谈。她的一切都显得那样坦率和亲切，说话时语调中带着温暖。当初，卡洛斯想，她跟我父亲说话也是这样吧，我不应该抱太多幻想。他想要建立起某种防范机制，但很难开始。

"当然，你不了解他。你可能一点儿都不了解你父亲的事儿，哪怕知道一些，恐怕也都是对他不利的。当你还是个孩子的时候，你父亲就消失了，再也没有他的音信。你母亲……"

"我母亲很少跟我提起他来。"

"……她完全有理由恨你父亲，我也不会跟她争辩。可是，你父亲是世界上最好的男人。他消失是因为太过善良了。"

女佣端着汤进来，给玛丽亚娜女士盛上。她出去后，玛丽亚娜接着说。

"你从来都不了解他。当你还小的时候，这样也许没错，因为要是老听你母亲对你父亲说的那些狠话，你恐怕也会受到伤害。她懂得保持沉默，觉得那是她的义务，我也一向敬佩她这一点。不过，几年前你就应该知道这一切了。不能把一个人跟过去的联系都切断，也不能把一个人满世界放逐，毫无根基，就像你母亲做的。哪怕过去是痛苦的，哪怕会让我们感到羞愧，它也是属于我们的，同样我们也属于它，而且有权利了解它。"

她喝了一口汤。

"你母亲压根儿不想让你回来，在她看来是有道理的。你不应该回来，留在这里。可我现在很高兴你回来了，因为在这里你知道和了解的东西会帮你长大成人。"

她带着愉快的微笑，从镜片上方望着卡洛斯。

"也许那时候，你对我来说，就不再是费尔南多的儿子，而是卡洛斯了。"

然而，卡洛斯并没有笑，甚至也没有看她。他目光下垂，用勺子毫无意义地搅着汤。他的谨慎防范并没有给避免这番对话帮上忙，话题出乎意料，原因也无从想象。

"你没想到会是这样，对吗？或者说，至少没预料到会这么快。"

"确实，我没有预料到。"

"可能我太唐突了，这种严肃的谈话应该推迟一些时日，或者放到几天以后。可是，你看，它自己就冒了出来。不过，现在确实没必要说这些。"

"可是我们还是开始了。"

"是我开的头儿，你可是什么也没说。"

"我有些困惑。出乎我意料的，不光是您说起我父母的事，您本身也是一样。"

玛丽亚娜女士笑了。

"通信来往了四年，你应该发现我是个疯老太婆。不过，疯也罢，不疯也罢，我是跟你出生有关的一系列事情的唯一见证人了。如果我瞒着你，那你在这个世上就真成了没有父母的孩子。我觉得一个人仅仅有个名字、在出生登记上写着是谁和谁的孩子，那是不够的。这两个人远远不只是个名字，也正因为如此，我们才真正是父母的孩子。其他的……"

她停下来，匆匆喝了几勺汤，不过喝汤在那一刻对她来说并不重要。

"比如说我吧，"她接着说，语气相当诚恳，"我有一个孩子，可他除了是我生出来的、我给他钱花，跟我没什么关系。"

"母驴"端着鱼进来，玛丽亚娜女士又沉默下来。当他们再次独处时，卡洛斯回答道："我以为您是单身呢。"

"我是单身。"

卡洛斯放低了声音，回答道："我不是借机，也非有意想要向您打探这种隐私的事儿。"

"在伯爵新镇，人们首先要跟你说的，"她打断了卡洛斯，好像并不介意他说的话，"就是玛丽亚娜·萨米恩托没结婚就生了个孩子。他们觉得有必要告诉所有人，特别是你。而且，他们跟你说的时候，指不定会怎样添油加醋呢。不过，就算不是这样，我也一样会跟你说的。你最终会明白，为什么我们之间，事情应该讲清楚。所以，我主动跟你提起来，也是很正常的。"

"母驴"又进来了。

"好吧，这些事儿我们可以往后放一放。我也开始觉得有点儿早了。我应该先问问你的情况。我还一点儿都不了解你呢，想知道你的一切，或者说需要知道这一切。"

她把刀叉都放在了盘子里。"母驴"撤下餐具的时候，她一直没有说话，头也往下低了一些。

"你从没想到，自己对一个几乎不认识你的人会这么重要，对吗？"

卡洛斯点了点头。

"不过，我理解这不是因为我本人，而是，就像我说过的，我是作为继承者才让您感兴趣的。不是这样吗？"

他笑了，不是勉强笑出来的，也没有欲言又止。玛丽亚娜女士也笑了，补上一句："咱们以后再说吧！"她喝了一口葡萄酒，边喝边看着卡洛斯，向他说了句祝酒的话。他也喝了一口。

"我不知道为什么，就是觉得我们会合得来的。我很高兴，真的，我确实很高兴。我之前还有些害怕你来。精神病医生可不得了，要是你一本正经起来，没准儿会觉得我这样动感情令人反感呢。"

喝咖啡时，她把卡洛斯引到另一个小房间，这里跟饭厅一样高雅，没那么郑重，却更有情调。壁炉已经点燃，但他们还是在一张底下有脚炉的小圆桌旁坐了下来。卡洛斯第一次注意到这里没有电灯，只有显然每天都在使用的蜡烛台和煤油灯。玛丽亚娜女士解释说，她不喜欢电灯，更偏爱煤油灯和蜡烛。

"而且也没有理由放弃我喜欢的东西。另外，我继承这所房子的时候就是这个样子，所以也会一直保持下去，直到我去世。唯一的新鲜玩意儿就是你看见的那台留声机，绿色的喇叭挺难看的。我知道它看起来很不协调，不过我一直都很喜欢意大利歌剧，还有那些戏谑小调。现在不去剧院了，当我想听的时候，用留声机来播放就行了。"

她迅速站起身来，随便拿了一张唱片，放到托盘上。留声机开始唱起来：

哎哟，这家伙真狠，

他把我掐得好疼！

正好在我身后突出的部位，

整个一片都疼得要命。

后来终于缓过劲儿来……

"是不是挺有意思的？"玛丽亚娜女士笑着说。

卡洛斯承认确实很有意思。

"你别以为我只听这些艳俗的曲子。我这儿还有安塞尔米、卡鲁索、蒂塔·鲁福、《斗牛士之歌》①、《窈窕身影》②和所有那些我年轻时在皇家歌剧院里爱听的曲目。不过，我不是靠着回忆来生活的。我很满意自己的年纪，也还有许多事情要做，所以没什么工夫来怀旧。"

这几位男高音的名字让卡洛斯想起他和贡萨洛·萨米恩托的会面以及那些从杂志里剪下来的歌剧明星照。

"我很好奇。您对歌剧的爱好，是家里的传统吗？"

"为什么这么问？"

"您刚才提到的所有这些男高音，还有其他人，我在您亲戚家里都见过照片。"

"你是说贡萨洛家里吗？上帝啊！我一直都没想起他来！你见到他了？赫尔曼妮长什么样？"

"我也不知道。她在诺曼底的一家学校上学，我没法去看她。不过，我带回来一张她的照片。您等一下。"

卡洛斯出去找到照片，交给了玛丽亚娜女士。她仔细看了一会儿，眼镜搭在鼻子上，非常靠近鼻尖。

"长得挺漂亮啊，你觉得呢？"

卡洛斯表示同意。

"要不是他爹那么固执，这孩子早就跟我在一起了。她是我唯一的继承人。"

卡洛斯讲述了他在蒙马特区的那座房子里与贡萨洛见面的过程。

"贡萨洛这个蠢货，在巴黎住了三十五年了。他想当作家，结果也就混了个乞讨为生。他没辙，只好卖掉了财产，现在靠我给他寄的

---

① 乔治·比才的歌剧《卡门》中的一段咏叹调。

② 葛塔诺·多尼采蒂歌剧《宠姬》中的一段咏叹调。

钱生活。我这么做是为了他女儿，而不是为了他。在这种情况下，他竟敢拒绝我的好意。他想什么呢？难道我不会教育好侄女吗，还是伯爵新镇对她来说太委屈了？"

"我感觉您表兄好像是和什么人住在一起的。我去的时候，他有些不安，想尽快打发我离开。很明显，他想要对我隐瞒什么。"

"也许他又结婚了，或者是……"

她耸了耸肩。

"随他去吧。他越早完蛋，对她女儿来说越好。"

玛丽亚娜女士话锋一转，问起了卡洛斯在维也纳和柏林的生活。她对维也纳尤其感兴趣。

"我很久以前去过那儿，那是一座又美丽又好玩的城市。现在还是那样吗？"

玛丽亚娜女士提到的地方，都是卡洛斯几乎完全不知道的。

"是很漂亮，不过也挺让人悲伤的。战争毁了它。"

"孩子，那你在那儿过的是什么样的生活？"

"过的是穷学生的日子。"

"那你从来没有憧憬过摆脱贫穷，过另外一种生活吗？你父亲不是这样的。"她用手指了一下留声机和唱片，"他在马德里的时候，我们无数次一起去听歌剧。你父亲很有派头，穿上燕尾服可精神了。"

"说实话，我刚到维也纳的时候，也很向往那种生活。有时候我也租件燕尾服去看豪华音乐会。可是后来……"

"后来钱不够花了？"

"只是不再喜欢了。"

"那，你是怎么决定回来的？"

卡洛斯差一点儿就跟她坦白自己的好奇心，想知道那扇封闭的门后面隐藏着什么。不过，他还是选择了说谎。

"我需要把自己封闭一阵。如果想当大学教授的话……"

"你有未婚妻吗？"玛丽亚娜女士出其不意地问他。

卡洛斯明显地犹豫了一下。

"未婚妻或是恋人，或者类似的。你用不着觉得不好意思，我这个人没有偏见。"

"有一个女人，我一直想离开她。"

"你爱她吗？"

"不爱。我觉得从来都没爱过她。"

玛丽亚娜女士眼中闪过一道愉快的亮光。

"我本来担心的一件事就是有女人缠着你，不过，那也很正常。"

# 三

还是玛丽亚娜女士提议有必要去一趟卡洛斯的祖宅，让他看看究竟是什么样了。她命人套好马车。车子有些古旧，卡洛斯却觉得相当精致。马车沿着公路绕了个弯儿，就到了卡洛斯家。入口处的大铁门紧闭着，卡洛斯和马车夫一起将它推开，松动的铁栅栏门发出吱嘎的响声。马车摇晃着在泥泞的道路上行进，直到家门前，同样两人合力才打开了屋门。卡洛斯仔细观察着花园，到处生长的黑莓灌木和接骨木把它侵蚀得面目全非，树干和墙壁上爬满了常春藤，屋檐下和石缝中则长出许多马鞭草。

门厅和整座房子都散发着潮湿的气味。窗户上少了一些玻璃，有些地方窗帘也脱落下来，耷拉着被风吹得乱动。木地板踏上去吱呀作响；打开一扇扇房门时，合页的歌声慵懒而单调。大件的家具都失去了光泽，绒布包面也褪了色。画框的玻璃已不再透明。到处都是脱落的墙皮和潮湿的瘢痕。步入顶层阁楼，一架钢琴吸引了卡洛斯。他掀开盖子，弹了一个音阶。音质很差。他转身对玛丽亚娜女士说：

"这里简直就是一片废墟。"

"总之，你要是想闭门学习的话，我觉得这儿可不是合适的地方。至少得要暖和些才行，这里冷得能结冰。"

她冲着手套哈气来暖暖手指。

"想起小时候家里的样子，你一定很伤心吧。"

"我什么都不记得了。就是……"

他向周围看了看。

"在什么地方有一扇被堵死的门，我母亲找了个泥瓦匠把它封砌起来。这是我唯一清楚记得的事儿。"

玛丽亚娜女士笑了起来。

"不会是闹鬼的房间。伯爵新镇从来都没有什么鬼魂，更不用说你家里了。肯定是你母亲一时心血来潮。"

她指着会客厅的一角说。

"如果地板泛潮，烂成这个样子，那样做无非是一种合理的预防措施。"

卡洛斯耸了耸肩。

"我唯一知道的就是，那是角楼的一个房间。"

玛丽亚娜女士小心翼翼地在一把扶手椅上坐下来，抬起头望着卡洛斯。

"那样的话，"她忽然严肃地说，"你母亲想要掩盖的就是你父亲生活过十年的地方，他结婚前和几乎所有结婚后的日子都在那里度过。这仍然是一种合理的预防措施。也是出于同样的原因，你中学毕业后，她让你远离伯爵新镇，不许你回来。"

卡洛斯也坐了下来，沉默了片刻。

"真奇怪。自从几个月以前，我就不断回想起那扇封上的门。您别忘了，我当时在柏林的一家诊所里工作。本来可以很容易找一位同事，让他听听我所说的，帮助我解释一下，为什么这段已忘却多年的记忆又重新回到我的意识里？还有为什么偏偏是这件事而不是别的？上帝才知道什么东西会莫名其妙地冒出来，不过我倒是不应该害怕。相反，出于职业精神，我有责任把它搞清楚，治愈自己。因为，作为一位从业的精神分析师，至少理论上是不允许患有任何情结的。然而，我并没有这么做，也不想去这么做。不是因为害怕会发现一些可怕的记忆，会令我羞愧或是毁掉我，而是我宁愿让这段记忆复活，任其自由行动，看看它会把我引向何处。从某种意义上说，这是一种在我自己身上形成的经验。您也看到了，它究竟把我带到了哪里。"

他取出一根烟，将它点燃。

"我一直认为，有一类人做事是随心所欲的，另一些则是被形势牵着走的。我从来都觉得自己没有勇气，也确实是这样。所以眼下的事儿让我想到了命运。"

玛丽亚娜女士的身子颤动了一下。

"您别害怕。"卡洛斯接着说，"有个女人想要规划我的生活，为我划定了一条路，甚至安排好怎么死，几乎规定了死亡的日期。如果没有回想起我母亲让人封上的那扇门，也许我还一直留在萨拉身旁，若干年后会跟她一起死去。我敢肯定地说，当时我们紧紧地拴在一起，不是因为爱情，也不是因为彼此习惯了，而是我无力挣脱对她的默然服从。萨拉的意志力比我强，如果想要有意识地摆脱她，我是做不到的。可是，像记忆这样微不足道的东西却使我们分开了。现在，面对着我母亲想让我远离，而您想要我了解的这一切，看来是这段记忆把我带回了从未在意的过去，虽然没有它我也能踏踏实实地生活。您不觉得这有些蹊跷吗？至少对我来说，它让我非常困惑。我是个研究科学的人，不管是不是相信自由，总之我从来没有相信过命运。命运不是一种科学的因素。"

他吸了几口烟。玛丽亚娜女士没有开口，专注地听他讲话，好像要用眼神把他的话逼出来。

"您没有什么想说的吗？"

"你想让我说什么呢？"她停顿了一下，微笑着说，"你尽说些我不懂的事情。"

"那您至少能理解，我正在左右为难吧。或许那扇门的后面只是个空空如也的房间。我知道，那里不至于有我父亲的尸体，也不会有什么戏剧性的场面。至多也就有一些他生活的痕迹，甚至可能连这也没有，只有一些他的衣服和鞋子而已，都是他出走时留下来的。我母亲把它们藏起来，免得我问她一些令人不愉快的问题。不过，还有您所知道的东西呢。我必须进行选择，要么打开这扇门，听您给我讲；要么别动这扇门，同时让您封存好那些往事。我必须做出选择，但我觉得这种选择并不是自由的，因为现在好奇心压倒了我。这种好奇，甚至是出于科学的目的。我需要弄明白目前对我来说无法解释的这一切。"

"换成是我，就不会非要刨问事情的理由。"

"或者说，事情的不合理之处。但问题是我没法不这么做。"

"那你母亲呢？"

"我是什么样子，以及怎么变成了这个样子，全都是因为她，因为她那种专横、坚定和绝不通融的意志力。但是，请您理解我。我母亲从来不会希望我去穷究事理，也从没想过，因为服从她就够了，有一天我会变得在投入生活之前，先去思考它，或许正是因为想得太多，真正生活起来，反倒觉得索然无味。之前我跟您提过一个女人的存在。如果我没有分析过我和她的关系，还有我们之间感情的实质，可能在她身边会很幸福。我担心，我会不可避免地毁掉任何能让自己幸福的感情与环境。我母亲不希望这样，而是完全相反。她盼望我幸福，可她觉得我的幸福就是那些让她感到幸福的东西。她希望我学很好的专业，然后成为重要的人物。这一点她没能做到，而是带我走上了一条找寻自我，并且知道自己为什么是现在这样的道路。她这么做，"卡洛斯用苦涩的口吻补充道，"是出于世界上最好的母亲的意愿，但也让我无路可逃。"

"你知道她为了供你上学做出了多大的牺牲吗？"

"我能想象到。"

"那是无法想象的。那可是……"

她打了个寒战，解释说天气太冷了。

"您要是愿意的话，咱们走吧。"卡洛斯回答道。

"不，我可以再忍一会儿。麻烦你去旁边那个房间，打开衣柜，给我拿一条毯子来，盖在腿上。"

卡洛斯照办了。玛丽亚娜女士把自己裹了起来。

"你父亲结婚以前，我来过这个家好多次。他结婚以后，你母亲还活着的时候，我只来过三次，都是为了你的事。你母亲结婚前是我的朋友。你父亲销声匿迹之后，我来看她，她怒气冲冲地把我赶出去。在我看来，她没有理由这样做；不过，或许站在她的角度，她觉得自己有道理。后来，当她把你送到圣地亚哥上学后，我又去看她。为了负担你的学费，她打算卖掉你所有的产业：田地、松树林，如果必要的话，还有这所房子。我知道了以后，来劝她别这么干。我提出可以给她钱，所有她需要的钱，她拒绝了，又一次把我赶走，说的是跟十五年前一样的话，也出于同样的原因。如果没有你，我早就不理她了；而你，因为她的高傲或是任性，差一点儿就什么都得不到。你看，如果是别的什么财产，我也不会太在乎；可这些，你的宅子、田地、松树林，所有你父亲留下来的东西，都是他当初珍爱过的。我必须避免它们落到萨尔加多那家人手中。你母亲为了区区几个钱，想要卖掉它们；而我能阻止这一切，也确实做到了。最后，我又第三次登门。我劝说她，这样挣不到钱，哪怕为了供你上学，也不能剥夺你的产业，那样做是荒唐透顶的。就在这间阁楼里，她在那边，我在这边，我们激烈地争吵起来。结果，她到底还是让步了。要知道，她并不接受我的钱，但是答应给我干活儿。后来好多年，几乎到临终时，她一直给我家绣床单和桌布，也给我缝内衣。我给她付钱只能按照一般的刺绣工标准，因为她一分钱也不肯多要。靠着这些钱，还有那些田地的租金，你才能在圣地亚哥和马德里上学。后来，她又往维也纳给你寄了些钱。"

她停顿了一下。

"如果你现在跟我说不感激她，我肯定会骂你没有良心。"

卡洛斯低着头听完，像是感到羞愧。

"我很爱她，"他回答道，"如果她不是那么早就把我送走，我会更爱她。如果她不是从小就说服我爱是通过服从来体现的，我也会更爱她。我用听话来爱她，去她想让我去的地方，攻读医学也是她要我做的，如果说去维也纳是我的愿望，那同样也是她的。她去世前，好长时间我都没有见过她，可每个星期都会收到她的来信。她不断给我下达命令和规定，只有命令和规定，我都照办了。甚至她去世后，我还遵守了很长时间。我感谢我母亲所做的一切，我很感动，但是……"

他停下来片刻，抬起头，看着玛丽亚娜女士。

"我必须问自己，我母亲做出的牺牲有用吗？"

"这让她感到幸福。"

"好吧。您刚才给我讲的，让我很心痛。可是，毫无疑问，要是我母亲还健在，能听我说话，而我也敢跟她开诚布公地讲话，就像跟您这样，那她一定会感到失望。我不仅不是她所希望的样子，也不能变成那样。而且，"他补充道，"我也不在乎。"

他站起身来，在房间里走了几步，双手插在上衣兜里，嘴里叼着的烟头已经熄灭了。然后，他走到窗前，望着外面，沉默不语。突然，他转过身来。

"可是，您不该说我没良心。这不公平。我一直爱我母亲，也一直顺从她，但是她错了。我现在三十四岁，重新开始已经晚了。过去这些年唯一留给我的，说出来您一定会感到惊讶，那就是总要分析一切的癖好。不管怎么努力，这个习惯我永远也摆脱不了。而糟糕的是，它总是把我引向自己并不相信的结论。"

他又取出一支烟，点燃后吹灭了火柴，凝视着袅袅上升的烟雾。

"然而……"

他扔掉火柴。

"我要给您解释的东西，即使您不太理解也不要紧。我需要思考和说出来，而您就在那儿，您把我带到了这一步……"

他停了一下，微笑着说："您裹着毯子，可以继续听我说一会儿。我需要从自己目前的处境来评判一件过去的事。"

"也许，"玛丽亚娜女士插话道，"就凭你所知道的，还不足以做出评判。我给你讲的故事还有更多的章节呢。"

"我指的不是这个。另一方面，我也不该对此做什么评判……现在还不是时候。我想说的是，在我所陷入的处境中，某种不起眼的偶然因素有着意想不到的重要性和无法解释的意义。请允许我再回到那扇堵死的门。如果，就像我前面说过的，我跟某位同事或者导师说'我遇到了这个问题'，他肯定会马上找出原因来，事情也就结束了。我可能会重新忘掉那扇门，但我没那么做。当时，对我来说，那个决定意味着在一个无法控制的领域，自由地行使我的意志。甚至萨拉也无法强迫我进行精神分析，因为我对她隐瞒了这件事。我培养起那段记忆，就像在培育一株植物，耐心地等待着。四天前在巴黎，我以为那是因为我有自由，可现在看来，我出于意志的行为，既不跟我的个人生活相关，也不是源于我对自己生活的了解，甚至不是因为我迄今为止对生活的期盼，而是跟您的生活以及您对我的期待有关。我不知道那是什么，但无论如何不是我所想要的。这真是令人无法解释啊！当然也可以很简单地回答：事情这样发生是因为偶然，可我并不相信偶然。"

玛丽亚娜女士带着一副完全理解的表情在听他讲。卡洛斯说完后，她耸了一下肩膀。

"我不明白的是，孩子，你为什么要把这些当作问题呢？弄清楚为什么有那么重要吗，如果说真有原因的话？在我看来，重要的是，如果我愿意跟你说起你父亲的事，你的生活可能会改变；既然你讲了一些关于自己的事情，我强烈地盼望你的生活能够改变，因为我不喜欢它：这就是问题所在。为什么还要绞尽脑汁去琢磨其他问题呢？我确实认为你这样做让我很惊讶。当然，我的大脑也装不下这么多东西。"

"可是，对我来说，弄清楚我不理解的事儿，同样可以意味着改变生活，就像一个不相信上帝的人，突然看见上帝就坐在咖啡桌旁。"

"你相信上帝吗？"

卡洛斯的手正把另一根烟送往嘴边，此刻停在了半空中。

"您为什么这样问？"

"因为我不相信。"

若是换成其他任何人说了这话，卡洛斯都不会感到意外。不过他一下子意识到，在自己对玛丽亚娜女士形成的看法中，并不包括她会这样公开地宣称自己是无神论者。卡洛斯面露惊讶。

"不管怎样，"他有点儿结巴地说，"这并不重要。"

玛丽亚娜女士掀开腿上盖着的毯子，站起身来。"咱们走吧。"可她还是停在卡洛斯面前，注视着他的脸，把一只手搭在他的肩上。

"当然重要了。恰恰因为我不相信上帝，才需要你来评判我。"

"我？"

"就是你，卡洛斯·德萨，费尔南多和玛蒂尔德的儿子。我曾经伤害过这两个人。"她迈开步子向房门走去，木质地板在她脚下发出吱呀的响声。地面微微颤动，就像在回潮中荡漾的小船，晃动时带着音乐的节奏。卡洛斯迟疑了几秒钟，随后跟上了她。

这一天余下的时间里，似乎什么都没发生过，有些话也压根儿没有说过。不是因为卡洛斯尽量避而不谈，而是因为玛丽亚娜女士好像已经忘记了，或者佯装忘记了。回来的路上，她跟卡洛斯讲起他那些产业的情况。她努力把租金提高了一倍，但结果还是不尽如人意。"你父亲，"她接着说，"他不懂得怎样赚钱。有些租金的数目简直少得可笑，现在有了共和派颁布的法律，要提高租金非常困难。"他们回到家，玛丽亚娜女士让人准备下午茶。她问卡洛斯喝茶还是喝热巧克力，卡洛斯说喝茶，"母驴"于是端来了茶。他们继续谈论关于租金的事儿，其实主要是玛丽亚娜女士在不断强调，说卡洛斯那些田地租金太低、收益太薄。用完下午茶，她放了几张唱片，借此开始聊起了音乐。"你从前经常弹钢琴，是吗？"卡洛斯回答说是，于是玛丽亚娜女士请他演奏几曲。卡洛斯欣然从命。他弹琴的时候，玛丽亚娜女士望着他，一刻也没有陷入深思或者走神，而是始终保持着清醒，全神贯注地聆听音乐。她不时发问，卡洛斯逐一回答。她最喜欢的是维也纳的华尔兹舞曲。"有什么办法呢，孩子，它们是我那个时代的啊！"卡洛斯弹了几首最熟悉的，还有一首新的，隐约记得，费了好大劲才弹下来。"弹钢琴这事儿，我要是没记错，是你母亲安排你学的。""是这样的。""你不喜欢吗？""喜欢。"卡洛斯很喜欢音乐。

"您看，要是我母亲当初希望我成为音乐家的话，可能会实现的。可是我学弹钢琴，按照母亲的说法，是因为这是男人的一种优雅装饰。不管怎样，我学会的对我来说已经够用了。我不是个好的钢琴师，也永远成不了钢琴家；不过作为个人爱好，我还凑合。"

"真奇怪。"玛丽亚娜女士说，"在我印象中，我的或是你的祖辈里，从来没有一位从事过政治或者经营庄园以外的事儿。可你父亲就是个另类：他有很光明的政治前途却不屑于从政。他生命中最后几年是在写作中度过的。后来，我的表兄贡萨洛爱好文学和新闻，为此付出了整整一辈子。再后来，基罗加的儿子成了画家，你则是个不成功的音乐家。还有雷米希奥·阿尔丹的儿子，也是这样，据说是个诗人，或者想当诗人。你不觉得这些有点儿奇怪吗？"

"就我个人而言，当然不奇怪。不过，仔细看来，我算不上什么不成功的音乐家，充其量也就是个失败的精神病医生。我母亲让我学钢琴，无非是为了在社交聚会的场合能坐在钢琴前，弹上一段华尔兹，赢来各位夫人的称赞：'玛蒂尔德的儿子弹得真好！'或是为了让某位待嫁的小姐爱上我。而迄今为止，我所做的只是弹给自己听，因为我喜欢；至多，有时候为某个与我在音乐方面趣味相投的人演奏一下。不过可以肯定，到目前为止，这对我结婚的事还没有什么帮助。"

"你不是个有雄心壮志的人，对吗？"

"不，我是的！我有一些远大的抱负，缺少的只是用来实现它们的激情。"

"你记得卡耶塔诺·萨尔加多吗？"

"一个从前跟我们一起玩儿的富家子弟，对吗？"

"不只是一个富家子弟，不过，确实跟你们一起玩儿过：你和胡安·阿尔丹。现在他可是这里的主人了。他也去外面闯荡过，跟你们所有人都一样。怎么搞的，你们都出去了，然后又都回来了？不过，卡耶塔诺回来时可大不一样。他去过英国和美国，当了工程师，现在在经营造船厂。他非常阔气，你知道吗？比我还有钱。换了任何其他人，都会选择去别的地方生活，比如可以在拉科鲁尼亚指挥造船厂。可是，他却住在这里，这儿有他的家，还有他母亲、他父亲……"

她停顿了一下。

"这两个人，我也曾经伤害过他们。不过，我并不在乎卡耶塔诺对我的看法。"

她没等卡洛斯借这个细节来重提下午的谈话，而是继续说起卡耶塔诺和造船厂的事儿，甚至包括他的父母。"所有想要在伯爵新镇留下来超过二十四小时的人，都需要懂得怎么跟他们打交道，因为不管你是不是愿意，总会碰上他们的。"

"您看来不太喜欢他们。"

"噢，不是的！哈依梅先生是我的朋友，而且尽管他儿子很反感，他还是担任了我的财产经纪人，哪天你会认识他的。很快就会有人跟你说，哈依梅·萨尔加多是我儿子的父亲。这不是真的。三十五年前，我父亲去世的时候，我来到这里继承遗产。那时候萨尔加多一家刚刚开始发迹，他们有钱，建了一座小型造船厂，生产木船。哈依梅是个不错的生意人，可他妻子安古斯蒂娅斯并不满足于只是赚钱。每当有丘鲁乔家族的人卖掉什么东西的时候，她就让她丈夫买下来。"

卡洛斯插话道："丘鲁乔家族？我曾经听说过这个名字，可不知道具体指的是什么。"

"丘鲁乔家族，孩子，我们都是这个家族的：你、我、胡安·阿尔丹、基罗加神父，还有不少散落在乡间的红头发私生子。"

"这是个名门望族。至少贡萨洛在巴黎时跟我这么说过。我母亲也给我讲过，写信时也多次提到过。她没说丘鲁乔家族，但是现在我明白了她指的就是他们。看起来，我有义务成为重要人物这件事，跟我的红头发和大鼻子很有关系啊。"

"你意识到没有，自打你回来，这是第一次用嘲讽的口气讲话？"

"请您见谅。可我没办法把这种事儿当真。我之前的生活中没有这套东西。"

"可是，你长着红头发和大鼻子，身材又瘦又高，就像我和你父亲，也像许多其他健在和去世的人。"

"我还没有机会让我的观点凌驾于生物学之上。"

玛丽亚娜女士站了起来。

"你跟我来。"

两人走了出去。在走廊里，玛丽亚娜女士说："你父亲从来没有去过国外，而且，那年头还是另一个时代。他一生中花了好多年来撰写丘鲁乔家族的往事。现在我要给你讲一些。"

她打开了门，两人走进去。那是一间宽敞而昏暗的大厅。玛丽亚娜女士穿过大厅，打开木板窗，勉强照进来一抹傍晚的余晖。不过，卡洛斯还是能够隐约看见墙上挂着一些油画，大概十到十二幅。玛丽亚娜女士径直来到壁炉旁，指给卡洛斯看挂在上面的那幅画。画中是一位女性。

"这位是玛丽亚娜·基罗加。她差点儿嫁给你的一位高祖父，不过最终却嫁给了我的一位曾祖父①。这是你父亲写下的那些美好故事中的一段。你父亲说，正是因为这位女性，我们萨米恩托家的人才都那么精力充沛，既现实又积极乐观。"

卡洛斯点燃一根火柴，将它举过头顶，照亮画面。他盯着玛丽亚娜·基罗加那张消瘦、坚定而自负的面庞看了一阵子。

"她很像您。"

"你是在说我长得难看吗？"玛丽亚娜女士笑着回答。

卡洛斯连忙道歉。

"我现在是很丑，老太婆了，不过年轻时我还不算难看。你自己可以看看。"

她走向大厅的另一端，指给卡洛斯另一幅挂在壁炉上方的画。

"这就是我三十岁时的样子。"

卡洛斯划着一根火柴。

"您能把蜡烛台借我用一下吗？看您可得好好看清楚啊。"

玛丽亚娜女士把蜡烛台递给了他。借着亮光，卡洛斯仔细端详起来。

"这是索罗亚②画的。"她说。

在烛光的映照下，虽然分辨不清细节，但至少能看出整体形象：年轻的玛丽亚娜女士，面部向前探出，显得朝气蓬勃、专断而又十

---

① 此处原文似有纰漏，玛丽亚娜女士和卡洛斯的父亲是同辈人，因此卡洛斯的高祖父应该与玛丽亚娜女士的曾祖父是一辈人，而西班牙语原文中用的都是"高祖父"一词；而在下文第五章中又说玛丽亚娜·基罗加是玛丽亚娜女士的曾祖母。对照之下，比较合理的说法应该是：玛丽亚娜·基罗加没有嫁给卡洛斯的一位高祖父，而是嫁给了玛丽亚娜女士的一位曾祖父。本章中故事作此修改。

② 华金·索罗亚（Joaquín Sorolla，1863—1923），西班牙著名画家。

分自信。用"漂亮"一词远远不足以形容这幅画所体现出的内容。然而，那张脸之所以吸引人，并不是因为它完美无缺，而是因为那股蕴含和收敛在微笑中的活力。

卡洛斯转过身来，照亮玛丽亚娜女士的脸。

"不要比较啊。"她笑着说，"我现在已经是个糟老太婆了。"

"如果您要跟我说的是我父亲爱上了您，我能理解；不过，如果您说，他为了您而抛弃一切，或者因为您的意志而变得卑鄙或是英勇，我会更加相信。"

玛丽亚娜女士摇了摇头，微笑中带着温柔。

"没那么邪乎，孩子，没到那个程度。"

"您说过好几次我很像他，我逐渐预感到，我和他之间的相似程度要超过您预想的。或许，我父亲跟我一样缺乏意志力。那样的话，臣服于您、顺从您的意愿，对他来说倒不失为一件舒心的事儿。"

"也不是这样。"

"我是在描述如果您当初遇上的是我，我会怎样做。其实这不是一种想象，而是对以往经历的回忆。萨拉也是一个性格很要强的女人，我在她身边，一直都很卑鄙，因为她所给予我的也是同样如此。"

"可是，你毕竟离开了她。"

"我还不知道是怎么做到的。"

"你父亲比较软弱，但那只是表面上。他和你一样，敢于放弃对他重要的、或许是他所爱的东西，这在他一生中先后有过两回。许多时候，我一直想要理解他的软弱，也许他并非如此，只是对生活给他带来的一切缺乏热情罢了。你父亲跟你一样，都爱思考。"

卡洛斯把烛台放在壁炉上，玛丽亚娜女士用烛火点燃了另一盏相同的烛台。

"不过我现在不想跟你说这个。我把你带到这里来，是让你看看血管里流着哪种血有多么重要。你可能以为我说的是社会地位的重要性，或者说，你、我以及所有我们这些人有资格炫耀的高贵出身。我指的不是这个，这些都已经落伍了。但是，毫无疑问，由什么样的父母生下来，会天然地赋予你一些东西，却让另一些东西对你而言遥不可及。一个人出生时，相貌和禀性都拜父母所赐：有的好看，有的难看，这要看生你的是谁；有的强壮，有的软弱；有的聪明，有的愚钝。我是玛丽亚娜·基罗加的后代，她是个不折不扣的女强人，所以我也是这样。如果她当初嫁给了你的高祖父而不是我的曾祖父，那没准儿现在强势的就是你，而我可能只是个穷困而软弱的女子。"

她在一把扶手椅上坐了下来。

"为过去而高兴或悲伤都没有用处。事情就是这样，也没什么不好的。你们都比较软弱，都喜欢思考，都头脑聪明而意志薄弱。给你们手里放一只熟透的梨子，你们不张嘴去咬，却要钻研它是从哪里来的，为什么不在树上而在你们手中。你父亲，他热衷的是探究吃下这梨子是否合乎道德：他从来不懂得怎么利用好自己喜欢的东西，哪怕是他伸手可及的……"

卡洛斯斜倚在壁炉旁，交替看着玛丽亚娜女士和她的画像。

"他结婚前不久，"她继续说，"当我来到伯爵新镇时，你父亲发现了另一个玛丽亚娜——就是画里的那位，他饶有兴致地撰写起她的经历。他每天下午都来我家，翻阅资料，和我共进下午茶。他充满热情地给我讲他一点点发掘出来的东西。原来，不光是你的那位高祖父，还有其他好几位高祖父都想要娶玛丽亚娜·基罗加为妻。当初她真应该轮流嫁给姓阿尔丹、萨米恩托和德萨的，还有她那些姓基罗加的表兄弟中的某一位，然后给每个人都生一个精力旺盛的儿子。这样的话，也许你们所有人现在都会像她那样强壮而现实，不至于丢掉统治的欲望，也不会眼瞅着整个镇子从手中消失。但是那些人肯定会觉得让这个女孩子变成生育机器真是大逆不道，况且她自己也不会答应。所以，这一切都让你们变成了现在的样子，落得我孤身一人在镇上跟那些想要搞垮我们的人斗争。"

她抓住卡洛斯的一只胳膊，把他拉过来，坐到自己身边。

"你看，对我来说，丘鲁乔家族里的其他人我都不在乎。他们都有自己的生活和命运，可你跟我最亲近。我不想让卡耶塔诺像对付别人那样搞垮你。你母亲担心有朝一日这事儿会发生，所以她让你远离这里，希望你成为一个有权有势的人。可她的方法错了。唉，如果你母亲能忘掉她那些恩怨，让我来引导你的生活，那该多好啊！可是她害怕我。大家都害怕我，连那个傻瓜贡萨洛也是。他们的害怕搞砸了很多事情，但我现在遗憾的是，你母亲当初错了，你明白吗？终归有一天你得回来继承遗产，而你现在没有武器来捍卫它。你又怎么能做到呢？我怀疑你根本都不在乎这一切。"

"说到这一点，"卡洛斯插话道，"我不太理解，但如果您指的是继承那些被卡耶塔诺从我们手里夺走的统治与权力……"

"不！没有全被夺走，没有。我还能主宰很多事情。"

"即便如此，我对所谓统治，也许还有这种遗产，都丝毫不感兴趣。我开始理解母亲对我的期待了，但是她忘了，我有权利过自己的生活。"

他短暂地停顿了一下。

"我们这些男人已经有了很大变化。我承认我的头发和鼻子来自所有这些从前的人，甚至也承认，如果画中的那位女士嫁给我的高祖父，我可能是另一个样子，没准儿比现在的我更坚强。不过，那样的话，我也会用这种力量来创造自己的生活。"

"你跟你父亲一模一样，又软弱又固执。"

她突然抓起卡洛斯的一只手。

"……还这么可爱。我觉得，我会非常疼爱你。"

# 四

两人用晚餐时，留声机里传出过时的弗拉明戈乐曲，严肃的话题没有再次冒出来。应玛丽亚娜女士的要求，卡洛斯又说起维也纳的事情来，人们在那里怎样生活、怎样娱乐，还有城市里的名人，等等。这方面的东西，卡洛斯讲不出多少来，因为他只知道科学家、政治领袖和几个艺术家。玛丽亚娜女士从来没去过柏林，卡洛斯就用维也纳来做对比，包括城市本身和那里的人们。"母驴"走进来，通报口信说希洛美想要见她。玛丽亚娜女士吩咐让他进来。希洛美正站在门口，请求女主人允许。他四十多岁，脸上饱经风霜，金黄色头发，身穿褪色的马翁布①衣服，脚下是雨靴，披着挡雨的皮袄，手中不停地转动着一顶小贝雷帽，看起来很着急的样子。玛丽亚娜女士让他说话，他便讲起在"古巴佬"的酒馆里发生的斗殴，双方分别是他船上的水手们和造船厂的工人们。争吵的起因是那些喝得半醉的工人对"阿尔丹先生"出言不逊，因为他和往常一样，又在向水手们宣传革命。

"咱们的人打得过他们吗？"玛丽亚娜女士关切地问。希洛美回答道，总的来说，水手们已经都撤了，打架打到一半儿，基本上缩小到每拨只有两个人在动手。

"得好好揍他们一顿！"玛丽亚娜女士几乎喊叫起来，"你们有酒喝吗？"

---

① 一种原产于中国南京的棉布，由商船途经马翁（Mahón）传入西班牙本土。

希洛美回答说不够。

"你拿上钱，去给咱们的人满上一两轮的酒，或者直到大家都喝够为止；要是有人饿了，就点东西吃。"

她猛地站起来，走出去一会儿，回来时手里拿着一张钞票。

"这钱你拿着。"

希洛美接过钱，满脸诧异。

"太多了吧？"

"要是有剩下来的，你到时候再还给我。我可不想让那些'劳总联'①的人赢了。"

希洛美用手捂着前额，匆匆离开，"母驴"也跟着走出房间。玛丽亚娜女士坐下之前，从隔板架上取下一瓶利口酒②，往两只酒杯里分别倒了一些。

"这可要好好庆祝一下。"

她举起自己的酒杯，伸向卡洛斯。

"庆祝什么？"

"我的人把卡耶塔诺手下的人揍了一顿。"

"我一点儿也不明白。特别是您提到的什么'劳总联'，这个名字更让我摸不着头脑。"

"造船厂工人加入的是'劳总联'，就是因为我那些渔民都属于'全劳联'③。"

---

① 劳动者总联盟（Unión General de Trabajadores，简称为 UGT），西班牙工会组织，成立于 1888 年，与西班牙社会工人党（PSOE）有密切的历史渊源。

② 西餐中常见的甜酒，烈度介于葡萄酒和烈酒之间。

③ 全国劳工联盟（Confederación Nacional del Trabajo，简称为 CNT），西班牙无政府工团主义工会，成立于 1910 年。

"您的渔民？"

"伯爵新镇所有的捕鱼船都是我的。说实话，这生意不怎么样，现在捕鱼这行儿越来越不行了。这一季下来，如果能保本，我就知足了。不过，就算是赔钱，我也不会把船都拴起来。"

听了这番解释，卡洛斯仍然不太明白。他手里拿着酒杯，里面的酒一口都没动，眼睛注视着玛丽亚娜女士。他又略带玩笑口吻，大胆地问道："为了做慈善？"

"不是的，孩子。我这是为了对付卡耶塔诺。他想把捕鱼这一行搞垮，不是因为妨碍了他的生意，而是想当镇上的主人，这里谁也不能比他多挣一块钱。可我不吃这一套。"

她拿起自己倒好的那半杯酒，喝了一口。

"我知道，"她接着说，"到最后他还是会赢的，可那要等我死了以后。我真可怜那些渔民啊！卡耶塔诺一定会让他们忍饥挨饿、不得不委曲求全，最后把他们都招进造船厂。这些可怜的人，又能怎么办呢？将来继承我遗产的人，肯定不会把钱押在我这种固执的想法上。"

她突然神情严肃地瞅着卡洛斯。

"比如说，你，是不会这么做的，对吧？"

"我？"

"你恐怕还不太理解，继承我土地和渔船的人，其实也要承担起某种道德义务。我想，甚至没有公证人敢把这些义务写进我的遗嘱里。"

她站起来，下意识地拿起酒瓶，放回到隔板架上。她背对着卡洛斯，继续说：

"人们都太愚昧了。如果我把钱捐赠给一家医院，他们会觉得合情合理；可我要是把钱用来阻止卡耶塔诺·萨尔加多在镇上发号施令、为所欲为，他们倒觉得很荒唐。不过，其实……"

她转过身来，面对着卡洛斯，双手缓慢地比画着，显得很有说服力。

"卡耶塔诺的父亲是我的朋友。他从来没有当过我的情人，现在已经是个老糊涂了，整天满嘴流着哈喇子，但毕竟曾经是我的朋友，就像一条忠诚的义犬。哈依梅为他儿子和我之间的敌意而感到心痛，可也没办法，我们只能是敌对关系。哈依梅盼着这段恩怨能像喜剧里那样，用一桩婚事来了结：卡耶塔诺·萨尔加多和赫尔曼妮·萨米恩托，你觉得这样好吗？卡耶塔诺的母亲觉得好极了，因为她做梦都想让自己的儿子成为这栋房子以及方圆十里的主人。我觉得太可怕了。要是我的侄女嫁给卡耶塔诺，我就是死了，这把老骨头也会爬起来，哪天夜里溜进来杀了她。"

她用力握紧双拳。

"卡耶塔诺是个令人恶心的家伙。镇上的人跟你说起的第一个人肯定是他，我只能排在他后面，因为大家都恨我，可是都害怕他。他们会告诉你，他是个征服者，没有女人能抗拒他。说这话的人，有理由能说服你，因为他要是老婆还年轻或者有女儿的话，很可能已经跟卡耶塔诺上过床了。我真要问问，一个男人的灵魂里要藏着什么样的恶魔才会干出这样的事！"

突然，她笑了起来。

"那个和你一起坐长途汽车来的女孩子，'美女'罗莎莉奥，正是他眼下的相好。卡耶塔诺跟她好了差不多有一个月了，用不了多久，他又会另觅新欢了。"

这时，远处传来两声枪响，被雨水淋湿的爆破声显得有些沉闷，然后是一阵混乱的说话声和叫喊声。卡洛斯跑到窗前，打开窗户。道路尽头，接近镇子另一端的地方，可以看见人群在奔跑，叫喊声中夹杂着女人们的尖叫。

"这一定是造船厂那帮人干的。"玛丽亚娜女士说。

"您想让我去看看出了什么事儿吗？"

"我不愿意让你卷进这些麻烦事儿。"

"可是……"卡洛斯为了强调自己的意愿，补充道，"您别忘了阿尔丹也在那儿啊！"

玛丽亚娜女士也走近窗户，向外望去。混乱似乎平息了下来，女人们也不再惊叫了，人们的身影消失在一扇门后。

"是'古巴佬'的酒馆，差不多算是渔民们的大本营。你去吧，多加小心。"

卡洛斯连忙走出去，经过衣架时取下他的长大衣，边下楼，边穿在身上。他没戴帽子，出来后感觉到细雨落在头上。离玛丽亚娜女士家稍远后，他放慢了步伐，像一个散步的人，就这样走到酒馆那里。路上没有遇见任何人，不过从造船厂一带传来说话的声音。他站在酒馆门前，有人在里面争吵，透过门上的玻璃可以看见一个女人不断走来走去。卡洛斯推开门。酒馆不大，一群水手围坐在角落里的一张桌子旁边。那个来回走动的女孩子端来一个盛满水的脸盆，还拿来一条毛巾。看见卡洛斯，她停下了脚步，所有人也都安静了下来。水手们向两旁分开，希洛美也在其中，头上戴着贝雷帽，前额上有一道很长的伤疤。

"晚上好。我是医生，本来想……如果这儿发生了什么事儿的话……"

一个背朝外坐在桌边的男人，转身站起来，走向卡洛斯。他长得又高又瘦，红色头发，一只手扶着头上渗出血迹的毛巾。他向卡洛斯伸出另一只手。

"卡洛斯！卡洛斯·德萨！我是阿尔丹。不记得我了？"

卡洛斯指着他的头问："你受伤了？"

"唉，没什么，别担心！你怎么样？我知道你已经回来了。"

阿尔丹显得很亲切，不过他似乎有意在大庭广众之下这样做，很高兴地当着水手们的面拥抱卡洛斯。他随即转身面向大家，介绍说，这位就是他以前多次提到的"德萨医生"。大家纷纷上前，逐一与卡洛斯握手，虽然都沉默不语，目光中却闪烁着热忱，表现出一份充满坦诚与期待的尊重。最后轮到的是"古巴佬"和端着水盆的女孩子。阿尔丹忘了介绍她，那女孩子却用沉着果断——其实完全不需要这样用力——的声音说：

"我叫卡尔米妮娅。这位，"她指着"古巴佬"说，"是我爹。"

她瘦高个子，黑头发，颧骨很宽，身上穿着村妇的裙子，显得蛮可爱，一件披肩遮住了青春傲人的胸部。

"行啦，你现在到一边去吧，别打扰先生。"

"那怎么行！胡安的伤口怎么办？"

她没理睬她爹，把脸盆放到桌上，搀着胡安的一只胳膊扶他坐下，找到了伤口。

"您要看看吗？我觉得不严重。"

卡洛斯走到跟前。只是个小口子，已经清洗干净了。卡尔米妮娅给他擦干血迹的时候，阿尔丹解释说，有人朝他扔了块石头，争吵是在造船厂工人和水手们之间发生的。

"我知道了。是'劳总联'和'全劳联'的人之间。"

"更准确地说，是奴隶和自由人之间。"阿尔丹回答时强调道，同时用手比画了一圈，指着周围的自由人。

"古巴佬"激动地补充道："对，对，是奴隶和自由人之间的斗争。我们都捍卫自由。"

可是卡尔米妮娅表示不同意。她一边拧毛巾，一边纠正道："先生，你别理他们。这些人一个比一个疯。他们就喜欢给我们这些女人添堵。什么自由人啊，奴隶啊！一个个的，还是管好自己的事儿吧，别老打架了！"她把湿毛巾缠在阿尔丹头上，就像阿拉伯式的裹头巾。

"你先这样待一会儿，等药剂师来了再说。我是说，如果先生您没别的吩咐。您要觉得合适，咱们可以给他涂点儿烧酒。"

卡洛斯明白，这是在等他给出专业的建议。他要是回答卡尔米妮娅"好，给他涂点儿烧酒"，会显得很应景。可他仅仅说了句："没什么，伤口已经干净了。"

"药剂师去取山金车① 和橡皮膏了。"

卡尔米妮娅耸了耸肩，走开了。阿尔丹用手扶着毛巾，讲起了事情的经过。

"这可是侵犯人身安全啊，"卡洛斯回答道，"你为什么不控告他们？"

水手们和阿尔丹互相看了一眼，不禁笑了。

"控告他们？你不知道吗，卡耶塔诺的马仔就在法院里当差。"

"你得理解，""古巴佬"插话道，"先生刚来不久，还不了解情况……"

他们给卡洛斯解释，卡耶塔诺在市政厅里有他的亲信，在法院和教区里也都有。这些人都听他的，被他高价收买了。他们会撕毁诉

---

① 菊科植物，常用于消炎镇痛。

状，指不定哪天夜里把告发的人毒打一顿。

"我们，"等大家说完，"古巴佬"补充道，"都看不惯这一套。我们可不是被任何人出钱豢养的。我以前在古巴务工，知道什么是自由。"

他给大家看那条用木棍做的假腿。

"在一场罢工里，为了捍卫自由，我丢了这条腿。"

渔民们纷纷赞同，仿佛他们都是见证者。想必这段往事大家都很熟悉，它给"古巴佬"平添了某种权威和英雄气概。

"对，那是一九一四年，世界大战开始的同一年。我当时在一家叫'萨丽塔'的蔗糖厂当监工。"

门打开了，进来一位中年绅士，湿漉漉的雨伞水流如注。他身穿一件相当破旧的黑色雨衣，头上戴着一顶花格鸭舌帽。他径直走向阿尔丹。

"天哪！我把山金车拿来了。这雨真是太大了，就像上帝在泼水！"

阿尔丹用空出的那只手指着卡洛斯。新来的人转过身子。

"啊！您来了？那就不需要山金车了！"

他擦干了手，伸向卡洛斯。

"我是皮涅罗，巴尔多梅罗·皮涅罗，药剂师。您怎么样？我认识您父亲。当然了，那时候我还是个孩子。可我记得清清楚楚的，您父亲非常绅士，一表人才，总是一个人独来独往。这样的人现在已经没有了。"

卡洛斯客气地回了几句。皮涅罗还一直握着他的手不放。

"唉，要是还有您父亲这样的人，那该多好啊！我们也不至于落到这般处境，受人欺凌压迫。"

他转身对阿尔丹说："你给他讲过了？"

阿尔丹点了点头。

"人们管这个叫自由。"皮涅罗接着说，"'自由，多少罪恶假汝之名以行'[1]，我也不知道这话是谁说的。您没准儿知道。"

"我不记得了。"

"不要紧。我也忘了。这话有道理，确实有道理啊！"

突然，他皱起了眉头。

"对了，您可别把我当成是他们一伙儿的。"他指着那群水手们说，"我不是'全劳联'的，我是君主制的拥护者。虽然政见有分歧，可这些人跟我都是朋友，大家联合起来对付共同的敌人。"

他身上散发着一股烧酒的味道。卡洛斯端详着他的面庞。那张脸布满皱纹，表情丰富，长着个酒鬼的红鼻头儿，蓝色的眼睛，略带浑浊。头上的鸭舌帽使他那形状独特的脑袋看上去像是一只鸟的轮廓，头脑中某种聪颖而充满激情的东西，用尖锐的闪光不断穿破眼神中的迷蒙。

"君主制的拥护者。就像从前那样的，当然了，也叫专制主义者。"

看到卡洛斯好像不太明白，他问道："您知道什么是专制主义吗？从来没听说过？"

他正要给卡洛斯解释，阿尔丹打断了他，跟他要山金车，于是他只好先让卡洛斯暂时处于无知状态。他重新清洗了伤口，敷上一些药，用橡皮膏包扎好。卡洛斯坐下来，有人给他倒上一杯酒。卡尔米妮娅从厨房里走出来，把一盘煎沙丁鱼放到他面前。

---

[1] 这句话是法国大革命时期吉伦特派女政治家罗兰夫人在临刑前的遗言。

"别的没有，但葡萄酒和沙丁鱼咱这里从来不缺。"

巴尔多梅罗给在座的人解释着专制主义的含义，以及对拯救贫苦阶层的好处。在那些伟大君主统治的时代，国王和人民联合起来对抗横行霸道的人，把他们打败。

有那么一会儿，卡洛斯公开亮相的效果已经到头儿了，或者说，再跟水手们一起多待几分钟就显得过分亲热了，又或许只是因为在这里已经没有别的事儿可做了。突然，似乎不需要理由，阿尔丹和巴尔多梅罗表示想要走了，并提议送卡洛斯回家。没等他答应，两人已经站起来了。希洛美向街上望了一下，以防有敌人。他说没人，同时用手扶着门，等着大家走出来。所有的水手都站了起来。看见卡洛斯想要跟他们握手，卡尔米妮娅连忙劝止：

"算了吧，跟他们说声再见就行了。议员来访的时候，大家也都是这样，用不着一个个地跟所有人握手。"

她的话挺管用。水手们和"古巴佬"本人都把手缩了回来。卡洛斯有些尴尬，拍了拍其中一个人的后背，感谢"古巴佬"的葡萄酒和沙丁鱼，并许诺改日再来，到时候来得早些，更有胃口。

希洛美走在前头，卡洛斯夹在皮涅罗和阿尔丹中间，药剂师为他撑着伞。雨声中依然可以听到海浪拍打着岸边的护墙。卡洛斯听着涛声，比听皮涅罗说话更为专注。这家伙有些饶舌，喋喋不休地重复着关于卡耶塔诺及其如何横行霸道的那些话。这涛声，卡洛斯已经听了整整一下午了，自从造船厂的汽笛声终止了打铆机的轰鸣，自然界的雨声、涛声，还有远处的人声，便重新萦绕在耳际。

"……问题是这个国家，自打自由派来了以后，就没有权威了。"

"更准确地说，是自打自由派无力治理这个国家开始。"

"一个自由主义的国家？我宁可要无政府主义，至少那是无须伪装的混乱。"

卡洛斯觉得这些与他毫不相干，不过他明白，对这些问题其实应该有所关注。他努力听着巴尔多梅罗的论述，但始终不得其要。

"好吧，"他插了一嘴，"为什么这里不能和平地治理民众，就像世界上其他地方那样呢？"

巴尔多梅罗停下了脚步。

"因为我们这里不是世界其他地方。"他强调地说。

卡洛斯并不理解他为什么要这样强调。

"那又怎么样呢？"

"西班牙不属于世界。西班牙，您明白吗，本身就是个自成一体的世界。"

阿尔丹停住脚步，站到了雨伞外面，他尽量把瘦长的脑袋贴近其他人。

"卡洛斯最近这几年没在西班牙生活过，没法理解我们。不过，也许……"

他停了一会儿。

"我们就像是俄国。卡洛斯，你明白吗？就像俄国那样，独立于世界之外。所以我们这里，既有像皮涅罗这样的专制主义者，也有像我这样的无政府主义者。"

"您真是疯了，阿尔丹。别跟我啰唆了。您成为无政府主义者，不是因为西班牙像俄国那样，而是因为已经没有宗教裁判所了。"

他使劲抓住卡洛斯的一只胳膊。

"我得好好给您讲讲……不过，这里不行。咱们还是去我家吧。"

"这么晚了？"

"那又怎么样？走吧，咱们喝几杯，我给您介绍一下我太太。"

卡洛斯推辞说，如果回去晚了，玛丽亚娜女士会担心的。

"可以让希洛美给她带个口信，他正好去那边。走吧，走吧。"

他拽着卡洛斯，沿着一条陡峭的小街向上走去，雨水顺着街砖轻轻地流淌下来。

"您也来，阿尔丹。咱们都去我家，有火盆，还有酒喝。"

然而，巴尔多梅罗没能按照设想的那样给卡洛斯讲解一番。他们来到药房，进入里间。一个身穿便服、头上满是卷发夹的女人，正坐在摇椅上，在一盏蒙着绿罩的灯下看书。看到皮涅罗进来时，她几乎没动；可当卡洛斯探身入门时，她尖叫了一声，匆忙跑向走廊尽头。

"哎呀，让您给撞见了！"

"我觉得，"卡洛斯抱歉地说，"我们不该这样不打招呼就贸然登门。"

"您别担心。您知道，女人们都这样。"

药房里间是一个狭长而潮湿的房间，隔板架上杂乱地堆放着药品包裹、旧书和卷起来的报纸。有几张照片——上面是流亡的国王与王后①——和一张又大又旧、已经褪色的耶稣圣心像。

"露西娅这个可怜的女人，她身体不太好。"皮涅罗接着说，"她整天不是看书就是去教堂。她是个虔诚的基督徒，不过，跟所有女人一样，她也喜欢打扮自己。"

过了一会儿，露西娅回来了。她梳理好头发，打扮一新，还端来一个托盘，里面有饼干和甜酒。她把托盘放到火盆上方的小圆桌上，向卡洛斯伸出一只纤细而炽热的手。她为刚才跑掉而致歉。

"我这个丈夫啊，他就爱突然袭击，带客人来家里，也不顾

---

① 此处指 1931 年西班牙第二共和国成立时流亡国外的国王阿方索十三世及其王后。

人家……"

　　她大概三十岁。匆忙涂在脸上的香粉和胭脂使她显得有些苍白。她长得俊俏，但有些俗气，说话时经常不把句子讲完，似乎卡洛斯的在场令她有些胆怯。

　　"你愿意的话，就去睡吧。我们要谈政治。"

　　"上帝啊！你让人家整天自己一个人闷在家里，好容易来了客人……"她转身向阿尔丹问道，"是被石头砸伤的？巴尔多梅罗跟我说了……"然后，马上又对卡洛斯说，"他们肯定跟您说过谁是卡耶塔诺。你给他讲过了，对吧，巴尔多梅罗？"仿佛觉得皮涅罗的解释还不够，她又补充道，"真可耻。尤其是对女人们来说。他谁也不尊重。"

　　"你还算幸运，说不上被他欺负过。"

　　"你们男人家懂什么呀？难道除了动手动脚或者说粗话，就没有其他不尊重的方式了？还有眼神呢，卡耶塔诺这家伙的眼神谁也不放过，连我也是。就在昨天……"

　　她停下来，欲言又止，好像不便说出口。

　　"这还得说，自从跟'美女'好上以后，他算是消停了不少。最糟糕的是他甩了旧的、想要勾搭新人的那些日子。他瞅着我们所有女人，就像是在市场里挑货，看看要买哪一个。"

　　卡洛斯问起了"美女"。

　　"您看，她是个正派姑娘，女裁缝。本来应该找个跟她般配的男人嫁了，结果被卡耶塔诺看上了，三言两语，把她父亲和哥哥都招进了造船厂。她又能怎么办呢？"

　　"怎么办？别搭理他呀。正派女人就应该这样做。问题是这个镇上，没有道德观念。"

"你知道什么呀！"

"要我说，就是没有道德。这座镇上所有东西都有价码，唯一的买主只有卡耶塔诺，所以说纯粹是一座道德沦丧的镇子。卡洛斯，您可要明白，您来的这个镇子，什么东西都能买，但是只有一个买主。"

"不是什么都能买，巴尔多梅罗。我就是卡耶塔诺买不到的。"露西娅像是被冒犯似的说。

"我没有想到你。你……"

"您知道他为什么想不到我吗？不是因为我正派，而是因为他觉得我已经人老珠黄、没人会喜欢了，而且我身子还有病。"

她面带微笑地看着她丈夫。

"可是，你明明知道卡耶塔诺总是想要……想要给你戴绿帽子……要不是我这么洁身自好……卡洛斯，您认识奥索里奥神父吗？"

"我刚来这里。才第一天，我就已经认识不少人了。"

"奥索里奥神父真是个非同一般的男人。"

"一个精神不正常的家伙。"阿尔丹来了一句。

"闭嘴，你这个异教徒。你明明知道他是一位圣徒。卡洛斯，您要是听他讲话就知道了！他讲解的教义，真是太美妙了！他是我们一群已婚太太和年轻姑娘的精神导师，卡耶塔诺对我们这些人是不敢造次的。这多亏了他……总之，阿尔丹可以好好给您讲讲。他妹妹伊内斯就是我们中的一员。"

"我也可以给您讲讲。"巴尔多梅罗沉着嗓子说，"这个神父，我可不喜欢。他曾经去过国外，对宗教有他自己的理解方式。对我来说，就是个异教徒。所有那些跟我们理解宗教方式不同的家伙们，都是异教徒。"

"你什么都不懂！"

丈夫和妻子围绕着奥索里奥神父争论起来，阿尔丹也偶尔冒出几句调侃的话。卡洛斯一边听着，一边与困倦做斗争。谈话始终未能引起他的兴趣。阿尔丹注意到他在打哈欠，于是建议改日再辩。卡洛斯努力地在说话声和雨水声之外分辨出海浪的声音，那涛声越来越强劲。他们出来时，从溺湾一带刮来一阵狂风，呼啸着将整个镇子笼罩在一团轰响之中，简直比打铆机更震耳欲聋。海浪拍打着岸边的矮墙，泡沫飞溅到街道的石砖上。他们三人路过时，有个人不顾狂风骤雨，在一个角落里吹笛子。他吹着诙谐的曲调，是一家音乐杂志近期刊登的一首丘蒂斯①舞曲。三人经过时，他打了个招呼。卡洛斯认出他就是自己抵达伯爵新镇后看见的第一个人，那个戴着草帽、手拿拐杖的疯子。

他们告诉卡洛斯，这个人是表匠帕吉托，他的记忆力和修理机械玩意儿的手艺都很出名，而且也是卡耶塔诺的受害者，但没有说为什么。

借口雨还未停，告别变得冗长起来。卡洛斯建议去玛丽亚娜女士家里坐坐，喝上两杯，但无论阿尔丹还是药剂师都不同意上去，于是大家在门厅待了好一会儿。阿尔丹异常兴奋地说个不停，没有谈政治，而是说起了童年往事：放假的时候，和卡洛斯一起度过的那些夏天；玩了什么，干了什么，还有他们当初的友谊。卡洛斯把一切都记得清清楚楚，有几次甚至抢在阿尔丹前面说了出来。听着他们交谈，巴尔多梅罗可以肯定他们俩过去是一对亲密无间的好朋友。而那时候，卡耶塔诺·萨尔加多还是个又害羞又不懂礼数的小青年，虽说是富家子弟，可在游戏、探险和出海时，只能算是个次要角色。阿尔丹

---

① 丘蒂斯（chotis），又名沙蒂希步，是起源于波希米亚地区的民俗双人舞蹈，19世纪流行于整个欧洲。

没说、卡洛斯也没提起的是，他们一起度过的最后那个夏天，卡耶塔诺开了一艘崭新的单桅小帆船，是他父亲送给他的礼物。从那时起，统治地位和重要性就都归卡耶塔诺了，阿尔丹和卡洛斯谁也不敢质疑。

他们终于趁着一个短暂的雨停间歇走了，仅仅几分钟后，雨又下了起来。巴尔多梅罗提议去药房里间避雨，顺便喝几杯烧酒。阿尔丹同意了。两人进屋时，小心地不发出声响，免得露西娅听见了会下来打扰他们。第一杯酒他们是站着喝的，阿尔丹称赞烧酒劲道十足，酒体颜色也被药草染得格外好看。巴尔多梅罗觉得继续畅饮是责无旁贷的事儿，于是两人又坐下来喝了第二杯。小圆桌下面的火盆暖意融融，正好可以烘干湿漉漉的靴子。

"您觉得卡洛斯怎么样？"阿尔丹问道。

"是个挺随和的人，没什么架子。这一点毫无疑问。"

"您觉得他能推翻那个家伙吗？"

"推翻？您是什么意思？"

"成为镇上的主宰。"

巴尔多梅罗耸了耸肩。

"那谁知道呢。也许过不了几天他就走了。"

阿尔丹把一只瘦削的手伸到桌上，拍了一下台布。

"唉，咱们得说清楚！我出于原则，反对任何人统治大家；可是面对这种现状，我宁可选择卡洛斯·德萨。他是个知识分子，懂得讲道理。"

"正像您说的，他是个知识分子，恰恰是这一点让我产生怀疑。知识分子是这个国家的祸患，您能想象，我这么说，可是把那些右翼的知识分子也包括进去了。除了这一点，我觉得他是个挺好的人。"

"您的偏见，我不能苟同。"

"那是因为您也有偏见。"

"确实如此。不过，现在咱们不要来比较这些，也别争论谁的更好。我是搞政治的，我认为那些最终取得胜利的原则才是最高的原则。也就是说，我的那些原则。"

"您的那些，永远也胜利不了。"

"这个以后再说吧。不过，我再说一遍咱们不讨论这个。现在要说的是，结束卡耶塔诺在镇上的统治，让卡洛斯来取代他，是不是合适。与其说合适，不如说是一种可能性。在这方面，咱们可以达成一致。"

"您是觉得操纵卡洛斯会比较容易吗？"

阿尔丹轻轻地喝了一口酒，仔细地品味着。

"我现在跟您提出的，"他随后说道，"是一个道义上的问题，不是实际的政治问题，更不是眼前的对策。要的是从理论上分辨清楚，被一个不靠谱的家伙和被一个正派人统治，区别在哪里。"

"那还用说！"

"那么，咱们得拿出办法来……"

"咱们？"

"正是。"

巴尔多梅罗笑了，笑的时候被烧酒噎了一下，咳嗽了一阵子。

"您别瞎扯了！您和我能干什么呀？听您话的那些渔民，加在一起也就是六七十张选票；我是个没人搭理的家伙。退一步说，就算咱们能争取到镇上所有的选票，又能怎么样呢？现在，西班牙当政的是右翼共和派的人，可在伯爵新镇的政府里，卡耶塔诺安插的市政委员占了大多数。他只要还有钱，就能说一不二。"

"他只要还活着。"阿尔丹阴沉地回答道。

药剂师惊恐地看着他。

"您在暗示什么？"

"没什么。我可以非常清楚地跟您说，卡耶塔诺只要还活着就会主宰一切。所以，要想让他不再作威作福，必须得干掉他。我从没幻想卡洛斯能够轻松地取代他。我既不是梦想家，也不是白痴。要想让卡耶塔诺不再统治我们，由别人取而代之，先得有一场悲剧。"

"您真是疯了。"

"不，我说的是实情。生活在现实中，我看得很清楚。既然现实如此，何必要自欺欺人呢？必须干掉卡耶塔诺。"

他在扶手椅上往后挪了一下身子，动手卷起一根烟来，同时用几乎令人害怕的目光盯着巴尔多梅罗，不过因为烧酒的缘故，他的眼神有些模糊不清。注视的同时，他还想露出瘆人的微笑，或许带上一丝阴森森的讥讽，可他火候拿捏得不是很准，结果变成了一脸傻乎乎的怪样。

"必须除掉卡耶塔诺，可是这座镇上除了您和我，没有人能办到。"

巴尔多梅罗做了个抗议的表情，不过话音中透出某种难以掩饰的喜悦，因为有人认为他有足够胆量能杀人。他想，要是露西娅在场就好了。露西娅有时候以为他连只老母鸡都不敢杀呢。

"哎哟！您这话可太夸张了。我是说……如果认为是正义的事儿，我并不是没有胆量去杀人，不管他是谁。不过现在的问题是……总之，您要说得再明白些才行。"

"再给我倒杯酒，这酒真不错。作为一个行动派和准备除掉卡耶塔诺的人，我喝得太少、说得太多了，这也许是个错误。像我这样的人应该多喝一些，可是……"

他做了个含糊的表情。

"我没有钱，也不愿意让别人请我。"

巴尔多梅罗给他倒了酒，伸手把盛满酒的杯子递给他。

"您刚才要说……"

"我两年多以前来到这座镇子的时候，马上明白了两件事：一是必须除掉卡耶塔诺，二是只有我才能做到。后来，当我认识您以后……"

"可是，您怎么看出来我也能……总之，为什么觉得我也有胆量呢？"

"我也不清楚。不过这个不重要，重要的是辩证法的道理允许您和我为民除害，而特定的环境却让您和我都无法伸张正义。"

巴尔多梅罗吃惊地睁大了双眼。

"那该怎么办呢？"

"道义的力量是一码事儿，但另一码事是……我也不知道该怎么说。总之，如果您现在上街把卡耶塔诺干掉，您足够有能力说服法官这是正义行为吗？"

"要是考虑到法官……"

"不要管法官，您只考虑公众意见吧。镇上会有人不为卡耶塔诺的死感到高兴吗？可是，他们中间有谁会赞同咱们是为民除害呢？主动……"

"不，不会的！他们是不会主动站出来的。您刚才说存在着道义上的理由？"

"您有，我也有。虽然有所不同，但在这件事儿上是一致的。您和我其实都是无政府主义者，您是右派的，我是左派的。而且，您还是研究神学的，知道什么时候可以合法地杀死无道的国王；同样的理由也适用于这种情况，这不用多说。我也是同样的处境。对我来说，除掉卡耶塔诺不仅是正义之举，还是具有楷模意义以及政治上必要的行为。可是，面对公众意见，我没有任何东西能拿来为自己辩解。我甚至并不真正属于无政府主义党派。谁也不会说我是遵照党的指令而杀人的。这种情况下，您和我又能做什么呢？"

"什么也做不了。也就是说说罢了，至少在这一点上咱们有了共识。如果有宗教裁判所的话，卡耶塔诺会被判处火刑，我一想到这个，心里就踏实多了。"

"可是卡耶塔诺还活蹦乱跳的，招摇过市，每天都在嘲笑您、我，还有全镇子的人。"

"咱们还可以诅咒他母亲，这也是一种宽慰。我每天都这么做。"

"那又怎么样？"

"我感觉舒坦多了。"

"这可不够。"

阿尔丹站了起来，脚刚一沾地，身子便晃悠了一下。他下意识地扶了一下书架。他左手拿着酒杯，右手比画着，仿佛在演说。

"您没想过个人原因吗？"

"什么原因？"

"个人的，家里的。西班牙这个国家，即便统治者是暴君，杀死国王也是不合法的。但是，如果有人勾引你的妻子、姐妹或者女儿，是可以杀了他的。"

巴尔多梅罗的脸色变得苍白。

"您这是什么意思？"

"您有一位妻子。如果您因为卡耶塔诺勾引露西娅而杀死他，人们会觉得这是世界上最自然不过的事儿。"

巴尔多梅罗坐在扶手椅上，不安地扭动了一下。

"好吧，好吧，不过他并没有勾引我妻子啊！"

"他迟早会的。他注定会这样做的。他来到这可恶的世界上，就是为了干这个。"

"我是个有尊严的人。我老婆要是背着我偷情，我就宰了她。"

"那卡耶塔诺呢？"

"我会宰了她，犯下罪孽的是通奸的妻子。至于他，以后再说。"

阿尔丹泄气地望着他。

"既然如此——要是您把尊严曲解成这样的话，那只有由我来干掉卡耶塔诺了。"

他使劲把酒杯摔到地上，然后站直身子，用手拍了一下胸脯，庄严的神情被烧酒搞得荒诞不经。

"我，只能是我！您本来能跟我有一争，但您放弃了。很好，我得感谢您。现在只差决定我是一拳揍死他，还是用手枪或者匕首。"

巴尔多梅罗没太理会他，连忙将碎玻璃拾了起来。

"哎哟，您别摔杯子啊！过后我老婆肯定要抱怨……"

"您害怕她？"

"害怕？我害怕？"

他手里拿着酒杯的碎片，站起身来。

"您还没结过婚，没有经验，您可不知道，女人要是折腾起来，比天花还厉害。"

他把碎片扔到一个角落里，坐了下来。

"您，阿尔丹，是个好青年。为什么脑子里灌进了这些想法呢？生活对于热爱它的人来说是美好的；对您这种不信教的人来说，更是个开满鲜花的大花园。"

"生活令人作呕。"

"您不工作，也罢；您也不泡女人，为什么呢？您从来没有痛痛快快地玩儿过。你年轻的时候都干吗了？人生就是要吃好、喝好、干爽，别想那么多，思考是有害的。您要不是想得太多，就不会总惦记着怎么干掉卡耶塔诺。"

"我要是不想着干掉卡耶塔诺，在这世界上还有什么用处？您说说，有什么用处？什么也没有。只能像俱乐部里的那帮家伙一样，嘀咕几句，要要钱。无非是放假的奴隶，主人朝地上跺一脚，所有人都吓得发抖。我，可不一样……"

他走到小圆桌旁，张开双臂，画了个圆圈，仿佛在拥抱广大的世界。

"您看看我的生活。我既不放纵又简朴，像个苦行僧。我不工作，是因为我不愿意跟这种可耻的经济制度合作。但是，我赋予了生活一个目的。我生活中的所有行为，都向着这个目标迈进：除掉卡耶塔诺。现在人们说我游手好闲；当我把大家从暴君手里解放出来时，他们会理解的。如果不理解，他们只会更糟糕。"

他把手按在桌子上，咄咄逼人地盯着巴尔多梅罗。

"您明白吗？明白我说的吗？"

"不明白。"


阿尔丹回到家时，大衣已经湿透了，头上没有遮盖，往下淌着水。伤口上敷的药在路上已经被雨水冲掉了，脸上有些地方带着血迹。泛红的水顺着脖子往下流淌，把衬衫上半部分都染红了。不过，雨水让他清醒了。他渐渐忘记了跟药剂师的谈话，而是想起了卡洛斯，满心愉悦，因为卡洛斯认出了他，待他很热情，还反复重申往日的友情。

他没有马上进门，而是站在屋檐下避雨。他把手擦干，卷了一支烟。厨房里有亮光，在平缓的雨声中，家里一片寂静。他的妹妹们应该已经吃过晚饭了。

他又想到卡洛斯。他很久以前就想起卡洛斯来，自从他明白了自己在伯爵新镇的使命，自从他接受了使命并盼望那一刻的到来。他需要卡洛斯，不是像有些人想的那样，希望有个合作者，更不是想找个同谋，而是需要一位见证人。他很清楚，在伯爵新镇——也许还有镇子以外的地方——没有人会理解将要发生的事情。比如，他们会说"阿尔丹杀了卡耶塔诺是因为这家伙睡了克拉拉"，又或者"他杀人是出于嫉妒，克拉拉的事儿只是个借口而已"。这些说法，会被人放大，再与所谓的社会问题掺和起来，然后刊登在拉科鲁尼亚和马德里的报纸上，没有人会认出他来，也没有人会记住事件的主角。甚至在"古巴佬"的酒馆里听他讲话的渔民们也不会完全理解，即使是"古巴佬"本人也难免会胡乱猜测——当然，他会对朋友们说："这事儿没那么简单，有些东西是我们不能理解的。"唯一能理解他的只有卡洛斯。卡洛斯能够区分表面的原因和真正的本质；他能完全理解这一举动的伟大之处。对于卡洛斯而言，胡安是接受命运安排的人，他毫不犹豫又从容不迫地履行使命，每天都在耐心等待一个阶段完成后过渡到下一个，最终实现这一不可避免的进程。但是，为了让卡洛斯理解，先得让他熟悉有关情况和人物：知道谁是卡耶塔诺、谁是克拉拉。尤其要知道他，胡安，了解他是个什么样的人，面临何种处境。这些都需要一点点透露给卡洛斯，有条不紊地，以便他能够勾勒出一幅恰到好处的肖像、一幅囊括阿尔丹全部身体与心灵的肖像。比如说，卡洛斯应该知道他是位诗人。还应该对克拉拉有准确的了解，形成个人印象：他应该瞧不起她，以免过后会同情她。噢，这可是至关重要啊！他需要卡洛斯在恰当的时候明白，克拉拉的轻浮作风会让她自己变成一件工具。克拉拉比较轻佻，指不定哪天她就会把自己卖给卡耶塔诺。即便换成别的处境，早晚也会是这样。所以，他，胡安，既没有撺掇，也没有诱导，而是任其自由发展。就像有人会总结成：一系列戏剧性的情景和自由的人物，在他们之间发展出各种关系，最终导致他们中间某个人死于另一人之手。虽然事情是一样的，轻浮、诱惑、死亡，其道德价值却取决于是谁做的。仅仅因为名誉问题而杀死卡耶塔诺——就像如果药剂师胆子大些，可能也会这样做——跟出于对道义的忠诚而从暴君手中解救出整座镇子相比，两者是截然不同的。这一点，谁都不会理解，即使解释给他们听，不少人也会把它当成玩笑，而这恰恰是卡洛斯·德萨应该理解的。所有其他的，无论是在"古巴佬"的酒馆中搞工会宣传，还是拒绝接受任何妨碍他自由行动的工作，都纯粹只是过渡而已。

他从厨房外面的檐廊走进来。克拉拉背对着门，正在刷洗碗碟。伊内斯在一个角落里，借着煤油灯的亮光，正在做针线活儿。克拉拉回应他打招呼时，并没有转身看他；而伊内斯则立即站起身来。

"你流血了？"

他笑了笑。

"没什么。被一块石头绊到了。纱布在路上掉了。"

"来，我给你包一下。"

她在面前的一个小篮子里翻找着。克拉拉也回过头来。

"你被绊到了？"她问道。

"有人扔了一块石头。"

"说不定哪天你会死在外面。"

伊内斯找到一块白布，用手扯开。

"你别硬来。"克拉拉说，"先得给他涂一些烧酒。"

"家里有吗？"

"家里从来都不缺烧酒。"克拉拉带着苦涩的口吻回答道。

她走出厨房，在围裙上擦干双手。

"卡洛斯·德萨回来了，你知道吗？"胡安说。

"他是谁？"

"卡洛斯·德萨，咱们的一个远房亲戚，住在佩内多祖宅的那个。"

"噢！"

他站在那里等待，手里拿着细棉布条。

"他是个出色的年轻人，从维也纳回来，在那里学的医科专业。对，是精神病医生。他和我有点儿相像，一见面就认出了我。小时候，我们俩是好朋友。"

克拉拉回来了，手里拿着一个小瓶子。

"我们回想起来，小时候总是在一起玩儿。"

"你在说谁？"克拉拉问道。

包扎过程中，胡安解释了一番。克拉拉也没听说过卡洛斯。

"你要吃晚饭吗？"

"不了，我在外面吃了点儿东西。"

"你身上真难闻。你是不是也要酗酒啊？就差这个了。"

克拉拉回到洗碗池边，用涂上肥皂的针茅草搓着弄黑的双手。胡安坐在伊内斯身边，她做着针线活儿，胡安则回忆着跟好朋友卡洛斯一起玩儿的那些夏天。

"他来过家里好多次，也跟你们一起玩儿过。他很喜欢你，伊内斯。"

"我不记得了。"

克拉拉没有回身，问道："那我呢，他不喜欢我吗？"

"还真不太喜欢。"

"喜欢我才怪呢。"她回答道，好像并不介意胡安的话。她似乎更加关心怎么把手洗干净。

"这可恶的烟油，"她咒骂着，"怎么洗也洗不掉。"

她把围裙挂到墙上的一根钉子上。

"好了，我去照顾妈妈睡觉。明天见。"

走到门口，她又看着哥哥说道："看来你真喜欢这个卡洛斯，我从来没见过你像今天晚上情绪这么好、这么和蔼可亲，哪怕是被石头绊了。"

接着，在昏暗的走廊里，她又说："看能继续多久。"

胡安想要回她几句，然而克拉拉的脚步声已经回响在黑暗深处。伊内斯一直没有抬头，她正在缝一件红色大衣的卷边。

"他是个不错的人，前途无量。你看，要是有一天他跟我说想娶你……"

伊内斯的手指被针扎了一下。

"娶我？我不想结婚。"

"你怎么知道呢？"

伊内斯用顶针按了按被扎到的部位。

"你应该知道这一点，胡安，我要去当修女。"

她停下了针线活儿，注视着哥哥，目光坚定，却又充满温情。

"当我在良心上感到不再有任何责任能留住我的时候，就会离开这个家。"

她用双手握住胡安的手，目不转睛地看着他。

"我会对她说，等我准备好入教时奉献的财产就会离开，不过这不全都是真的。我不想让任何人说我抛弃了母亲，也不想让你觉得我抛弃了你。"

"我没有权利这样……"

"问题不是这个。咱们不必多说了，感谢上帝，咱们不用言语也能相互理解。我只想告诉你，我及时地明白了责任的重要性。还有，我很感谢你。"

她站起来，收拾好针线活儿。走之前，她补充说：

"我如果现在就离开，那就是在逃避责任，上帝不会认可虚假的牺牲。"

伊内斯也去睡了。"你不睡吗？"她临走时问道。胡安回答说，他没有睡意，想在炉灶的炭火边看一会儿书。厨房里安静了下来，几乎是一片黑暗。远处传来克拉拉的脚步声，她走来走去，大概是在服侍母亲就寝。

这三个女人构成了他的私人生活：女人们和家。他们从三年前就住在这里，或者说是躲避到这里。刚到的时候，房子跟现在一样破旧，但那时家具更多一些。后来几乎都卖光了，直到为了糊口，伊内斯开始工作。

三年了。八月的时候就已经三年了。那是八月十三号，本地节日的两天前，整个镇子喜气洋洋的，广场上到处都是货摊，天空中爆竹鸣放，人们都穿着节日盛装，等待长途汽车的到来。尽管已经是共和国了，这里的圣母节庆依然能吸引外地人来看热闹。

"这些人是谁，妈妈？"一个小男孩指着他们问。他母亲回答说："好像是来参加节日的江湖艺人吧。"

胡安听到了。他看了看母亲和妹妹们，也看了看他自己：身穿黑色丧服，旅人般风尘仆仆，背着少得可怜的家当。真像是卖艺的，然而他们却是丘鲁乔家族的人。当看到他们一路走向那座名为阿尔丹祖宅的房子时，人们便猜到了他们是谁，于是又带着嘲讽或是同情的表情，重新打量他们。

"肯定是阿尔丹家的人。他们的父亲两个月前去世了。"

"真可怜，他们真够寒酸的！"

"身上穿着黑色的丧服。"

…………

他们的父亲是两个月前去世的。"雷米希奥·阿尔丹·德·萨阿维德拉先生于一九三一年五月二十七日在马德里逝世。他悲伤的妻子多洛雷斯·穆依妮奥斯和他的女儿克拉拉，在此向亲友们告知这一沉痛损失。"

只有克拉拉。

"为什么只有我一个人？你们俩呢？"

胡安只好给她解释，因为他们的母亲不愿意说。当他讲给克拉拉的时候，母亲已经走开，躲到一边哭泣，也许在喝茴芹酒。

"我们俩，伊内斯和我，都是非婚生子。"

"可是，难道你们不是跟我一样，都是同一对父母生下来的吗？我们不是兄妹吗？"

"是，但只在某种意义上是。你出生的时候，咱们的爸妈已经结婚了；可是，我们出生的时候，爸爸还是另外一个女人的丈夫。我们两个是私生子。"

"可那有什么要紧的？不管怎么说，你们不也是他的孩子吗？"

她简直就是个缺少教养的野孩子，未开化而且下流，只知道被饥饿、性欲和虚荣所驱使。她说话时带着社会底层那种不顾廉耻的样儿，言语和表情相当市井。她对道德的理解就是憎恨贫穷和抱怨债务。

"所以，他去世以后，我正想明白地告诉你，虽然跟你有些区别，但我们也同样是他的孩子。伊内斯也同意我这么做。"

伊内斯没有开口。她躲在一角祈祷着，没有悲伤，相当平静。真令人难以置信，她也是同一个娘胎里生下来的。不过，伊内斯其实是胡安造就的。伊内斯和克拉拉之间的差异，是他耐心而有效地塑造出来的。他是出于自己的意愿才这样做的，为的是让她们俩截然不同，谁也不会混淆。

伊内斯的灵魂熠熠闪光，只要看看她的双眼就够了，看看她是多么甜美、沉静和超然物外。胡安觉得，就算他自己是不完美的，就算他不得不假装，甚至有时候不得不说谎，但他至少有能力创造完美：伊内斯就是他用话语、耐心、爱心，甚至愤怒完成的杰作。伊内斯是他对不公正的回应。如果说，除了这一切，她还非常虔诚的话，那只是无法避免的意外。

克拉拉抱着一堆衣服走进来，把它们扔到一个筐里。

"你不去睡觉吗？"

"我待会儿再睡。"

"你会着凉的。要我往火里添些柴吗？"

"好吧。"

她一边拨弄着炭灰，一边说："我看妈妈的情况越来越糟了。要不要请个医生来给她看看？"

"有什么用呢？她没有救了，因为她是不会把酒戒掉的。"

柴火点不着，于是克拉拉用斧子劈开几个松果，用火点燃。

"你那个朋友多大年纪？"

"谁呀？"

"那个刚回来的。"

"差不多跟我一个岁数。"

"他还单身？"

"是的。"

"他不会想在伯爵新镇结婚吧？"

"我想不会。"

为了不让克拉拉想入非非，他又补上一句：

"这里没有配得上他的女人。他是个有学问的人。这里的女人都是粗俗和无知的。"

克拉拉白了他一眼，说了声"明天见！"随后就离开了。

伊内斯的想法令胡安很伤心。不过，从某种意义上讲，她去当修女是有道理的。伯爵新镇里，没有适合她的男人。噢，他绝不能想象伊内斯嫁给一个庸俗不堪的人，这种人整天去俱乐部玩牌，为了排遣无聊而编造些粗俗的笑话。还好，现在卡洛斯回来了。

伊内斯可以嫁给卡洛斯，没准儿只要认识他，伊内斯就会放弃当修女的念头儿。卡洛斯肯定会喜欢她，他立刻就会发现伊内斯不仅漂亮，还是个非常不一般的女人。


伊内斯和胡安·阿尔丹都是雷米希奥和罗拉①·穆依妮奥斯的孩子。雷米希奥本来可以成为伯爵的，没能如愿是因为他总是债台高筑；罗拉是拉科鲁尼亚人，外号"雪茄女工"。这两个孩子出生的时

---

① 罗拉（Lola）是多洛雷斯（Dolores）的昵称。

候，雷米希奥还是埃乌拉丽亚·蒙特内格罗的丈夫。胡安和伊内斯谁也不知道，他们的出生与猎枪之间竟有某种关联。

十九世纪的最后几年，雷米希奥·阿尔丹在马德里的声望主要依仗着他那些伦敦定制的西装和他的猎枪。他整天在朋友们中间炫耀衣着和展示猎枪，这些行为所花费的钱财显然超过了他的收入。为了平衡收支，他开始了金融冒险。

结婚四五年后，他不得不跟妻子在拉科鲁尼亚过了几个冬天。几笔股市投资的失败使他的收入丧失大半，只好过起了紧巴巴的日子。

可是，在拉科鲁尼亚，穿伦敦西装的绅士们在比例上比马德里还要高，而且，他们还津津乐道于猎取雏鸽的数量，而不是更加看重猎枪的质量。雷米希奥只能猎到很少的雏鸽，于是只好强调他更擅长打野鸭，以此来捍卫自己作为优秀猎手的声誉。

总的来说，谁也不相信他。他自己也意识到了，相当难受，盼望着妻子能尽快继承遗产，这样他的财务状况会得到改善，也就可以回马德里了。在那里，人们还相信他，或者至少是装作相信他。可是，他的岳父虽然连着三个冬天都气息奄奄了，却又拖了两年才最终撒手人寰。

这可是漫长的等待啊！这两年中，每当雷米希奥踏入俱乐部，有人问他这一季准备打多少只野鸭时，他便倍感屈辱。

忽然间，有个信息灵通的家伙发现了"雪茄女工"罗拉。在俱乐部里，不乏这类善于发掘的人。他们像嗅觉灵敏的老鹰在市场里寻找猎物，在工厂的门口盯守，或者在熙来攘往的街巷里敏锐地认出目标。他们中的一位来到俱乐部，告诉大家，比方说："某某的女儿出落得很漂亮。明年可要盯紧哟。"

于是，所有人立刻都记下来，准备一有机会就打这女孩儿的主意。

罗拉正是这样被俱乐部的会员们知道的。她的各种特征被近乎科学般地仔细描述，只是其中假设的成分过多了。但是，她对那些率先献殷勤的男人们并不怎么理睬，于是猎手们在禁猎期间都把她看作不易到手的诱人猎物。

为什么雷米希奥比其他人更有运气，这只能靠猜想了。他追求当时二十岁的罗拉，这种追求，起先是为了提升自己的声望，况且也没有更好的事情可做；后来，是因为喜欢她；最后，是因为爱上了她。一天夜里，住在灯塔区的罗拉让他进了自己的家门。

他把这个秘密保守了几天。第一个星期还能忍住不说，但到了第二个星期，肚子里实在搁不住了，于是像汗水，又像是绽放的微笑一样冒了出来。这种事情，终究还是要讲出来的。除了个人满足，干这种事儿就是为了让别人知道，把它掩盖起来就如同把一身好衣服藏在衣柜里。柜子里的衣服和秘而不宣的偷情都会被虫子蛀蚀。所以一定要炫耀一下，哪怕是冒着被埃乌拉丽亚知道的危险。为了声望，他必须这么做。打定主意后，他就把这事儿告诉了朋友中最爱声张的一位。这家伙竟然不相信，雷米希奥便请他好好调查一下。

当俱乐部里的人得知后，雷米希奥顿时赢得了尊重。人们问他是怎么做到的，他报以一个狡黠的微笑。有人提议用一座养满山鹑的庄园来换罗拉，他打了那家伙一记耳光。这场风波在全城轰动了好几个星期，雷米希奥一时声望倍增。

当罗拉告诉他自己已经怀孕的时候，他觉得这是命中注定的厄运，就像裁缝或者武器商寄来的账单一样无法逃避。

胡安出生了。埃乌拉丽亚立刻就知道了。她既高傲又愚蠢，而且不能想象被别人侮辱，更不用说是自己的丈夫了。思忖良久，她找到了一个让自己踏实下来的理由："这个可怜虫那么想当父亲，可我没法给他生孩子！"后来的十来年里，她一直执着于这种想法，用它来为丈夫和她自己的行为做辩解。

两个冬天过去了，埃乌拉丽亚的父亲去世了，他们也有钱回马德里了。雷米希奥的财力得到了充实，他带上罗拉，把她安置在小毡帽街一套简朴的公寓里。埃乌拉丽亚知道了此事，并且得知伊内斯出生了。

胡安的存在令她不时有些担心，而伊内斯的出生则让她充满了不安。孩子刚生下来，她就想到了未来，想到了孩子长大后面临的风险，等等。她去找了忏悔神父，由于没有得到满意的答复，她又找了一个，接着是另一个，直到一位情感丰富的神父强调说，她有义务让两个孩子远离他们所处的环境，照顾好他们的教育，甚至要尽最大努力来确保他们灵魂的救赎，因为当面对上帝审判的时候，她将是承担责任的那个人。

一天夜里，埃乌拉丽亚把她丈夫叫来，跟他摊牌了，要求胡安和伊内斯离开小毡帽街，来这里在她的监督下生活。雷米希奥觉得这很荒唐，不过并不算太苛刻，因为埃乌拉丽亚并没有逼着他抛弃罗拉或做出类似的事儿。不过，他还是提出了一些难处："人们会怎么说？那些用人们又会怎么看？"埃乌拉丽亚回答说，她已经仔细考虑过了，不会让朋友们知道的，只要换了街区和用人，一切就都解决了。

这一变化是在九月份完成的，那时他们刚从伯爵新镇过完夏天回来。雷米希奥留在了那边的祖宅里，身边有二十位朋友，对那一年多打些野鸭寄予厚望。埃乌拉丽亚一个人接来了两个孩子，给他们换上新衣服，把他们安顿在利斯塔街新租下来的公寓里，并且对新雇的用人们说是她自己的孩子。她不管他们相信与否，而且，在她余生的那些年月里，也不在乎朋友们或者客人们是否会识破这个秘密，是会同情她还是崇敬她。

她开始只为了孩子们而活着，尤其是为了他们的救赎。对伊内斯来说，只要有信仰，也许就足够了；可是胡安需要更多的东西，比如，他需要仰慕他的父亲：高雅的举止，出色的猎人，优秀的绅士。雷米希奥的衣服，他的猎枪，他的礼貌和那种威严的风度，对惊讶不已的胡安来说，都是一位杰出人士的外在标志，他必须满怀崇敬地模仿，渐渐学会。而对雷米希奥而言，儿子的崇拜令他感到深深的满足，于是至少在表面上，他尽量使自己的行为举止符合埃乌拉丽亚精心塑造的模式。每当失败令他陷入悲伤时，他都极力这样安慰自己：至少对胡安来说，我是个无可挑剔的男人。

埃乌拉丽亚还费心地向一位律师咨询了两个孩子的法律地位。律师给她念了有关私生子的法律条款，埃乌拉丽亚觉得太不人道了。她决定等自己和雷米希奥到了规定的年龄后就收养这两个孩子。可是，她还没来得及等到那一天，就因为秋天时在圣路易斯交会处①受了寒，去世了。

她离开这个世界时，唯一遗憾的就是这两个孩子的命运。雷米希奥向她发誓，等过一段时间后，就会跟罗拉结婚。这段为保全体面的时间不得不省略掉，因为已经三十来岁的罗拉，又一次怀孕了。既然事情已经变得简单了，就没必要让下一个孩子的出生证明再有什么不正常了。

就这样，克拉拉·玛丽亚·欧亨尼娅成了雷米希奥和罗拉唯一

---

① 圣路易斯交会处（la Red de San Luis）是马德里市中心繁华区域几条街道交会的地方。

的合法子女。当她出生后，"雪茄女工"就开始发胖，变得愁眉苦脸了，因为雷米希奥不再像从前那么爱她了，或者更确切地说，一点儿也不爱她了。他娶罗拉是为了遵守对死去前妻的誓言。她的优雅、她的美德和她的慷慨，在她死后越发使雷米希奥感动不已，但他丝毫没有为当初的出轨而感到后悔。他觉得没有必要后悔，因为，正如埃乌拉丽亚所承认的，他很喜欢孩子，而他的前妻不能生育。

尽管很爱孩子们，在和罗拉结婚之前，他还是退掉了利斯塔街的那套公寓，而是在杜克伯爵街，兵营的对面，租了另一套，寒酸多了。罗拉和三个孩子，还有唯一的用人都住到了那里。雷米希奥自己则住在格兰佩尼亚大厦①里，没有跟任何人说自己又结婚了。

罗拉现在是他的妻子了，而雷米希奥去看望她时却更加遮遮掩掩了，间隔也比当初在小毡帽街时更长了。作为情人，她曾让雷米希奥感到骄傲；作为妻子，却令他感到羞愧。他少有的几回反省自己时，不停地感叹埃乌拉丽亚临终时的心血来潮。他觉得孩子们挺好的，甚至以自己的方式爱着他们；但是，罗拉已变得庸俗起来，哭哭啼啼的，样子很不堪。

伊内斯和胡安上的是马德里最好的学校，因为埃乌拉丽亚是这样安排的，而且还在遗嘱中预留出一笔钱，用来给孩子们支付最好的教育。对伊内斯来说没有问题，因为当时上流人家的女儿们一般都不上中学。但是胡安必须在某所公立中学报名，而当雷米希奥把他的出生证明拿在手中时——上面写着：罗拉·穆依妮奥斯·萨尔格伊罗二十岁时的非婚生子——立刻明白了不能让孩子知道这件事。他编了个理

---

① 格兰佩尼亚大厦（Gran Peña）是马德里市中心格兰维亚大道（Gran Vía）上的一座著名建筑。

由，说不能在马德里报名上学，把他带到了阿尔卡拉·德·埃纳雷斯①。他在校长面前演了一出悲情戏，又塞给办事员几个杜罗的钱，成功地把考签上的名字由"胡安·阿尔瓦罗·穆依妮奥斯·萨尔格伊罗"改成了"胡安·A.穆依妮奥斯"，巧妙地蒙混过关。但是到了下一年，胡安没有接着在阿尔卡拉念书，因为雷米希奥生怕有人不小心泄露给孩子他的私生子身份。上帝啊，谁会这样做呢？某个校工，某位坏心眼儿的教授，还是某个心怀不满的公务员？就这样，考试前一天，他去了昆卡②，编造了另一个故事，交了双倍的学费，于是胡安·A.穆依妮奥斯暂时被算作第一年学业合格，直到他的学籍档案从阿尔卡拉调来。之后，照方抓药，胡安第二年是在阿维拉上的，第三年在雷亚尔城，第四年在瓦拉多利德，第五年在瓜达拉哈拉。第五年的时候，遇到一些波折，因为雷米希奥被一个公务员认出来了，这个人曾经在昆卡工作，现在住在马德里，但每周三天去瓜达拉哈拉上班。他们在火车上遇见了，雷米希奥只得向他和盘托出。他害怕这个公务员利用秘密来要挟他，于是请他吃饭，尽力讨好他，送他礼物，为他在部里说情，并且帮他调到马德里工作……感谢上帝，胡安终于在洛格罗尼奥结束了中学学业。

"现在，你最好是去阿根廷。"他对儿子说，"家里不太宽裕，去阿根廷是绝佳的致富机会，几年后你回来时就是百万富翁了。"他想把这孩子打发出去，可胡安很想上大学，雷米希奥没能说服他主动远

---

① 阿尔卡拉·德·埃纳雷斯（Alcalá de Henares）是马德里附近的小镇，以下简称为"阿尔卡拉"。

② 昆卡（Cuenca）以及下文中的阿维拉（Ávila）、雷亚尔城（Ciudad Real）、瓦拉多利德（Valladolid）、瓜达拉哈拉（Guadalajara）和洛格罗尼奥（Logroño）都是马德里周围的城市。

走布宜诺斯艾利斯。"我觉得你读书很好，不过你喜欢什么专业呢？你现在这个年纪还不太清楚将来要干什么。你看我，我是律师却没有用武之地。唉，我当初要是学工科就好了！"因此，他建议最好是先去旁听一些课程，看看是喜欢法律还是医学……目的是争取时间。当胡安说法律和文学他同样喜欢，决定两个专业一起读的时候，雷米希奥很遗憾他不喜欢化学。要知道，化学的进展日新月异，前途无量啊！不过他还是让步了，但是到了报名注册的时候，手头实在没钱，只好等到九月份再说。而到了九月份，又莫名其妙继续拖到第二年夏天，胡安等得不耐烦了。"你看，你最好先去大学里，学你想学的东西，但现在不要注册。等服完兵役后，你集中在两三年内把整个专业念完，这样你什么也不耽误。"就这样，胡安去学了他喜欢的东西，不学的时候就去"雅典学院"[1]看书，在角落里聆听政治和文学座谈会，总是独来独往。他开始意识到有些不对劲，虽然说不清究竟是什么。他父亲，正是他父亲，很明显在蒙骗他，躲着他，而当他注视着父亲的眼睛时，雷米希奥总是目光游移。"没什么，孩子，没什么，不还是老问题吗？咱们手里缺钱，得耐心等一等！"

可胡安不相信他。胡安怀疑在父亲夸夸其谈的背后，隐藏的不过是个可怜虫，既怯懦又谎话连篇，也许撒谎正是因为怯懦。他是个焦躁不安而又被逼无奈的人，不敢直视别人，也不敢面对生活。他害怕真相就像是害怕债主，只会用空洞的话语来为自己辩解。胡安失去了对他的尊重，不再爱他了：他觉得自己被愚弄了，需要报复。伊内斯也爱父亲，所以必须毁掉这份爱，让妹妹看到父亲是个卑鄙的家伙。一定要做到这样，而且，这也是为了让伊内斯只爱他一个人，为了感

---

① 马德里一家著名的文化协会。

到自己和她在对父亲爱戴和鄙视时团结一心。

直到胡安应征入伍时，才终于知道了秘密。他父亲只好坦白了一切，羞愧地跟他解释，还请求他原谅，不过没有奏效："我那时只有二十五岁啊，那个年纪……你知道这些年来我哭了多少回啊！"胡安什么也没说，甚至都没看他父亲一眼，但他的沉默显得很可怕。"当然，很快咱们就有解决办法了。委员会正在研究民法改革，等换了政府以后……"当政府更迭的时候，胡安去了非洲，在那里经历了整个战争①。雷米希奥仁慈地想，也许一颗子弹可以恰到好处地让胡安省去许多痛苦，而胡安也是这样想的，至少有一段时间曾经这么想过。然而战争结束了，他佩戴着士官的袖章回到马德里，表情忧郁而可怕。父亲建议他留在军队中，可以逐级晋升。胡安一边鄙夷地看着他，一边将金黄色的袖章扯下来。好吧……

胡安长得相貌堂堂，尽管还不够优雅，而且有些不修边幅。他讲话时直视前方，说起话来直截了当，毫不含糊，还懂得发号施令：两年的士官经历让他变得非常自信！雷米希奥开始觉得胡安是个重要人物。在他心灵深处，他很欣赏儿子，也许还很爱他。他希望能让儿子高兴。

"你看，独裁政府②的这些人正着手改变一切，民法的修改很快就要落实了。你知道，我是将军的朋友，他答应过……"胡安耸了耸肩，出去和先锋派诗人或者信仰共产主义的学生们聚会了。另一些时候，他跟伊内斯长时间散步，妹妹看起来是他在家里唯一喜欢的人。

---

① 此处指里夫战争，即1921年至1926年，西班牙与摩洛哥里夫地区柏柏尔部落之间的武装冲突。

② 此处指国王阿方索十三世在位期间，普里莫·德·里维拉将军于1923年至1930年之间的独裁统治。

"这也很自然嘛。归根到底……"

显然，胡安早就不再尊重他了。小时候的仰慕，那种对完美猎人的崇拜，对埃乌拉丽亚造就和培养的风流浪子的崇拜，在沉默的嘲讽中变成了鄙视。雷米希奥宁愿付出一切来换回胡安对他的尊重。他们很少见面。雷米希奥批评政府，仅仅因为胡安有着激进的思想，但是胡安笑了……当人们开始谈论起共和国的时候，他知道胡安也在参与一些密谋，于是他也变得像共和派了。一天，胡安被逮捕了，在监狱里关了好几天。出来后，父亲叫他来，交给他一封信和一个包裹："你拿着这个，读一下这封信，然后把这些交到王宫去。"在信里，他故意桀骜不驯地把他那把象征贵族身份的钥匙退还给国王。胡安哈哈大笑起来，然后不作任何解释，把信件和包裹都搁在桌上。临走时，他说："你自己送去吧！"还继续在笑。不过，雷米希奥又写了一封比较客气的信，随信寄出了金色的钥匙。次日，有人要求他搬出格兰佩尼亚大厦里的公寓。就这样，他真的成了共和派，住在花园街一所便宜的小客栈里，正好在《大地报》编辑部的对面。胡安从马德里消失了：听说他在哈卡①起义了，后来逃亡去了法国。共和国再度成立了。雷米希奥出现在马德里北站的人群中，等着他和其他学生们归来，可胡安却不愿意和他相认。

"现在，等共和派改革民法后，我就可以高高兴兴地把新的出生证明拿到他面前，上面会写着他的名字和父母两个人的姓！"然而，他没能等到那一刻。一天，有人跟他说，胡安在和别人一起焚烧教堂。而他自己，从阳台上正好看见胡安就在烧毁圣路易斯教堂的那群人中间。他顿时觉得自己负有罪责，承受不了。他感觉身体不行了，

---

① 哈卡（Jaca），西班牙北部城市。

心脏出了毛病，只好卧床休养，几天后就死了。

他钱包里只剩下很少的比塞塔，这些钱被用于支付丧葬费用以及在《ABC》①报上刊登讣告。家人一分钱都没有了，胡安只好想办法去挣钱。凭借他那些革命功绩，他申请加入共产党，希望得到批准。但他觉得，在被接纳前就提出要钱可不怎么体面，更甭说要一份工作了。于是，他去拜访一位激进派的部长，雷米希奥的朋友。人家给了他几个杜罗，条件是他要写几篇署名文章来支持激进共和主义。文章登出来了，但共产党拒绝胡安加入。他既挫败又伤心，感到前所未有的孤独。一家人都回加利西亚在他看来是个不错的解决办法，尽管这意味着前功尽弃。回乡的旅途中，他长时间思考着无政府工团主义，觉得也许是一根可以抓住的救命稻草。

---

① 又译为《阿贝赛》，西班牙主要日报之一。

# 五

　　玛丽亚娜女士和卡洛斯商量好，应该雇一个泥瓦匠，帮他拆掉角楼里把门堵死的那面墙。她负责联系人，不过兴奋的话语中带着些许嘲讽，好像卡洛斯要做的事情不过是出于小孩子的任性。卡洛斯去祖宅等候泥瓦匠，玛丽亚娜女士担心天气太冷，给他准备了一些上午十一点时吃的加餐，往一只水壶里灌满红酒，还在一个小保温瓶里装好咖啡，又叮嘱他一定要回来吃饭。由于外面一直在下雨，狂风大作，她建议卡洛斯不要戴礼帽而是换成贝雷帽。她亲自命令"母驴"去买了一顶。卡洛斯戴好贝雷帽，系好围巾，来到街上。他没有顺着公路绕大圈，而是踏上一条狭窄的石阶小径。这条路上的台阶都已磨旧了，从海边向上一直通到菜园，紧贴着他家祖宅矗立的那座大石崖。他进屋后没有关门，在空荡荡的房间里转悠了一阵子，没有什么明确的目的，只是在等泥瓦匠到来，准备亲眼见证神秘房间的开启。不过，走着走着，他来到了母亲从前的卧室，里面有一张桃花心木的大床，上面有床垫，都用粗麻布蒙了起来。还有一张写字台，上了锁。卡洛斯用玛丽亚娜女士给他的一串钥匙试了试，其中有一把打开了盖板，他就在装满纸张的抽屉里翻弄起来。全都是账簿：他母亲从结婚到去世期间所有的收入和支出，记载得非常详细，用细小而清晰的字体写成，像绘画一般精细。这些账目有些奇怪，因为虽然记下了各项收支，却没有加总，只是一丝不苟地分类记录下来：收上来的租金，租佃契约的金额，玛丽亚娜女士付给她的刺绣手工费；而在另一些本子里，记录的是卡洛斯上学的费用，以及给他汇往圣地亚哥、马德里和维也纳的款项。由于每笔收入和支出都有日期，卡洛斯可以证实，玛丽亚娜女士付给她的钱和大部分租金都汇给了他，而玛蒂尔德夫人留作个人开销的钱少得惊人。她似乎只靠菜园里的玉米和青菜、每年养大和宰杀的猪，还有少得可怜的鱼和牛奶来过活。至于鸡蛋，她都拿去卖钱了。

临近中午时，泥瓦匠来了。他带来了尖镐，跟他一起来的还有个孩子。卡洛斯把他们带到走廊尽头，指给他们那面墙，墙上满是潮痕。

"得把这面墙拆掉。"

"好的。"

泥瓦匠脱下外套，放到一个角落里。他用镐把试着敲了敲墙，然后凿了第一下。卡洛斯吓了一跳。瓦砾落下来，那孩子用一个草筐接住，然后拿出去倒掉。

"需要很长时间吗？"

"大概一个半小时吧。"

卡洛斯走到客厅。天冷得要命，门窗被阵阵冷风刮得乱响，疾风钻过缝隙，不时发出哨音。他找了些可以烧的东西，点燃了壁炉，坐在火边。从走廊的尽头传来尖镐生硬的敲击声。

说到底，那并不是什么重大的事情。他也许把这事儿看得太重了。"我把它给神化了。"他对自己说，然后笑了起来，因为这正是萨拉会对他说的，"可是，萨拉的意见又关我什么事儿？为什么我要把她当作自己行为的审判者呢？我母亲也会对我进行评判的。"母亲肯定会跟萨拉一样，对卡洛斯的行为作出负面的评价，尽管她们是出于不同的缘由。他母亲会说："你打开那扇门，就是对我的不顺从，而且冒犯了我的记忆。"萨拉则会解释说，那是一种顺从情结，没准儿还会提到《圣经·创世记》和原罪，甚至有可能问他，为什么他在无意识里把母亲与耶和华等同起来。"你想想这个，亲爱的，分析一下吧：耶和华——母亲，而不是耶和华——父亲。你和父亲、母亲的关系究竟是怎么了？"

泥瓦匠出现在客厅的门口。

"好了。您来看看吧。"

他拿来一把铁制的大钥匙，解释说它被挂在那扇门的一个钉子上，一起被封在了里面。"我想打开它，可是锁得太结实了。得往锁眼儿里涂些油才行。"那扇门，已经不再有任何遮挡，锁住了走廊的尽头，看起来巨大而厚重，有铁条加固，门上的绿色已经污浊了。

卡洛斯付了泥瓦匠工钱，送他到门厅，还聊了一会儿，抽了几支烟。泥瓦匠抱怨天气太糟糕。"下这么大的雨，除了我们这些修理工，谁也不会出来的。"他跟那个孩子一起撑着一把大伞离开了。上楼之前，卡洛斯想在厨房里找根铁棍，当作杠杆来撬门，可是什么也没找到。他想起了壁炉用的铁钳。在它的帮助下，卡洛斯打开了那扇门。

空气中飘散着一股夹杂着发霉、尘土、老鼠和潮湿的气味。光线从迎面一扇窗户的缝隙中钻进来。他赶紧跑到窗前，摸索着找到插销，打开木板和玻璃窗，顿时呼吸到潮湿的空气。从窗口向外望去，小镇和海滩都笼罩在滂沱大雨中。远方是山丘、松林，还有水流昏暗而湍急的溺湾，几乎是在一片黑色上，泛起肮脏的白色泡沫。他把臂肘撑在窗台上，等着房间里通好风，也等着做好心理准备时转过身去看屋里究竟有什么。他又一次想起了萨拉和他母亲，但他使劲驱散了她们的形象。外面还在下雨，粗大的雨点急骤地落下。他倾听着雨声，任凭溅起的雨水打湿了面庞。直到他不再想起萨拉和母亲时，才回身观看。

房间很大，屋顶很高，里面破旧不堪，到处都是灰尘和蜘蛛网。一组陈旧的三件套沙发，锦缎花纹的包面已经破成了布条。角落里放着一只铜质的大火盆。一张写字台上摆着陶瓷的文具物件——两个墨水瓶之间，蹲坐着一只猎兔犬，真有意思！——布谷鸟钟，彩色的《教区婚约仪式》[1]，两个柜子，还有一张被蛀蚀的地毯。

"没有什么骷髅骨架。"

他大声说着，用滑稽的方式来假装失望。从一个柜子的锁眼里垂下一串五六把生锈的钥匙。卡洛斯打开柜门、抽屉，里面全是纸张：整整齐齐，分门别类，每一沓都用有些褪色的细带子系好，每一沓都带有明显的标签，上面用大字清楚地写好。还有不少装满文件和照片的盒子：一捆捆的信件、报纸、一八九二年至一九〇〇年的《议会日报》，还有好多手迹，显然是一位热衷于埋头写作的人留下来的。有一些书，是关于历史、宗教和政治的；还有几部小说：加尔多斯[2]的，佩雷达[3]的，《乌约阿之家》[4]，里瓦德内伊拉经典系列[5]之类的。不过，没有任何一卷纸上写着"我的回忆录"，而是分别写着不同的标题："一八〇八年纪事""玛丽亚娜·基罗加的生平""十七世纪的丘鲁乔家族""丘鲁乔家族特权史"，等等。也没有任何一个信封，上面用颤抖的笔迹写着："致吾子卡洛斯，待成年后启阅。"他把所有

---

① 西班牙画家马里亚诺·福尔图尼（Mariano Fortuny，1838—1874）的画作。此处可能是指以该画为原型的装饰品。

② 贝尼托·佩雷斯·加尔多斯（Benito Pérez Galdós，1843—1920），西班牙著名作家。

③ 胡安·马丽亚·德·佩雷达（Juan María de Pereda，1833—1906），西班牙著名作家。

④ 西班牙女作家艾米莉娅·帕尔多·巴赞（Emilia Pardo Bazán，1851—1921）的代表作。

⑤ 指出版商曼努埃尔·里瓦德内伊拉（Manuel Rivadeneyra，1805—1872）出版的一系列西班牙著名作家的经典作品集。

打开的东西都合上了，微笑着，难掩失望之情，只从那一大堆写着字的纸里取出一捆东西，用细纸包裹着，上面写着："玛丽亚娜·萨米恩托的信件"。他把这些信放进衣兜里，关上窗户，回到阁楼。他平静地穿好大衣，戴上贝雷帽，拿起雨伞，抓在手中，在壁炉对面坐下。他注视着火苗看了几分钟，炉火已经很微弱了。然后，他耸了耸肩。

"无论是亚当还是我，都不值得为知道真相而犯下原罪。"

回到玛丽亚娜女士家时，他已浑身湿透。玛丽亚娜女士让他换好鞋袜，暖暖身子后再用午餐。她还亲自给他端来一杯雪莉酒。直到卡洛斯不再打哆嗦了，他们才坐到桌旁。

"怎么样？"她问道。

"没什么，几乎什么也没有。尽是些纸，还有一股难闻的气味。有几件家具挺像样的，可惜破损得很厉害了。房间很大，视野很开阔。如果换些家具，再有暖气的话，作为读书写作的地方倒还不错……"

"读书写作，谁呀？你吗？"

"我？我可没想到我自己。"

"你说过，这个突发奇想的念头，也许会让你永远留下来。"

"那都是些荒唐话。我不想留下来。我难道会为了迎来失望而改变生活？"

"失望？"

"唉！我父母实在缺少戏剧性。我没有找到任何跟我直接有关的东西。经过了这一切，我父亲连一封信都没留下来，难道不能给我解释一下为什么抛弃了我们？"

"我不能肯定他写过；不过，即便写过，你母亲也会把它销毁掉，这样也好。"

"她应该想到，有朝一日我需要知道是不是应该爱我的父亲。"

"她不想让你恨他，但也不想让你爱他。"

"可您……"

"我比你母亲更了解你父亲。"

"这样的话，我母亲所做的一切，其实都是徒劳的。"

他喝了一口酒，看着玛丽亚娜女士。

"徒劳和错误的。如果我迷恋上对父亲的回忆，那一定是因为您给我讲的，而您是相关的一方。"

他把那沓信搁到桌子上，玛丽亚娜女士看了看，并没有打开。

"你看过这些信了？"

"噢，没有！这些都是您的信。"

"可我是写给你父亲的啊！"

"那也一样。"

玛丽亚娜女士解开系带，撕去包装纸。

"你一定要读一下这些信，即使同样会令你失望，不是你所想象的那样。其实都是些充满友情的通信，十年的友情，也许又是个错误。他，在这里；我，在马德里或者是在四处游荡。你一定要读一下。"

她轻轻地把信推给卡洛斯。

"是你的了。不过我希望你也读一下他写给我的信。我都留着呢，有时候会看一看。看完以后，你再做出评判。"

"可是，我为什么非要评判呢？"

"因为在这些信里，你读到的是你父亲这个人。"

"你等一下。"她说着站起身来，迅速走了出去。等待她回来的时候，卡洛斯翻弄着这些褪了色的信件，可以猜想里面写满了硕大而刚劲的字迹。玛丽亚娜女士很快回来了，手里拿着一个鼓鼓的大信封，把它递给卡洛斯。

"拿着。等你看过信，再听我讲过以后，会得出结论的。"

卡洛斯把两包信件合二为一。

"我现在三十四岁，到目前为止我很少想起我父亲来。我可以继续这样活下去……"

"你当然可以。你可以切断和先人的血脉联系，一走了之。那样的话，你就是个懦夫。"

她说这话时语气很重，有点儿恼怒。卡洛斯吃了一惊。

"请原谅我，我不是想……"他犹豫地说，"总之，如果您愿意的话……"

"不是我愿意什么，这是你应该尽到的责任。你应该知道谁是你父亲，他是个什么样的人，他为什么生了你，又为什么抛弃了你。等你都知道以后，再做评判。一个男人不能轻易地把人生抛到脑后。你难道不讲点儿伦理道德吗？"

"这是什么意思？"

"伦理道德。什么事应该做，什么事永远都不该做。"

"就像所有人一样。"

玛丽亚娜女士坐下来，严肃地看着卡洛斯。

"你不是所有人。你要承担的义务和其他人不一样，你的义务来自你是谁。我也是一样。你必须接受你的父母是谁，做过什么。承担起责任来，无论对你是好还是坏。"

她表情缓和了一些，甚至露出了微笑。

"别让我失望，拜托了。"

"我开始有些明白了，我父亲也曾经令您失望过。"

"啊，不，他可不一样！你父亲非常清楚他的责任；他的缺点是太过执拗了，对自己太苛求了。"

"他抛妻弃子，也是因为道义的苛求吗？"

"他没有别的办法。于是……"

她好像要说些什么，却欲言又止。

"不，不，现在还不行。你还没有准备好。你还不知道你父亲是谁，还没有彻底了解他这个人。"

她指了指那些信。

"你一定要读一下。今天就开始。要是读完以后你还不能理解他，你会让我永远失望的，就像我儿子一样。"

她停顿了一下。

"给我倒点儿酒好吗？"

卡洛斯把酒杯满上。

"太多了。"她喝了一口，"我儿子也让我很失望，这一点你有必要知道。他不能正视自己的处境。我让他有了名字、接受了教育，他学了自己喜欢的专业。但总有一天，他必须选择是姓佩雷斯还是做我的儿子。他拒绝了我。你理解吗？他拒绝了我，拒绝我对他所意味着的一切，除了我给他的钱，那些钱是让他去美洲的，在那里找个出路。他害怕别人叫他婊子养的，就像那些卖东西的女人和渔民老婆们的私生子。"

她又喝了一口。

"我并不遗憾。我从来也没特别爱过他，但我尽到了所有的义务。当然，他要是能对我更忠诚些，我会更爱他的。可是他不理解那些感情。他是那种软弱的男人。他们觉得，对一个像我这样的女人来说，一个私生子简直就是一场灾难。他滑稽十足地表示同情我，好像我是个被引诱又被抛弃的女人。当我跟他解释说不是这样的，是我自愿把他生下来的，因为我愿意，他就说我是个'坏女人'。他真愚蠢！现在他已经结婚了。你能想象他跟妻子坦白自己是私生子时该有多尴尬？要是他还没说的话，该多么担惊受怕，唯恐被发现！"

她终于把杯中的酒都喝掉了。

"生了那个孩子是我这辈子唯一的错误。准确地说，并不是唯一的。还有另一个，不过咱们以后再说吧。"

她站起身来。

"我现在要去睡午觉了。你留在这里？"

卡洛斯说要回他自己的房间去。

"我给你拿条毯子来，你好盖在身上。天太冷了。要不，就让人把壁炉的火生起来。"

卡洛斯没有坐下，而是穿着衣服躺在床上。他抽了会儿烟，反复回想着玛丽亚娜女士的话，努力去接受它。他又一次感到被别人指挥，心中有一丝微弱的抵触。那一大堆信就在他手边，等着他下决心翻阅。就像之前打开了角楼的那扇门，他的幻想有意识地制造着神话。"或许，我有意把它们混淆成了神话？"他自问道，"会不会又一次把无关紧要的事儿看得过重？设想一下，读完这些信后，我发现我父亲是个绅士或者无赖，那又怎样？凭什么一定要影响到我的生活呢？而且，为什么如果我听从玛丽亚娜女士的话，就一定会失去自由呢？为什么如果我不服从她，就一定能完全自由呢？说到底，我的自由和命运，真的在此一举吗？果真如此，我难道不是在选择回乡、放弃萨拉的时候，就事先接受了这一切吗？那时的决定是自由行为，而现在我所做的，要说是自由也只是基于当初的自由。一件事情和它的各种后果，应该整体地去接受或拒绝，而不必逐一分析每个举动，否则连简单的呼吸都会变成问题了。"

他还想到："要是我继续分析下去，就会发现我是在自欺欺人，一切都是诡辩而已。好吧。为什么我要自欺欺人呢？在无意识中，是什么促使我想要蒙蔽自己呢？是对自由的恐惧？也许我希望再次被别人操纵；而自由，即便我拥有了它，也会因为我的怯懦而毫无用处。"

他继续想："如果我在玛丽亚娜的操纵下，成为一个有权有势的人，那倒挺有意思……"不过，他的双手已开始按照日期顺序整理起那堆信件来。两人的通信往来始于玛丽亚娜女士一八九二年在马德里写的一封信："亲爱的费尔南多：你干了什么蠢事？又是为什么呢？我刚刚听说你放弃了议员证书，一走了之，这简直就是逃跑，就是不辞而别。我父亲大发雷霆，问我你是不是疯了。今天早上，部长也是这么问他的，现在马德里人人都这么问。你马上回来！我们会找个办法来解决的，即便你不能重新获得证书，只要新闻界要个花招把事情遮掩一下，你还可以保住颜面，下届国会仍然可以当选众议员的。你别吭声，赶紧收拾行李（如果你已经打开的话），马上回来。你下回出现在我面前时，我得使劲忍住才不至于用指甲抓你。我恨你。玛丽亚娜。"紧接着是同一天的另一封信："费尔南多：请你原谅我。仅仅几个小时前，我给你寄出了上一封信，现在我已经后悔了。父亲在晚餐时跟我讲了一切，他是在众议院得知的，全马德里都知道了。亲爱的费尔南多，我能说什么呢？我没有哭是因为我从来不习惯这样做，但我为自己的无心之过感到非常内疚。父亲说：'在这个到处都是卑鄙小人的马德里，像费尔南多这样的正人君子是没法从政的。'他说这话时很难过，接着又说，'遇上这种事儿，现在都是雇几个小混混，把那个造谣诽谤的人揍一顿就解决了，用不着决斗。费尔南多为什么不先跟我商量一下就去捅这个马蜂窝呢？'他是有道理的——就算不跟我说，你也应该先跟我父亲谈一谈。你不会惹他不高兴的，因为任何一个女人都有可能被人诋毁，而我，以我的性格，比别人更容易招惹上是非。在这件事上，我们明明知道这一切就是为了故意使你陷入纠纷，毁掉你的政治生涯。可你无意间还是配合了你的敌人。或者说，简直是给他们送上了门，因为现在在马德里没有人比你更受欢迎了——我父亲是这么说的——你可以跟你喜欢的任何女人结婚，通过一桩美满的婚事来重振你的财富。费尔南多啊！你为什么这样冲动呢？而且，尤其是，你为什么这样善良呢？稍微油滑一点儿，你就可以顺利地当上议员了！你快点儿回到马德里吧，我和父亲都在等你。趁着现在的势头，我们可以帮助你东山再起。你马上回来吧。爱你的玛丽亚娜。"针对这两封信，费尔南多的回信又长又细致，而且很能"诡辩"，卡洛斯这样形容。他罗列出一大堆理由来为自己的隐退辩解，都是道义上的理由。"我再也不回马德里了。"他最后说。

接下来的十封、十五封、二十封信里，都是关于"你一定要回来"和"我不能回去"的纠缠，既有指责又有恳求，各种语气都有。接下来的两个月是夏天：在后续的信中，卡洛斯得知，玛丽亚娜和她父亲放弃了去多维尔①度假，特意来伯爵新镇陪伴费尔南多，企图说服他。可他们没能做到。后面的信里，玛丽亚娜经常用"我亲爱的倔脑袋"这样的语句开头，这是关于他俩之间的争论的唯一结论。她经常讲起自己的旅行，描述参加过的聚会，告诉他社会上的丑闻和政坛的把戏，谁发财了，谁破产了，还有婚丧嫁娶的逸闻；而他，只

---

① 多维尔（Deauville），法国诺曼底地区的旅游胜地。

有单调的生活，还有写作。玛丽亚娜很纳闷儿，他为什么要浪费时间来研究丘鲁乔家族那些年代久远的生平与伟业。"那些人跟我们有什么关系？"她说，"生活应该向前看啊。""亲爱的玛丽亚娜，"费尔南多回信说，"推着你向前走的是果敢，而非希望。我既然不是个果敢的人，也就不抱希望。你知道吗，对我来说，重要的东西能有多少？而它们当中，我能得到的又有几样？在你前进的时候，我停下来；因为不想考虑未来，我就躲避在过去里。我知道，这其实是一种放弃。不管怎么说，咱们两个合起来，倒可以构成完整的人格。我，缺少幻想；而你，缺少回忆。"

费尔南多需要查阅萨米恩托家保存的文件。玛丽亚娜的父亲佩德罗把钥匙给了他，允许他自由出入和处理事务。"亲爱的玛丽亚娜，我发现了另一个你，相貌和性格都很相似，只是比你老一百岁。你注意过玛丽亚娜·基罗加吗，就是壁炉上方那张肖像画里的女人？你知道吗，她跟你一个样，而你的一切都是从她那里承袭来的？你还跟我说这些老古董没什么用处！我曾经多次问过自己，你是从哪里来的，跟谁比较相似？现在，我知道了。你的血液中流淌着跟这位同名前辈一样的火焰。"玛丽亚娜回复他："如果我的曾祖母跟我一个样，我很高兴做她的曾孙女。我从来没有抱怨过我的性格，更不用说我的长相了。替我向画像表示感谢，谢谢她给了我这一切。"

通过信中发现的这些或那些的东西，可以看出，费尔南多是一位孤单的男士，怀着极端的尊严，坚守清贫的生活。他不懂得照顾他的田地，大部分都廉价租给佃农了，小部分由短工们耕种，仅仅能满足主人的生存需要。那些未耕种的土地他也不怎么关心，而果树林则任由村民们偷盗。"你在弗娄歇拉田庄的佃户给我父亲写信说，那片林地里只剩下十来棵栗子树了，以前可有一百多棵呢。孩子，你在干什么呢？为什么让人这样随便偷东西？"对此，费尔南多没有直接回答，而是赞颂起简朴的生活。对那些反复暗示他该结婚的话，也是置之不理。"你快四十岁了，难道你想就这样孤单地死去吗？""我有太多的事情要做，没工夫去想别人！你知道吗，当法国人一八〇八年[①]来到这里时，伯爵新镇发生了一些重要的事情，现在所有人都忘记了？你知道吗，你的曾祖母玛丽亚娜命令人们抵抗，法军指挥官为她的勇气所感动，对她格外尊重，住在你们家中，连一把汤匙都没拿走？""费尔南多，我不觉得曾祖母与法国人的事儿对我来说有多么重要；我在乎的是你。"

通信截止于一八九九年。佩德罗·萨米恩托先生因为生意上的事儿回到了伯爵新镇。最后一封信是费尔南多写的，信里说："你父亲病得很厉害，说不定哪一天就不行了。你得马上回来。"

有人敲门。女佣对卡洛斯说："有人要见您。"

玛丽亚娜女士在走廊里等着他，补充道："是罗莎莉奥，你佃户家的女儿。"

"我该做什么呢？"

"当然是见她了。在客厅里吧，炉火已经生好了。你会客时，我正好出去转转。"

"您别让我一个人见她！您不知道我从来没跟乡下人说过话吗？"

"随你。"

罗莎莉奥出现在门口，站在那里。她穿得很得体，一身暗红色衣服。一件黑色大披肩盖住她的头部、肩膀和后背，披肩已被雨水淋湿

---

① 1808年至1814年，西班牙被拿破仑统治下的法国占领，西班牙奋起反抗，史称"独立战争"。

了。她的一只胳膊上挎着一个柳条篮子，干净得发亮，上面用白色小台布遮好。

她长得很好看，胖乎乎的，颇有些魅力。此刻，她挺直身子站在门口，挺拔而强健，透着一股自信。

"可以进来吗？"

"进吧，罗莎莉奥。"玛丽亚娜女士说。

可是罗莎莉奥再三斟酌地说了句"下午好"，就转向卡洛斯。她不看玛丽亚娜女士，好像在有意回避。

"你坐下吧。"

罗莎莉奥猛地转过身。

"我？"

"当然了。"

罗莎莉奥看了看卡洛斯，像是在征求许可。可是卡洛斯并不太理解这一幕场景。他觉得很有意思，目光却不晓得如何作答。

"坐那把椅子吧，罗莎莉奥，坐下吧。"

"好的，太太。"她含糊不清地答道。

她浅浅地坐在椅子边上，背部有些弯曲，脸朝着卡洛斯。她失去了自信，话说得很快，像是盼着尽快结束。她的身子不由自主地向上抬，仿佛需要花很大力气，才能保持坐下的姿态。

"我娘委托我来看望先生，她因为风湿病一直卧床不起。我爹也来不了，因为他得在造船厂工作。我娘请先生哪天方便时，到我们那个地方看看。一切都照顾得很好，地也耕得不错。我娘……"

她讲了一下他们家都在做什么，种了些什么，收成怎么样。

"……我娘老是哭哭啼啼的，先生您别理她。地租是合理的，我们也付得起，可我娘总是抱怨个不停。这话是我说的，跟我娘没关系。"

她把篮子递给卡洛斯，之前一直没有松手。

"不过，这个是她让我送来的，平安夜的一点儿心意。东西太寒酸了。往年，给去世的老夫人也是这些东西。每年都是这个日子。"

卡洛斯用目光向玛丽亚娜女士征求意见。

"你收下吧。"

"好吧。非常感谢。您把东西放那儿，请转告您母亲，我会去田庄上看看的。"

"我要再一次请求先生，别用'您'来称呼我。人家……"

她站起来，向后退了两三步。到了门口，她再次问候，以示告辞，又补上一句："明天我来取篮子。"

她很快离去了，木底鞋的声音在走廊的漆布地毯上回响起来。

"您能给我解释一下，这是怎么回事儿吗，玛丽亚娜？"

"很简单。你收到了圣诞节的第一份礼物。"她在翻弄着篮子，"你看，一罐熟黄油，一只煺了毛、收拾干净的鸡，还有鸡蛋……至少有两打。"

"可是……其他那些事儿呢？她为什么不愿意坐下呢？又为什么这么讲究礼节呢？"

玛丽亚娜女士笑了。

"亲爱的卡洛斯，你可以做他们的朋友，可以剥削压榨他们，也可以对他们慷慨施舍，既可以尊重他们，也可以跟他们的女儿睡觉。只要你还一直坐着，而他们站着，让他们称呼你'先生'，而你跟他们说话时用'你'，他们就还懂得对你保持尊敬。"

"那您为什么吩咐她坐下呢？"

玛丽亚娜女士又笑了起来。

"我那是考验她。我想看看这丫头是不是当了卡耶塔诺的情人就不知天高地厚了。你看见了，她挺难为情的。从现在起，我算是彻底喜欢上她了。看起来，你也一样。"

"我？为什么呢？"

"我这么说，是因为你看她时的那副模样。我承认她长得挺漂亮，不过你给人的感觉是一个月都没见过女人了。"

"只是好奇而已。那天在长途汽车上，我就有些诧异，她长得像个法国女人。"

"你不知道吗，在这里，当人们想要夸一个女孩子的时候，都说她长得高大，金黄头发，像个法国女人？像罗莎莉奥这样的女孩子有不少呢。你很快就会见到的！你那些佃户人家中，至少半打以上都有漂亮女孩子。他们还没来找你，是因为害怕我。不过，一旦你在这儿住上几天，他们就会排着队来，向你哭诉，抱怨田地收成太薄，二十个杜罗的租金太高了……都是在撒谎，就等你心软呢。"

"罗莎莉奥倒是没这么说。"

"罗莎莉奥自尊心比较强，其他人就不一样。他们把女儿推到前面，像是进贡，然后向你吐一大堆苦水，你要是心软了，他们会让你一个子儿都不剩。可是，如果你喜欢他们的女儿，他们就把她给你，然后总有办法算计着夺走你一大块儿地。这是他们为了获得田产惯用的手段，当然要比出钱买便宜多了。"

"那您觉得这样道德吗？我这样问的原因，和您之前问我是否有道德是一样的。"

玛丽亚娜女士耸了一下肩膀。

"我倒是无所谓。道德，按照我的理解，不在于这些鸡毛蒜皮的小事。不过，如果一个男人不懂得控制自己粗俗的情欲，而因此破产，那也是活该。"

"那卡耶塔诺呢，他也会破产吗？"

"噢，不！那家伙又强硬又狠毒，懂得怎么奴役别人。表面看来，过程是一样的，只是卡耶塔诺不会赠送他们田产，而是让他们到造船厂里工作。他把人从耕地里引诱出来，安排住进他给工人们盖的水泥房子，这样那家人就只能永远依靠他了，因为谁要敢反抗，他就把人赶到街上，让他饿死。"

"可是，罗莎莉奥……"

"罗莎莉奥才刚开始。你看着，有朝一日他父亲肯定会来找你，如果你已经走了，就来找我。他会说地租太高了，付不起，而且每天造船厂下班很晚，没有时间种地，所以就不再租种了。只要卡耶塔诺吩咐，他就会来的。除非……"

她停顿了一下。

"不。那太奇怪了。"


下午茶的时候，谈话内容无非是些随意的评论或者无足轻重的琐事。玛丽亚娜女士看来无意重提中午的话题，卡洛斯也随之附和。当气氛越发轻松的时候，他坐到钢琴边弹了两三首曲子。玛丽亚娜女士说，如果他想出去转转，不必担心她一个人留在家里，因为正好可以回几封迟复的信。卡洛斯把这话理解为一种建议。

"那我就去镇上转一圈。"

他想先去酒馆那里，没准儿阿尔丹在，他想让胡安感到儿时的友情并没有被忘记。可当他走过桥、来到圣母拱门，也就是开始步入旧城区的时候，他被一条陡峭而偏僻的小街所吸引，地上铺着石砖，反射出亮光，于是他就沿着那条街走起来。路上经过一些半掩着门的店铺，里面不时传出一些家常对话；有时候也有人探出头来看他，甚至听到一个女孩子问话的声音："您要去哪儿？"随后被另一声严厉的"你闭嘴"喝止。他真不知道如何作答，因为他自己也不知道要去哪里，脚步却坚定有力，就像有明确目的的人那样。走了一会儿，来到了一个广场，四盏铁艺路灯将其照亮。他想起来了，认出了那些光亮和角落：广场尽头，在几株栗子树的掩映下，矗立着白银圣母玛利亚教堂，尖顶的钟楼在雨雾中若隐若现，门廊用黑色的石头雕饰而成。小时候——所有的记忆此时一股脑儿地涌了上来——他喜欢看大门上的人物形象，他们都缺少头部，于是他就想象那些圣徒的身体上应该长着什么样的脑袋。此刻，置身于门厅中央，背对着交叉甬道，他回想起儿时的游戏，从阴影中浮现出许多面孔：有的淳朴而面带微笑，有的长满了大胡子，有的则一根也没有，还有的戴着花冠、头顶光轮；只有那个在角落里的，因为是女性，卡洛斯总是想象她佩戴着面纱，头发卷曲。二十年前，这些奇思异想常常令他快乐不已；如今旧趣重拾，依然给他带来片刻的愉悦。

教堂里面，有一些苍老的声音，在有气无力地唱着一首宗教颂歌。大家唱得毫无激情，声音显得很疲惫。颂歌唱完后，门廊被轻柔地照亮。人们开始走出来，人数不多，都贴着墙壁迅速离去，木底鞋在门厅地砖上踏过，水花四溅。有几个人经过时，看了看卡洛斯。其中一位，一个拿着一把大伞的男人，转身朝他走来。

"哎哟，您在这儿干什么呢？当心受寒得了肺炎！"

巴尔多梅罗穿着一件黑色雨衣，头戴一顶遮盖到眼部的贝雷帽，他抓住卡洛斯的一只胳膊。

"您跟我来。我请您喝杯酒。真是太冷了！"

顺着街道往下走时，巴尔多梅罗解释说，他每天下午都来诵念

《玫瑰经》①。

"说实话，我这么做是为了跟我老婆对着干。她现在追随那位新潮的奥索里奥神父，既不行九日斋②，也不参加《玫瑰经》诵念。相反，哪怕天上下火花儿，她每天也要去那家修道院听弥撒。我可不赞成。当然，我这样做也是为了拯救自己灵魂的需要。"

他合上了雨伞，凑到卡洛斯的伞下。

"您这个人让我觉得可靠。我可以跟您讲好多事儿呢，哪天跟您细说。"

刚说完，他又接着问道："您真的知道怎么能解除一个人的忧虑吗？"

卡洛斯笑了。

"您是什么意思？"

"您看，自打听说您要回来，我们就经常提起您，这是很自然的事儿。我和阿尔丹，对，我们两个。您知道，他跟我不是一路的，我通常也不会听他的。可是他说过好多次，说忏悔根本没用，与其找忏悔神父，不如找医生，就像您这样的医生。这是真的吗？"

"是的，某种意义上讲，是这样的。"

"那管用吗？就像是赦免一个人的罪行？"

"那可是另一回事。"

他们来到了药房。

"您请进，请进。屋里有火盆。我是说，如果您没有别的事儿。"

两人进了门。巴尔多梅罗把雨衣挂在衣架上，又帮卡洛斯脱下了

---

① 天主教徒向圣母玛利亚致敬的经文。

② 天主教斋戒之一，指教徒为获得恩典或实现愿望而向崇拜的对象（耶稣基督、圣母玛利亚或其他圣徒）连续九日表示虔诚的礼仪。

大衣。他把贝雷帽换成了鸭舌帽。

"您要是不介意，我继续戴着帽子。我有点儿冷。您要不也戴上礼帽？您就当是在自己家里。"

他躬下身来，搅了搅火盆里的灰，然后搬来两把椅子。

"我让人马上拿些喝的东西来。您真想听我说……"

"当然了，为什么不呢？"

"我给您讲的也许会很乏味。可我好久以前就一直想，等卡洛斯回来，我得跟他谈谈。这个想法其实是胡安提出来的，不过您别跟他说，拜托了。他会笑话我的，确实也有理由，因为我一向认为这些现代发明都毫无用处。"

他整了整帽檐儿，从一个满是油污的烟盒里取出烟来。

"您抽烟。我说的话您别往心里去。我觉得所有现代玩意儿的背后都隐藏着魔鬼，不过……"他低下双眼，小声地补充道，"有时候要想活得踏实，还真需要有魔鬼。"

女佣走进来，端来一个托盘，上面放着红酒和饼干，跟前一天晚上一样，没准儿就是当时剩下的。巴尔多梅罗满上两杯酒，他把自己那杯一饮而尽，又重新满上。

"这天气真是冷得要命。不过，天热的时候，我也照样喝。我不是个酒鬼，但是经常喝酒，挺解闷儿的。您知道吗？您要是留在这里，也会喝酒的。在这么一个什么乐子都没有的小镇里，又能做什么呢？要么是去酒馆，要么就是在家里喝。当然也得吃东西了。改天我请您跟几个朋友一起吃一顿，海鲜可好吃了。吃喝的日子，大家天南地北，说得头脑发热，什么都不想。可是当我一个人在家的时候，除了思考又能干什么呢？可思考是件坏事，所有的罪恶都源于思考。因为人会像个畜生一样犯下罪孽，然后会后悔，直到又犯。如果不去想那些罪孽，一切倒也还好。可如果去想……"

他停下来，有点儿不放心地看着卡洛斯。

"我说这些是不是让您觉得很无聊？"

"没有。您继续讲。"

"您是个正人君子，我知道。可这样被街上随便什么人请到家里，非要让您喝酒，还得坐下来听人唠叨，也确实不大妥当。"

"您可不是随便什么人，您是我的朋友。"

"真的吗？"

卡洛斯用表情回答了他。

"您，对我们来说，"巴尔多梅罗继续说起来，"要比朋友还重要。您可不知道大家是怎么盼着您的！自从听说您要回来，我们就不断地说起您来，就像盼着救世主来临。不过，对我来说，还有些特殊的原因。我倒不是精神有问题，不是的，而是……"

他犹豫起来。

"先问问，您相信上帝吗？您是个像我一样的天主教徒，罗马教皇派的吗？"

"为什么问我这个？"

"因为如果您是，那对我没什么用。可如果您不是，我得先跟您解释一些东西。"

他用手指着隔板架上的那些书。

"我很了解宗教。您看，那些书，我全都看过。您也许不知道那些书，我可是都能背下来了。然而，这些书里面并没有包括全部真理。真理，有时候会默不作声，因为人们要是都知道了并不好，而且还有一种真理是您在任何书中都找不到的，但我可以告诉您。我将来不会得到拯救，您也不会。最有意思，也最可怕的是，我会莫名其妙地下地狱。"

"我不太明白。您是说，您会因为别人的罪孽而下地狱？"

"不，是因为我自己的罪孽，但责任不在我自己，是因为我的罪孽和别人的责任。"

"这就是书里面没有讲过的那种真理吗？"

"不是的。"

他站起来，走到书架前，用手拿起那些翻得最烂的书中的一册，但又把它放回了原处。

"您看，我都把自己搞乱了。我不应该从这个开始，甚至不该提起它来。有些东西您是不会理解的，因为您从国外回来，不太了解西班牙。要想了解它，必须是个像我这样彻头彻尾的西班牙人，像我这样去体会它，请原谅我这么说。"

他坐下来，喝了口酒。"您再来点儿酒？"他嚼了一块饼干。

"我本来打算念一段一位法国古人的布道词，也许您听说过，是个叫布达路①的。他说：'只有极少数人能得到拯救。'太可怕了！我真不明白，那些生活在西班牙以外的人怎么还能这么踏实呢？既然耶稣基督本人说过'被召的人多，选上的人少'②，那还有什么希望呢？还不如干脆不管这一套，优哉游哉，然后心甘情愿地等候发落。因为基督说过：'要想拯救你自己，就这样做吧。'可是，朋友啊，谁又能这样做呢？您知道，看见街上走过来一个女孩子，衬衫下的胸脯波涛汹涌，这时候可不能像看天堂美景那样盯着瞧，而是要背过身去，画个十字。我举这个例子，就是为了说明什么事儿是不能做的。所以

---

① 路易·布达路（Louis Bourdaloue，1632—1704），法国耶稣会教士。

② 出自《圣经·马太福音》22：14。

说，要么放弃这个可恶的世界上一切美好的东西，要么就得下地狱。这太让人纠结了，但谁又能放弃呢？"

门厅里传来脚步声和说话声。巴尔多梅罗连忙走近屋门，上了锁。

"是我老婆，可不能让她听见这些话。"他模糊地指了一个方向，"她就是去修道院那些女人中的一个。那个混账神父欺骗她们，给她们讲什么希望。希望！自打有了共和国之后，哪儿还有什么希望？上帝不理睬我们了，把我们都抛弃了！把我们……"

卡洛斯抬起一只手，打断了他。

"抱歉，我又不明白了。共和国和希望、绝望，还有您跟我讲的这一切之间有什么关系呢？"

"关键就在这儿，卡洛斯！"巴尔多梅罗回答道，几乎喊叫起来，然后又压低声音接着说，"这正是问题所在。您不理解，是因为您不是一个地道的西班牙人。首先，差不多跟所有人一样，您大概不太熟悉西班牙的历史。您听人讲过国王、战争和古迹，可这些都是次要的，都是真正的历史所造成的后果而已。真正的历史是从上帝在各个人群中寻找那个最能捍卫教会的民族开始的，而他发现了我们，这些准备好为一个执着想法而甘愿赴死的人。从那以后，上帝就指认出我们，为我们派来了圣地亚哥、圣保罗和圣母玛利亚，就像是对我们说：'你们被选中去牺牲。'不过，朋友啊，如同对待战士们要仁慈，上帝对我们也是一样的。"

他又喝起酒来。卡洛斯想要阻止他，可巴尔多梅罗拨开了他的手。

"您别拦着我。我需要喝酒。我现在跟您说的话，以前只说过一回。我向您保证，光有男人的胆量还不够，得有酒才行。"

他目不转睛地盯着卡洛斯。

"您没纳闷儿过，为什么有一些罪孽特别深重的西班牙人却得到了救赎？比如，洛佩·德·维加[①]。"

"请您见谅，不过很显然，我不知道洛佩·德·维加是否得到救赎了。"

"他得救了，我敢保证。人们肯定要问，为什么像他那样一个通奸、亵渎神明的人，比任何人有过之而无不及，却得到拯救了？而且，还会更加不解地问，为什么这个人对自己的救赎总是充满自信？他确实很有信心，这一点绝对可以肯定。他有，他说过，还是第一个问自己为什么会有信心的人。"

他走到书架前，这次毫不犹豫地在格子中翻弄了几下，取出一本不起眼的书来，是廉价版的洛佩·德·维加的诗集。他把书打开，卡洛斯看见有一首诗被粗大的红线框了起来。

"就是这首。您读一下。"

卡洛斯来到他身边，读了起来：

　　我有什么，能令你渴求我的友情？

他立刻记起来剩下的那些诗句，同时也回想起在维戈[②]的耶稣会学校里上过的文学课。于是他把书放到一边，接着背诵道：

　　是何等雅兴，我的上帝啊，

---

① 洛佩·德·维加（Félix Lope de Vega y Carpio，1562—1635），西班牙著名诗人与剧作家。
② 维戈（Vigo）是加利西亚地区的城市。

130

让你在我结满露珠的门前

度过冬天里那黑暗的漫漫长夜？


"您知道这首诗？"

"当然了。我可上过中学。"

"那您从来没感到奇怪，他为什么会写下这样的诗句？"

"我承认，我从来没想过。"

"噢，许多秘密就藏在这答案里啊！"他把书从桌子上拿走，接着说，"不过，其实很清楚，只要换到上帝的位置来看就行了。"

卡洛斯身子明显地颤抖了一下。

"您是感到惊讶，还是被吓着了？"

"至少是很惊讶。因为，谁有能力或者知道怎么换到上帝的位置来呢？就我个人而言，我可不敢去尝试。您也许可以，作为信徒……"他迟疑了一下，"总之，我有些害怕。"

"您别担心。这不是什么罪孽。我可是知道的！我有一些朋友是神学家。圣地亚哥教士会的法律顾问就是我朋友，我们在这方面讨论过好多次。当然，他经常说我游走在异端的边缘，不过他是笑着跟我说的。总而言之，不是真的要置身于上帝的位置，而是理论上的，就像学生们做练习那样。"

"您上过神学院？"

"对，当然了。您为什么问这个？"

"我也不知道，忽然想到的。"

"当然上过了。我完成了全部学业，在接受神职前两个月我还俗了，因为我喜欢女人。"

他坐下来，双手交叉抱在脑后，这样待了一会儿，然后，用阴郁的声音继续说："如果不是因为女人，我也许会成为圣徒的。女人们是我的罪孽，其他的都是后话。我喜欢女人，喜欢那些乳房尖翘、摸上去很结实的。简直就是一种痴迷。"

他看着卡洛斯，在酒精的作用下，眼神已有些迷离。

"真是一出悲剧啊，卡洛斯！我老婆是个平胸。您见过她用的那些鼓鼓囊囊的玩意儿吗？假胸。她骗了我。她用棉花团儿做的，假装胸部很丰满。等我发现时，已经没有办法了。"

卡洛斯被他吐露的秘密弄得有些不悦，于是将话题岔开："咱们刚才说到那些诗句……"

"啊，对，那首诗！那首十四行诗。您也许觉得这两件事之间没有联系，其实从根儿上说是一回事儿。一切都有因果关系。我喜欢女人，我爱上了我老婆，还了俗，跟她正儿八经结了婚，希望能过上有节操的生活。结果，猛然间醒悟了。于是我想：巴尔多梅罗，魔鬼钻进了你的身体。因为，虽然我结了婚，但我还是迷恋女人，看看这个，摸摸那个。有一天我没忍住，然后，您知道会发生什么的：有一回，就有一百回。我开始被内疚所折磨。我害怕下地狱。神学教义让我不得安宁。我就喝酒，可喝了酒我想得更多。真他妈烦人！为什么我们有头脑？我就这么喝酒、思考、犯下罪孽，直到有一天我发现还有得救的希望，就是我想要跟您讲的那首诗，总算可以踏实点儿了。可是，突然间，变成了共和国①。什么希望啊，都见鬼去吧！"

他吃力地站了起来。

"您可能觉得这是无稽之谈，但是我老婆的假胸和西班牙共和国都是上帝莫名其妙的安排。而我，又能怎么办呢？"

--------

① 此处背景是 1931 年西班牙成立了历史上的第二共和国，新宪法实行政教分离，剥夺了天主教会的许多特权，于是招致君主制拥护者和传统天主教徒的不满。

他身子摇晃起来。卡洛斯抓着他一只胳膊。

"您坐下。"

"……我又能怎么办呢？"

他手捂前额，闭上双眼，任由自己像个稻草人一样倒下。

卡洛斯打开药房里间的门，招呼人来。从楼上传来一阵急促的脚步声。露西娅惊声问道："出了什么事？"

"请您下来一下。"

露西娅没有走下来，她在楼梯口收住了脚步。一阵静默之后，再次听到更加坚定的、穿着高跟鞋的走路声。

她是去换鞋了，卡洛斯想。

露西娅匆忙走了下来。

"您丈夫，我想是病倒了。"

"上帝啊！"

她倚着门框，看着巴尔多梅罗瘫倒在夯土地面上，口中还在喃喃自语。露西娅没有动弹，抬起泪汪汪的双眼望着卡洛斯。

"上帝啊，真是丢人现眼啊！您会怎么想啊？"

"没什么，太太，谁都难免有这样的时候。"

"也就是偶尔一回。别的男人顶多喝醉一回，我丈夫可是每天晚上都这样。您觉得这日子还能过吗？"

她取出一块手帕，擦了擦眼睛。

"每天晚上啊，卡洛斯！醉得像下流的水手！我一直忍着，一年又一年，无非就是因为我是个正派女人……"

她走近座椅。卡洛斯扶她坐下。

"……因为我有原则，而且是有夫之妇。可是您看，自打结婚以后，我就闷在这座小镇上，除了每个星期天下午去看场电影，再没有别的盼头儿了。且不说，每天晚上还要把丈夫抬上床，就像抱着一麻袋土豆。"

她猛地抽噎起来。

"这不是生活，不是，这日子实在过不下去了！"

卡洛斯不知道该如何是好。露西娅哭得身体抽搐，她把双臂放在桌上，把脸埋到里面。

"您要喝点儿水吗？需要我招呼别人来吗？"

露西娅好像没有听见。她停止了啜泣，又看着卡洛斯说："而且，他还欺骗我。他跟别人通奸。我可是镇上所有妻子里最忠诚的一个啊！您知道他跟什么样儿的女人乱搞吗？"

"您为什么不赶紧闭上嘴呢？"门口处，一个女人凶巴巴地说。

卡洛斯转过身。原来是那个女佣。她好像不在乎卡洛斯在场，怒不可遏地看着露西娅。

"都是您的错，还血口喷人。可怜啊，他可是个大好人啊！"

她又冲着卡洛斯说："您看见了吧，她不帮着服侍巴尔多梅罗，反而在那儿哭哭啼啼地抖搂家丑。她要是一件件都说出来……"

露西娅突然不哭了，她害怕地看着女佣，身子略微缩向暗处。

"您帮帮我，先生。"女佣接着说，"帮我一下。"

两人一起把药剂师僵直的身子架了起来。

"把他扶到哪儿去？"卡洛斯问道。

"你别担心。现在我一个人就行了。"

她把巴尔多梅罗背在肩后，从药房里间走出去。

"太太，您最好别再抱怨了，要说的多着呢。"她从楼梯上甩下一句。

她步履沉重地走了上去。露西娅又哭了起来，哭声纤细而安静。

"您看见了，卡洛斯，我的处境多么悲惨。她才是家里主事儿的人，真正的太太。我呢，就是个无足轻重的摆设。我自己家的女佣啊！谁能想到呢！都是因为我没有个兄弟来保护我，也没有个母亲能收留我。再加上这镇子上连一个正人君子都没有……"

她倏地一惊。

"对不起，我不是说您，我是在说别人，这里的人。您才回来不久，现在刚刚知道我生活的真相。这也能叫生活！"

她仿佛花了很大力气才站起来。卡洛斯再次上前扶住她。

"谢谢。"

她颇有戏剧感地走向门口。

"您跟别人可不一样。我要是哪天闹出什么事儿，您一定能理解，而不会笑话我。因为这日子总要有个头儿，有个头儿啊……"

她站在最后一级台阶上，夸张地伸出手。卡洛斯稍作犹豫后，亲吻了一下她的手。

"晚安。"

"请您走的时候帮忙关上大门。太谢谢了。"

她一边上楼，一边转过头来看着卡洛斯，眼神中充满忧郁，直到他离去。然后她跑上楼，穿过走廊和她丈夫正在里面打鼾的卧室，走进观景间，从窗帘的缝隙中向街上望去，上上下下地瞧着。卡洛斯不紧不慢地向下走去。那条街很长，每隔一段就有路灯照明，因此卡洛斯交替穿行在阴影与光亮之间。露西娅凝望着，直到他从视野里消失，直到他彻底沉没在阴影之中。这时她仍然把炽热的前额紧贴在冰冷潮湿的玻璃窗上，瞳孔里残留着对卡洛斯的记忆，脑海中则历数着他的种种优点：他走路时，步伐带有弹性，就像电影里的英国人；他长得不好看，但举止高雅，彬彬有礼，而且很有学问。一个有学问的人，从国外归来，在国外的大学念过书！只要瞬间看上她一眼，没准儿就能发现——有可能吧，或许至少是猜到——她所有的隐私。露西娅突然感到一阵寒战，仿佛自己赤身裸体一般。所有的隐私，不，几乎所有的。他不会猜到她在梦中跟一个淫荡恶魔之间的搏斗，那个恶魔有着卡耶塔诺·萨尔加多的面孔、声音、双手和冰冷的眼神。那些激烈的搏斗让她在醒来时筋疲力尽，娇喘不止。多少个夜晚，她（在梦中）都面临堕落的险境，而她的丈夫不会来救她。她多么需要有人来拯救自己啊，否则她就会（仅仅在梦中？）沉沦了！除非卡洛斯愿意来救她，别想歪了，那是一种精神上的救助，出于一份纯洁而高尚的友谊。

一定要引起他的注意，和他成为朋友，可她并没有什么吸引力。

她想到了她的女伴们，那些她指导过的青年女子，那些经常陪她去修道院听弥撒的女人。伊内斯·阿尔丹？不。伊内斯如果爱一个男人，会把他全部据为己有。伊内斯，不行。鲁丽塔，也许可以，要不就是胡莉娅·玛利尼奥。这两个人只需要卡洛斯那富有弹性的身体，就可以把灵魂让给她，以便享受纯洁的友谊。她们俩都很顺从，又都愿意长见识。她可以教她们。要是二人中的一个……怎么办？她可以传授经验，然后就会听这姑娘讲起婚姻秘事来。"我真幸福啊！"这姑娘一定会这么说，还会讲起过程来，殊不知自己其实只是在代替别人行事。因为……

她感觉到灵魂中涌入许多可怕的形象，一股邪恶的灼热流过全身。她画了个十字，把额头从冰冷的玻璃窗上移开。

"神圣的圣母玛利亚啊，不！"

# 六

卡洛斯早上起床时，已经是日上三竿了。屋子里挤满了人，玛丽亚娜女士正忙着给水手们的女人发放节日赏钱。大家在门厅和人行道边等着希洛美点到名字，木底鞋的响声和说话声交织在一起。她们进门后，收到玛丽亚娜女士的赏钱，就立刻走出来，口中念叨着祝福的话语，可是，一到门厅，就开始数钱和打听别人收到了多少。有些不高兴的，低声抱怨和诅咒着那些因为拍马屁、阿谀奉承和说闲话而多领到一些钱的人。

卡洛斯问能帮什么忙，玛丽亚娜女士说他还不懂得跟这些人打交道。所以，如果愿意的话，既然早上起来精神不错，不妨出去走走，等到吃饭时再回来；要么就是在客厅或者其他清净的地方待着，免得被人来人往的嘈杂声打扰。卡洛斯选择了出去。来到街上，他开始犹豫，是去他祖宅还是去酒馆找阿尔丹，或者去药房。正在举棋不定的时候，有个人兴高采烈地叫了一声他的名字，接着用一只手在他后背上亲切地拍了一下。

"卡洛斯！嘿，卡洛斯！你不记得我了？我是卡耶塔诺！"

卡洛斯的身子颤抖了一下。卡耶塔诺·萨尔加多身穿一件英式雨衣，头戴贝雷帽，嘴里叼着烟斗，热情地跟他拥抱。

"我早就知道你已经回来了，没去看你是因为我跟那个老太婆不太对付。我就盼着哪天在街上碰见你。呵，你保养得真好啊！看上去像个大男孩。不过你应该跟我一样，已经三十多岁了吧。"

短短片刻，已经能体会到卡耶塔诺跟别人不一样：他散发着，或者说透露出一种权力、自信和满足的感觉。他和卡洛斯身高相仿，但体形更宽，更结实，长相完全不像镇上的人。不过在穿着方面，倒像是个水手，脚下是雨靴，身穿蓝色马翁布西装，当然鞋和衣服的质量都非常好，雨衣和手套也同样。

"咱们好多年没见面了，少说也有十五六年了。从那以后发生了多少事情啊！"

卡耶塔诺的拥抱已经停下来，但还是不肯放开卡洛斯，好像为了让观看的人见证一下两人的友谊和他的善意。那些人站得远远的，但都在关注着这场重逢。

"当初谁会想到呢？你，成了个有学问的人；而我……"

他用手比画了一下，指着天空中的什么东西。

"你听见了吗？那是我造船厂里的打铆机。你要去什么地方吗？没事儿的话，就跟我来，看看我正在造的船。一千吨的，铁壳船！眼下是这样。今后……"

卡洛斯听凭他安排，接受了他递上的"急士顿"牌①香烟，是从英国直接带来的。"我还有雪茄呢，是在哈瓦那定做的，上面有我的肖像。改天给你一捆儿。"他被卡耶塔诺带着在造船厂里转了一圈，听着关于打铆机、焊接设备、船台和专业技工等的冗长解释："我把他们都派到费罗尔②的造船厂学了两三年，都是我自己掏的钱。"他还走进那艘即将下水的船舱内部看了一回，又旁听了卡耶塔诺和一位监工的英文对话。监工来自南安普顿，身穿工装，头戴圆顶礼帽。

"我付他每月一千五百比塞塔，比给一位工程师的还多。"

---

① 英国著名香烟品牌，创立于 1893 年，中文有时也称作"白锡包"香烟。

② 费罗尔（Ferrol），西班牙加利西亚地区的城市。

"现在，咱们去我家里，得好好庆祝一下这次重逢。"

他们走入一栋巨大的建筑，古香古色，建在一片地岬之上，正好位于船台所在的小海湾南侧尽头。

"这房子年头很久了，可我对它很有感情，因为我父亲就是在这里开始了他的生意。当然，我已经把它翻修过了。"

他们穿过办公室，里面有十五到二十位员工正在干活儿。卡耶塔诺经过时问了两三个问题，他们回答时都毕恭毕敬的。走过一道写着"总经理"的门后，建筑的面貌大为改观：有了暖气，走廊里铺着华丽的地毯，还有桃花心木的家具。一面宽大的墙上，嵌着一扇结实的小门，几乎带着点儿神秘的气息，尤其是那种都铎风格，更是完全出人意料。

"进来，看看吧。"

他轻轻推着卡洛斯走进房间，里面一派富丽堂皇。这是一间巨大的办公室，房顶足有两层楼高，墙壁上包着陈年橡木。对面尽头是一扇英国哥特式大窗户。房间的一侧有壁炉。家具和画饰都很讲究。啊！在壁炉上方，挂着一幅油画，画中是卡耶塔诺身穿骑马装、手持马鞭的形象，不过攥着马鞭的手显得过于用力了。

"怎么样？你喜欢吗？"

卡洛斯回答得有些慢。

"我得承认，确实让我很惊讶。在这座镇子上……"

卡耶塔诺拍了拍他的后背。

"这座镇子已经不是你记忆中的那座了，将来还会有更大的变化。不过，你说得有道理，这间办公室确实令人惊讶。"

他看了看四周，对自己和办公室都很满意。

"齐彭代尔①风格的。我从一位破产的勋爵那里全部买下来，叫人拆卸好，然后一件件在我家里重新装好，跟先前在城堡里时一模一样，唯一的区别就是我的画像。以前是个戴着假发的老头儿，不过，你知道……"

他的表情说明了一切。

"其他的，我都保留了下来，很有价值。有一幅画是雷诺兹②的。"

卡洛斯隐隐感到一丝不悦，回答道："对，就是那幅。"

"你对画有研究？"

"懂一点儿。"

"当然了，这很自然，你是个有学问的人。"

他把卡洛斯往那幅画的方向轻轻地推了一下。

"你想拿近了看看吗？我马上让人取下来。"

"我这里看得很清楚。非常美丽。"

为了对干巴巴的回答做出某种礼貌的补偿，卡洛斯有意慢慢地欣赏着，并做了一些点评。卡洛斯微笑着听他讲。

"我可不懂这些，不过我喜欢好的东西。我是个生意人，无论如何，一幅出自名家之手的画是一种投资。的确，一种只赚不赔的投资。"

就像是这一章结束了，他走向沙发。

"咱们喝一杯吧。雪莉酒还是威士忌？"

他按了一下铃，进来一个用人，听到命令后马上拿着一瓶雪莉酒回来了。波希米亚水晶杯，当然了，倒酒之前，卡耶塔诺用手指弹了

---

① 托马斯·齐彭代尔（Thomas Chippendale，1718—1779），又译齐本德尔，18世纪英国著名家具设计师和制作者。

② 约书亚·雷诺兹（Joshua Reynolds，1723—1792），英国著名画家，以肖像画见长。

一下酒杯，让卡洛斯听一下回音，来印证杯子的质量。

"祝你身体健康，也希望你跟我们在一起很愉快。就像我刚才跟你说的……"

他呷了一口酒，又点上一支烟。

"我是个生意人。我感兴趣的是发展工业，每年给造船厂增加一个船台，再雇五十个新的工人。伯爵新镇的未来前途无量。"

卡洛斯承认不了解小镇的经济潜力，他一直觉得这里只是个贫穷但又漂亮的地方。

"落后，无非是落后。这里的人，以前都靠种地或者捕鱼为生，直到我父亲想到建一家造船厂之前，没有人想过除了耕地和打鱼，还有别的办法能挣到钱。不过，我父亲所做的，只是开了个头儿，现在经营的也算不了什么。十年以后，整个伯爵新镇都要靠我的造船厂来生活。我有很多大的项目，也有钱来实施它们。"

他解释道，将来要开发废弃的矿区，建一个汽车修理厂；还有，如果能争取到一家对此感兴趣的金融集团投资，就再建一些高炉。"因为这附近就产煤，质量很好的煤。"建设高炉将是他一系列杰作的巅峰。

"但是在这之前还有许多事情要做。现在居然还有一百五十个男人把时间都浪费在捕鱼上……这可不行。这是个坏榜样。渔民都很懒散，天天去泡酒馆，觉得因为冒着生命危险出海就有权喝个烂醉，并标榜自己是无政府主义者。另一方面，他们是些零散的小作坊，这使他感觉自己能独立自主。他们都从玛丽亚娜女士那里拿钱，这也让他们保持着一种反抗性。整个镇子应该形成一个统一的工业经济体。捕鱼是一桩赔本的生意，种地也只能收获一些玉米和卷心菜之类，付出和回报根本不成正比。为什么非要把一个人的精力浪费在一种违背经济规律的工作中呢？我可以给他们足够的工资，这样什么都可以从外面买到。我会建一个廉价的内部商店，这样每一个工人都可以买到任何需要的东西，而不必维持那些利润微薄的店铺。我……"

他把伯爵新镇想象成一个巨大的工厂，由他在那个从勋爵手里买来的办公室里统一管理。

"不用说，我自然是给你也准备了一个职位。"

"给我？我又不是工程师，甚至连监工也不是。"

回答他之前，卡耶塔诺重新往杯里倒上了酒。

"你看，卡洛斯，你一定明白，我了解所有人的经济状况，也知道你的情况不是太好。你从地租和果林方面能获得的，我是说，即便你全心全意地努力经营，年景好的时候也就顶多每个月五百比塞塔，少得可怜。而且，你肯定不愿意专门干这个。一个人读了十五年的书，不是为了跟那帮短工和佃户周旋的。"

"我从来也没想过干这个。"

"我猜也是。可是，这样的话，你那些地会连一半的受益也没有。这里跟别处一样，所有人都喜欢顺手牵羊。你就凭每月五十个杜罗能干什么呢？除非，你已经有工作了。"

"还没有。我回西班牙刚刚几天。"

"我可以给你提供一个职位：造船厂的医生。"

卡洛斯笑了。

"我向你保证，我连给断腿打夹板都不会，我是精神病医生。"

"那又怎么样？对我来说，无所谓。这里，被风吹加上酗酒，所有人脑子都不正常。精神病医生正好是我们需要的。不过除了我，谁也不会给大家请来一位。"

他站起来，走了几步，身子倚在壁炉旁。

"如果你愿意留下来的话，我正儿八经给你开个条件。一开始是一千比塞塔的月薪，外加两万杜罗由你支配，用来筹建诊所、图书馆和添置所有必要的设施；每年出国旅行一次，公司负责埋单，还有一笔额外的预算用于购买材料。你想干什么就干什么，一切自由。我既不了解精神病人，也不在意他们。在镇上，这里有个疯子挺有意思的，表匠帕吉托，他住在我家，给我们当开心小丑。不过，这家伙我觉得是没法治好的。他并不是唯一的一个。人们要是没疯的话，就不会干出这么多蠢事来。你一定会有病人天天排队登门的。"

他从兜儿里掏出烟斗来，边说边往里填烟丝。

"你当然也可以自立门户，如果你愿意的话，不过那样你就没有钱来建诊所了，除非你变卖财产；而且你也赚不到钱，因为这里的人每个月给医生一个杜罗的定额诊费，既然已经有一位何塞医生了，没有人会愿意付两份钱。况且，人们也不懂什么精神病学。要是有人疯了，就把他关进孔霍[①]的疯人院。"

"我从没想过在这里行医。"

"啊！那就是另一回事儿了。这个咱们可以今后再讨论，不过应该说也有道理。但是，你有钱在其他地方开一家医院吗？你想要卖掉你的产业吗？如果是这样，我可以买下来，比其他出价最高的人多付百分之十五。我提醒你，这个条件对你也是合适的，因为一旦大家知道我想要，是没有人敢买的。"

"我会考虑的。我现在至多也就能这样回答你。"

"我不着急。不过既然咱们说到这些，为什么你要离开呢？在伯爵新镇可以过得很好，我给你的条件也是再好不过了。我要是

---

① 孔霍（Conjo），加利西亚地区的一个小镇。

你，在拒绝之前，一定会仔细考虑一下。当然我理解，这样突然提出来……"

他皱着眉头，绷着脸看着卡洛斯。

"到目前为止，你只跟我的敌人们说过话。老太婆、那个倒霉的阿尔丹、不识时务的药剂师、'古巴佬'，还有酒馆里那帮人。我很清楚，他们都是些嫉妒心强、一事无成和乞讨要饭的家伙。他们跟你说的话，让你对我产生了不信任。不过，你是个聪明人，很快就会明白我这样的人注定是有敌人的。"

他又坐到卡洛斯身旁。后者点燃了一支烟，注视着他，不放过任何一个表情和任何一个词语。卡洛斯全神贯注，像是竖立起十万根天线，保持着警觉。

"阿尔丹从前是咱们的朋友。十五岁那会儿就特别爱嫉妒，你记得吗？他嫉妒你漂亮的西装和我的单桅小帆船！不过，这些事儿长大以后就忘记了，我也已经忘掉了。两三年前，阿尔丹他们一家回到这里，灰头土脸的，饥寒交迫。他父亲除了债务什么也没留给他们。一家人住在祖宅里，下雨时漏得屋里屋外一个样，天天只能吃些玉米和炸鱼。我把阿尔丹叫来，许诺给他安排个工作。我知道，他人聪明，又上过学。其实，我公司里根本不需要他这样的人，好争吵又懒惰，不过我还是答应给他一份体面的薪水。你知道他是怎么回答我的吗？他说宁可和家人一起饿死，也不愿意吃我给的面包。这首先就是缺乏教养……"

他用拳头捶了一下桌子。

"真是个又粗俗又不要脸的家伙！他宁可靠妹妹们做缝纫活儿来混口饭吃，哪怕她们当妓女，他也照吃不误。他就知道去酒馆里宣传革命和社会正义，也就是说我的坏话。可是，是我把这个镇子从贫困里拯救出来的。有朝一日我听烦了，一定要在他那些同志们面前揍他一顿，看看有没有一个人站出来帮他。估计他已经跟你说过我的坏话了。"他补充道，语调从愤怒转为鄙夷。

"我可以肯定没有说过。我们压根儿没谈论过你。"

"他一定会说的。他们这些人中没有一个希望咱们成为朋友的。"

"请给我足够的自由来选择与什么人做朋友。"

"我，当然了。我知道你的价值，也尊重你的聪明才智。这一点，你刚才已经证实了。不过，那些人他们不在乎这个。"

"那你在乎他们吗？"

卡耶塔诺犹豫了片刻。

"你是指什么？"

"就是我刚说的：你在乎他们吗？"

"就像个跳蚤，早晚会弄死它的。不过……何必费口舌提起他们来呢？咱们说点儿别的事儿吧。"

"比如，你之前跟我说，在伯爵新镇可以过得很好。"

"当然了！我就是这样嘛。我可以生活在拉科鲁尼亚、马德里或者任何我愿意去的地方。可是，在这儿我什么都有，甚至包括女人们。"

他张开手掌，在卡洛斯的膝盖上拍了一下。

"非常有味道的女人，哥们儿！而且很容易上手。你可不知道……像你这样的男人可以跟任何喜欢的女人上床，不管是镇上的还是其他的。只要洗洗身子，换件干净衣服，跟马德里的没两样。"

他压低声音，神秘兮兮，微笑和眼神中充满了狡黠。

"你看，阿尔丹那个蠢货，我也许不会揍他，可说不定哪天我就睡了他妹妹伊内斯。说真的，那姑娘挺漂亮，虽然表面很虔诚，其实一直在等着我勾引她呢。还有那个药剂师，我早晚也会给他戴顶绿帽子，不是为了他那个一文不值又有肺痨病的老婆，而是让他给我彻底闭嘴。"

然后，他又像是总结似的说："在伯爵新镇，没有任何女人比我母亲更正派了。"

突然听到这话，卡洛斯无法掩饰自己的惊讶，脸上的神情就像是被一道闪电在阴霾中照亮。不过，卡耶塔诺误解了这副表情。

"我不是想要冒犯你。"他说。

"冒犯我？"

"你母亲生前是一位真正的贵妇人，所有人都知道。很显然，我说这话时没有想到她，愿她在天国安息。我是指其他女人，说说而已，别介意。"

他再次站起来，身子笔直，斩钉截铁地说：

"这些女人，没有一个是正派的。我要跟你说的，你迟早哪天也会听到，与其让别人讲给你，不如我来告诉你。她们中的第一个，也是最有心计的，就是那个老太婆。她做了我父亲二十年的情人，在美洲有个儿子，算是我半个兄弟。"

他的声音里带着骄傲。卡洛斯明白了，对卡耶塔诺来说，这件事才是他们谈话的精髓：为了告诉他这个，卡耶塔诺才把他带来，请他喝酒，许诺给他职位。

"仅仅因为这样，你知道吗，仅仅因为这样，我才容忍造船厂的好多股份在老太婆手里。等她死了以后，会落到我兄弟手中。可是，她对我母亲的伤害，我永远也不会原谅。"

他说话时带着戏剧式的强调语气，不过还算坦诚。然而，对卡洛斯而言，真正重要和具有启示意义的是他前面说的话。"没有任何女人比我母亲更正派了。"卡洛斯抓住这句话，攥住不放，他巴不得抛下其他的一切，好让自己能一个人仔细品味这句话，分析它，剖析它，从中得以窥见卡耶塔诺的灵魂。

"这是两码事，截然不同。不管怎么说，他是我的兄弟，而且跟他母亲一点儿也合不来。这让我对他挺有好感。"

这时传来一阵长而尖厉的汽笛声，同时壁炉上方的挂钟——当然是古老而正宗的英式自鸣钟——也敲了十二下。

"抱歉，我得去……"但他并没有把句子讲完。

"你也一起来吧。现在，所有住得远的工人，都可以在干净的食堂里用餐，而不必中午回家，浪费时间。他们家人把饭送来，如果他们想喝点儿酒，这里还有廉价的餐厅。然后，他们有足足半个小时的休息时间。过不了多久，我会给他们建一个小俱乐部，可以打牌或者玩多米诺骨牌。来，我每天都去转一圈，让他们知道我关心大家。"

从办公室出来，是一片绿油油的草坪。沿着一条小径，他们来到一幢用石灰粉刷过的简易房屋前。房子的窗户很大，工人们从其中一扇门鱼贯而入。妻子们和年轻女孩子们则排成长队，手里拿着篮子和餐盒，在外面等着。

"为了避免造成混乱，工人们先进去坐好，然后女人们再进，她们都知道位置了，径直去就找到了。一切都安排得井井有条。"

女人们的队伍里多少还有些说话声，当卡耶塔诺和卡洛斯走过时，便突然肃静下来。他们两人从第三扇门走进餐厅。从柜台后面望去，食堂就是个宽敞而阴冷的厂房，里面放着不少巨大的松木桌子，很白，很干净。工人们安静地走进来，拿起一只铝杯盛满水后，每个人都坐到各自的桌旁。有少数一些人来到餐厅，要了四分之一升的红葡萄酒，年轻的女服务生把酒倒在白色的杯子中。卡耶塔诺不停地解释着一些琐碎的细节，卡洛斯听得似懂非懂，下意识地答应着。他观察着工人们，目光不时停在一张张面孔上，有的特别机灵，有的心怀怨恨，有的带着忧伤。随后，女人们喧闹但不失秩序地走了进来。她们从篮子或餐盒里拿出饭菜来，站立在一旁，等着男人们用餐。

"这些女人里，有一个我想让你认识一下。跟我进来。"

他把卡洛斯带到餐厅后面一个空荡荡的房间里，让餐厅女服务生去通知某个人来。

"这妞儿可棒了。二十三岁，青春靓丽，被我调教得好极了。"

他淫荡地笑了笑。

"我跟你说过，这里的女人很容易上手。"

门外有人问话，卡洛斯毫不奇怪那是罗莎莉奥的声音。

"可以进来吗？"

不过，她的口气显得非常自然，略微有点儿轻佻。卡洛斯迟缓地转过身来看她，罗莎莉奥进门后一看见他，态度就顿时改变了。

"上午好。"她说了一句，就站住了。

"过来，美人。"卡耶塔诺抓住她一只胳膊，拉着她走近卡洛斯，"这位是德萨医生，跟人家握个手。"

"握手？我跟先生握手？"

她下意识地缩了一下胳膊，眼神中有些不自在，而卡耶塔诺眼中则划过一道愤怒的闪电。卡洛斯连忙打圆场："我已经认识她了。几天前，我们坐同一班长途汽车来的。"

然后卡洛斯向她伸出手，罗莎莉奥犹豫地握了一下。

"你得原谅她，她还不太懂得礼节。不过，人倒是蛮漂亮，对吗？"

他用手在罗莎莉奥的屁股上拍了一下，相当响亮。罗莎莉奥顿时一激灵，仿佛被踩到了一样。

"哎哟！您别开这种玩笑。"

"行了，你去找你爹吧，学着点儿像淑女那样行握手礼。"

向门口走去的途中，罗莎莉奥没有转身，回了他一句："您别这么无聊！"

卡耶塔诺装作在闹着玩的样子，可他的眼神中依然充满了严峻。

"这妞儿当着人性子很烈，不过在床上可是棒极了。"

然后，他好像无关紧要地说："我要是没记错，她就住在属于你家产业的一座房子里。"

"啊，是吗？"

"一座老房子，周围有几个费拉多的田地，叫作弗雷阿美农庄。不过，不会再住多久了。下个月我给工人们盖的那些新房子就要完工了，她会和家人一起住进其中一栋。我希望我的人都能从田地里出来，住到离我近的地方。至于这家人，我这样做更是一箭双雕。"

他又像先前那样，淫荡地大声笑了起来，同时推着卡洛斯走向门口。

"你都知道了。好好想想我给你开出的条件，如果你决定留在这里的话。不用着急回答我。对了，什么也别跟老太婆讲。她知道了，会告诉我父亲，那就麻烦了。我不是为了我父亲，而是为了我母亲。"

他又带着真挚而敬仰的语气，补充道："她是个圣洁的女人。"

午餐时，卡洛斯一声未吭。喝咖啡的时候，玛丽亚娜女士问他："你这是怎么了？"

"没什么。不过，我有些担忧。您知道吗，今天上午我遇见了卡耶塔诺。他带我去了造船厂，领着我转了一圈，还请我喝了杯酒。"

他讲了事情的经过。

"这令你感到担忧吗？你想接受他的职位？"

"噢，不，怎么可能呢！……不是这方面的原因。是……"

他用手随便比画了一下。

"您看，我的许多设想都彻底走样了。当然，这是因为我总爱想象未知的现实，而不是等候它来临。伯爵新镇不是我所想象的那样，您也不是。如果一切都简化为伯爵新镇和您，那也没有问题。可是，昨天一个喝醉酒胡言乱语的人向我透露隐私；今天，卡耶塔诺在我面前炫耀他的权势，不过，同时还有他的弱点，尽管他没有意识到。巴尔多梅罗和卡耶塔诺两者之间几乎没有什么联系，至少按照他们各自所说的，没什么关系。可是，这两个人都让我感兴趣，这倒也不奇怪，因为我的职业就是这样：对别人产生兴趣。"

"就算是这样，他们两个有什么令你担忧的呢？"

"不是他们，令我担忧的是我自己。更确切地说，是我和他们，还有和您的关系。我活了那么多年，从来都不认识他们。突然间，我发现，我的生活、我的存在，在他们的生活中占有一席之地，如此之大，就如同在您生活中所占据的部分。出于我无法想象的种种原因，大家都期待着我的到来。我毫不奇怪，今后每天还会认识新的人，同时发现自己跟他们也有瓜葛。都是些素昧平生的人，为什么会这样呢？这跟我以及我的生活有关吗？我再一次问自己和前些天相同的问题：这就是我的命运吗？如果是的话，为什么我以前不知道呢？为什么我为自己的生活准备了一条不同的道路呢？"

玛丽亚娜女士认真地在听他讲，手里拿着咖啡壶，却没有倒咖啡。她没有回答卡洛斯的问题，但用眼神鼓励他继续说下去。

"现在我需要跟您谈谈我父亲。昨天我尊重您的沉默，我想一直等到您愿意讲的时候，不过现在我觉得没必要再等了。我已经读过那些信了。"

"怎么样呢？"

"很明显我父亲一辈子都爱着您，可从来也没有对您说出口，原因我不清楚，也许是因为胆怯。同样很明显的是，您既不理解他的爱，也没有爱过他。这是个新发现。按照您自己说过的话来判断，我本来以为您不仅爱过他，而且还一直爱着他。"

玛丽亚娜女士倒了杯咖啡，把杯子递给卡洛斯。他接过来，把它放到桌子上，并没有去尝。

"可是，有好多事情我并不知道。我希望您能给我讲讲。"

"我非常爱你父亲，虽然是以我的方式。我从来没有情意绵绵或者痴情爱恋过。我对他的感受是一种伟大的友谊，或者说，是一种男人之间的友谊。"

"可是，您也爱过，至少有过一次爱情冒险。"

"那是另一回事，以后再说吧。我爱你父亲，尤其是，我钦佩他。他是个令人崇敬的人，因为他为人正直而善良。我脑海里从没过他爱我这个念头，我会觉得很滑稽，他那样一个令人钦佩的人，居然会喜欢我，连我本人都看不上自己。我那时是个疯丫头。别想歪了，那些年我没有做过任何不体面的事，之后也没有。我热爱和尊敬我父亲，绝对不愿意招惹他不愉快。我的英雄事迹和疯狂行为，对一个刚刚开始挣脱虚伪束缚的社会来说，有些太过张扬了。骑马、打网球、穿着裙裤骑自行车，这些就是我最严重的过错。"

卡洛斯笑了。

"现在这让你感到好笑，对我来说也一样。可是在一八九几年，这可不是开玩笑的。我名声不好，虽然都是无端的指责。你父亲，正如你知道的，为了我有一回跟别人决斗；而且，我怀疑他相信了那些诽谤之辞，而一旦相信了，他就感到一切都崩溃了。因为，如果不是这样，他为什么要逃走，放弃前途无量的未来呢？他本来可以成为内阁首相的。他比同时代所有年轻人加起来还要出色。"

"这澄清了一部分问题。"

"还没有呢。你不知道，我父亲对我说'这个年轻人他爱你'，可我不相信。不过，我还是反复想了许多个晚上，写了好几封信问他是不是这样，可我没敢把信寄出去。我脑子里容不下那个想法。我觉得，如果你父亲爱我，他就不再是我想象的那样令人钦佩了，而我不可能放弃对他的这种感情。简直太愚蠢了。"

"为什么呢？"

"因为如果你父亲说他爱我，我肯定会嫁给他，十年之后，我父亲去世后我来到伯爵新镇的时候也是如此。那时，我确信即使他曾经爱过我，那份爱也已是过眼云烟了。我看到他孤独一个人，充满忧郁，投身于毫无意义的工作中，或者至少在我看来是这样的。我那时三十岁。我对他说'费尔南多，你应该结婚'，他没有回答我。但是，当我给他找了个未婚妻，一个体面而有些钱的女孩子时，他却接受了。他和你母亲的结合，都是因为我的过错。"

她停了一下，眼睛里有东西显示出灵魂的震撼。

"当一个男人对我有欲望时，我总能感觉得到；可当别人爱我时，我却无动于衷。也许是因为害怕吧。除了自由，我什么都不在乎。我知道，无论跟谁结了婚，我都会失去自由。"

卡洛斯笑了。

"看来，三十岁的时候，您倒是很像我。"

"是的。可是发生了一件事情，改变了我，尽管后来我才意识到。"

"您的爱情冒险？"

"不！"她轻蔑地回答道，"那段风流是个错误。我自己回想起来，也不是很理解。"

她站起来，拨旺了壁炉中的柴火。

"为了执行父亲的遗嘱，我在伯爵新镇逗留了将近一年的时间。一开始，我想把财产都卖掉，再也不回来了，我也是这么跟你父亲说的。他没有回答我。他每天下午都来找我，借口研究我们家的旧文件。我跟他说了多少次：'你为什么不把它们都拿走呢？我根本不需要！'一天，他要我帮助他，我照办了。我们时常一起工作两三个小时，共进下午茶，然后兴高采烈地议论我们发现的东西。就这样，短短几个月，我了解到许多从前不知道的生平和事件。无意之中，我渐渐喜欢上了那些先人，喜欢上了他们的所作所为以及留下来的回忆。有一天，当别人再次跟我提起出售这座房子、庄园和所有从父亲那里继承下来的遗产时，我惊讶地问自己以前有没有想过卖掉这些。你父亲对我说：'你不记得了吗？你可是都想要卖掉啊！'我顿时明白了，是他改变了我的情感，而且仅仅是通过让我了解以前不知道的东西。"

"他对您做过的，正是您现在想要对我做的。"

"也许是吧。无论如何，我只想把我得到的还回去，或者说是想让事情恢复原貌。对我来说，这是最重要的事情。如今，我对自己最看重的地方，恰恰要归功于你父亲，他的耐心，他那沉默的爱。"

"会不会是，我父亲因为不想失去您，而用这些东西和田地来拴住您呢？他虽然已经和另一个女人结婚了，却还想把您留在身边。"

"即便如此，那又怎么样呢？我从来没有想过，也许事情是这样的。"

她闭上眼睛，像是在回忆，然后继续说："可是，不，不是的，不是因为这个。当我离开伯爵新镇时，你父亲已经结婚了，他收到这个消息，显得很自然，如同意料之中。我想要回来，虽然不知道确切的时间，但会很快。我确实感到有点儿像是被拴住了。我父亲的遗产需要打理，他留下来的这些，我必须妥善照料才能守好这份家业。可是，从前的生活还在召唤我，我向往去巴黎，想去观看世界博览会①，于是就去了。一天，我认识了一个男人……"

她又停顿了一下，嘴角淡淡的一丝苦笑使她的双唇僵硬起来。

"是个俄国军人，那又能怎样呢！我第一次坠入爱河。他是个结了婚的男人。回马德里的途中，我发现自己怀孕了。要是我父亲还活着，那一定是场大灾难。既然他已经不在了，我尽量大事化小。我有足够的钱，也足够自尊自爱，不至于消沉下去。我的地位和金钱，让我可以保守住秘密而不至于引起轩然大波。我假装肝部不适，需要去国外的温泉接受水疗。然而，终究还是到了需要有人来帮助和陪伴的时候。我从波尔多写信给你父亲，告诉他我身处困境，需要他在我身边。他立刻就来了，听我诉说后，只是回答道：'如果不是你督促我成了家，我现在是可以跟你结婚的。'他别的什么也没有说，但是他那种声音和他眼中的悲伤，就像是心中有什么东西被永远撕碎了：一种幻想，或是一种希望。他在我身边一直保持沉默，陪着我直到把孩子生下来。后来，他找了个人来照顾孩子，又给孩子取了名字。等处

---

① 此处指 1900 年在巴黎举办的世界博览会。

理好一切，他就回伯爵新镇了。我也回到了马德里，不过我的爱好和性情已经彻底改变了，不是因为有了个私生子，而是因为给你父亲造成的痛苦。我责备自己是何等愚蠢，没能理解这个世界上最好的男人的感情。当初，他对我爱慕的迹象是多么明显啊，年复一年地积淀在他的书信、行动和话语中！我简直感到绝望。有一天，我决定回到伯爵新镇，如果他愿意的话，我就做他的情人。你别惊讶，别做出这副表情！只要他在我身上还能找到一点儿幸福，别的我什么都不在乎。我给他写了一封信，没跟他说我的意图，但我的话应该足以让他明白将要面对什么了。我把马德里家中所有不喜欢和没有用处的东西都贱卖了，把其余的都运到了伯爵新镇，不久后就彻底搬了过来。可是，当我到了以后，得知你父亲已经失踪了，谁也不知道是什么原因。你母亲猜想，我是最主要的一个原因，她也是这样对我说的。她对我的指责是有道理的。然而，她不知道，丈夫的出走是为了避免让她看到我们相爱而感到羞辱与痛苦。"

街上传来一阵音乐和小孩儿们唱圣诞歌谣的声音。玛丽亚娜女士的眼圈湿润了，她那一向高傲的面庞也柔和了许多，像是在哀求什么。"母驴"走进来，告诉她说，神学院的孩子们来要节日礼物。

"抱歉，卡洛斯。我有这个习惯，要亲自给他们发些礼物。"

她站起身来，走了出去。卡洛斯走近窗口，远望大海，没有注意到那些孩子兴高采烈地一股脑儿地拥进门厅里。下午天色转晴了，但大风吹着浪尖，溅起白色的泡沫，停泊在房子对面的拖网船也在风中不停地摇晃。卡洛斯把前额贴在冰冷的玻璃窗上，努力地思索着，但无济于事。一股杂乱而强烈的感情从心头涌起，使他感到头脑发昏，仿佛多年来一直隐藏着，而现在一下子流淌起来，遍布全身。如同大海里的波涛，膨胀，升起，然后碎成无数泡沫。他从窗边走开，迅速

155

喝掉一杯咖啡和一杯白兰地。他坐下去又站起来，看着玻璃柜里摆着的小玩意儿来分散注意力，直到感情的浪涌慢慢平息下来，可以思考了。他审视着自己，发现当浪潮退去后，留下来一样新的东西：就像是某种不可辩驳的明证，昭示着他永远也不可能割断与赋予他生命之人的联系；一种新的感情令他对父辈的过错充满了同情，而正是在这种同情之中，他找到了某种慰藉或是出路。

# 七

圣诞节那天早上，玛丽亚娜女士让卡洛斯陪她去参加弥撒。见卡洛斯有些惊讶，她解释说，这是自己诸多社会义务中的一项，当然也是最乐意做好的一项。

"有一处地方，卡耶塔诺永远也无法胜过我们，因为我们有权享用，而他不行。"

在路上，她告诉卡洛斯，依照旧时规定的一项特权，丘鲁乔家族里不仅男人们可以坐在圣台所的长椅上，甚至女人们也可以，位置正好在福音讲台的旁边。

"男人们坐在圣台所，并不稀奇；而我们女人也能坐在那儿，就非同一般了，就像有个人，我不记得是谁了，被允许骑着马进入圣地亚哥的主教座堂①。你父亲有一回给我读过那份文件的内容，我把它保存得好好的，以防万一。我记不清是哪一位苏亚雷斯·德萨了，他帮助主教对付另一位苏亚雷斯·德萨，后面这位把主教围困在教堂里。最终主教得以解围正是由于一位女人的求情，她就是那第一位苏亚雷斯·德萨的妻子。主教非常感激，便允许她坐在咱们家教堂——因为白银圣母玛利亚教堂是咱们家族的——圣台所，不光是她，还有她所有的后代，以及她儿孙们的媳妇也都可以。所以你母亲活着的时候，虽然不跟我说话，但总是在我身边听弥撒，和我坐在同一张长椅上。阿尔丹的母亲和妹妹们也可以这样，不过她们不敢，所以去另一

---

① 据考证，历史上确有此事：1815 年，里维罗·德·阿吉拉尔（Rivero de Aguilar）家族曾被授予骑马进入圣地亚哥主教座堂的特权，但实际上他们从未行使过该项权利。

所教堂参加弥撒。"

"可是，那些神父呢？"

"我说过，教堂是咱们的，或者说得更明白些，是我的。我有推荐的权利。那些神父，在得到教职以前，都觉得这项特权没什么不妥；可过后却经常说，如果我代表自己和其他有此权利的女人放弃这一特权的话，那将是谦卑的善举。"

她停顿了一下，然后接着说："你肯定看出来了，我不是个谦卑的人。就算是，我也得坚守住，因为唯一一个看见我坐在长椅上就大惊小怪的，正是安古斯蒂娅斯夫人，也是唯一提出反对的人。因为她乐善好施，给教会捐了不少钱，神父们都希望跟她处好关系。"

他们来到了教堂。成群结队的人聚集在门廊处，等候入堂钟声敲响，大家互相问候着。玛丽亚娜女士挺直身子，表情庄严地顺着走廊行进，经过圣餐授领处的门口；卡洛斯跟随着，走在她身后几步。后来，他跟她一起跪下，一样画十字祝福，然后坐在了她身边。

"下次你进来的时候，"玛丽亚娜女士低声说，"别忘了给我洒一些圣水。"

司仪神父出来了，面向祭坛鞠躬拜过，转身朝他们也躬身施礼，玛丽亚娜女士随即还礼。弥撒开始了。卡洛斯不记得礼仪了，不时看看玛丽亚娜女士，模仿她的动作，一会儿站起来，一会儿画十字，一会儿又跪下去。读过福音之后，神父坐到了对面的长椅上。这时出来另一位神父，身材很高，步态憨拙，大鼻子，红色头发，跪在祭坛前祷告了一阵。他在棕白两色的教士服外面披了件白色法衣。他向司仪神父和玛丽亚娜女士分别行礼。此外，卡洛斯觉得他还向自己微笑了一下，仿佛是一种特殊的、个人的致意。

"他就是欧亨尼奥·基罗加。"

欧亨尼奥神父讲了几分钟关于基督降临的话题，说他已经在我们中间了。他说话的声音柔和悦耳，富有戏剧性，用词如此精美，卡洛斯不禁想到，恐怕没有谁能理解他。不过，虽然辞藻优美，却不失简洁；再加上他举止适度而有分寸，没有呼喊和诅咒，显得非常优雅。

"你觉得这位神父怎么样？"玛丽亚娜女士问他。

"出乎我的意料。"

"他的疯癫是出了名的。"

弥撒结束后，人们纷纷往外走，一位侍童走近卡洛斯："神父说，请您等他一下。他马上就来。"

"如果不下雨的话，我去广场上转转，你跟他聊吧。我们之间，好多年都不说话了。"

玛丽亚娜女士走了出去。教堂里空荡荡的。欧亨尼奥神父从圣台所后面走了出来，快步走向卡洛斯。

"请原谅我把您留下来，不过我必须这样做。首先，欢迎您来。您回来我真的很高兴。"

他伸出一只手来，卡洛斯握了握。神父看起来神色有些慌张，时而向身后不安地张望。

"您到这边来吧，这间祭室。我得跟您说件事儿。改日咱们可以踏踏实实地聊聊。您听我说……"

他又扫视了一下教堂内厅远处，担心有人从圣器室里走出来。

"请您找一下玛丽亚娜女士，让她来看看丘鲁乔家族的祭室。现在就去，别等到明天。现在就去，拜托您了。"

他用力握了一下卡洛斯的胳膊，以示告辞，然后走向远处，仿佛黑暗中的一道神秘阴影。

卡洛斯犹豫了一会儿，然后走了出去。玛丽亚娜女士正在广场一角等候。他转达了欧亨尼奥神父的话，陪她前往祭室。

在洗礼堂后面，有一条拱廊通往祭室。两人正要进入时，被一堆麻袋挡住了去路，这些麻袋正好堆放在祭室门口。

"这是些什么鬼东西？"

玛丽亚娜女士用雨伞敲了敲其中一只麻袋，里面冒出一股灰色的尘土。

"咱们去圣器室。"

她快步走过教堂内厅，毫无顾忌，推开圣器室的门，走进里面。她神情高傲，怒气冲冲，一副不可抗拒的姿态。

"胡里昂神父！"

一位五十来岁的神父正在喝咖啡，听见她的声音，抬起头来。

"玛丽亚娜女士！"

"我家陵寝祭室里，那堆水泥袋子是怎么回事？有什么东西塌下来了吗？"

神父站起身，走向玛丽亚娜女士。

"没有，太太！什么也没有塌下来。"

"那又是怎么回事？"

"我们要修一座露德圣母的祭坛。"

"得到谁的允许了？"

"玛丽亚娜女士，我觉得不需要什么许可。"

"您忘了白银圣母玛利亚教堂是我的了？"

"也是教会的。"

"就是我的。我不允许在我家先人的陵墓上修别的祭坛。"

她坐在一把扶手椅上，突然变得平静而冷峻。

"胡里昂神父，谁出钱修那个露德圣母祭坛的？"

"当然是信徒们了。"

"可是，究竟是哪些信徒呢？"

神父犹豫起来。

"哎呀，您倒是说呀！"

"大部分钱是安古斯蒂娅斯夫人捐赠的。她是教友会的会长。"

"我猜也是她。您觉得她真在乎修什么祭坛吗？她无非是想要遮住我家先人们的雕像，用土盖上，看看人们会不会彻底忘掉他们。"

她站起来，走向神父。

"您看应该怎么办？"

"当然是修祭坛了。除非主教大人禁止我修。"

"如果是这样的话，您放心，主教大人一定会禁止的。这座教堂是我的，丘鲁乔家族的祭室，就更是我的了。"

"您要是真把这座教堂当成自己的，为什么不修修那些漏雨的裂缝呢？为什么不让人加固一下墙壁呢？说不定哪天就会塌下来的。"

玛丽亚娜女士沉默了片刻。

"那您为什么不跟我说一声？"

"我压根儿没想到您还这么上心。"

"上不上心是我的事儿。现在，麻烦您陪我们去一趟，我想让卡洛斯·德萨看看祭室。"

"您不是想让我去搬走那些水泥袋吧？"

"您有一位司事可以干这活儿。"

神父咽了一口唾沫。

"您可以先用完早餐。"玛丽亚娜女士补充道，"我们等着。"

她站起来，抓起卡洛斯的胳膊。

"咱们走。"

教堂司事匆忙赶来，钻进走廊里，没过多久就走了出来。

"已经可以进了。"

"让胡里昂神父来一下。"

胡里昂神父来了。玛丽亚娜女士坐在一张长椅上。

"麻烦您带卡洛斯看一下祭室。我累了。"

胡里昂神父掩饰不住坏心情，走在卡洛斯前头，举止粗鲁，步子迈得有些生猛。他用身子撞开侍童，又气呼呼地撵走了司事。

"好啦。这就是。您好好看吧。"

卡洛斯走了进去。这是一间圆形的罗曼式①祭室，圣殿骑士团建筑样式，显然要比教堂本身还要久远。祭室中央是一口石棺，架在两只石雕的野猪背上；其他的石棺，分别是不同年代的，都贴着墙壁陈列。所有的灵枢上都有半身雕像，差不多都是完整的。祭室的一侧，在一座小祭坛上，摆放着一尊很大的基督雕像，被两根大蜡烛和一盏油灯照亮。卡洛斯想起来，小时候他母亲在走出教堂之前，经常在基督像前祷告。

"怎么样，看完了吗？"

"如果您有急事儿，不必陪着我。"卡洛斯柔声回答道，"我理解，这时候参观有些不合时宜。"

"她真是疯了。"神父说，用表情示意了一下外面，"而且，她身体里有魔鬼。"

"也许，她只不过是说话有点儿凶。"

"她就是专横霸道！她也不想想，人家吃完早餐后，想抽根烟都

---

① 罗曼式（又译罗马式），是欧洲中世纪主要建筑风格之一，以厚重的墙体、半圆拱、坚固的墩柱等特点而著称，给人以雄浑庄重的印象。

不行。"

"我以为是祭坛的事儿让您不愉快。"

"我不愉快？那是她们之间的事儿：玛丽亚娜女士和安古斯蒂娅斯夫人！可是您应该明白，如果有信徒要求修祭坛，为什么不呢？"

卡洛斯微笑着，用手指了一下那些陵寝。

"唉！都是些跟她一样或者更坏的家伙。既然都得下地狱，干吗要那么尊敬他们呢？丘鲁乔家族的，没有一个是好东西。"

"我觉得，我也是其中一个。"

"那您得当心您血液里的……"

"您真这么认为？"

"到目前为止，还没有一个正派人和好基督徒。"

"我想知道有什么办法可以不变成他们那样。"

无意中，卡洛斯的声音变得低沉，语调也严肃起来。神父直直地盯着他。

"您真想知道？"

"当然了……"

"要是这样的话，您应该去镇上看看。这里，你家族的人全都靠边站了。时代已经变了，如今发号施令的是别人了。"

"我来这里不是为了当主人。"

"我知道。您来是为了治好疯子们和被魔鬼缠身的人。我不会阻止您赚钱。"

"我也不是为了这个。"

"那您是？"

卡洛斯没有回答神父的提问，借口玛丽亚娜女士会着凉，他们回到了教堂内厅。神父嘟囔了一句告别的话，就马上溜进圣器室了。

两人出来，到了广场上，玛丽亚娜女士突然笑了起来，嘲讽胡里昂神父，说她着实让他难受了一阵子。

"不过，明天咱们就去一趟圣地亚哥。我不想让安古斯蒂娅斯继续修她的祭坛。"

回去的路上，她订好一辆车，明天拉他们去圣地亚哥。用完午餐后，她拿来一大堆编目整齐的文件和羊皮卷，上面有卡洛斯父亲写下的译文和注解。她把有关教堂产权和她对教堂享有权利的所有文件都放进一个公文包里。原来，她可以埋葬在教堂内的任何地方，而非仅仅在祭室中。

"你看，这一条我都忘了。我会找大主教商量一下。"

"据我所知，民政当局不允许任何人埋葬在教堂里。"

"这我也会解决的。共和国的地方长官要比大主教更容易对付。"

次日一大早，汽车来接他们。玛丽亚娜女士有些困倦，没多久就睡着了。卡洛斯没有更好的办法来排遣无聊，只好观看风景：先是耐着性子，后来越发有兴致，最后竟然十分惬意。在圣地亚哥，他们下榻在一家昂贵的酒店。卡洛斯负责安排与大主教的会面。午餐之后，玛丽亚娜女士睡午觉时，他在街上四处徜徉，兴致勃勃地认出那些从前去过的地方，重温一下许多年前的感受。

他在街上逛了几个小时后，经过一家医院时，竟然心血来潮地问起一位同学的地址。医院的人给了他地址，还指给他怎么走。他来到城郊一座新房子门前，宅舍看起来很华丽，有个小花园，窗户上安着栅栏，还有石板阳台。他报上姓名，等了一会儿，后来朋友大呼小叫着，惊喜地出来迎接他。

"哎哟！德萨，卡洛斯·德萨！你是打哪儿冒出来的？"

这位朋友高个子，有些发福，看上去挺有钱，衣着也很讲究，对自己颇为满意。他把卡洛斯领到办公室，问起他的生活，不过，没等卡洛斯开口，他先讲起了自己的情况。

"你看，哥们儿！我在德国学了肺部手术专业，现在还真派上了用场。圣地亚哥对医生来说，仍然是个不错的地方。"

他强调自己收入可观，给卡洛斯看了他的房子，里面摆设着不少贵重物品，包括油画和瓷器；然后，又给卡洛斯介绍了他的妻子，还讲了讲他做过的那些复杂的手术。

"我是大学的助理教授，这头衔对经济收入来说没什么意义，但是能给我带来名望，而且等教职有空位时可以晋升。雷米西奥教授活不了多久了。"

讲完了自己的情况，他问道："你呢？你在做什么？"

"什么也没有做。"

"你从前可好学了，而且听说你还在维也纳留过学，师从弗洛伊德。这是真的吗？"

"对，我在维也纳待过。"

"精神病学现在还不是门好生意，不过在西班牙已经开始流行了。自从共和国成立以来，精神分析成了热门话题。你想来圣地亚哥吗？"

"我还什么都没想过。"

"这里，对待精神病人，做法还是老一套。不过，要是有机灵的人来……应该开个诊所，当然……"

他这样说，咽下了认为没有必要说出的下文：可你看起来不像有钱的样子。

"对，当然，应该开个诊所。"

"你会遇上不少麻烦的。共和国一来，在大学讲台上，你什么都可以说，甚至说你不相信上帝；可是教会在城里还是掌握着很大权力。精神分析这玩意儿，不会让那些神父有什么好感。这就好比是抢了他们的客户。"

"没那么严重吧。"

"不过，谨慎点儿还是有必要的。自打罗伯托先生那事儿以后，我一直小心翼翼。幸好，做手术跟神学没什么关系。我当然不信上帝了，可我每个星期天都去参加弥撒，我妻子非常虔诚，她凡是九日斋都为我祈祷平安。过日子也要讲点儿艺术啊！"

告别时，他邀请卡洛斯第二天一起喝杯咖啡，不过卡洛斯没有明确答应。他回到酒店，玛丽亚娜女士正在大堂里等他。她已经用过了下午茶，正在做针织活儿。卡洛斯喝了杯茶，稍过一会儿便给她讲了拜访同学的经历。

"我觉得开诊所这个想法倒也不错。"玛丽亚娜女士说。

"那样，我就得变卖所有东西，即便如此，一开始也会比较艰难。"

"我可以帮助你。"

"为了这样一件没谱儿的事儿？"

"那又怎么样？三十年前，我出钱投资萨尔加多的生意时，也可能会全都赔掉。我并不是要借钱给你。你自尊心太强，不会接受的，这样也好。所以，咱们可以成立一个公司。"

卡洛斯把手插在兜里，靠在钢琴边上，眼睛望着地面。

"玛丽亚娜，您看，这趟来圣地亚哥的旅行，对我还是有些用处的。"

他坐在钢琴凳上，身子转向玛丽亚娜女士。

"我在这里待过七年。当初和别人一样是个学生，做着跟别人一样的事情，也许，学习更努力一些，所以从那时起就被当成有学问的人。可是，我向往着赚钱，获取地位，成为教授。怀揣着这个目的，我后来去了维也纳。在那里度过的时光是决定性的：那些年里，我的性格成形了。按说，现在的我，应该是那个毛头小伙儿的延续，那时候我每天交四个比塞塔的食宿费，因为天气太冷，晚上为了学习，把自己的大衣和其他同学借给的大衣全都盖在床上。我还是那个小伙子，但更加优秀，更有学问了。可是，今天下午，我印证了在那个毛头小伙儿和我之间，已经毫无相同之处了。我想，即便突然抹去所有对那段时光的回忆，在我的记忆里造成一种真空，我也还是现在的我，什么也没有被夺走。"

玛丽亚娜女士认真地听他讲，手中的针织活儿早已停下来，双手玩弄着毛衣针。

"您要理解，不光是我跟一位老朋友聊了一个钟头，发现彼此之间没有任何共同之处；更主要的是，对这座城市，我也是同样的感觉。我在这里生活过七年，然而，今天我觉得它完全是新的。我用新的眼睛和心灵去发现和感受它。往事和故人的记忆并没有妨碍我；我没有盼望遇见任何人或者重续某段友谊。就像两三年前我在萨尔茨堡度过的一个周末。我是和萨拉一起去的，我把她留在酒店里，就像您今天这样，然后自己在街上游荡，也跟在这里所做的一样。回到酒店后，我给她讲了看到的东西，体会到的感情，这招来了她的严厉批评，就像母亲对待做出意外举动的孩子。我担心您也会做出同样的反应。要是我并不感兴趣，您怎么能指望我接受用您的钱来开诊所这个想法呢？"

"我好像是在听你父亲说话。"

卡洛斯颤抖了一下。

"整整一天我都觉得，我跟他的感受是相同的。现在我确信，我的前途也会跟他非常相似。"

他坐到沙发里，挨着玛丽亚娜女士，握住她的一只手。她看着卡洛斯，眼中闪过一道惊喜交加的光芒。

"那天，当我读那些信、听您讲述时，我找到的不是我父亲，而是我自己。我挣扎着想说服自己不是这样的，可能是一种幻觉，谁知道呢，没准儿是您在诱导我，让我感受到您所期望的东西。现在，我没有疑惑了。我父亲会跟我一样，看到和体会到同样的东西，也会做我所做的事儿。他也会拒绝的。"

"拒绝什么，孩子？"

"首先就是我的职业。我觉得它是如此虚假，就像我父亲看待他的议员证书。他从事政治是因为您喜欢这样；如果跟您结了婚，或者对此还抱有希望，他会一直继续从政。我和父亲唯一的区别就是，您对他的决定和我的决定所起到的作用不同。您当时非常气恼，我很担心您现在也会生气，但是没有办法。我不会在圣地亚哥开诊所，也不会成为大学教授。"

他放开玛丽亚娜女士的手，把头埋在自己的双手之间。

"我不知道要做什么。"

"你需要的是找个女人，跟她结婚。"

"您想让我重温父亲的经历吗？"

"上帝才会这么想！"

"无论我父亲还是我，按照我的理解，都不属于那种所谓正常的男人，他们会跟一个好女人结婚，经营一项生意，维持一个平静的家庭。我父亲爱上了您，我也许会爱上什么人。不过，请您不要给我找未婚妻。我也许不会说不。"

他突然转过身子，面向玛丽亚娜女士，眼神中带着一种新的表情。

"您知道我现在想干什么？您也许不会理解，甚至可能会笑话我。我想弹钢琴。"

她什么也没说，但温柔地朝卡洛斯笑了笑。

卡洛斯把玛丽亚娜女士带到了主教宫，然后在外面散步等候。她在里面待了约莫一个小时，出来时带着一副胜利的姿态。

"这位大主教还不赖，是个挺有意思的安达卢西亚人，但很聪明。当然，我也是有备而来的。进去的时候，我很镇定，向他行礼前，我说：'我还从没跟主教说过话。我应该怎么做呢，是跪下施礼，还是说一声早上好？'他一下子笑了起来，向我伸出手，然后让我坐下。我先是痛痛快快把想说的都说了，他一句话也没讲。等我说完后，他取出一些准备好的文件，看了一眼，回答道：'您一半有理，一半没理。当然，那位神父有点儿过分了。那个祭坛永远也不会修的，因为哪怕祭室不是私人财产，也有很高的艺术价值，不应该被毁坏。但是，教堂呢？教堂也有艺术价值，可说不定哪天就会塌下来。难道您不在乎吗？'他这话让我有些猝不及防，我只好尽量表示歉意。'您有义务修缮好教堂，如果有钱来做这件事儿的话。''我当然有了。''那么，要是您答应我把教堂修好，让它能再撑个六百年的话，我就承诺明确禁止修露德圣母祭坛。''我答应，不过有个条件。''什么条件？''等教堂修好了，您来主持揭幕。''教堂可没有揭幕这一说法的，太太，只有祈福或者祭献。''那您就来主持祭献，这样显得更加庄重。''我没法答应您，因为我岁数大了，还有哮喘病。教堂的修缮工作需要好多年，我估计活不到那时候了。''可是，如果到时候您还硬朗呢？'他微笑了一下，说：'要是那样的话，我答应您。'我正要起身，被他叫住了：'咱们还没说完呢。如果别人没骗我的话，您和您家族的其他女人们，享有一项离奇的特权，这对教会当今的习俗有所冒犯。''到目前为止，除了镇上一位有钱的夫人，谁也没有觉得被冒犯。她因为不能坐在圣台所，只能在第一排长椅有固定座位，就想让所有人都坐在她身后。''就算是这样，教会必须取消那些封建时代的陈规陋习，毕竟都已经过时了。''那个神父也是这么跟我说的，我很奇怪您居然同意他的说法。''我们这些主教和神父们意见一致的时候还是很多的，远远超出人们的设想。您把文件带来了吗？'我给了他一份副本。'是原文吗？'他问我。'我想应该是的。当然了，我不懂拉丁文。'他戴上眼镜，仔细看了起来。'在我所主持的辖区，一位遥远的前任主教——上帝祝福他——授予了这项特权，因为他可以这样做，而且办理得如此细致，以至于我这位卑微的后继者无法打破这一规范。不过，罗马教廷会予以取消的。''啊，好吧！'我说，'如果罗马教廷这样做……''一定会的，我可以向您保证。''会拖很长时间吗？''您知道，在罗马教廷，凡事都会拖个无休无止的。''这样的话，随您安排吧。只要祭献教堂那一天我还能坐在圣台所，我就知足了。'他笑了，然后我就出来了。"

# 八

　　大主教写给胡里昂神父的信是愚人节①那天寄到的。神父第一个读给的人正是安古斯蒂娅斯夫人，那时她恰好在圣器室里说起她的事情，而即使她当时不在，神父也会跑去找她的。

　　"这是愚人节的玩笑。"她说。可胡里昂神父言之凿凿，信是从圣地亚哥寄来的，正儿八经地合乎规矩，而大主教毕竟是大主教，必须服从的。于是，安古斯蒂娅斯夫人怒气冲冲地离去。当天下午，她在家中召集了自己教友会的全体成员，还有一些其他教友会的女会长。大家都痛快淋漓地倾泻了不满，当然始终保持着对大主教的尊重，这倒不假；不过大主教能让她们尚存敬意，只是因为大家觉得他被人蒙骗了。而这份罪责，加上一大堆虚伪与搬弄是非的指控，都一股脑儿地归咎到了玛丽亚娜女士身上。她们的丈夫在晚餐时也都得知了，卡耶塔诺则更早一些。俱乐部里，在所有的"三人斗"，甚至最不入流的"七点半"②牌局中，人们都在谈论此事。大家一致认为，这是对安古斯蒂娅斯夫人的凌辱。等卡耶塔诺来了以后，所有人都指责玛丽亚娜女士太不地道，这种事情绝不能姑息纵容，应该派一个"共和国活跃力量"代表团前往拉科鲁尼亚市，跟省长反映一下，敦促他放逐玛丽亚娜女士。不过，卡耶塔诺倒是反对众人参与实施报复。尽管他没有跟任何人说打算怎么做，

---

① 西班牙和其他许多天主教国家的愚人节是 12 月 28 日，不同于英美国家的 4 月 1 日。
② 西班牙纸牌的一种玩法。

大家都听见他冒出一句："一定要让那个老婊子得到报应。"他如此情绪不佳，以至于在"三人斗"的牌局中输了二十个杜罗。已是深夜了，利诺先生赢了钱，觉得自己有义务送他回家。卡耶塔诺一声不吭地走着，利诺先生每当摸到兜里叮当作响的杜罗时，就变得越发健谈。他对暴政的存续进行了若干深刻的社会学解释，而且唯恐卡耶塔诺没有注意到，又分析了大主教在这件事上不光彩的介入。

"通过这件事情，您会更加理解教会跟共和国的一切合作纯属虚情假意，教会是不会改变的，我的朋友。它本质上是维护君主制和封建势力的。"卡耶塔诺的话让他感到非常诧异："眼下，我先在造船厂旁边建一间祭室。"

"一间新教的祭室？"

"别犯傻。当然是一家天主教教堂了，好让我母亲能有她的露德圣母祭坛。"

"我还以为您不是天主教徒呢。"

"我不是，可我母亲是。"

胡里昂神父次日拜访了玛丽亚娜女士，很惊讶地得知整座教堂将要进行修缮。

"您是说，整座教堂都要翻修？"

"正是，就像是我们把它重建一回。"

"可是，这太疯狂了！只要加几根水泥大梁，刷几层石灰，再添一些新瓦，没有大风能把它刮倒。"

"这可不是我跟大主教约定的做法。教堂有艺术魅力，必须得到尊重。"

"蠢话！这样的话，教堂只好关门了。"

"还有教区的那座呢。"

这消息对目前的乱局不啻为火上浇油。人们更为不满，然而出乎意料的是，有些强硬的立场被放弃了。利诺先生在承认那个老太婆还是个人物后——她是可恨的，更是危险的——也只得批准了修缮教堂的决定。首先，尽管由于维护不善，白银圣母玛利亚教堂没有被以往的君主制政府宣布列为国家古迹，还是完全值得被民众所重视的。

"归根结底，人民才是它真正的拥有者，即使今天这项权利尚未得到承认，伸张正义的日子也不远了。这期间，资本正好可以履行其真正的职能来保护好国家遗产。这座教堂是最纯正的罗曼式风格，而丘鲁乔家族的祭室，正如你所知道的，是圣殿骑士团风格中最罕见的杰作之一。鉴于其艺术魅力，我们应该忘掉埋在那里的骸骨是属于一群强盗的。有朝一日，人民会要求把他们的骨灰扬到风中，但是，那一天，我会用自己的身躯来捍卫这些神圣的石块。所谓神圣，不是因为教会曾给予它们祝福，而是因为雕塑它们的那些石匠的鬼斧神工。"他的话赢得了众人的掌声。他讲话的时候，人们已经给他发好牌。只打了一轮，他就赢了。


巴尔多梅罗特地来找卡洛斯。虽然有些冷，但午后天气很好，于是二人去海堤大道上散步，此刻那里空旷无人，除了偶尔有水手路过打招呼，听见一耳朵。巴尔多梅罗问是怎么回事，卡洛斯讲了自己所知道的情况。

"她没告诉您大主教给没给她什么圣谕或者特殊的免罪文书？"

"我觉得不会。"

"您这话让我轻松多了。"

他说这话时，语气格外强烈，带着深刻的关切，还长舒了一口气。

"好吧。我觉得您不必如此，巴尔多梅罗。玛丽亚娜女士跟教会的关系，对您有什么影响？"

"没有。除了一点，教会不能宽恕她。您明白吗？不能。如果它过去或者将来这样做了，我对正义的信念就崩溃了。"

他裹在一件又瘦又长的大衣里，领子竖起来，双手插在兜里。这会儿，他把手拿出来，对着指尖哈气。

"您大概觉得我这样说她不好，因为您是她的朋友。可我是个诚实的人，不会来虚伪的那一套。您要知道，我对老太婆的指责，跟镇上其他人不同。她姓萨米恩托，我姓皮涅罗，本来也相安无事。在某一点上，我们这些专制主义者其实是讲民主的。她单身就有了孩子，那也挺好，既然她的财富能让她承担得起。所以，您要是理解我，就别把我跟卡耶塔诺，还有那个教师混同起来，也别把我当成那些为了祭室和露德圣母祭坛的事儿又在折腾的那帮人。"

卡洛斯被巴尔多梅罗那不安的眼神注视着，不敢发笑。

"您回答我。"

"咱们是朋友，对吗？您跟我透露过个人隐私，我知道该怎么做。"

"这个咱们以后或者改日再说，现在说的是玛丽亚娜女士。我有义务要指责她，是出于良心觉悟，而不是道德方面的理由，这您一定要明白。如果是出于道德原因，我就得把镇上所有人都骂个遍了，而且是从我自己开始。那些虔诚的女人说她是个坏榜样，一旦有女孩子怀孕了，就归罪于她。这可不对。老太婆出生以前，单身女人们生孩子是因为她们喜欢床笫之欢。而现在，有了电影！咱们回到那天说过的话题。道德是道德，人毕竟是会犯下罪孽的，这事没人能解决。您不要以为我反对电影。您看，某种意义上，它其实是个解救的办法。

我老婆就是这样。多亏了电影，每个星期天晚上她都格外亲热。当然，她不是在想我，而是想着某个我不知道叫什么的帅哥。不过，无所谓了。"

他停下来，抓住卡洛斯的胳膊。

"我跟您说这些事是因为那天咱们说过，您就像是一位忏悔师。我是指倾听隐私的事儿。您也许会觉得我是个浑蛋，而我老婆跟我亲热时，其实是在和电影里的帅哥亲热。如果说有精神通奸这一说，那随她好了。在电影里的帅哥和卡耶塔诺之间，我宁愿选择电影，至少还能保住体面。您同意吗？"

"不同意。"

"为什么不同意？"

"从我的角度来看，不同意。"

"那您就别说了。"

他好像突然间感到害怕了，或是被刺痛了。

"您别说了。我现在不想讨论这个。无论如何，这是我的一种迷信。我没有证据说我女人星期天晚上想着谁，甚至是否在想什么。可如果您非要说服我，认为即便这样，她还是要给我戴绿帽子的话，那我只能杀了她。"

他低下头，望着大海。浪花里漂荡着一只小木船，里面有一个小孩儿，正在用一只罐头瓶子一下下地把水舀出。

"说到底，我爱我老婆。当我跟别的女人睡觉时，我还想着她。您有烟吗？"

他们卷了好几根烟。

"您这个人不好对付，卡洛斯。您让我一个人说话，看着我，让我失去头绪，结果把丑事都端了出来。您为什么老让我一个人说呢？"

"如果您想要给我解释，为什么教会宽恕玛丽亚娜女士是不公正的，我除了听着还能做什么？"

"您可以对我所说的表示同意。"

卡洛斯耸了一下肩膀。

"我从来没想过玛丽亚娜女士的赦罪，甚至连我自己的赦罪也没想过。"

"真的吗？这样说来，您不是信徒啊？您真的不是吗？"

"我同样不能回答您。不过，那天您对我吐露真言，恰恰因为我不是信徒。"

"那天，"巴尔多梅罗忧郁地说，"我需要您不是信徒。而今天，如果您不是的话，又怎么能理解玛丽亚娜女士的赦罪是有悖正义的呢？您是不会因此而感到痛苦的……但也许有一天会的，那时候您就会想起我说的话。您要知道，老太婆的父亲是共济会的，他给伯爵新镇带来了自由主义。正是由于他的罪过，冒出了个卡耶塔诺，工人们成了社会主义者，利诺先生在学校里教孩子们无神论。他，都是他！不过他的女儿可以推倒这一切。她要是愿意的话，我们本来可以在群山之中建起一座高墙，封闭在其中，罪恶也不会侵入。我们或许还会犯下罪孽，是的，一如既往，可总归还有希望。现在，我们自己已经把天国的大门给关上了。我们跟所有西班牙人一样被诅咒了。"

他停顿了一下。

"我们可能比其他人更加受到诅咒，而我尤其如此。更加受到诅咒，是因为我清楚该走哪条路，却不敢顺着它向前走。"

"那天，您对我说走那条路可不容易。您回想一下，就是基督所说过的……"

"不，不！不是那个。要拯救我自己，并不需要什么美德，只需要凭借我的某种行为，得以履行最终的忏悔。咱们再来聊聊那天讲过的。"

"您当时没有给我解释清楚。"

"那又何妨？我现在可以给您讲明白。那个谁也不敢说出的秘密就是，迄今为止，我们西班牙人一直得到拯救，是因为西班牙有许多优点。西班牙配得上拯救，这是因为所有人，也是为了所有人。可是，西班牙已经不再优秀了，我们跟随便哪个基督徒一样落入了悲惨的境地。要想得到拯救，你必须严守德行。要想得到拯救，你不能偷窃，不能通奸，不能嫉妒。你得做个好人，然后才能上天堂。您不觉得可怕吗？"

他做了个厌恶的表情。

"这样可不行，我的朋友，而这不是因为没有及时预见到。听我父亲说，当初圣母在法国显灵，而不是理所当然地在西班牙现身时，我的曾祖父就说过。那是一种警示。我们却没有理睬，结果自由主义来了，第一共和国来了，现在第二共和国①又来了……我们这是要干什么呀？"

卡洛斯耸了耸肩。

"您别问我。我再说一遍，您说的话我一点儿也不明白，虽然我有兴趣听。"

"我可以告诉您。我们终将变成一个绝望者的国家，整个民族也是如此。我的朋友啊，因为当有拯救的希望时，人们还能忍受生活；

---

① 西班牙历史上，第一共和国存在于1873年至1874年，第二共和国是1931年至1939年。

可是，没有了希望，我们为什么还要忍耐呢？您看看报纸：某个地方的工人们被人屠杀，别的地方的工人们在工厂里纵火，到处都有人烧教堂。当然了！如果对他们毫无用处了，那还留着干吗？"

"好吧。可是如果像您所说的，我看不到有任何出路。"

"还有大山在。"巴尔多梅罗果断地回答道，身体也像立正那样倏地一下绷直起来，"如果对这种状况逆来顺受，我们就会失去希望；可如果我们挺身反抗，希望还会回到我们的心中。"

"某种意义上说，您已经是个反叛者了。"

"您以为反叛是什么？到处捣捣乱，抨击一下政府？不是的，我的朋友啊，反叛必须是有效和公开的，需要扛起步枪上山去。"

"您为什么不这样做呢？"

"因为魔鬼已经战胜我了，让我变得游手好闲又酗酒贪杯。而且，在山上可没有女人。您想必能理解，找到一个能适应士兵生活的女人可不容易。时代已经变了。"

"按照这种说法，这场战争中死去的人，应该能踏上通往天堂的路了。"

"是的。可谁又愿意冒险呢？空想是很容易的事儿。我自己在牲畜圈里藏了几把旧步枪，有时也想象一番。但我也只是想想而已，我可没有古代豪杰们的勇气。我们都堕落了，自由主义把我们都变成了娘们儿。"

他攥紧拳头，指向玛丽亚娜女士的家，那座宅邸半隐在黄昏的雾霭中。

"所以我恨她。如果没有她，我就是这里的主人，会竖起一道高墙来抵挡邪恶，率领整座山谷里的反抗者，大家都会幸福的。现在，她活得不踏实，我们也不得安生。卡耶塔诺的财富与日俱增，而我们却因为卡耶塔诺的阔绰而相互憎恨。卡耶塔诺诱惑女人们，让我们受辱，而我们却互相仇恨，因为我们无法诱骗邻居的女儿，让她受辱。卡耶塔诺践踏我们的权利，而我们却互相仇视，因为我们不能践踏邻居的权利。您什么时候见过这种局面？我们都是卡耶塔诺的受害者，而我们之间彼此憎恶，因为我们没法像他那样，做他所做的事。"

"如此说来，您觉得卡耶塔诺就是邪恶的化身。"

巴尔多梅罗摘下帽子，画了个十字。

"上帝宽恕我，他就是基督的敌人。"


次日便是这一年的最后一天。卡洛斯很早就起来了，从窗口望见平静的海面和澄澈的天空。门前，一群渔民围着希洛美争吵。他们都身穿雨衣，像是要登船出海的样子。海堤附近，停着一对拖网船，机器已经发动，汽笛不断发出信号声。水手们登上小木船，岸边的女人们说着再见。"母驴"进来给他送上早餐。

"有人捎口信来，说让您去一趟市政厅。"

卡洛斯有些不悦。他那天早上本来已经有了安排。

"他们想找我做什么？"他问玛丽亚娜女士。

"大概是跟捐税或者消费税有关的事儿吧。"

卡洛斯在她身旁坐下，扫了一眼报纸。

"'美女'的家离这里很远吗？"

"你问这干吗？"

"我答应去她家，本来想着今天去。"

玛丽亚娜女士笑了。

"你要是驾马车去，也就十来分钟吧。"

"还是走路好。"

"有一段上坡路。"

卡洛斯继续看着有关明年的预告，还有关于今年的评论。

"我给他们带什么礼物比较好？"

"给谁？给'美女'？"

"给她的父母。我觉得应该礼尚往来嘛。"

"你是指那只鸡和那些鸡蛋吗？孩子，那些其实是地租的一部分，你用不着还礼。而且，你要是这么做了，就一辈子都甭想摆脱他们了。"

"我想让他们明白，我不是个封建领主。他们没有义务送我任何东西。"

"那样的话，他们会觉得你是个傻瓜。"

"我不在乎。"

玛丽亚娜女士耸了一下肩膀。

"随你吧。你可以买一条头巾送给'老美女'。就在市政厅对面，在市场里的货摊上就能买到。"

卡洛斯下楼走到花园里，套上马车，从围墙的后门驾车驶出。街上熙来攘往，人们不是去往市场，就是从那里回来。他停到市政厅门前，委托一个看热闹的孩子照看一下马车。他正要迈上台阶，却转念一想：我待会儿回来的时候再去吧。

他有些着急，因为想到罗莎莉奥家离得比较远，如果耽搁了，恐怕她就已经出发去给父亲送饭了。虽说不是专程去看她，但需要她当翻译，因为"老美女"不讲卡斯蒂利亚语。

他买了头巾，没有注意到女摊主和她那些老主顾是何等惊讶。付了钱，把头巾收好后，他又买了一条带花边的、可以放在兜里的小丝巾。给了看车的孩子几个硬币后，他赶着那匹瘦马离开了镇子，驶向公路。等走远以后，他才向几个女人打听了一下罗莎莉奥的家在哪里。她们给他指了路，那是条偏僻的公路，坑洼不平。她家就在第一个转弯以后，临近河畔。

这是一座两层的房子，红色屋顶，墙壁用石灰粉刷过，旁边有一片围起来的菜园，栅门处有个谷仓。卡洛斯把缰绳拴在一棵树上，大声喊道："喂，有人吗？"

只见上面一层的玻璃窗打开了，有人探出半个脑袋，窗户又立即合上了。过了一会儿，罗莎莉奥出现在门口，一边躲闪着地上的母鸡，一边穿过畜栏，表情既平静又严肃。

"早上好，先生。您来之前，怎么没让人带个口信呢？"她打开栅门，闪身到一旁，让卡洛斯进来。

"你父母不在家吗？"

"我娘在，先生。我爹这会儿在工作呢。"

"我能见见你母亲吗？"

"好啊，先生，您进来。"

她喊了一声，把母鸡都赶到边上。卡洛斯随着她进来，两人走进了厨房，罗莎莉奥给他搬来一张松木凳子。

"您请坐。我母亲这就来。您喝碗汤，好吗？"

屋里飘散着浓汤和干草的味道。罗莎莉奥坐在石灶旁一把低矮的椅子上，从一个柳条篮子里取出一件白色衣物。卡洛斯看了她一眼，罗莎莉奥弯下腰干起活儿来。

"请您见谅。"

她开始做缝纫活儿。脑袋后面正对着冒着热气的锅。一头母牛和一只牡犊从半掩着门的牛棚里探出身来。一切都很整洁：屋里的松木桌子、杯盘架、凳子和夯土地面。从屋顶上垂下来一些玉米棒子和一个放着奶酪与腌猪肉的筛子。卡洛斯从来没见过这东西。

"那是什么？"

"是筛子，先生。"接着，她又解释道，"是为了让老鼠吃不到奶酪。"

她又低下了头。楼梯那边传来了脚步声，听上去艰难而沉重，仿佛是个行动不便的风湿病人。

"你母亲为什么要下来？她如果身体不好，我可以上去，或者改日再来。"

"没什么，先生。她没病，就是这个样子。"

"老美女"出现了，口齿不清地打过招呼，对先生竟然光临颇为惊讶。卡洛斯走过去想扶她下楼，她没有答应。

"您太客气了，先生！我要是需要搀扶，叫我闺女来就行了。"

"您别管她，她平时都是自己上下楼。"

"老美女"坐在桌子的另一边，开始唠唠叨叨地谈论起来，从天气、雨水、农活儿，到这块儿什么都不产的地，还有地租和消费税，乃至疾病与死亡。罗莎莉奥默不作声地往桌子上铺了一方白色的餐布，放上一把黄杨木的汤匙和一块玉米饼。

"您也喝点儿酒吧，好吗？"

她从一只敞口耳罐里倒出红葡萄酒，然后盛上一大碗热气腾腾的浓汤。卡洛斯推辞说太多了。

"先生，您喝吧，别看不起我们啊！这汤对身体可好了，有土豆、玉米和菜豆。猪肉很便宜，鸡蛋也不用花钱……"

"娘，您别再抱怨了，咱们不会饿死的。"

"感谢上帝，那还不是多亏了你爹和你哥哥们在造船厂挣的工钱，光凭咱们干农活儿，地里的收成哪儿够啊！"

"娘，您就别再抱怨了。"

罗莎莉奥看起来很不高兴，却又只能强忍着。她不再关心谈话，开始给父亲和哥哥们准备午餐。

"我来是想跟你们说，"卡洛斯利用"老美女"唠叨的间隙说道，"我非常感谢你们的圣诞节礼物，所以也给你们带来了我的新年礼物。"

他把包裹好的丝巾放在桌上。

"我想您可能会喜欢……"

罗莎莉奥立即转过身来，有点儿激动地说："您干吗要这样？先生，您没有必要送我们礼物。"

"这条头巾是给你母亲的，这条是给你的。"

"您没有必要这样。"

"听他的吧，丫头。如果人家愿意……"

老太太已经拿起她那条头巾，用手摩挲了一阵，不住地夸质量好。

罗莎莉奥伸手拿了她那条。

"谢谢您，先生。"

老太太问，先生有没有用不着的衣服，因为男人们在造船厂工作和在地里干活儿时，衣服磨损得厉害，罗莎莉奥缝缝补补忙不过来，现在她只好亲自动手。

他没太听懂这一串话，也不在意。罗莎莉奥跪下身子，给饭菜篮子罩上一块布。卡洛斯想起了玛丽亚娜女士的话："高大，金黄头发，像个法国女人。"罗莎莉奥即便谈不上很高大，至少也很健壮，身材匀称，一举一动都显得舒缓和谐。她身上的衣服把胸部和臀部包得很紧。跪着的时候，从木底鞋里露出纤细的脚跟和脚踝。

"如果你愿意的话，我用马车捎你一段。"

罗莎莉奥转过头来，满脸诧异。

"捎我？"

"你要是愿意的话……我正好要去镇上。"

罗莎莉奥的脸涨得通红，简直想把头藏起来。她母亲替她回答道："就在这附近，几步路的事儿。很快就能走到。"

"那好吧……"

他站起身来。

"先生，您告诉我，现在我们是把地租交给您，还是交给玛丽亚娜女士？"

卡洛斯做了个茫然的表情。

"地租？我都不知道我会去哪里……"

罗莎莉奥站起来，把篮子放到桌上。

"我该走了，娘。"

她走到卡洛斯身边，推开一扇他之前没有看见的门。很快她又出来了，肩膀上多了一件大披肩。卡洛斯正面看着她，注意到她的领口处露出丝巾的一角，正是自己送给她的那条。

"午安，娘，要我从市场上买些什么东西吗？"

她挎着篮子走了出去，在门口儿看了卡洛斯一眼，笑了笑。

"先生，改天您再捎我吧。"

显然，"老美女"不愿意让卡洛斯赶上她，于是就缠着他，让他看看房子。

"这里，楼下的这间屋子，罗莎莉奥就睡这儿。"

屋里铺着木地板，一张新床，几乎能闻到油漆味儿，一个带着半月形镜子的衣柜，还有床头柜，墙上挂着卡门圣母像，还有其他小一些的圣徒像。

"她就睡这儿。"

卡洛斯暗想，卡耶塔诺跟她幽会时，想必是从这扇窗户进来。而这些家具、这套黄色的葡萄牙床罩，还有红色的地毯，都是卡耶塔诺的礼物。

终于可以走了。他怒气冲冲地抽了那匹瘦马一鞭子。不过，刚转过弯来，离开她家的视野后，罗莎莉奥正在路旁等他。

"我娘觉得我不应该坐您的马车。我娘……您知道吗？"

她讲话吞吞吐吐，不敢抬起眼睛。

"你不需要跟我解释。""是，先生。主要是我母亲她害怕……"她又沉默了，"不知道先生您知不知道。"

"来吧，上来吧，你要是愿意的话。"

"不，先生。不过，我想跟您说……"她走近车辕，"先生，您真的要在造船厂当医生吗？"

"不。"他又愚蠢地追问道，"是谁跟你说的？"

"是他。"

"这不是真的。"

她高兴地望着卡洛斯。"我就知道是这样。谢谢您送我的丝巾。"她走开了。卡洛斯扶了一下帽子以示告别。


卡洛斯忘记了回来后去市政厅办事以及在附近散步的计划。他把马车停到了车房，吹着口哨上了楼。见玛丽亚娜女士没有在她的小会客厅，卡洛斯便坐下来等她，手里拿着报纸，却并没有来得及看。玛丽亚娜女士很快就来了。

"我听见你上楼梯的声音了。你回来很高兴啊？"

"一般吧。"

"你没去市政厅？"

"我给忘了。"他站了起来，"我现在就去。"

"不，别去了。不需要去了。"

她拿出一个蓝色信封，鼓鼓的，里面装满了文件。

"是捐税文件？"卡洛斯问道。

"不是。"

她坐到卡洛斯对面，手里拿着信封。

"咱们得说说你父亲。"

她说这话的语调不同以往，卡洛斯脸上的兴奋顿时一扫而空。

"他还活着？"不等她回答，他又说，"您把信给我吧。"

"不，他不在人世了。不过，直到不久前，他还活着。你可以看一下，驻智利圣地亚哥的领事通告了他的死讯。他去世的时候，就像是个穷困潦倒的移民。"

卡洛斯迅速看了一下，这是一封由镇长转交给他的来自智利的函件。

"十月七日，离现在两个月多一点儿。"他苦恼地看着玛丽亚娜女士，"真是荒谬。"

"这真的是你唯一想说的话吗？"

"没有别的，至少目前是这样。"

他站起来，双手插在裤兜里踱了几步，又转身走回来。那份文件已经掉在了地毯上。

"您想要我怎么样呢？哭泣吗？我没法为这样一个人的去世而哭泣，他作为一个死者，对我来说才刚刚开始存在。咱们这些天所说的一切，我心中无可置疑对他产生的怀念之情，我对他本人和他的过错给予的同情，他对我命运的影响，所有这些的前提是假设他早已故去，不是最近的事儿，不是刚刚发生的、我作为一个好儿子必须感到痛苦的事儿。我再次请求您理解我。"

"我也没有哭。"

"那是为什么？"

"我也不知道！跟你一样，我也觉得无法理解。不是荒谬，是不可思议。这两者之间应该是有区别的。"

"有区别。我觉得能理解。对您来说，他死去的方式，他一直以来的生活，三十三年来无声无息，这些令您无法理解，而我觉得荒谬的是一个在我心中已死之人的死亡。这就是全部。但是……"

"什么？"

"有一点我现在还看不明白，因为这会儿我脑子不管用，但我能感觉到，有些莫名其妙的东西……"

他坐到玛丽亚娜女士身旁，倚在椅子的扶手上，让玛丽亚娜女士那灰色的脑袋贴在自己身上。

"您和我都爱过他，各自以不同的方式，可我们都没有为他而落泪。"

"也许他不希望我们为他哭泣吧。"

"如果说他真的爱过，您能猜到他真正爱过的是什么吗？我努力想要弄清楚他为什么消失，这些天，听您讲过以后，我觉得我明白了。可我的理解是建立在他去世的基础上，是很久以前就去世了，差不多是离家出走后就马上死去了。我不能理解他这么长久的沉默，这让我担心，他全部的余生我仍然无法理解。"

"你觉得，搞清楚这些真的有必要吗？"

"是的，玛丽亚娜。您曾经要我做出评判，爱已经是一种评判了。现在，我比任何时候都更想知道，自己爱的是什么，以及为什么。"

他又开始沉默着踱步，在窗前停了下来，凝望着起伏不定的深绿色海面。浪涌之上，飞舞着成群的海鸥。

"我自己的生活，突然之间就改变了方向。我本来可以去寻找他、找到他，可以把他带回到他的世界里来，把他拯救回来还给我们。可我什么也没有做，我从没有想过，那是我的职责，可能也是我的需要。假如我父亲当初抚养过我，我的生活也许不会变成如此巨大的错误。"

"这是你对他的一种谴责吗？"

"不，不是对他，而是对我自己。我永远也不会知道他出走和沉默的真正原因，但无论怎样，我都尊重他的选择。听了您所说的，我确信他是个正直的人。"

他把手指插到头发里，然后任凭双臂沮丧地垂落下来。

"他的正直，甚至他的自我牺牲、他的销声匿迹，这几者之间该如何自圆其说呢？怎么能理解他的正直竟然体现为这一切呢？逃离与沉默，去世了却还活着，仿佛对我而言，他的消失是为了让我生活在他已告别人世的印象中。这是我需要理解的，而我担心永远也无法理解了。"

他从地上捡起那份文件，重新读了一遍。

"费尔南多·德萨·蒙特内格罗，综合医院病人，去世时享年七十二岁，所留遗物仅为随身衣物。"惨淡、贫寒、穷困，还有令人胆寒的孤独。

他把文件叠起来保存好。

"十月七日。直到十月七日我还有父亲，而我的生活里却仿佛没有他。十月七日，我和萨拉一起去一处海滩度了十五天的假。她是违背我的意愿强拉我去的，借口说我需要呼吸海边的空气，实际上是为了让我远离慕尼黑，因为我想去那里见一位诗人朋友。整整十五天在波罗的海海边无聊地休养。噢，玛丽亚娜！您知道，做一切事情都是为了健康，所谓身体与精神的健康，是一种多么可怕的折磨吗？睡觉为了健康，跟女人同床也为了健康？当我们晒太阳时，我假装睡着了，其实我在想象与那位慕尼黑的诗人朋友畅谈一番，或者仅仅是在漫无目的地遐想。从那时起，我的灵魂就在逃避萨拉，尽管我还没有想起角楼里那扇门的事。"

他突然脸色变得惨白，身子靠着墙壁以免倒下。他看着玛丽亚娜女士，眼神中充满了恐惧与空虚，有如望着一片虚无。

"就是那时候我想起来的。就在那几天，没准儿就是十月七日。"

"卡洛斯，你这是什么意思？"玛丽亚娜女士的声音也颤抖起来。

"没什么。我只是想指出一个我也搞不懂的事实。"

他直直地靠着墙，身体像是僵住了一般，眼神又一次像是望着一片虚无，脸上依然没有血色。玛丽亚娜女士站起来，向他走过去，站在他对面，眼睛注视着他，想用她的目光充满卡洛斯的目光：她想穿过他的眼神，探明他在想什么和感受什么，是预感到了什么而惶恐不安。她用力抓住卡洛斯的双臂，摇晃起来。过了一会儿，卡洛斯缓过神来，微笑了起来。

"这一点很重要，玛丽亚娜。但我既不想欺骗您，也不想欺骗我自己。我父亲是十月七日去世的，也许就在同一天，也许是早一天或晚一天，我想起了我母亲当着我的面叫人封起来的那扇门。这段记忆不可思议地牵扯着我，把我带回到这里，带到了您的身边，让我找回了对父亲的记忆并且爱戴他。我不可避免地想要在这两件事之间建立起某种联系，可这种关联的存在，是我头脑里无法想象的。"

# 九

　　玛丽亚娜女士坚持认为，卡洛斯这样绞尽脑汁地琢磨是小题大做了，尽管两人都尽量回避，努力不去触碰，他们却不得不总是说起这件事来。卡洛斯认为并非小题大做，因为它始终潜伏在任何话题之下，无论说话时用了哪些词语，总有一个词像鱼钩一样，最终会把那个问题钓上来，如同一条活蹦乱跳的鱼：那两件事之间是否存在联系？对玛丽亚娜女士来说，仅仅是偶然而已，有时她也会称之为运数。卡洛斯虽然否认偶然的存在，却赋予了运数一种悲剧性的深意。玛丽亚娜女士觉得这有些过分了。对她而言，偶然和运数其实是一回事，而卡洛斯总是把事情搞得很复杂。

　　"这两者之间有一种区别，我现在既然能感受到，就看得更清楚了。偶然是两个毫不相关的事件在时间（我是指在同一时间）内的纯粹巧遇。这两个事件都遵循着它们特有的原因，相遇后互相产生影响，然后又继续它们的进程，分道扬镳。它们共存和相互影响的那一刻，并没有对各自的前途产生深远的后果。但是，当这种相遇和相互影响扭曲了它们各自的前途，也就是说，在这两种因果体系中，作为一种新的原因而改变了既往的力量后，事件的进程便深刻地改变了。我们把这种现象叫作运数，因为我们不知道用什么别的方式来称呼它。运数、命运，无非是字眼不同罢了。我可以从自己的经验里举出一些明显的例子来。我和萨拉的相遇，一月份的一个早上，在大学门口，那是一种偶然。我们做了两年的恋人，后来又散了。这两年留给我一些记忆，也许还有习惯，但并不是什么深刻的印记。在我的全部生命里，我和萨拉的关系，只是无关紧要的一段插曲。深究起来，我恐怕要接受，它只是发生过的一件事，其作用是引发后来的另一件事，就像某个人想要改变我所用的一件工具，一旦履行了它的职能，它便消失了。如果我真的爱过她，那就是另一回事儿了。相反，现在的事情则不是一种偶然，如果用您的话来说，就是一种运数。不过，它毫无疑问改变了我的生活，在我知道以前就开始改变了。我不得不这样想，是我父亲的去世从遥远的地方对我产生了作用，这种作用连我自己也不知道，它凭借着像儿时记忆这种看似不靠谱的东西，把我引向一个既定的目的。它轻柔却持续有力地推动着我，迫使我离开自己的生活，抹去我的计划，把我带到了这里。在我搞清楚他的去世如何能够以这种方式影响我之前，只能觉得这是一种运数，不过，我永远不会认为这只是偶然。在运数之下，总会隐藏着一种神秘的理由。这一切的下面也一定有，虽然我不知道是什么。"

这类论述，有时充斥着过于专业的词语，让玛丽亚娜女士感到困惑。因此，卡洛斯渐渐地变成了独自思考，然而他的思考是以争论对话的形式进行的，他编造出许多相反的理由来，自己跟自己辩论，却总得不出一个令人满意的结论。一天，他决定写信给驻智利圣地亚哥的领事，希望了解有关他父亲去世，尤其是他生前的详情。玛丽亚娜女士建议，信纸上最好印上他的姓名和职业，以便让领事意识到写信人的重要性。他买了信纸，拿到一家印刷店，于是从那里传出卡洛斯·德萨先生将要开办一家诊所的说法，因为他委托印制了一本处方用纸，上面印着玛丽亚娜女士的住址作为他的营业地址。另一方面，早就有传言说卡耶塔诺要在造船厂给他安排个职务，因此除了"古巴佬"的顾客们，谁也不会想到他会拒绝那样一份工作，不用干什么就能享受优厚的报酬。俱乐部里，会员们讨论过几个下午以后得出结论，卡洛斯印处方纸（那些消息灵通的人知道只是信纸），暴露了他想要接受这一肥缺的意图。然而，"古巴佬"和他酒馆的顾客们，则把这件事解读为卡洛斯想要自己开业的信号。

对于费尔南多·德萨先生去世的消息，谁也没有关注。尽管卡洛斯只是戴了条黑色领带以示服丧，那些最夸张地履行丧葬仪式的女人，那些为了死去的丈夫或父亲，不顾一切非要一连几年穿着长及脚面的黑色罩袍的女人，反倒谁也没有觉得他这样简单地服丧有什么应该指摘的地方。忽然间，卡洛斯不再是镇上热衷的谈资。跟他有关的一切，在人们的谈话中已退居次席，只是为了填补空白，甚至是可有可无，因为真正让女人们——也间接地让男人们——热切关注的，是玛丽亚娜女士想要对白银圣母玛利亚教堂进行的翻修工作。获悉她这一意图已经一个多星期，甚至两个星期了，还没见玛丽亚娜女士着手雇用工程队或是泥瓦匠，教堂里也丝毫没有动工的迹象，连胡里昂神父也毫不知情。于是人们把耽搁的责任归咎于玛丽亚娜女士改变了主意，她恐怕是被高昂的成本吓坏了。就像当初人们都埋怨她让大家暂时没法享用镇上最好的教堂了，现在大家又都抨击她如此懈怠，疏于采取措施来拯救这座杰出的教堂，没准儿哪天就会轰然倒塌。

事实上是玛丽亚娜女士忘记了教堂的事以及她对大主教许下的诺言。她更加担忧的是卡洛斯长时间把自己关在房间里，躺在床上，而且还常常陷入沉默，即便是他们在一起时也是如此。这种沉默，看样子是某种执念的结果。她没有问过卡洛斯造访罗莎莉奥家的经过，不过，一天早上，她在街上正好遇见了那姑娘，从她口中得知了卡洛斯赠送礼物的事和他们说过的话，尽管不是全部。玛丽亚娜女士原本担心卡洛斯会喜欢上罗莎莉奥，为了她而卷入与卡耶塔诺的冲突，或者更糟糕的情况是，即便没有掺和进去，可所有人都这么认为。现在，她却开始感到遗憾，罗莎莉奥没有足够让他动心，以便把他从忧虑中解脱出来。卡洛斯对外界的一切都漠不关心，这让她相当不安。运来了几箱子书，是卡洛斯动身之前从德国寄出的，可现在他连箱子也不打开，就直接放到祖宅去了。玛丽亚娜女士问他，难道把书寄回来就是为了这样，卡洛斯回答说，它们属于过去，而自己对过去已越发感到难以理解，把书寄回来其实是个错误。

主显节①那天，他们一起去参加弥撒，坐在享受特权的长椅上，仿佛在聆听欧亨尼奥神父的布道，那天他说得格外美好、精彩、和蔼可亲，讲到耶稣基督就在人们中间。不过卡洛斯几乎没有听他的话，而玛丽亚娜女士甚至没有察觉到他已经站上了讲道台。她一直在想怎样才能让卡洛斯摆脱萎靡的状态，反复考虑了许久，直到接近"仪式结束，你们离开吧"②那句话时，她觉得终于找到了一个办法，至少是个临时的办法。她没有走，而是让卡洛斯陪着她巡视一下教堂，证实了穹顶有些地方出现了裂缝，而另一些地方，由于拱心石被压弯了，穹顶也产生了扭曲。不过，与修复方法相比，玛丽亚娜女士更感兴趣的是，教堂如何通过修复来再现其纯正的原始风貌。为此，她在回家的路上、吃饭的时候、午睡之后都反复说起这件事。由于卡洛斯承认自己缺乏建筑学方面的知识，傍晚时分，她假装有了一个绝妙的想法，跟卡洛斯说了，不等他同意，就确定让他参与此事。于是，第二天早餐过后，卡洛斯出发前往修道院，被委托去向欧亨尼奥神父请

---

① 又称三王节，每年1月6日庆祝。根据《圣经·马太福音》记载，耶稣降生后有三位国王从东方赶来庆祝，于1月6日抵达耶稣出生的马厩，并献上黄金、乳香、没药等礼物。

② 原文为拉丁语（Ite, missa est），是弥撒仪式结束时所说的最后一句话。

教一些技术上的建议。

"你沿着海滩旁边的路一直走，不会迷路的。"

那匹瘦马身上盖着一条苏格兰毛毯，卡洛斯用另一条盖住自己的双腿，这条与马身上的那条相似，只是边缘部分包着皮革。早上天气很冷，晨光灿烂，海水平静而湛蓝。他顺着那条路前进，道路两旁，一边是爬满常春藤的围墙，另一边是一片广阔的灌木丛。马车驶上一座小山丘，伯爵新镇已落在身后，笼罩在一片炊烟般的蓝霭之中。他好几次回头观望，直到道路转弯后视线被遮住。一片小树林给他带来了童年的回忆：小时候，夏日的午后，他经常和母亲一起来到这里。玛蒂尔德夫人的小篮子里面装着野餐的点心，她通常坐在靠近路旁的一棵栗树下，树冠庞大，枝叶遮住穿过的公路。如今树已不在，只剩下被砍伐的树干残肢。他还想起来，那片小树林以前是他家的。他停下马车，踮起脚来想看得真切些，结果看到的是更多的树干残肢，被砍断的栗树，想必都是被盗伐的。他耸了耸肩。既然都是往事了，那些也不属于他了。

瘦马小步跑起来时，铃铛声音悦耳。这匹马虽然体量不大，却很健壮。一阵小跑后，爬上了一个寻常的陡坡。上去以后，卡洛斯勒住了缰绳。

"吁！"

他觉得马儿应当休息一会儿了。他下了马车，在路边填上一袋烟斗。点燃之后，看到陡坡另一端不远处有一群女人。

"露西娅夫人！"

"啊，卡洛斯，早上好！您称呼我不用这么客气。"

当看到她那些女伴中的一位时，卡洛斯对皮涅罗夫人本应表现出的热情一下子消散得无影无踪。他立即转向那位女士，这一举动对露西娅和其他女人们来说，几乎到了无礼的地步。

"您……一定是胡安的妹妹吧。"

"当然了，她是伊内斯。你们不认识吗？"

她身上有种特质，卡洛斯只在玛丽亚娜女士的脸上见过：旺盛的精力，不过与玛丽亚娜女士有所不同。似乎她内心有什么东西努力使这种力量变得柔和，大体上也确实做到了，比如从她脸庞的轮廓、嘴唇和下巴可以看出来，但却无法改变她的眼神。伊内斯的双眸乌黑而炽热，可她总是低着眼眉，除了抬头看看卡洛斯并报以微笑的那一瞬间。

"不管在哪儿，我都会认出你来的。"

她大概二十五岁的年纪，也许再大几岁。在她身上，母亲那支的遗传与丘鲁乔家族的血缘相比，部分地占据了上风。她的头发不是红色的，而是金黄色的，略带一些微红。她的身体也不是那样瘦弱。脸上的线条中，那些最蓬勃有力的，也并不是很细腻。

露西娅解释说，每天早上她们都去修道院参加弥撒，并且再度表现出对奥索里奥神父本人以及他对宗教理解方式的热情。伊内斯轻轻地纠正她：

"不是奥索里奥神父的方式，而是教会的方式。奥索里奥神父并没有发明任何东西，他只是在重复上帝的话和教会一向传授的内容。"

她转向卡洛斯，又看了他一眼。

"你别像其他人那样，以为奥索里奥神父是个疯子或者异教徒。"

"哎呀，姊妹啊，我并未想这么说！不过，你也不能否认，他确实是个与众不同的神父。"

露西娅正视着卡洛斯说："等你认识他以后就知道了。他真是个圣徒。"

"献身宗教并不是一种职业，露西娅。我们每个人都应该当圣徒。"

"哎呀，姊妹啊！跟你说话，真得留心每一个字眼儿才行。"

伊内斯也许是在重复她以前听说的东西，不过，她讲话时的语调和底气却是油然而生的。那些话俨然就是她自己的，给人的感觉是，她把这一切都已充分消化，彻底变成了自己的。

"问你母亲好。我改日会去看望她，也去看看你哥哥。"

他继续赶路，心中深有感触。伊内斯把他头脑中那些忧虑和回忆统统赶走了，却没有催生出什么新的东西。好像留下的印记仅仅是她的容貌、那双炯炯有神的眼睛，还有她平静的说话声。而且，仿佛她的眼睛和声音都剔除了细节，又像是有意阻止卡洛斯注意到那些通常观察和回想女人时关注的地方。他几乎说不上来伊内斯的胸部是否好看。

道路转弯后，远处传来的一声巨响令他回过神来。他抬起眼睛，看到在公路尽头，海滩那边，修道院矗立在一座岬角之上，宛若置身于大海中，脚下是陡峭的悬崖，海浪愤怒地崩裂在岩石上。他沿着一条崎岖的道路向上行进，绕过山涧，下面浪涛汹涌，洁白和碧绿的浪花飞舞到修道院所在的一个小广场上，破碎成泡沫，溅到修道院的基座上，甚至跃过矮墙，溅湿了路上的砖石。远方，只有茫茫大海。

卡洛斯停好马车，敲了敲门。一位平信徒修士听到后让他进去。过了一会儿，另一位请他跟随入内。穿过回廊，走上一段阶梯，又经过一条长长的走廊，平信徒修士推开一扇门，让他走进一间很大的单人房间。房间两侧墙上各有一扇窗户，都敞开着，下面就是大海，透进来的绿色光亮不断晃动，反射在屋顶上。这里不像是修道士的房间，倒像是一间波希米亚范儿的画室，凌乱不堪。屋子里头，欧亨尼奥神父正面对着画架，怒气冲冲地作画，法衣的外面系了一条围裙。在他旁边，一位新入教的修士打磨着金箔，对他的怒火漠然视之。

看见卡洛斯进来，欧亨尼奥神父把画笔随便扔到了一边。

"卡洛斯，亲爱的卡洛斯！"

他快步走向卡洛斯，拥抱了一下。不过，他马上转过身，让年轻的修士出去到外面等一会儿。

"您请坐。这儿有一张矮凳，应该没有弄脏。您请坐。我很高兴您来这里。"

他说话很急促，甚至有点儿慌乱，仿佛被人家看到正在做什么羞于见人的事。他没有坐下，而是面向卡洛斯站着，用身体遮住正在作画的画架。屋子里到处都是画，大幅的，小幅的，已经画好的，尚未完成的，千篇一律都是基督和圣母形象，乏味而缺少变化，简直像是工业产品。不过，每当卡洛斯的目光移向那些画作时，欧亨尼奥神父便提高了嗓音，似乎要把他吸引回来。他把卡洛斯带到窗边，让他看看大海，远处便是菲尼斯特雷①："有时候，早上天气好的话，可以看见。"等到没什么别的可看了，他就把卡洛斯带出画室，给他介绍修道院和里面有意思的东西。来到回廊里，欧亨尼奥神父看起来平静了许多，也让卡洛斯说话和提问。卡洛斯注意到，不知道因为什么，神父不愿意提起他那些画作，于是只问了一些无关紧要的事，或者说些客套话。

当卡洛斯解释了来修道院的原因后，欧亨尼奥神父说他对建筑方面

---

① 菲尼斯特雷（Finisterre），意即"大地的尽头"，是拉科鲁尼亚地区的一个小镇，位于西班牙伊比利亚半岛本土的最西端。

知之甚少，不过奥索里奥神父倒是很懂行。他们来到走廊另一头奥索里奥神父的房间。奥索里奥神父是一位年轻的教士，身材魁梧，对女人们来说，应该是很有男性的帅气。二人进来时，他正在一堆书中间，埋头翻译一篇德语文章。他带着有节制的愉悦跟卡洛斯打了招呼，话语中透露出他也盼着卡洛斯来。卡洛斯除了听他说话，更是用心观察他，希望找出他使一些女人着迷的原因。跟欧亨尼奥神父相比，奥索里奥神父的面容显得粗犷一些，但这种粗犷却因为他丰富的精神生活而变得柔和，或许也是因为他的禁欲苦修。他们的对话旋即变得充满知性。首先，他会德语这一点就让两人之间建立起某种特殊的关系，而欧亨尼奥神父则被默认排除在外。两人又都曾经在德国生活过，这一共性使他们更加贴近。当奥索里奥神父说他对卡洛斯所学的东西感兴趣，也有所了解时，卡洛斯多少出于礼貌地问起了他学过的神学。他们约定，等卡洛斯把那些装书的箱子拆封后，相互借阅书籍。

欧亨尼奥神父一时纯粹成了听众，他想办法插话进来，提醒卡洛斯玛丽亚娜女士的意愿。卡洛斯便把这些讲给了奥索里奥神父。

"要修复教堂，其实很简单，只需要把各种装饰和多余的部分去掉，恢复其本来面目。您要是愿意，咱们可以找个上午一起看一下，我给负责施工的人解释一下该怎么做。不过，不知道修好后会不会让胡里昂神父满意。"

"我估计玛丽亚娜女士是完全不会在乎他的。其实，她自己也不知道该怎么做，所以才派我到这里来。"

奥索里奥神父开始解释罗曼式教堂的装饰应该是什么样子。正说着，有人敲了敲房门，进来一位中年的神父，矮个子，头发半白，面相狡诈。屋里的两位神父走到他身边，亲吻了他的披肩，然后把卡洛斯介绍给修道院院长富尔亨西奥神父。

"我知道您来修道院了，所以来问候一下。"

在院长面前，两位神父都缄默不语，身子也退后一些，既没有相互对视，也没有看他。院长坐到了之前奥索里奥神父所坐的位置。

"工作进展得怎么样了，奥索里奥神父？"

"我已经用完了您给我的二十张纸。"

"我数下来，只有十五张。"

"我撕掉了五张。写错了。"

"尽量别写错。五张纸呢，咱们可是一穷二白啊。不能这么浪费纸张啊，奥索里奥神父。"

"是，尊敬的院长。"

这时候，院长给卡洛斯指了指座位。

"您也许感到奇怪，我给神父布置了任务，还要数他们用掉的纸，可是我没有别的办法。修道院非常拮据，我们的伙食都很差，大家都吃不饱，有两位年轻的修士都得了肺结核。请您相信，对我这个负责管理和为大家排忧解难的人来说，这真令人悲哀。"

他笑了笑。

"您没想到会是这样，对吗？有人说，教会藏匿了国家的财富。我可以向您保证，我们这所修道院能分到的真是太少了。我必须说，我们的生计多亏了欧亨尼奥神父和奥索里奥神父的工作。虽然不是我们唯一的收入，可也是相当重要的进项。最近以来，说实话，收入少了一些。"

欧亨尼奥神父的头一直低着，现在更是缩了起来，几乎被法衣的尖帽完全遮住。

"他们没有责任。自从共和国成立以来，人们就疏远了我们。"

他问卡洛斯是否看过欧亨尼奥神父正在画的画。卡洛斯说没有。

"您怎么会没有注意到呢？他们不是把您直接带到他的画室了吗？"

"是的，不过我们只在那里待了很短的时间。"

"您一定要看一看。"

欧亨尼奥神父怯生生地插话道："改日吧，今天画的不值得一看。"

"您要知道，卡洛斯，欧亨尼奥神父为自己画的东西感到羞愧。他是个浪漫主义者。他其实想组织起一间大规模的画坊，就像中世纪时那样，画出那种美妙绝伦却无人购买的祭坛装饰画。"

"我只是想把信徒们的审美情趣引向另一类作品。"

"是的，先生，这是个美妙的想法！不过，眼下我们又怎么办呢？人们常说教会行事缓慢，可一所穷困的修道院就难免要着急了。必须得卖画啊，欧亨尼奥神父，必须画人们喜欢的。不然的话，我们就都得饿死了。"

他转身面向卡洛斯。

"您参观过修道院了吧？"

卡洛斯回答说是，是欧亨尼奥神父带他参观的。

"我盼望您能常来，也希望您把这里当成自己家，因为……"他犹豫了一下，微笑着看了看那两位神父，"因为从某种意义上讲，确实如此。您知道吗，这座修道院属于您的家族，而一旦这个教团解散了，修道院就会重新成为您的产业。"

卡洛斯顿时把眼睛瞪圆了。

"这我可不知道。"

"您翻翻您父亲的文件，应该能找到一份转让文书的副本。那是我们这个教团重新建立之时，由我的前任院长撰写的，而您父亲欣然接受了。您也不知道这个教团是怎么恢复的，还有为什么我们选中这家修道院栖身吧？欧亨尼奥神父还没有给您讲过吗？"

卡洛斯说没有。

"他今后会给您讲的。"院长继续说，"不过，等您知道了以后，可以来跟我聊聊。这是一段美好的故事，最好能从所有不同的角度来了解它。"

欧亨尼奥神父仿佛感到羞愧，眼睛望着大海；而奥索里奥神父则翻弄着几本书。

"不管怎样，您在这家修道院还保有一些权利：如果您想要住在这里，可以拥有一个房间和免费的伙食。我得提醒您，这种特权并非您独自享有，而是从早先时候就传下来的，惠及所有丘鲁乔家族的人。"

他看了看欧亨尼奥神父。

"欧亨尼奥神父就是这样来的，也是这样留下来的。"

"我没有想过要当修士。"

"谁知道呢？不过，要是有一天您想来的话，别忘了要把现在的身份抛下。您要是读过使徒保罗的书信，就会想起他所说的：'脱去旧人，穿上新人。'① 这里只有新人才能进来。"

他又看了看欧亨尼奥神父。

"把旧人随身带进来，只能是痛苦的源泉。"

他站起来，把手伸向卡洛斯。后者有些犹豫，究竟是该亲吻以示恭敬还是只要握握手就行了。院长给他解了围，用力地握了一下手。

"我很高兴认识您，卡洛斯先生。"临出门时，他对奥索里奥神父说，"您过后来一下我的房间，我再给您一些纸。"

---

① 出自《圣经·以弗所书》4：17—24。

两位神父身体微躬，敬候院长离去。等房门关上以后，仿佛松了口气。

不过，从那时起，两人便失去了自然的态度，几乎没有说话，只是相互看了看。奥索里奥神父说了句关于用餐时间的话。卡洛斯连忙告辞，欧亨尼奥神父沉默地陪他出去。到了门口，神父说："您再来啊，咱们有好多话要说呢……您明天再来吧。"

卡洛斯没有径直回到镇上，而是去了自家祖宅。他把那匹瘦马和车身都停在刚刚下起的细雨中，一步三阶地迈上楼梯，跑进角楼里，翻看起柜子里的文件。他真的找到了院长所说的那份文件的副本，还有一包信件，他都如饥似渴地读了。有些信是用法语写的，另一些是用西班牙语写的，分别从圣地亚哥、巴黎和罗马寄来。落款的签名是一位法国教士，名为雨果。信里讲的都是关于重建一个在解除教会产权时期①消亡的教团，这个西班牙教团成立于十五世纪，从来没有跨出卡斯蒂利亚王国的边界。最早的几封信，讲的是雨果神父与费尔南多·德萨在圣地亚哥的会面，以及两人之间的谈话。雨果神父正在寻找一座废弃的修道院，想要重现盖朗热神父在索莱姆②的伟业，不过是以另一种方式：他不想加入某个现有的教会机构，而是想要自主地创建一家新的修会。然而，他并不企图建立一个新的教团，也认为这样做没有必要。他只需要重建一个已经消亡的教团即可，一个具有知识传统的教团，其规则允许他把修道院变成一个现代的精神信仰中

---

① 指西班牙历史上政府征收教会产权予以拍卖的过程，大致从 18 世纪末到 20 世纪初，其中以 1836 年门迪萨瓦尔首相执政期间所颁布的法令最为著名。
② 此处指 19 世纪中叶法国勒芒教区司铎盖朗热（Prosper Guèranger）神父在索莱姆镇（Solesmes）恢复圣本笃修会的历史。该修会在法国大革命期间被禁止，在盖朗热的努力下，重新恢复了修道院生活。

心。同时，他还希望修道院位于某座重要教堂的附近，那里的民众还保持着虔诚的信仰。因此，他来到了圣地亚哥·德·孔波斯特拉，选中了圣安德列斯修道院。它那被海水拍打的祭室，从基督教最初的那些世纪起，就不断有朝圣者到来。"我想要的，"他写道，"不是修建一座空中楼阁。它需要有人们真实的宗教信仰来支撑，哪怕他们的信仰已经腐化。我们将努力使人们变得纯洁，但它会令我们始终置身于现实之中，避免使我们成为象牙塔内孤独的知识分子。"

在那些从罗马寄来的信中，他详述了筹办的过程。他的话中没有沮丧，而是充满了乐观与幽默感。他描述了那些必须与之打交道和需要说服的人，笔下带着愉悦的慈悲和入木三分的深刻。有一回，他这样说："如果我必须跟天使们打交道，那算不上什么勇敢。跟我争吵、时常嘲笑我，还用大山一般的困难来刁难我的，都是些凡夫俗子。他们都循规蹈矩，信念脆弱。他们最大的理由就是：'可是，又有什么用呢？'而当我解释给他们听时，他们完全不理解。"就这样，一年、两年、三年，他没有灰心气馁。终于，在最后那封信里，他说："我做到了，别人从来没有遇到过这么苛刻的条件。他们给我五年时间来建立一个有二十位神父的教团，一旦少于这个人数就得解散。我希望五年的时间足够用。现在我得回法国了，去变卖我的财产。与我同行的有两三位教士，我们很快就会来到您身边……"

这些信读来非常吸引人，充满了激情，字里行间流露出一种巨大的、顽强的人格力量。卡洛斯手里拿着信件，目光徘徊在远处的山峦和溺湾，他不禁想起了拉特拉普修道院的兰瑟神父[①]。雨果神父，后来

---

[①] 法国诺曼底地区拉特拉普修道院院长兰瑟（Armand Jean Le Bouthillier de Rancé, 1626—1700）于18世纪创立了严规熙笃隐修会，又称特拉普会，主张简朴生活，清规苦修。

的圣安德列斯修道院院长，一定是这样一个人：一个阅历丰富且怀有深切信仰之人，与富尔亨西奥神父截然相反。


卡耶塔诺的一封信正在等候着卡洛斯。信里说，由于不便在玛丽亚娜女士家里见面，所以请他去俱乐部谈一桩对他们两人来说都很重要的事情。卡洛斯把信递给玛丽亚娜女士，她粗略看了一下，又还给了卡洛斯："我想象不出来，他找你做什么。不过你还是去吧，别让他以为你怕他。"

卡洛斯走进了俱乐部，这有些出人意料，大家都停下了手中的"三人斗"牌局，玩多米诺骨牌的人也都安静了下来。巴尔多梅罗·皮涅罗本来卧在扶手椅上快要睡着了，此时连忙站起来，快步走上前去，炫耀似的跟卡洛斯打招呼，像是要让其他人对他们之间的友谊坚信不疑。然后，他还给卡洛斯介绍了那些玩牌的人。

卡耶塔诺随后就到了，他把卡洛斯带离众人，来到一个角落里，旁边有一台落地式收音电唱两用机，正在播放一首探戈曲。

"'美男子'向你租用的房子和田地，你要多少钱可以卖掉？我是指弗雷阿美农庄。"

一开始，卡洛斯没明白是怎么回事。

"你别装作不知道。'美男子'就是我那个情人罗莎莉奥的父亲。"

"噢！"

"我想要买你那个农庄。"

"我可没想过要卖掉它。"

"这不要紧。我出价五千杜罗。就算卖得再好，我相信也不会超过六万雷阿尔①的，不会有人多出一个子儿的。我提醒你，这笔生意可以算是十全十美了。他们每年付给你十四个杜罗的地租。那五千杜罗，存到银行里，按百分之三的利息算，就能带给你十倍以上的收益。"

卡洛斯耸了一下肩膀。

"不管是他们现在付给我的七十个比塞塔，还是你说的那七百个比塞塔，都不会让我摆脱贫穷。"

"这不是理由，也不是回答。"

"我想说的是，我没有兴趣卖任何东西。"

"那交换呢？我们有相邻的农庄，你正好可以把田产归整起来。"

"我同样不感兴趣。"

卡耶塔诺没有回答。他掏出烟丝来，卷好一根烟，没有让卡洛斯，就自己点燃了。

"我想要那块地是有原因的。我想你也有所耳闻。"

"我不知道。"

"这是明摆着的。罗莎莉奥住在那儿，而你是地产的主人。"

"罗莎莉奥打生下来就住在那儿，可你现在才想要买那块地。"

"你可以认为，我要买下来送给她。"

"听你刚才说的，同样价钱可以买到更好的地。"

"我只想买那块地。"

卡洛斯默不作声，同样缓慢地掏出烟丝，卷好烟，点着了。

"我父母留下来的东西，我什么也不会卖掉的。"

"这太愚蠢了！你要是不想饿死的话，就只能卖掉。你明明知

---

① 雷阿尔为西班牙旧时货币，相当于四分之一比塞塔或二十分之一杜罗。此处，卡耶塔诺出价的五千杜罗相当于两万五千比塞塔，而六万雷阿尔相当于一万五千比塞塔。

道，就凭那点儿租金，你是没法过活的。"

"你算过账了？"

"算到了每一分钱。交了捐税之后，你每个月也就净剩六十个杜罗左右。"

"我正好想用这些钱来生活。可以称作……一种体验。"

"体验贫穷？"

"体验自由。"

"我不明白。"

"如果我能量入为出，用这些钱来生活，就可以做我想做的事情，或者什么也不做。"

"你把这叫作自由？"

"是这样的。"

卡耶塔诺低下头，仿佛陷入沉思。

"你也是个无政府主义者，像你这样的人在世界上是多余的。很快就会不存在了，连坏榜样也算不上。"

"那像你这样的人呢？"

卡耶塔诺带着骄傲的愤怒，看着卡洛斯。

"我每天早上七点就起来，八点钟就到了工作岗位。我让一个公司正常运转，让几百个家庭有饭吃。八小时工作之后，我是自由的，但那是征服来的自由。"

卡洛斯耸了耸肩。

"我对征服任何东西都不感兴趣。我只要保住现有的就足够了。"

"你的产业？"

"我们刚才是在说自由。"

"因为这个，你拒绝了那天我许诺的职位？"

"不，那时候我还不知道将来要做什么，现在我知道了。你要是再次提出来，我还会拒绝的，因为如果接受了，我就不再自由了。"

"照你这么说的，乞丐们也都是自由的。"

"毫无疑问。"

"我没法理解你们。不过，我很高兴你们不再主宰这个世界了。像我这样的人，能让人们更幸福些。"

他挥舞着一只手，像是要赶走那些不合时宜的想法。

"不过，我约你来不是要争辩什么理论，而是求你帮个忙。我以为你会乐意帮助我，甚至会很高兴。你已经证实了我对你的善意。而且我必须提醒你，我一般不会求别人帮忙，不过我要是求到谁，他会高兴得跳起来。"他站了起来，"我想你会后悔的。"

"等等，你听我说。"卡洛斯也站了起来，"我想让你知道，我不想卷入你们的纠葛。或者，如果要我换一种说法，那就是，我不想让你把我当作跟有些人一样，我既不想当你的臣民，也不想当你的敌人。我想让自己置身事外，你知道的。我刚跟你说过，我喜欢自由。"

卡耶塔诺笑了。

"那可不行，这里没有谁是自由的。这里只有朋友或者敌人。谁要是想站在我这边……你懂的。"

"就得服从你，对吗？"

"随便你怎么说。不过，谁要是不服从我，就是我的敌人。"

"好吧。想必你已经看到了，我不会服从你。"

"我想你还没有认清楚现实，要不就是你和玛丽亚娜女士的友情蒙蔽了你。你也许会改变看待事情的方式。当然了，除非你离开这座镇子。"

"我要留下，因为我愿意。"

"你有点儿不切实际，卡洛斯。"

他坐在椅子的扶手上，微笑着说：

"我听说凡是有学问的人都有些不切实际。你没有发现，如果我愿意，可以让你的生活举步维艰吗？别的不说，昨天我买下了跟你家祖宅相邻的一些地。今天早上我去看那些地，发现你家的树荫遮住了地里的庄稼，让它们没法生长。我可以去法院起诉你，让你不得不砍掉那些树。"

"你不会这样做的。"

"难道你要用武力来阻止我？"

"我没有想过。不过，我会每天下午在用过午餐以后，都到俱乐部这里来，仔仔细细地，用上所有必要的专业术语，告诉你的臣民们，你是一个被俄狄浦斯情结折磨的神经病。"

"什么？"

"你不知道是什么吗？这可是很时髦的，拉科鲁尼亚的随便哪个医生都可以解释给你听。当你的臣民们知道以后，恐怕就不会像现在这样服从你了，甚至可能会同情你。"

卡耶塔诺猛地抓住卡洛斯的手腕。那些玩"三人斗"和多米诺骨牌的人一直看着他俩，这时都直起身子，安静了下来。

"你现在就告诉我那是什么。"

"不。"

玩牌的人们都站了起来。巴尔多梅罗更为大胆，他走了几步，来到两人中间。

"出了什么事？"他问道。

卡耶塔诺迅速甩开了卡洛斯。"别管闲事！谁让你掺和进来的？"

"没什么，巴尔多梅罗。"

卡洛斯平静地看着玩"三人斗"和多米诺骨牌的那些人。

"没什么，先生们。不会有什么事的。不过就是有一些地我不想卖而已。"

他说了声"下午好"就走了出去。大家都担心卡耶塔诺会扑向卡洛斯，朝他肋骨猛揍几拳，要不就是转而朝目击者们发泄，把大厅里的椅子一把接一把地扔向他们，直到把他们企图独立的苗头彻底压垮。有那么几秒钟，玩"三人斗"的人、玩多米诺骨牌的人、看热闹的人和巴尔多梅罗都因为不可避免的局势而恐惧得发抖，与此同时，也都为这次冲突的发生而暗中高兴。不过，卡耶塔诺只是转过身来，走向了吧台。

"伙计，来杯白兰地。"

他背靠着柜台，默默地喝着杯中的酒，注视着玩牌的人们。然后他从兜里掏出一支雪茄来，咬掉一头儿，不慌不忙地点着了烟，继续看着大家，那目光好像在强迫他们做什么。玩"三人斗"的人、玩多米诺骨牌的人、看热闹的人和巴尔多梅罗原本都站着，后来一个接一个地坐下来，没有出声。他们都坐了下来，不再看卡耶塔诺。利诺先生洗了洗牌。

"发牌。"

他发好了牌。

"我出牌。"

"我跟。"

"该您了。"

多米诺骨牌桌上，又重新响起了骨牌碰到肮脏的大理石桌面时发出的声音。

"幺点。"

"我加倍。"

他们的声音都有些发颤。

卡耶塔诺把刚点燃的雪茄扔到地上，离开了。直到听见大门用力关上时发出的响声后，巴尔多梅罗才敢说："仔细想想看，先生们，咱们都是一群尻包蛋。你们不觉得吗？"

卡洛斯给玛丽亚娜女士讲了事情的经过。当说到俄狄浦斯情结时，他不得不给她浅显地解释了一下是何含义。玛丽亚娜女士觉得很有意思。

"那你相信这个吗？"

"既谈不上相信，也谈不上不信。按照我那些老师们的说法，这是所有人灵魂中都存在的东西。至于卡耶塔诺，他确实对他的母亲有一种变态的爱。他巴不得他母亲是镇上最受尊重的、最重要的，甚至是最漂亮的女人，可是还有您的存在。"

"你想说这是我的错了？"

"至少，您是其中的原因。如果您不存在，或者卡耶塔诺的父亲没有因为喜欢您而弄得满城风雨的话，卡耶塔诺本来可以比较正常地爱他的母亲，感情也许强烈，但不会因为别人的不忠而觉得母亲受到玷污。那样的话，他没准儿已经结婚了。可是他，哪怕只是一种可能性，也不能接受别的女人同样可以品格端正或者受人尊重，甚至是他自己的妻子。他这个男人，只要母亲还健在，是不愿意结婚的，除非他的女人在婚前就委身于他，怀着孩子出席婚礼，这样一来她只好低声下气地迈进他家大门，仿佛是受人恩典。至少我觉得是这样。"

"你觉得，你的威胁能派上用场吗？"

卡洛斯耸了一下肩膀。

"我不知道。当争吵得很激烈、可能会动手的时候，我灵机一动用它来自卫。卡耶塔诺比我强壮，我可不想在那些人面前被他揍一顿。这样，至少我把事情引向了对我有利的局面。"

"从这儿开始，卡耶塔诺没准儿就会被打败，他的帝国也会终结。"

镇上许多人也是这样想的。目击者被详细盘问，每个人都以自己的方式诠释了事件的经过。那些最富浪漫幻想的家庭深受触动，对自由充满憧憬。另一些更为现实的人家，则认为卡洛斯并不富有，因此不会很有权势，毕竟科学所产生的力量恐怕难以惠及他们。有些女人着实感到遗憾，因为卡耶塔诺要比卡洛斯更加英俊；另一些女人则笃定认为，接下来新的诱惑者将是卡洛斯，虽然她们拿不准他能给被诱惑的女人带来什么样的好处。露西娅一整夜都没合眼，等到终于睡着了，梦见了一个诱惑人的魔鬼，面似卡耶塔诺，正在跟一位天使搏斗，天使其貌不扬，就像卡洛斯那样。后来，天使胜利了，光明正大地占据了她的灵魂，于是露西娅整个生命都沐浴在幸福之中。

不过，眼下并没有冒出新的事情来。据说，卡耶塔诺在与卡洛斯发生争执的当天下午就乘车前往圣地亚哥。回来的时候，他亲自驾驶，在寒冷的月牙形公路上狂飙，到家后就钻进自己的房间，没有跟任何人说话。第二天，他在惯常的时间出现在造船厂，脸色有些阴沉，但也仅此而已。要说他的权力被击溃了，还没有在任何地方出现任何迹象。

卡洛斯一大早就驾着马车前往修道院。路上他又遇见了那群虔诚的女人们。他本不想停留，可露西娅坚持要他停下来，讲讲俱乐部里发生的事。尽管卡洛斯极力淡化事情的重要性，她却把这件事儿赞颂成真正的英雄事迹，差点儿因为卡洛斯的勇敢而拥抱他。伊内斯站得稍微靠后一些，静静地听着他们谈话。

"我好几天都没看见胡安了。"卡洛斯对她说，"你能跟他说让他来找我吗？"

"他感冒了，在家卧床休息。"

"这样的话，明天或者后天，我去一趟你们家，顺便也看看你母亲。"

欧亨尼奥神父和奥索里奥神父都已准备好，等着卡洛斯到来。画家还随身带了一个尺寸不小的画簿。他们绕了一圈，以免从闹市的街道穿过镇子，因为那个钟点儿街上到处都是人。抵达教堂的时候，弥撒已经结束了。

教堂里空荡荡的，只有圣器室的侍童在，给他们打开了大门。

奥索里奥神父走遍各个殿堂，仔细地看了个遍。卡洛斯和欧亨尼奥神父在交叉甬道处等候。

"这里有两件事要做。"年轻的神父说，"第一，是泥瓦匠的活儿：把有裂缝的部分拆掉，然后重新建好，不要改动任何一块砖石的位置。有可能还需要加固其他一些墙壁，这个他们都懂。至于说修缮礼拜仪式和艺术装潢的部分，首先需要去除掉所有的祭坛，必须是所有的，都是些华而不实的累赘；同时要把墙上的石灰刮掉，让砖石露出来。然后，在圣台所，我们可以设一个祭坛……"

他冲着欧亨尼奥神父说："您能画张草图吗，神父？"

其实欧亨尼奥神父早已提前开始了，动手快速地涂抹着线条，绘制出阴影和形状来。卡洛斯和奥索里奥神父让他忙自己的活儿。奥索里奥神父给卡洛斯解释罗曼式教堂的祭坛应该是什么样儿。

"一张简单的石桌台，下面有四根柱腿支撑，桌面铺上白色的台布，没有祭坛装饰雕塑，也没有花瓶或者其他任何多余的东西。"

"是这样吗？"欧亨尼奥神父问道。

他给二人展示了他的画。奥索里奥神父只是简单地表示同意，而卡洛斯则惊讶地欣赏起来。教堂的轮廓依旧，整体风格却成功地体现出纯正、深邃和神秘的感觉。不过，有一样新东西是奥索里奥神父并未提到的。穹顶的墙壁上平添了一些壁画：一幅基督圣像、一幅圣母像，还有天使们和各种象征物。基督占据了上面那部分的整个幅宽，双臂张开像是要拥抱。整体而言，这幅画不仅仅是一张草图，它本身已具有价值，而且非常有价值，不像是出自那只习惯于画某些圣母像和圣徒像的手。

欧亨尼奥神父没等他们评论就转过身子，从圣台所的角度画出教堂整个纵深。然后，他又走到远处，继续画起来。他回来时已画好了三四幅，和之前那幅同样出色。在他的画中，白银圣母玛利亚教堂的形象焕然一新。

"你把这些画带给玛丽亚娜女士，这样她就能大致了解了。"

卡洛斯把他们带回修道院，约好改日再来。等到把装书的箱子都拆封后，卡洛斯会给奥索里奥神父带几本他感兴趣的书来。他们都没有提到富尔亨西奥神父，卡洛斯也抑制住向他们问起雨果神父的愿望。他担心自己的发问会给这二位带来伤害。

"如果您愿意，我可以去您家里。"奥索里奥神父说，"请院长批准我出来，应该不算困难。"

"我家现在还没法住人呢。"

"不会比我们修道院更差了。"欧亨尼奥神父插话进来，"不过，对我个人来说，我还是希望您来我们这里。运气好的话，咱们也能自由地聊聊天。我可以给您看些东西。"

"他那些秘密的画。"卡洛斯暗想。毫无疑问，那些给玛丽亚娜女士看的画，想表达的意思是：您别被以往看到的东西蒙蔽了。我是个艺术家，这就是证明。

玛丽亚娜女士兴致盎然地欣赏着那些画。

"教堂这样很好看。不过那些壁画，咱们先前并没有说过。"

"欧亨尼奥神父也没有说过。他只是画了出来。"

"也许他想自己来画。"

"您对欧亨尼奥神父有哪些了解？"卡洛斯冷不防地问道。

"几乎没有。他离开过伯爵新镇一些年，欧洲大战开始的时候回来了，据说是从巴黎回的。那时候，他家里所有人都去世了。他一个人独自在家里住了几个月，生活很怪异：经常出去作画，在田野里或者在山上一待就是好几天，回来时身上脏乎乎的，胡子拉碴，然后就闭门不出，跟谁也不来往。有一次他想画一个年轻女人的裸体像，结果引起了轩然大波。我从来没跟他说过话，因为他家跟我有过节，他好像也不理睬我。不过，我很担心他的所作所为。他开始变卖那些剩下的土地，一些离修道院近的地让院长买去了，不是现在这位，是以前那位，那可是另一个层次的人，一位绅士。他们成了朋友。欧亨尼奥最终把所有的地都卖给了他，自己去了修道院。他在那里作为客人住了一段时间，后来突然就成了神父，我好几年都没再见他。后来，终于知道他已经开始主持弥撒了。一天，修道院院长来拜访我，请我走动一下，让欧亨尼奥神父能够每个星期天在全镇都参加的弥撒仪式上布道。我跟教区神父说了，就这样成了，不过欧亨尼奥神父从来没跟我说过话，好像害怕我。"

"您知道吗？他在巴黎的时候，是贡萨洛·萨米恩托的朋友。"

"不，我不知道。"

"贡萨洛唯一保存的一幅他妻子的肖像，就是欧亨尼奥神父画的。"

"你在怀疑什么吗？"

"不。没有。我在巴黎看见过那幅画像，所以我对他现在画的东西感到很惊讶。"

"我不知道他还在继续作画。昨天，你跟我说起来的时候，我觉得有些不对劲儿，没准儿是现在那位院长的主意，他可是个唯利是图的家伙。我还以为他们让欧亨尼奥专心布道呢。而且，有时候我甚至觉得，他布道的唯一目的就是为了让我皈依宗教。我觉得他的话是专门冲着我说的，整座教堂里，所有人中间只有我能理解。"

这时，俱乐部里负责传递口信的伙计来了，说有几位先生请卡洛斯去跟他们喝杯咖啡。他问都是哪些人，伙计回答说是卡耶塔诺、巴尔多梅罗、利诺，还有其他人。

"我马上就去。"

他穿上雨衣出去了。在圣母拱门处，巴尔多梅罗像是埋伏在那里，正等着他。

"您可要多加小心。虽说是个玩笑，不过也暗藏玄机。我觉得您的声望可能会面临风险。卡耶塔诺为了昨天的事，是永远不会原谅您的。"

卡洛斯要他解释是怎么回事。

"我不跟您多说了。要是他们看见您跟我在一起，那就全完了。不过，您得多加小心。"

巴尔多梅罗一溜烟儿地走了，答应过后会找他。

卡洛斯走进俱乐部里。大约有十多位先生，神态各异，包括一些去美洲发了财的本地人，卡洛斯从没见过他们聚在一起。座椅都摆成了一圈，中间坐着表匠帕吉托，他大腿上放着草帽和手杖，手里拿着一只酒杯，脑袋耷拉着，像是被压得喘不过气来。卡耶塔诺微笑着走上前来。

"哎呀，感谢你来一趟。你认识帕吉托，对吧？"

所有人都站了起来，除了那个疯子。他侧眼观望，一对斜视的眼珠不安地转动着。

"其他人你也认识的。"

有两三位卡洛斯不认识。他被介绍为卡洛斯·德萨医生，被安排坐在利诺和卡耶塔诺之间。

"给卡洛斯来杯咖啡，还有他想喝的东西。"

卡洛斯身边摆了一张纤细的小桌儿，上面放着喝的东西。帕吉托不停地看着他。

"他害怕你啊！"

卡耶塔诺转身对卡洛斯说："他害怕你给他治好了。"

"我有权利当疯子！"帕吉托不知所措地喊道，"不是这样吗，先生？"

利诺接过话来，郑重地说："我们没办法让他理解，社会有义务治愈他。"

"帕吉托，"卡耶塔诺没有理睬利诺，接着说，"可是个很棒的机械师啊。我说得没错吧？"

"当然是了！"

"给卡洛斯看看你做的小鸟儿。"

帕吉托高兴地笑了，在兜儿里翻弄了一阵，掏出一个用薄纸包着的小盒子。他连忙站起来，把它拿给卡洛斯看。

"您看，您看。您打开时小心点儿……"

不过，他并没有把东西交给卡洛斯，而是自己取下了包装纸。在给卡洛斯看之前，转过身去，给那东西上了上弦。

"您看！是我做的！"

一只长着金属翅膀的小鸟从盒子里站起来，扑扇着翅膀，伴随着轻柔的音乐翩翩起舞。

"是我做的！"帕吉托自豪地重复着。

"他要是治好了，我就在造船厂里给他安排个工作。"

"那可不行！我不想治好！我有权当疯子！"

"社会要求你治愈，帕吉托！"

"让社会见鬼去吧！"

"我每天付你五个杜罗的工资。"

"我不想要！"

"你想要的是像寄生虫一样活着。"

"我有权利。"

他怯生生地收好盒子，重新回到椅子边。

"请原谅。"

他坐了下来。

"卡洛斯，"利诺说，"问题是要弄清楚，他是个傻子还是个疯子。"

"我是疯子！别讨厌了，你这个老王八！"

"我会砸烂你的狗头！"

"砸吧，可是，你不能说瞎话啊！"

卡耶塔诺制止了争吵。

"问题提得不对。应该弄清楚的是，他能不能被治好。"

帕吉托警惕地等待着回答。

"我不知道。"卡洛斯说。

"几年以前，帕吉托曾经在疯人院里被关了六个月。当时，必须把他弄出来，因为他快要死了。不过，医生说他是可以治好的。"

"在仔细观察他之前，我不敢这样说。"

"他就在这儿。"

"观察他意味着要每天都看他、听他说话、研究他的行为，还要给他做一些检查。只有这样，才能做出严肃的诊断。"

"我愿意支付所有这些费用。"

"你不是说他在疯人院里快要死了吗？"

"所以我想让你在外面治好他。"

"在这里，俱乐部里？"

有些人笑了起来。

"那也不错嘛！无非就是整天都得在这里了。"

卡洛斯走近帕吉托，把酒杯从他手中夺过来，闻了一下，然后把杯子扔到一个角落里。

"首先，不能喝酒；然后……"

他停了一下。大家都在不怀好意地认真听他讲。

"……然后，需要你们大家都忘掉帕吉托是个疯子，像对待一个正常人一样对待他。你们和镇上所有的人。如果你们答应我，向我保证，谁也不会想起这个人有一些轻微的错乱，那我也会承诺做出诊断，并且争取治好他。"

"不，卡洛斯，不！"帕吉托哀求地叫嚷起来。

他站起来，戴好帽子，用手杖指着所有在场的人。

"他们肯定不会答应您的要求！"

"他们会决定的。"

帕吉托又把帽子摘下来，按在胸前，在满怀期待的这群人面前走来走去。

"要是没有了我，你们可怎么办？你们想揍人的时候能揍谁呢？您，卡耶塔诺，谁能帮您给情人送口信呢？谁能这么便宜就把你们的手表修好呢？谁又能给你们背诵阿萨尼亚[1]的演说呢？没有喝醉的我，小孩子们朝谁扔石头呢？有人打碎玻璃的时候，又找谁来当替罪羊呢？帮帮忙，先生，我是个大家不能缺少的疯子！别把我治好啊！"

他尖声地哭着，听起来像是在笑。

"卡洛斯，您是个有侠义心肠的人啊！……您就说我治不好！"

他缩到墙边，闭上了眼睛。

"他们非要治我，我就吃毒药。"

他安静下来，身体僵直，一动也不动。突然，他张开双臂，睁开眼睛，朝着卡洛斯向前迈了一步。

"您听听阿萨尼亚议员在共和国议会里的最近一次演说吧：'议员先生们……'"

他一口气背下来，声音洪亮，没有改变姿势，只是挥动右臂，用手握住手杖中间一段，时而举在空中，时而贴近胸口，比画出演说的节奏。吧台的伙计在角落里笑了起来，其他人也都笑了。一只座椅靠垫飞了起来，接着是更多的，纷纷砸在帕吉托的脸上，落到他脚下。他拨开靠垫，继续背诵着。

"共和国万岁，帕吉托！"

"狗屎！"

"社会革命万岁！"

---

[1] 曼努埃尔·阿萨尼亚（Manuel Azaña，1880—1940），西班牙左翼共和派政治家，第二共和国期间曾先后担任部长委员会主席和总统。

"我是支持右翼的疯子！国王万岁！"

"帕吉托，吉尔·罗布雷斯[1]万岁！"

"帕吉托，春天快来了！"

他的脸一下子痛苦地抽搐起来，仿佛被人用什么东西砸疼了。所有人都齐声高喊："春天，帕吉托，春天！"

"我日你们所有人的狗娘！"

一只用力扔出的靠垫砸中了他，让他的脑袋撞到了墙上。另一只砸掉了他的草帽。帕吉托弯腰捡了起来，然后迅速跑向门口。最后几只靠垫落在了他的后背上。


"你也许能理解，小镇上生活很乏味，像这种疯子到处都有。我们拿他来取乐，不过，他也靠我们来吃喝。比如说我，在造船厂里给他找了个安身之处。那里有一间小屋可以睡觉，还能干修表的活儿，挣的钱也都归他。"

"我承认，"教师利诺插话进来，"小丑这种角色已经没落了，就像奥尔特加[2]所说的。不过在这座小镇上，世界上许多已经消失的东西还依然残留着。"

"无论如何，我们非常感谢你来这里。看得出，你立刻就明白是怎么回事儿了。"

"当然了，这纯粹是个玩笑。我们知道他是治不好的。"

"为什么一提到春天他就格外受刺激呢？"卡洛斯问道。

大家都哈哈大笑起来。卡耶塔诺解释道：

---

① 何塞·玛利亚·吉尔·罗布雷斯（José María Gil-Robles，1898—1980），西班牙右翼政治家，第二共和国时期曾任国会议员和战争部长。

② 何塞·奥尔特加·加塞特（José Ortega y Gasset，1883—1955），西班牙著名哲学家。

"你不知道吗？帕吉托有一个相好的女疯子，住在贝尔甘迪尼奥斯镇①的一个村子里。每当春天来了，他就开始发情，带着一大堆礼物去看他的情人。他们一起过上十五天，然后他就回来，整个夏天都踏实了。"

巴尔多梅罗在玛丽亚娜女士家的门厅等着卡洛斯，看上去有些不安。卡洛斯让他不要担心。

"他们叫你去俱乐部干什么？"玛丽亚娜女士问他。

"想让我当众名誉扫地。卡耶塔诺害怕我给别人讲他的俄狄浦斯情结，于是想要防患于未然。"

---

① 贝尔甘迪尼奥斯（Bergantiños），拉科鲁尼亚地区的一个小镇。

✝

"我想过了，"卡洛斯说，"应该把书从箱子里取出来，在角楼的房间里找个合适的地方摆放好。那是我家里唯一能读书写作的地方。"

"在你家？为什么不在我家呢？"

"我不想变成您家永久的客人。"

"我倒希望你是。"

卡洛斯微笑着摇了摇头。

"这可不好。"

"我已经习惯了有你做伴。"

"回去住我家，并不意味着抛弃您。"

他握住玛丽亚娜女士的一只手，抚摩了一下。

"我们之间有这么多共同之处，彼此之间都已不能缺少。如果可能的话，"他开玩笑地说，"我们恐怕会相爱的。"

"你看，那倒也挺好的。不过，已经不可能了。我希望，至少你会爱上一个跟我相似的人。"

卡洛斯的脑海中浮现出伊内斯·阿尔丹。

"没有您想的那样像。"

"你指的是谁？"

"胡安的妹妹。"

"我想的是我的侄女。你喜欢胡安的妹妹？"

"她是唯一像您的人，但是我并不喜欢她。不过，我觉得她很有魅力，没准儿哪天我们就会听说卡耶塔诺开始追求她。"

他们又回到了关于角楼的话题。

"要想让那里适合居住，恐怕得先装修一下。"

"做做大扫除，打扫干净不就足够了吗？"

"是的，然后还要粉刷一下墙壁，给家具包好布面，还要看看如何取暖。"

"有一只火盆。"

"那东西根本不管用。我倒是觉得你可以装一个壁炉。你家里有六七个呢，不过按照现在的情况，你用不上。客厅里的那个壁炉太大了，其他任何一个你都可以拆下来，安装到角楼里。总之，施工大概需要一个星期。当然了，还需要把卧室拾掇一下。"

玛丽亚娜女士负责联络一位工匠来把家具包饰好。卡洛斯要了一把锤子和一把凿子，驾着马车回到他家。玛丽亚娜女士早就让人给他准备好一篮子的午后茶点，还有葡萄酒，用来御寒。

自从书寄到后，卡洛斯还没有回过家。那些装着书的箱子都堆放在一段走廊里。他把书一本本取出来，找了个可以妥善放置的地方。他选中了客厅里的那张大桌子，把书都码放到桌上，书脊朝外，以便用到的时候随时可以拿出来。放好书后，休息的时候，他想到钢琴还是蛮有必要的，需要找一位调音师把钢琴调好。然后，他走到角楼的房间里，打开柜子，取出父亲留下来的文件和书籍。他有股想要读上一卷手稿的冲动，比如那篇讲述玛丽亚娜·基罗加生平的精彩传记，不过他还是决定暂时放下，等到住进来以后再说。他把这些东西都搬到客厅里，正忙着干活儿的时候，听见有人在花园里喊他。他听出来是阿尔丹的声音。

"上来吧！我在这儿。"

阿尔丹身穿一件长大衣，表面有些磨损，脖子上系着一条厚厚的围巾。他不停地咳嗽着。

"我本来想明天去看看你。伊内斯跟你说过了吧。"

"不用了，我现在好了，只是还有点儿咳嗽……"

"无论如何，我哪天去你家一趟，问候一下你母亲。"

"你不必着急，跟她不需要客套。而且，你也不容易找到她，她总是在菜园子里或者在山上。"

他颇为蹩脚地掩饰着，不想让卡洛斯去探望他母亲，而卡洛斯好像并没有察觉到，坚持要去，甚至提出当天下午就去。

"路很不好走的。"

"我这儿有玛丽亚娜女士的马车。"

胡安已经在对面坐了下来，眼睛没有看他，仿佛对几本德语书的插图很感兴趣，其实目光只是扫过页面，对看到的内容全然不知。他来找卡洛斯是想要长谈一番，打算好好地自我介绍一下，当然不是和盘托出，而是有所取舍。他想告诉卡洛斯他是什么样的人，更想让卡洛斯理解，在他呈现于人的面具下隐藏着另一种人格，那里面蕴含着他真正的曲折经历。可是，谈话一上来就不顺利。他不得不透露出一些本想留到后面的东西。

"卡洛斯，我请求你不要去我家。现在别去，今后也别去。"

"为什么呢？"

"我请求你，这还不够吗？"

"足够。不过，我会认为你是不希望我跟你的妹妹们有任何关系。"

胡安笑了，微笑中透出些许悲凉。

"不，不是因为这个，完全不是。恰恰相反，我非常高兴你认识了伊内斯，她会告诉你的！是因为我母亲。"

他停下来，看了一眼卡洛斯。（噢，卡洛斯看上去不太满意，他期待得到一个解释！）他接着说："我不想让你看见她。即便我不说，别人早晚也会告诉你其中的原因。我母亲酗酒，整天都喝得醉醺醺的，没办法戒掉。对我们来说，这真是可悲的一幕，可是也都已经习惯了。至于别人，镇上的人，大家也都知道，不过没有见过她这样。"

"谁给她酒喝呢？"

"克拉拉。"

"真抱歉。这事儿我一点儿也不知道，甚至从来没有想过。我知道你们家境不好，不过生活贫寒不一定意味着不幸和恶习。"

（卡洛斯的这个回答，如果应对好了，可以把对话引向自己期望的内容。眼下，胡安倒是准备好了一些关于不幸的说法。）

"你错了。贫穷是必须躲避的一样东西。如果贫穷的人不同时是个英雄的话，会随之带来道德的沦丧。我母亲酗酒是因为不得已，而克拉拉却接受这种不幸，自甘堕落。只有伊内斯一直坚守着，她有一颗高尚的心灵，不过迟早会逃走的。前些天，她跟我说过想去当修女。"

"你不高兴吗？"

"做修女这事儿，本身我觉得很愚蠢，不过我理解。对伊内斯来说，是唯一的出路。我倒是希望她结婚嫁人……"

他稍作停顿。卡洛斯正弯下腰去，捡起几本书来。

"伊内斯懂得坚守道德。"胡安继续说道，"她既高尚又坚强。克拉拉则不然，只盼着卡耶塔诺跟她说上三言两语，就会跟他跑掉。"

"你为什么对你两个妹妹做这么苛刻的区分呢？"

"这是我们生下来就注定的。伊内斯和我都是非婚生子。"

他未经考虑就脱口而出，没有顾及后果，尤其是这话说得太早了。（这一宣示本应该晚些再说，不是作为某种需要解释的东西，而是作为在详细描述一系列事实后的盖棺论定。而现在，已经……或许，如果卡洛斯的回答像之前那样给他做个铺垫的话，还有补救的办法。可是，卡洛斯既没有看他，也不说话。）于是双方陷入了沉默，持续了很长一阵。

"你没什么要说的吗？"

卡洛斯站起来，朝着他走过去，看着他的眼睛。胡安禁不住要眨眼。（不是因为卡洛斯的目光过于犀利，一点儿也不；也不是因为他感觉到自己无所依靠或者被人一眼望穿，而是因为他知道卡洛斯的职业，于是把最普通的目光也当成了洞悉一切的敏锐。）

"我什么也没法说。不过，你愿意的话，我可以听你说。"

"对，这正是我希望的。你肯定能理解，我需要跟别人说说这一切，可是从来没有找到合适的人。"

"但是，我请求你不要对妹妹们那样苛刻。我是说，特别是对克拉拉……"

"噢，你是不了解克拉拉啊！因为她，我一定得干掉卡耶塔诺。"

这又是个错误。他想纠正说："其实，不完全是……"却没能说出口，因为后面要说的话，让他自己都觉得太假，又难以让人信服。卡洛斯的目光一直注视着他，把一切都戳穿了。不过，与此同时，他自己的目光也仿佛更加清晰和敏锐了。他原本精心地准备好了一套重要的阐述，试图解释想要除掉卡耶塔诺的真实原因，以及他本人动手的必要性，因为那是他的命运，以及这个、那个等；还有战术上的巧妙安排，以至于人们会认为他杀死卡耶塔诺是为了报仇，因为那家伙睡了克拉拉，因为……他昨天一晚上都在斟酌字句，甚至考虑好何时停顿，现在被卡洛斯注视着，在那种深邃而略带同情的注视下——至少他觉得是这样——那完美的、悉心准备的计划，连他自己都感到不合逻辑与可笑，哪怕是千真万确，哪怕他确实从心底里认为他的归宿就是除掉卡耶塔诺，而克拉拉仅仅是被巧妙利用的一个事由。

"我猜，在伯爵新镇上，有两百个人都想干这件事儿，其中某个人也许真的会去做。"

"是的，当然了。不过，我……"

（他也没有办法回到自己的家史，那段可怕的经历从他对父亲的幻想破灭开始，结束于对上帝的信仰丧失。"仿佛是一根长在内心的支柱在支撑着我们。那一刻，我的根基动摇了，因为父亲是个善于做戏的骗子……而后，我无法原谅他，可上帝强迫我宽恕。于是我只好也舍弃上帝，竖起一根新的支柱，倚靠在我自己的身上。"几年以前，他用诗句写下了这些话。同样的想法，但用的词语不同。写成诗句更好，当然了……）

"告诉我，你为什么不离开这里呢？"卡洛斯问他，"西班牙地方这么大，美洲就更大了。我可以帮助你。"

"不。我是自己的囚徒，也因禁在我怀揣的希望里。这一定要完成。"

"你要做的事？"

"我是指革命。"

这个词至少把事情提升到另一个层次。胡安感到自由了一些。

"你不是也在盼望着，或者至少希望它到来吗？"

"我是个相当落伍的人。不是说我认为这世界已经很好了，而是不指望它变得更好。"

"我一直以为在国外……总之，我曾经担心你是个共产主义者。这里大家都是，我有一段时间也是。现在不是了。"

"为什么呢？"

"很明显。如果共产主义者胜利了，卡耶塔诺还会继续在这里作威作福。"

卡洛斯禁不住笑了起来。

"你很执着。"

"他是我的敌人。"

"已经是了，还是将要成为？我是说关于你妹妹的事情。"

"卡洛斯，你没有很好地理解我的意思。"

胡安掏出一盒烟来，里面空着一半，递给卡洛斯一支。他们卷烟的时候，胡安始终低着头，聚精会神，卡洛斯则一直看着他。他们点好了烟。

"你没有很好地理解我的意思。我最希望的是，至少你不会误解我。我是卡耶塔诺的敌人，不是因为个人恩怨。就算在克拉拉身上将要发生如此不幸的事情，我也不至于跟他有不共戴天的仇恨。我是卡耶塔诺的敌人，是因为他是全镇的敌人。镇上的人是怯懦的，而我不是。镇上的人不敢高声反抗，我就以他们的名义发出呐喊。"

"镇上的人，归根到底，认为卡耶塔诺是他们的恩主。这一点我敢肯定。"

"我们不能像镇上的人那样想。我们知道，经济只是个借口，所谓民众的幸福也是另一个借口，而卡耶塔诺真正的目的是要主宰这里和剥夺所有的自由。也许，在自由的人们之间，存在着一种可以自由行使的权利，但这种权利不是卡耶塔诺所乐见的。他想要的是奴役我们，把我们都变成一部机器上的零件，每天早上汽笛一响就开始转动。"

他停顿了一下，看了看卡洛斯。（这是个绝好的时机，可以倾吐出既定的一项表白，一定要清晰而有条理地说出来。卡洛斯必须认真地听他说，而且眼神中不应该闪烁出丝毫的嘲讽。）

"当然也有个人的原因。我是个诗人。"卡洛斯吃了一惊，但没有笑，甚至这一说法让他感到有些愉快，而他脸上浮现出的新表情，很可能意味着一种赞许。"我作为诗人的方式，与共产主义是不能兼容的，因为共产主义是一种乐观的学说，而我的诗歌是悲观绝望的，是我的痛苦经历与彻底失望的一部分。当我发现没有上帝的时候，我觉得必须有才行，没有则是一种巨大的不公正。我的诗歌就是要抗议这种莫大的不公正。"

他情绪有些激动，还想继续说下去。卡洛斯在专注地听他讲。或许，这是出乎卡洛斯意料的。

"我正在写一首关于宇宙起源的诗，其中描写了宇宙作为某种偶然结果的自我形成。在第二部分，我讲到了当发现上天是空虚的时候人类的第一起自杀，以及其他人如何决定用谎言来填满上天，以此来拯救人类。"

他又停顿了一下，因为瞬间升起一阵疑惑，突然担心自己这一说法显得天真幼稚，或者可能给卡洛斯带来这种感觉。

"你对这个感兴趣吗？"

"当然了，"卡洛斯转身朝向那一大堆书，指给他看，"那里面有许多本诗集，还有神学和艺术方面的书……"

"可是……你不是精神病医生吗？"

卡洛斯笑了。

"理论上是的。不过，说真的，我是个糟糕的医生。从科学的角度来说，我浪费了时间。我的一些老师都对我非常失望，因为他们没能让我真正对科学产生兴趣。不过，这并不是我的错。诗歌、神学和艺术，都是精神分析所研究的题材。我对它们本身都很感兴趣，现在依然如此。我猜想，说到底，这些东西比研究它们的科学包含着更多的真理，不过我不能这样说，你知道吗？科学也有它自己的困境。"

"这么说来，你并不是一位学识渊博、出类拔萃的精神分析师啦？我是说，那种只要看上一眼就能洞悉别人灵魂的人。"

"我可以肯定，我的眼睛并不比任何其他人看到的更多。"胡安顿时大大地睁圆了双眼，同时也张着嘴，举起一只手。

"让你失望了？"

"说实话，是的。"

"真奇怪……"

他们又相互对视。卡洛斯微笑着，胡安已不再有丝毫的畏惧，倒是为之前的忐忑而感到羞愧，愧意来自迷信了一双跟他同样的眼睛。他试着用一种居高临下、几乎是命令式的腔调说："你有必要成为那样的人。"

"对你来说有必要？"

"对我也有必要，不过，首先是对镇上的人有必要。许多人都盼望你作为一个博学睿智的人推翻那个富豪。你理解吗？那将是多么美好的事儿。卡洛斯，而不是卡耶塔诺。你看……"

卡洛斯走近他，拍了他后背一下。

"真奇怪，"卡洛斯重复道，"你的观点和玛丽亚娜女士的完全一致。虽然原因不同，但你们不谋而合。我对这个既不感兴趣，也不喜欢。至于说成为一个博学睿智的人……"

胡安打断了他："有必要让人们知道你不是这样的人吗？有必要

到处去跟别人说吗？"

"为什么不呢？"

"因为这些人中间也包括卡耶塔诺，而他对你尚且有些忌惮。我知道他许诺给你一个职位，而你没有接受。这很好，大家也都议论纷纷。可是如果卡耶塔诺知道……总之，他会变本加厉、更加霸道的。"

"你是说，我有义务为了本地政治而演出一部假戏？"

"假戏，这倒不必。你只要闭口不说就行了。如果他们假戏真做，又有什么要紧的呢？"

他向卡洛斯伸出了手。

"你就这样做吧。"

一切都说得很清楚了。卡洛斯稍作犹豫，接着笑了，耸了耸肩，然后握了一下胡安的手。

"我这里有点儿吃的东西。你等一下。"

当他拿着午后茶点的包裹回来时，胡安还继续问他："你为什么回到这里来呢？因为混得不好？"

"不是。"

"那又是为什么呢？"

"有些东西我觉得不对劲儿，又发现了另一些东西。总之，在外面，我没有什么好做的事。在这里，我会过得很好。我正在收拾这所房子。"

"你想让我妹妹们哪天下午来帮帮你吗？这样，"他的目光垂下来，"你会看到，我很赞成你认识她们，做她们的朋友。"

他们共进下午茶。胡安的声音平静而略显居高临下，他阐述了无政府工团主义跟任何一种马克思主义流派相比所具有的优势，不仅在社会正义方面，而且在创造人类新思想方面也是这样。"无政府工团主义会使人们感到幸福，尽管会对上帝失望，又或许恰恰因为如此。"然后，他起身离去。卡洛斯送他到花园门口。

在"古巴佬"的酒馆里，胡安讲述了当天下午在德萨医生家里的经过。他帮助整理书籍，还聆听了他的讲话。"他只要看人一眼，就知道这个人灵魂里的动静。"卡尔米妮娅回答说，有一次，她在集市上也见过一个这样的人，但是他不看人家的眼睛，而是站在远处向一个蒙着眼睛的女人发问。"不过我觉得他是个不吉利的家伙。"她补充道。

胡安回到家里吃晚饭，一直沉默不语。临睡前，他告诉妹妹们，卡洛斯·德萨不会像以前想的那样很快离开镇子。

"他家里需要有个女人帮忙收拾一下东西，我跟他说了，你们俩可以抽几个下午去帮帮他。"


在玛丽亚娜女士家里，罗莎莉奥的父亲坐在厨房里跟女佣们聊着天，等着卡洛斯回来。他那双蓝色的眼睛很机灵，笑起来颇有心计，表情迟缓而多变，说话时非常小心谨慎。他来是要告诉卡洛斯，这个月结束后就不再续租田庄了。卡洛斯说这样也好，并且问他有没有需要帮助的地方。"美男子"先说没有，后来又说有。最后终于提出，眼下这一季收获以前，不要把房子租给别人。因为，不管怎么说，毕竟是他自己出钱又出力耕种的，理应由他来收获。卡洛斯不知道应该怎样做，回答他说，等做出决定后，去他家当面告知。对此，"美男子"却百般阻挠，流露出不希望卡洛斯再去他家，也不希望卡洛斯再跟他家任何人说话——除了跟他自己——的意图。他说可以等先生哪天召唤时，再来听取回复。说完以后，他就走了。

"是怕卡耶塔诺吃醋。"玛丽亚娜女士说，"你跟罗莎莉奥的关系怎么样？"

"她来这里送礼的时候，我跟她说过话；我回访她家的时候，也说过话。然后就再也没见过她了。"

"她没准儿说了什么，惹得卡耶塔诺焦躁不安，或者是因为听到了什么流言蜚语。"

卡洛斯没有按原计划去修道院，给奥索里奥神父带去几本他想看的书，而是回自己家，说是要现场跟工程总监说明一下情况——在玛丽亚娜女士的积极操办下，那天正好要开始施工。他托人捎去口信说等他一下，自己早早驾着马车出去，经过广场，然后沿着罗莎莉奥每天去造船厂送饭时的必经之路往前走。他佯装马车出了故障，勒停了那匹瘦马，开始在车轴处拨弄起来，仿佛有什么东西损坏了。路过的人只是说了声"早上好"，就继续赶路了。他看见罗莎莉奥走来，她出来晚了，急匆匆地走着。看见卡洛斯，她加快了脚步，打了声招呼，几乎没有看他。

"罗莎莉奥。"

她停了下来，像是踩刹车一样，头上顶着的篮子不停地晃悠。

"先生，您说。"她回答时并没有转过身子来。

"你怎么了？"

"没什么，先生。"

"你为什么要从我家地里搬走？"

卡洛斯离开马车，朝她走去，看着她。罗莎莉奥低下了头。

"是你父母要求的？"

"是的，先生。"

"你原本希望我把地卖给他？"

罗莎莉奥用一只手扶着篮子，目光坚定地看着卡洛斯。

"先生，您不能卖。"

"为了帮你，我可以这样做。"

"您这样做是帮不了我的。您不明白吗，卡耶塔诺随便哪天就会甩了我，我难道还要一辈子跟他拴在一起？最好还是这样：我们去住另一所租来的房子。"

"真抱歉。我还以为……"

"先生，您没有必要担心，不过，你别理睬我爹。这都是我爹娘他们的错。为了挣造船厂的那份工资，他们哪怕让我光着身子在街上走也不在乎。"她咬了一下嘴唇，又补充道，"我就是这个命呗。"

她轻轻地离开卡洛斯，走的时候没有看他，迈出几步后，又转过身子来。

"等您住进祖宅以后，哪天下午我去把礼物还给您。老夫人的家我不想再去了。"

她走路的时候，步伐稳健而和谐。篮子在她头顶上有节奏地晃动着，整个人伴随着一种平和而深沉的韵律，金黄色的辫子在身后舞动，不时敲打着后背。卡洛斯一直注视着罗莎莉奥渐渐走远，直到她消失在道路转弯处。然后，他坐上马车，不紧不慢地驶向自己家。泥瓦匠们已经聚集在门厅里，正在准备午餐。工程总监在外面等候着。他们一同走上角楼，卡洛斯差不多又把玛丽亚娜女士的指示重复了一遍。

"花上几千个杜罗，这栋房子就能变得像座宫殿一样。"工程总监说。

"好的。"


卡洛斯挑选出给奥索里奥神父的书，把它们跟欧亨尼奥神父的画放在一起。

"我跟他说什么呢？说您同意这个方案？"

"当然了。如果有必要的话，你可以夸张一些，说我喜欢得不得了。其实，说实话，我压根儿就无所谓。"

"我上午去一趟修道院。"

当卡洛斯快到修道院时，看见院长和一位平信徒修士走来。富尔亨西奥神父头戴大檐儿的教士帽，手里拎着一只黑色的公文包。平信徒修士手中提着一只硬纸板旅行箱。

他们停下了脚步。修道院院长说，他要赶乘去往圣地亚哥的长途汽车。

"您愿意的话，我可以带您去。我没有急事。"

"我接受。不是因为我，我自己可以走路去；是为了这位兄弟，他在修道院还有事情要做，现在可以回去了。"

院长上了马车，把行李放好。平信徒修士亲吻了一下他的手作别。

"您是要去见欧亨尼奥神父吧？"

"我把他画的几张教堂草图还给他，您大概也知道吧，再就是顺便给另一位神父带去几本书。"

"好一对疯子！要说这样的神父从来也少不了，让我们都跟着受罪。不过，说实话，这可不是我的错，都是那位已故的前任院长雨果神父给我留下来的遗产。他可是个圣徒啊，上帝保佑他，不过他从来都没有活在现实中。是他萌生了重建这座修道院的念头，在这样一个世界的尽头！"

他拍了拍卡洛斯的肩膀。

"您要是能不刺激那两位的头脑，我就太感谢了，它们已经够呛了。"

"我？为什么是我？"

"卡洛斯，自从听说您要回来，他们早就盼着您来了。他们两个太熟悉对方了，没什么话好说，需要您作为不同的第三方加入。不过，我想您应该是个理智的人。"

卡洛斯笑了。

"我对自己的评价可没有这么高。"

"也许是因为您谦虚吧，这正是他们二位欠缺的。"

"我必须坦率地跟您说，他们两人给我的印象都很好。我觉得奥索里奥神父很聪明；而欧亨尼奥神父，起码是一位出色的画家。"

卡洛斯伸手拿过画儿来，给富尔亨西奥神父看。

"您看看吧。"

院长把画放在膝盖上，仔细地一张张翻看，然后目光停留在圣台所那张画上。

"这就是他们俩的梦想。您觉得，今天的人们会来这样一所教堂祈祷吗？"

"我承认自己对这方面不怎么懂行。"

"您看，这位奥索里奥神父是这儿的一位年轻人，他进入修道院和所有人一样，不是因为得到神的召唤，而是为了逃避种地。我这么说他，不是有意非难。其实，我们所有人皈依宗教差不多都是出于相似的原因。不过，奥索里奥神父很聪明，欧亨尼奥神父注意到了他，说服了雨果院长派他到国外去进修。"

他把最后一张画跟其他的放了一起。

"您知道，教会里时常会刮起改革之风。宗教团派的历史也是众多改革者的历史，他们不满现状，想要实现自己的理想。我的前任——愿上帝保佑他——想成为他们其中的一员。他表面上提议重建一个已经消亡的教团，其实说到底，他想要改革整个基督教界。我从善意出发，承认他所有的美德。他曾经很富有，却花掉了自己的财富来重建修道院，并且用剩下的钱一直来维持它。可是，光看结果的话，难道不应该问问是否值得吗？"

那匹瘦马不紧不慢地小跑着。卡洛斯松开了缰绳，眼望前方。当院长的话停下来时，卡洛斯请他继续讲下去。

"我在修道院二十年了。其中，有十八年是在雨果神父身边度过的。我从前是伯爵新镇的教区神父，前途一片光明：本来有望很快成为圣地亚哥教士会的受俸神父，甚至得到更高的职位。雨果神父不断奉承我，说他需要一位务实的人、一位管理者。他这样鼓动我，我被他说服了，因为他的话非常有诱惑力。于是，我放弃了教区神父的头衔，加入了修道院教团。可是这份热情没能持续多久。我经常扪心自问，为什么雨果神父把我找来，却不理睬我？我负责管理，可他指挥一切，从来也不理会我的建议。我跟他说，贫穷会让我们无法前进的。而他回答我说，只要祈祷、劳作和满怀希望，就什么都能实现。我又能回答他什么呢？可是教团依旧很穷，我们也没法实现雨果神父的目的。其实，说真的，我到现在仍然不知道他的意图究竟是什么。"

他再次停顿了片刻，问卡洛斯是否感兴趣。卡洛斯回答说是。

"当欧亨尼奥出现在这里时，雨果神父就像当初劝说我一样说服了他，让他加入了教团，还把他变成了心腹之人。他们两人一起酝酿着，等奥索里奥神父得到良好的培养后，将来可以担负起改革的重任，因为雨果神父已经年迈，而欧亨尼奥神父向来能力有限。因此，他们派奥索里奥神父去德国学习。多么荒唐啊！一所穷困潦倒的修道院，惨淡经营着，却要节衣缩食好多年，供养一个毛头小伙儿学习神学和购买书籍。您知道雨果神父临终前托付我什么吗？'神父，您一定要竭尽所能，让修道院保持有二十位以上的修士！您知道，如果低于这个数目，教团就得解散了。'必须把教团维持下去，直到奥索里奥神父有条件能凭借他的智慧来实现变革。'您千万不要打扰奥索里奥神父啊！'可是，奥索里奥神父回来的时候，脑子里只有一些空泛的想法，浪漫有余。您知道我对他说了什么？'神父，您想干什么都可以，不过别打算从我这里得到任何帮助。相反，修道院需要您，因为我答应过雨果神父要把教团维持下去，您也必须出力帮忙。'"

他笑了起来，笑声短促如金属般响亮。

"变革体现在那群女信徒身上，她们每天早上来修道院，在地下圣坛听弥撒，真是一群女疯子。"

"女疯子？"卡洛斯诧异地重复着。

"是的，从某种意义上说的确如此。她们都疯疯癫癫又自鸣得意，来这里是为了跟其他女信徒们区别开来，比如圣体龛玛利亚姊妹会①的，或者玛利亚之女教团②的那些人。她们自以为高人一等，与众不同，因为奥索里奥神父做弥撒的时候面对着她们，她们用拉丁语来回答，其实根本不懂那些词儿。而当奥索里奥神父给她们布道的时候，她们都心醉神迷地听着，仿佛都能听懂似的。我必须跟您说，"他补充道，"我还真下工夫仔细听过奥索里奥神父的话，他布道的内容确实无可挑剔。我甚至认同他，天主教就应该按照他所解释的那样，但是不能因此就说那帮女人不疯癫了。"

卡洛斯不知道该如何回答，陷入了片刻沉默。

---

① 西班牙神父曼努埃尔·冈萨雷斯（Manuel González）于1910年创立的教团。

② 法国修女阿德拉·德·巴兹（Adèle de Batz）于1816年创立的女子教团。

"我信不过所有这些新鲜玩意儿和所谓的纯洁。"修道院院长继续说，"我已经老了，见过的事儿太多了，也经历过太多的幻灭。眼下，奥索里奥神父还没有被允许听取忏悔，除了在圣台所上，我禁止他跟堂区的女教徒们有任何接触。他布道时说什么都行，面向听众做弥撒也行，但要保持距离。我操心的事儿太多了，不希望再闹出什么女信徒的激情绯闻来。你知道我担忧的是什么吗？我得想办法把两位患上肺结核的年轻教士送进疗养院去。这就是现实啊！这两个年轻人还没有开始履行神职，就已经落下一辈子的病根儿了。万一他们死了，教团就只好解散了。您可能不理解这意味着什么。那些已经拥有神职的，倒还可以随便转到哪个教区或堂区，不会比这里更差的。可是，其他那些人呢？我能把十来个年轻人就这样抛弃在世上，生活没有着落吗？"

马车已经驶入镇上的街道，到达了下坡广场。那里就像卡洛斯到来那天一样，喧闹嘈杂。天上下着细雨，系着黄色头巾的女人们，头戴贝雷帽、身穿灯芯绒西装的男人们，来来往往，在市场里忙碌着。在街道的一角，人们正在把行李放到长途汽车顶上。

"卡洛斯，非常感谢您带我一程。请您记住我说的，别让那一对不理智的家伙想入非非啊！"

那位平信徒修士给欧亨尼奥和奥索里奥两位神父讲了公路上的巧遇，还有卡洛斯捎院长去车站的事儿。得知以后，两位神父在修道院门前朝向大海的那段矮墙边，一边散步，一边等待卡洛斯到来。灰蒙蒙的海水此刻波澜不惊，悬崖峭壁上只有一小块白色的岩礁。他们跑向马车，看上去又自由又快乐，而两人的声音，在打招呼欢迎卡洛斯时，也似乎浸满了喜悦。他们随即把卡洛斯带到了欧亨尼奥神父的画室，那里所有的画都消失了，放在一个角落里。他们把几只矮凳凑到一起。卡洛斯递给欧亨尼奥神父一根烟——奥索里奥神父是不抽烟的——把书交给奥索里奥神父，又把草图还给了欧亨尼奥神父。他按照跟玛丽亚娜女士商量好的，把她的满意之情夸张了一番。

"关于那些壁画，她说了什么吗？"欧亨尼奥神父问道。

"没有专门说起来。她所指的是整体方案。"

"那些穹顶处的壁画，对一座罗曼式教堂来说是至关重要的。不能是随便什么东西，恰恰要这些画才行。"

"您是说这些仿制的罗曼式壁画吗？"

欧亨尼奥神父惊恐地望着他。

"它们看上去像是这样吗？"

"不。您画的只是一些过于简单的草图。耶稣基督、圣母，还有一些天使们。不过，我无法确切地知道您想画什么类型的画，来重现这座教堂纯正的罗曼式风格。"

奥索里奥神父翻看着那些书，这时他把手中的那本合上了。

"卡洛斯，您能让我插几句吗？"

"当然了。"

"在我看来，有两种方式来理解某项修复工程的纯正性。一种是最大限度地恢复教堂的原始风貌，但是我们不知道当初究竟是什么样儿，在这种情况下，模仿是可以的；另一种，是利用教堂本身的美感和它的建筑布局，创造出一种别样的纯正，更加不受时代制约，也因此而更富有现实意义。当然，我指的是在礼拜仪式方面的纯正。"

"可是，根据我对艺术的了解，基督像和那幅圣母像带有相当明显的罗曼式风格。"

奥索里奥神父笑了。

"也许是因为罗曼式风格创造了一些不能背弃的典型形象吧，

还有一些表达虔诚仁爱的方式也应该重新恢复。"

"关于虔诚仁爱我不能评论，因为确实不懂。但是，您觉得一种另一个时代的艺术形式还能重新焕发活力吗？要不就是我完全不懂艺术，要不就是这种再现只能是大致接近的。文艺复兴时代想这样做，却没有做到。"

"我借用您的说法：关于艺术我不能评论，因为确实不懂。不过欧亨尼奥神父倒是可以回答您。"

欧亨尼奥神父的表情仿佛在说：现在干吗非要讨论这个？奥索里奥神父坚持说："欧亨尼奥神父，您说说吧。"

他又马上补充道："若干年前，就有人做出了许多尝试，想要重新找回宗教艺术的真正意义和它在虔诚仁爱中的地位。也许您了解到一些，但是欧亨尼奥神父所做的，除了我，别人都不知道。"

他走到画室的一个角落里，拖出来一大堆沉重的画簿。

"这是许多年的画作。您想看看吗？"

欧亨尼奥神父干预道："不，不行。现在还不行。看之前，您需要先了解一些事情。"

他坐到那些画簿上，像是要保护他的秘密。

"这是件奇怪的事儿，在这里，离世界这么遥远的地方，竟然想要重振宗教艺术。"

他质疑地看着卡洛斯。卡洛斯笑了。

"我确实非常想看看这些画，尽管我猜想应该跟另一位院长有关。"

"您已经知道了？"

"我说了，我只是猜想。"

"雨果神父是一位非凡的人。"奥索里奥神父说，"如果我跟您说，他是一位圣徒，那是不足以形容他的，因为有许多种圣徒；而他属于特殊的一类，非常罕见。"

"一位改革者。"

奥索里奥神父惊讶地望着卡洛斯，一时无语。欧亨尼奥神父接过了话茬儿："您是怎么知道的？"

"富尔亨西奥神父今天早上跟我讲了一些。"

两位修士对视了一下。

"不出意料。"奥索里奥神父喃喃地说。

"他没有跟我说，雨果神父的变革究竟是什么。"

"他永远也不会跟您说的。"

奥索里奥神父又看了欧亨尼奥神父一眼，那是一种拷问的眼神。欧亨尼奥神父低下了头。

"您为什么不给卡洛斯看看您的画呢？"

"你们二位刚刚提到的事儿，应该先说明一下才好。"

"德萨先生，"奥索里奥神父站了起来，说话时声音中饱含着深奥与坚韧的意味，"我们是神职人员，服从是我们的义务。我们要跟您说的，恐怕跟院长今天早上告诉您的不一致。"

欧亨尼奥神父打开了那些画簿中的一册，开始取出里面的画稿。奥索里奥神父找了个光线充足的地方，把它们一张张地贴着墙壁放好。都是些笔记和草图，是用炭笔和赤铁粉手绘而成的，有一些涂上了颜色。看起来，在这些画稿中追求着某种完美境界——无论是耶稣基督和圣母的形象，还是天使们和各种象征物。

欧亨尼奥神父的双眼隐藏在祈祷室的阴影里，一直注视着卡洛斯的面庞，不放过他目光中一丝一毫的闪烁。

"您喜欢吗？"

"是的，但我不知道您的意图是什么？"

"我也不知道。"

"那就更让我惊讶了。"

"您很容易理解的。作画的虽然是我的手，可灵感却是雨果神父的。比如，他说要画好基督像，我们需要拥有一种对耶稣基督崭新的直觉，而它只有从宗教体验中才能获得。因此，他总是跟我谈论基督，想要使基督充满我的内在，然后他对我说：'看看您能不能画出我刚跟您形容过的那个样子。'我尝试着去画。'不是那样，还不是。'随后又继续说起基督来。一直到去世，他都一直在讲基督，但没有能够让他的那些直觉最终变成我的。"

他沮丧地补充道："现在我感到自己是空虚的。"

奥索里奥神父一直站在一旁，身子有些朝向窗口。此时他迅速转过身来。

"您知道吗，院长的话一直留在我们心中，可是被紧锁着。您知道吗，欧亨尼奥神父和我所需要的，用来使我们内心再度充满基督的东西，其实已经写了下来，可富尔亨西奥神父把它藏匿了起来，不给我们。"

他带着愤怒，急切地说出了这番话。欧亨尼奥神父吃惊地看着他，有些害怕。奥索里奥神父好像战栗了一下，怯怯地低声后悔道："欧亨尼奥神父，我这样说，说错了什么吗？"

欧亨尼奥神父摊开双臂，但什么也没有说。他转向卡洛斯，朝他笑了笑："卡洛斯·德萨先生是可靠的人，会为您保守秘密的。"

他郑重地走向卡洛斯，把双手搭在后者的肩上。

"自从两年前，奥索里奥神父和我就想……"

他犹豫了一下，任由双臂顺着身体垂下来。

"请原谅我。或许改日再说吧。我们正在违背上命。"

奥索里奥神父特别喜欢研究各派宗教的历史，以及从科学角度对神话的阐释。他说，神学其实可以关注并接受这些结论。欧亨尼奥神父不太理解这一题材，于是走开了，留下他们两人独自在回廊里交谈。

散步许久，有点儿走累了，卡洛斯便在靠墙的石凳上坐了下来，望着花园。花园已面目全非，变成了种满卷心菜和土豆的菜园。奥索里奥神父则一直站在他身旁。

"为什么不种花呢？看起来跟这些石头很般配：爱神木、玫瑰，还有柏树。"

"修道院的经济状况不允许。"

"还有那座喷泉，为什么不出水呢？"

三条石头雕成的美人鱼，尾部连在一起，在干涸的池塘中相互对视着。

奥索里奥神父笑着耸了耸肩。

"喷泉流水的声音可能会打扰工作。不过，对祈祷来说倒是挺好的。"他带着一丝嘲讽补充道。

"可是，这些美人鱼的胸部如此丰满，没准儿会扰乱心神的安宁。"

"那就是每个人自己的事儿了。"

卡洛斯突然问道："您相信天意吗，神父？"

"当然了。"

"那您理解它吗？"

"不理解。"

"但是，您承认那种我们称之为运数的东西，不经过上帝之手，也会付诸实施吗？"

"您为什么这样问呢？"

"按照我不久前的想法，我回到这座镇子是因为某件具体的事儿，其中的心理原因我可以很容易地解释，大概只要简单地内省一下就可以了。然而，同一时间发生的另一件事，也是我后来才知道的，却让我怀疑理性的解释是说不通的。"

"不过，还是应该尽量彻底地剖析下去。"

"您就权当已经这样做了。"

"即便是这样，寻找非凡的理由也是很冒险的。"

"为什么您不说是超自然的理由呢？"

"我还不能这样说。"

"您想听我讲一个故事吗？您别误会，这不是一种忏悔。"

"您说吧。"

卡洛斯细致入微地讲述了他归来的原因，还有他父亲去世的时间与境况令他陷入的精神冲突。

"现在我的感觉是，我来这里是为了某种自身以外的东西，尽管我也说不上来究竟是什么。我觉得自己像是被什么东西引领着。我决定留在伯爵新镇，不是遵从某种主动意愿的行为，而是接受了一种既定的安排，而意志的缺乏使我不知道，或者说，不能拒绝。这不是自由意志的结果，仅仅是因为别无选择而留下来。然而，我预感到这一切具有某种意义，也许是某种目的。我留下来，任凭自己陷入一种事先没有预料到的局面，本来是完全可以逃避的，可我想，如果逃走，就会背叛什么人，虽然直到不久以前这对我来说还不重要。而且，从几天前开始，我有一种好像置身于一块电影银幕之中的感觉，里面每一分钟都会出现意想不到的人，这些人理论上跟我全然无关，可是在我到来之前，在我认识他们，甚至设想他们存在之前，就因为某种希望或者意愿，和我关联到一起。甚至镇上的那个疯子，看起来也跟我有关系！就好像是，突然之间，我成了许多殷切盼望我的男人和女人之间的枢纽。可是，这些人的生活，似乎并没有因为我的到来以及相识而有所改变。这是因为什么，又是为了什么呢？大家跟我讲了他们自己的事情，我都前所未闻，而且和我也毫不相干。"

"您怎么知道呢？"

"直到现在，所有人做的无非都跟您一样：说话。"

"您觉得这还不够吗？欧亨尼奥神父和我一直盼望着这个：跟您说话。"

"您承认你们也盼着我来？"

"当然了，从很久以前就盼着。欧亨尼奥神父常说：'要是卡洛斯·德萨回来……'有一天，终于得知您要回来了。"

"你们这样盼着我，是为什么呢？"

奥索里奥神父没有回答。他的目光从土豆地里移开，停在了喷泉处。

"请您告诉我。"

"说话是一种解脱方式，这一点您是知道的。对您来说，由于职业的缘故，您善于理解人们和他们的情感。对许多行为，您都有相应的名称和解释；而对我们来说，都只是罪孽而已。"

"可是，直到现在……"

"直到现在，我们两个人谁也没有试图解脱自己。"

他垂下眼睑，马上又补充道："这种企图，恐怕就是罪孽。"

奥索里奥神父突然忧伤地转过身来，面向卡洛斯，用力抓住他的双臂。

"可是，沉默同样也是罪孽。我们远离了圣徒精神，是因为我们没有去做某件事，甚至没有能够理解它。两年来，我们日日夜夜，不管是单独一人还是在一起，始终犹豫不决。许多次，在早祷之后，欧亨尼奥神父和我相互寻找，藏起来，偷偷谈话；我们互相发问或是询问上帝，求他给我们一个解释，给我们一种清晰的指引。我们诠释各种无关紧要的小事，苦苦祈求得到某种启示来证明我们的行为是正直的，或是截然相反。"

"但是，为什么要这样呢？"

"因为，我们也不理解天意；因为，我们自问，为什么有些让我们觉得是违逆上帝的事，上帝却促使它发生了；因为，突然间，我们发现自己陷入了一种令人困惑的局面之中。"

召唤唱诗的钟声敲响了。奥索里奥神父身体一颤，随即又止住了战栗。

"神父，您必须走吗？"

"不。今天不用。"他补充道，"因为要陪伴您，我被默许可以不参加集体祷告。只要您在这里，就可以通融。"

回廊里传来一阵急促的脚步声。两列修士从一扇门内走出，教士服上面套着一件棕褐色的披巾。他们沉默着缓步走向教堂，最后一位是单独一个人，正是欧亨尼奥神父。他经过时，微笑着看了两人一眼。

"我挺想听听你们唱诗的。"卡洛斯说。

"为什么呢？"

"你们唱诗很好听。"

"过去的时候，在这所修道院里，唱诗确实很好听：那是一个生机勃勃的教团真正的祈祷。而且，那时候，回廊里还种着玫瑰花。现在，不值得您去听了，会让您厌烦的，对我来说也是一样。您来我房间吧，在那里我们什么也听不到。"

他抓着卡洛斯的手臂，像是在拽他。卡洛斯从石凳上起来，跟着他走。

奥索里奥神父的房间朝向大海，屋里很宽敞，显得空荡荡的：一张铁床上面铺着一条蓝色条纹的旧毯子，一只洗手盆，一个书架上放着不少书，还有一张桌子，上面堆着许多纸张。纸堆中间，有一座苗条的白色圣母像，几乎被书籍和纸张遮挡了起来。还有一盏陶灯，卡洛斯拿起来，看了看。

"很漂亮。"

灯的把手上，一些凸出的希腊文词语被涂成了红白二色。

"这是什么意思？"

"Phos zoe：光与生命。'我是世界的光。跟从我的，就不在黑暗里走，必要得着生命的光。'[1]"

"您来这所修道院，不就是要寻找光与生命吗？"奥索里奥神父突然激愤地说，看起来像是无缘无故地发作。然后，他又用戏剧般阴郁的声音补充道："然而，它们在这里都被藏匿了起来，被束之高阁。"

卡洛斯手里拿着那盏灯，站在那里，有点儿被这突如其来的激情所震慑，不敢看他。

"要是愿意听我说说，您就请坐。您坐这张桌子后面吧，用我的椅子。您可以认为，我也是意外闯入您生活中的一位不速之客。我把

---

① 出自《圣经·约翰福音》8：12。

您当作医生，向您咨询一下。我想问问您，院长他是不是疯了？"

"我一点儿也没有这样的感觉。噢，恰恰相反！我觉得他太过理智精明了。"

"您等我说完，再下结论，不过，您可有义务要跟我说真话啊。如果富尔亨西奥神父真的有病，我可以写一封信，请求派一位督察来一趟修道院，听听我们的心声。这个教团随时都可能解散。要知道，也许您的诊断关系到我们之中的一些人，甚至所有人能否得到拯救。"

他攥紧双拳，握在胸口处。

"比如说，我的拯救。"

"您认为我可以，坦白诚实地，根据您所对我说的……"

"我想，其实只要有一些迹象，我就可以做出决定。"

卡洛斯坐在椅子上，双手抚摩着陶灯光滑的表面。他向奥索里奥神父微笑了一下，并做出一个同意的表情。

"谢谢。"奥索里奥神父回答道。

他用目光找寻着，然而并没有别的座椅。他犹豫了一下，向后退了几步，把身子靠在墙上。

"我不知道雨果神父从前在俗世上是什么人，只知道他很晚才成为修士。他大概经历过许多巨大的苦难：他脸上刻满了往昔的痛苦，那些痛苦都已被战胜和克服了。当我认识他的时候，他的内心已得到了安宁。"

他朝着卡洛斯，向前迈了一步。

"我听一位年长的、如今已经去世的修士说过，三十年前当他们来到这座修道院时，雨果神父亲自参与了修复工作。他和其他修士们一起干泥瓦匠的活儿。因为身体虚弱，行动不便，他干不了重活儿，就搬运一些比较轻的材料，搅拌泥浆或者石灰，口中不停地哼唱着赞美诗。他为人谦和，从来都是这样，直到去世，谦逊而又睿智。他具有智慧的禀赋，目光能直达人心，他的话语能给灵魂带来安宁。当我还是少年的时候，整天为自己的罪孽（您知道，一个被禁锢在修道院里的青春期少年所犯下的那些罪孽）而惶惶不安。他常常把我叫到他的身边，劝慰我。他没有因为我犯下罪孽而拒我于门外，也没有用下地狱那种永恒的惩罚来恫吓我，而是许诺我可以通过经历痛苦、不洁和悔过，抵达圣父的天国。我来到修道院，跟许多人一样，只是为了生计。是他在我心中唤起对信仰的渴望，耐心地、一天天地滋养它，让它不断成长，而且没有关闭我通向自由的任何一扇大门。请原谅我，不过我曾经真的以为，他选中了我，或许正是因为我是所有人当中犯下罪孽最多的一个，也是最怯懦的一个。他净化了我的灵魂。您不知道，当我度过了入教考验期那一年后，是多么的兴奋！那是教士受职礼之前可怕的一年，总是充满了各种令人苦恼的动摇。你会想到，当教士也许是个错误；又会想到，如果放弃神职，等待我们的会是什么样的生活，在世上毫无用处，没有营生……我很久之前就已经决定了，于是高高兴兴地当上了教士，感到自己被上帝所占据，连血液中也充满了神。接受神职后的四年中，我是在德国度过的，品行可谓完美无瑕。倘若上帝那时候就夺去我的生命，此刻我必定与神同在。但是，我既不希望，也没想过死去，因为我相信有一项使命在等待自己去完成。"

他开始踱步，仿佛这些回忆令他不安。他沉默着一直走到门口，又转身回来。

"那天，您听见院长富尔亨西奥神父抱怨我们的贫穷状况。跟随雨果神父的时候，我们更加贫寒，却毫不介意。现在的院长为两位身处考验期的修士患上肺结核而感到忧虑。我们当初并不害怕死亡，甚至高兴地盼望它的到来。我亲眼看见一位同伴微笑着逝去，临终时还想和我们一起唱葬礼颂歌呢。他病倒后，卧床了一年，呕吐不止却从不抱怨。雨果神父每天下午都陪伴在他身边，跟他说话。这是在激励他的圣徒精神，您明白吗？"

奥索里奥神父微笑着，站在卡洛斯面前，看着他。

"您大概会想，那位去世的同伴是被迷惑了。"

"您为什么这样说呢？"

"这是从科学角度作出的解释。没什么。现在的院长更愿意把病人送到疗养院去。您能想象吗？他们会孤独地在某间病房里死去，远离自己的教友兄弟们！"

"我想在那里他们也有可能治好。"

"那不是我们应该在意的。我们已经接受了死亡，无论何种方式。"

"如果富尔亨西奥神父觉得自己没有能力来迷惑他们，或者像您所说的，激励他们的圣徒精神呢？如果他担心他们会绝望地死去呢？难道争取治愈他们不是更好吗？"

"有可能是这样的。不过，这种情况下，如果他没有能力来履行义务，为什么当初希望大家推选他当院长呢？因为在他的人生中，一直怀有的秘密野心就是要当上修道院院长，为的是毁掉雨果神父的事业中在他看来不对的东西。不过，这是另一个问题了。"

他再次踱起步子。站在窗口处，背对着光亮，他说："雨果神父送我去德国的一所大学进修神学。他希望欧亨尼奥神父成为一所教士画院的老师，同样也想让我成为一名学识渊博的神学教师。在那段漫长的时光里，他每个星期天都给我写信，长长的文字表面上是在评论一周中的礼拜仪式，实际上都是充满了神秘主义与神学智慧的尺牍。就像是他能预感到我的学业内容一样，他总是恰到好处地点拨一下，以便我更好地理解，把学到的东西消化成自己的一部分，简直是在往我的血液里注入他的智慧。您要知道，那不是一种世俗的智慧，而是上帝的话语。"

卡洛斯不再观赏那盏小灯，他的注意力被奥索里奥神父那种无声的凄楚所吸引。神父的语音有些震颤，手指也在微微抽搐，不过这股激情还是被表面的克制所平抑，表情的扭曲也刹那即逝，宛若一阵狂风顷刻间被强压下去，又像是眼神中倏然消逝的一道光芒，仿佛是某种愁苦瞬间绽放而又随即收敛，深深地被束缚在内心之中。

"您和欧亨尼奥神父先前所指的就是那些信吧？"

"是的。雨果神父把信寄到……我栖身的那所修道院。您也许听人提起过它的名字，那是一家向所有人开放的智慧中心，不仅面向教士，也不仅面向天主教徒。中心的主管是一位精神强大的智者。他每个星期都召唤我：'您有一封雨果神父的来信。'有一回，他问我是不是保存着那些信，我回答说是。'请您把所有的信都拿给我，我想读一下。'于是，我把信交给了他。几天后，他再次召唤我，跟他一起的还有两位教士和一位世俗修士。'您知道吗，'他对我说，'您拥有了当今时代最大的精神宝藏．'我不知道该如何回答他。'我们五十年来所做的一切以及更多的业绩，都被一所偏僻修道院里的一位无名神父所超越了。'世俗修士问我是不是读懂了那些信，我回答说是，或者至少自己觉得是。'您给我们讲讲他是个什么样的人，跟我们说说吧。'我讲得颇有感染力，好像是雨果神父让我话如泉涌。主管把信交还给我。'您有义务保管好这些信，不得遗失。'从那以后，每个星期当他交给我新的来信时，都把我留下来，询问一番。我感觉就像考试一样，似乎他需要通过我的回答，来印证那些信件对我精神上的影响。一天，他对我说：'教会保守着上帝的真理，完整无缺的真理。我们可以接近它、认识它、学习它，可是我们常常忘记了如何去体验它。仿佛每个世纪，这种真理都需要用超越我们智力的全新话语来解释给大家，或许因为每个世纪，我们都需要以生动的方式和崭新的词语来感受上帝的启示吧。圣贝尼托、圣贝尔纳多、圣方济各、圣伊格纳西奥，还有其他许多人，他们都为上帝的话语赋予了各自时代所需要的引人入胜的腔调。在这些信里，就蕴藏着当今世界所需要的那种理解宗教生活的方式，有了它，世界会被震撼，也会重新回归教会。有必要让人们都了解这些信件。'几个月之后，雨果神父在他最优美的一封信里告诉我，他将不久于人世。那封信被读给我们所有人听，不光是神父和教士们，还有来到修道院的外人。那时我们已经读过海德格尔①，而且被深深吸引。雨果神父的信，看似是关于逝者祭奠仪式的评论，实则是从基督教立场对海德格尔哲学的一种答复，针对'向死而生'，他感人至深地阐述了'向生而生'。雨果神父去世后，主管对我说：'从这一刻起，您唯一的任务就是整理这些信函，以便出版。''这需要修道院新任院长的批准。''当然了，不过您可以放心。等您的工作结束后，应该把稿件寄给罗马教廷。'我充满热情地工作起来，每天都有新的发现：一层新的含义，一点对教义新的体会，一个新的满载着生命与真理的词语。我们已经商量好了书的标题：《我主归来》。因为这一学说的出发点正是，对于每个人而言，在每一个时刻，以及对教会而言，在所有的时刻，基督都会

---

① 马丁·海德格尔（Martin Heidegger，1889—1976），德国著名哲学家。"向死而生"是海德格尔的名言之一。

再次降临。这种灵魂中的神圣行为，从它存在开始，通过七件圣事①和祈祷得以践行。我的工作是找出每封信的理据，收集文本，阐述部分论点，澄清另一些观点。我确信，做这些工作的时候，雨果神父似乎已经进驻我心中，通过我讲出那些充满理智的话来。直到有一天，我出乎意料地收到了富尔亨西奥神父的命令，要我离开德国，回到修道院。作为解释，他说修道院需要我回来。从某种意义上说，这一命令是正常的，尽管我不这么认为，但还是被告知：'您来这里是要进修四年，现在已经超过好几个月了。'不过，出发之前，我整理的文稿已经被审阅过，有些地方做了修改，我还被指导过如何完成这部作品，以及之后应该做什么。我心情忧郁地离开了，不过却充满了希望：我的口袋中装着一封写给富尔亨西奥神父的信，事先读给我听过。'无论奥索里奥神父的职责是什么，我们认为最要紧的是，他首先应该完成从这里带回去的任务，这项工作已经有了很大的进展。'信中还有一段，强调了雨果神父写给我的信有多么重要：'我们坚信，尽管看上去这些是写给一位神父的信件，其实它们真正的收件人是整个基督教世界。'我那时相信是这样的，现在依然如此。"

奥索里奥神父又停顿了一下，似乎有些累了。他用脚把一张小矮凳移到桌子旁边，坐了下来。他用双手捂住脸，沉默了一会儿。

"您对我所说的感兴趣吗？"他突然问道。

"当然了。请您继续讲下去。"

"有时候，我在想是不是把这件事看得太重了，就像是把一个小水坑当成了汪洋大海，甚至有时我会对最热爱和尊敬的人失去信念。雨果神父的信会不会只是些关于礼拜仪式的寻常评述？而德国修

---

① 天主教七项圣事主要包括：圣洗、坚振、告解、圣体、终傅、神品和婚配。

道院院长所表现出的全部热忱，会不会也只是一出小小的闹剧，乃至一个巨大的谬误呢？亲爱的朋友啊，您看，要想得出这种结论，我必须得把雨果神父想象成一个傻瓜，把我四年间聆听其深刻话语、接受其精神指导的人当作一个蠢货。我这样想合乎情理吗？可是，这就是自从我回到这所修道院后，一直被要求做的事儿。当然，不是明着说出来的。我被允许说，他们一位是圣徒，另一位是非常聪明的人，可是雨果神父的信件并不被看重，而我最好是被指派翻译德语，而不是完成我人生的重要工作。请不要误解，我并非拒绝用自己日常的工作来维持修道院的收入，哪怕是无聊的翻译活儿。我不在乎。我同样不在乎那些唱诗班学员们像背诵课文一样来学习神学，虽然原先是要派我当他们的老师。我承认，如果院长认为我还太年轻，他有权推迟这一任命。可是，为什么我刚一回来，他就把雨果神父的信件都夺走了呢？”

卡洛斯做出了一个惊讶的表情。

“的确如此，他从我这里夺走了。就在我回来的当天下午，连旅途的风尘还没有洗净。在院长室里，他坐着，我站着。他读了我带来的那封信，笑了笑。‘我看看那些信，小伙子。’我把信件交给了他，激动得直颤抖。他翻看着，我期待着他的批准，还有类似鼓励我继续工作之类的话。然而，这一切都没有发生。他草草看过，不停地微笑。‘这个雨果神父啊！’他说了两三遍，之后说道，‘好吧，我会慢慢看这些信的，然后咱们再说。’他指定给我一个房间，我便开始了与普通教士无异的教团生活。一切都变得不一样了！我很快注意到，许多重要的东西已经改变或者消失了。雨果神父当初年复一年、日复一日开创的精神生活，正在日益凋敝。在修道院里，大家除了想努力工作来摆脱贫困，别的什么也不想。我是在陪欧亨尼奥神父去他画室的那天发现的。'神父，您画的都是些什么啊？'我惊讶地问他。因为我还记得在雨果神父治理下他画的那些作品，尽管那时还不甚理解。在德国的几年，使我对宗教艺术颇有些心得，已经有能力理解他当初努力追求的境界了。而现在，我面前的是一些面孔傻乎乎的圣母、俗不可耐的小天使，还有甜腻而滑稽的圣徒。欧亨尼奥神父回答我说：'每画一幅这样的画，巴塞罗那的一家商行就付给修道院五百比塞塔。我每个月能画四张，有时候五张。''可是，这里究竟发生了什么啊？'欧亨尼奥神父耸了耸肩，继续作画。等过了好一阵子，他才敢跟我推心置腹地讲话。不过，那时候我已经知道该怎么适应了。每当我想要讨回那些信件时，院长总是用一种逃避的态度来回应我。而且，我发现，他毫不留情地企图把关于雨果神父的一切记忆都抹掉，甚至连他安葬的地方！因为，有一天，我想知道雨果神父葬在何处，好去为他祈祷，但大家谁都不告诉我。我问了富尔亨西奥神父，他说，按照雨果神父明确的意愿，他的墓地上没有立碑。不过，我注意到，当教士们走过回廊时，总是避免踩到一些石砖。我心中暗想，雨果神父应该埋葬在那里。于是，从那一天起，每个早上，如果有花，我就在那里放上一朵，不然就放一根带叶子的小树枝。当院长察觉后，就命令将花园铲除，改种土豆和洋葱了。"

他短促而尖声地笑了笑。

"花园里有一株柏树，年头儿跟这所修道院一样久远。我总是从柏树上折取树枝，他也命人把树砍掉了。说真的，树干倒是卖了不少钱。所幸的是，那些青铜的美人鱼不会被当作对任何人的纪念。否则，他恐怕也会叫人拆掉喷泉。"

奥索里奥神父从矮凳上站起来，再次走向窗口，在那里停了好一会儿，默默地看着外面。卡洛斯一边等待，一边用手指敲着桌面。

"到目前为止，"他说，"没有任何疯狂的迹象。"

奥索里奥神父猛地回过身来，几乎有些激动。

"他在迫害对雨果神父的记忆！他企图把它们统统抹去！他希望它们压根儿就不存在！"

他跑到桌边，半弓着身子，双手急切地比画着。

"每个礼拜天，院长都跟我们谈话。他的讲话亦步亦趋地模仿着雨果神父写的信，但所说的完全相反。院长忠实于规章文字，确实如此！他是个严格执行规章的人，可是他对虔诚的理解方式和我们迥然不同。他主张的是耶稣会教义、圣方济各派教义，诸如此类，但是没有升华，没有感召力，仿佛上帝的话语只是一部不可动摇的法典。甚至还不如这个，只是一套道德规范，与其他各种道德规范唯一不同之处就是出自上帝之口。所有的宗教虔诚在他那里都消散殆尽。上帝啊！别的教士没有察觉出来，可我却每天都眼瞅着他利用每个字眼，企图把我们中间尚存的那点儿雨果神父的精神彻底铲除。"

他朝着卡洛斯，伸出摊开的双手。

"您怎么看呢？"

"依照您的话来推测，神父，他的问题可以称为罪孽，但不能叫作病症。我很遗憾。"

奥索里奥神父双臂垂落下来，神态沮丧。

"我不理解。"

他提高了嗓音，直到激动的程度。

"我不理解！两年来，我的头脑饱受折磨！这没有意义。那些信……上帝怎么可能允许……您不明白吗？如果那些信能够出版的话，这座修道院的生存和延续就有了保障！我们甚至可以变得富有，这不正是院长想要的吗！不过，他想要用别的方式来实现。如此一来，上帝一定知道我们会继续沉沦下去，我们这所修道院重建者的美好梦想，就只能变成一种回忆了。到时候，当这里都垮掉以后，我们会怎么样呢？"

他突然身子僵直，目光死死盯住卡洛斯的双眼。

"您是基督教徒吗？"

卡洛斯耸了一下肩膀。

"我不知道。"

"这不是回答。一个人要么信奉上帝，要么与之对立。"

"还有无所谓和犹豫不决的态度。我更多的是犹豫不决。我曾经是信徒，后来放弃了信仰，也许从来也没有真正放弃，又或许信仰在我心中某处依然存在。不过，即使是这样，对我的生活也影响甚微。"

"如果您读了雨果神父的信，您会相信的。您之前跟我说，有时候感到被什么东西引导着。可以肯定的是，您来到这里，而这里有您得到拯救的办法。我本来应该拿给您看，但我不能。如果您到院长那里，对他说'也许在那些信里，有我得到拯救的办法'，院长可能会笑一笑，跟您说不要太夸张，至多让您读一下《致一位对宗教持怀疑态度者的信》①。院长不会理解，对您来说，上帝同样已经降临了，应该帮助您认识到这一点。"

卡洛斯从桌边站起来，走近奥索里奥神父，两人面对面地站着。

"或许关于我的事情，您有些夸大了。我不认为上帝已经降临了。但是，如果他已经降临了，既然您了解雨果神父的学说，为什么不给我讲讲呢？"

"我做不到。"

---

① 西班牙哲学家与神学家巴尔梅斯（Jaime Balmes，1810—1848）的作品。

"他们不允许您？"

"不，是我已经忘记了。要不就是魔鬼用海绵擦拭过我的灵魂，抹去了所有能慰藉我的东西。"

"还有福音书在啊。这是我所能想到的。"

"我已经不理解它了。我的心中有一片巨大的黑暗。"

卡洛斯把陶灯放在了一个明显的位置。奥索里奥神父爱怜地把它拿起来，仿佛拿着一朵花，温柔地笑了笑。

"光与生命。您不知道，这些年来，这盏不起眼的陶灯对我意味着什么。它是一切的象征。现在它对我来说，就像一个不再爱恋的人记忆中的玫瑰。您拿去吧，我把它送给您了。"

他把灯递给了卡洛斯。

午餐后，玛丽亚娜女士休息的时候，卡洛斯待在自己的房间里。

之前他们谈到，卡洛斯有必要找个女佣。他拒绝了，借口说自己想要清静些，有个女人在家里会打扰他。不过，玛丽亚娜女士并没有被说服。

"至少也要找个临时的助手。我负责解决这事儿吧。"

几天前，也许就是当天，她曾经这样说过。当时卡洛斯并没有感到不快，但现在他再次感到自己被操纵，尽管不是某种天意的力量，而仅仅是玛丽亚娜女士的意愿。卡洛斯承认她说得有道理，内心却有什么在反抗。

桌上放着那盏小灯，那是奥索里奥神父的礼物。他把灯放在一只手的掌心，愉快地欣赏着：灯身修长，仿佛是女性的线条。他用火柴点燃了灯芯，火苗发出柔和的蓝光。

光，生命。

"它会不会是个护身符？"

卡洛斯笑着把灯放在桌上。不过，这盏灯被施以魔法的想法让他觉得很有意思。被施了魔法？这个说法不恰当，应该说受过祝福。不管怎样，它自身带有一种特殊的力量，就像卡洛斯从前在脖子上戴着的圣牌。小时候是因为相信，后来便习惯成自然了，直到有一次萨拉把它拽了下来。萨拉同样称它为护身符。不过，两者之间是有区别的。当他相信圣牌的效用时，他感到被这件东西所保护，有时会有些难为情。可是，这盏灯不代表着保护，而是具有另一种能力的物品，也可能是同样的能力，但以不同的方式被运用——他笑着想到——就像是在他生命中钉入的一个楔子，或者是一条通向超自然领域的缝隙，又或者是他灵魂外壳的一道裂缝，从那里不断渗出他无意识中所有未被管束和无法管束的东西。

那种被操纵的短暂感觉，也是从他的无意识里冒出来的，而且是在欣赏那盏陶灯以前。在此之前，还有玛丽亚娜女士企图——当然是很有礼貌地——干预他的生活、用自己的方式来引导他的做法。玛丽亚娜女士是无神论者。为什么那么多如此不同的因素会聚集到同一现象里呢？那盏小灯的魔力和玛丽亚娜女士的操纵意愿，会把他引向同一目的？

他又笑了。

"我正在写一部精彩的小说。"他大声说道。

突然，卡洛斯走出房间，跑下了楼，乘上马车。他赶着那匹瘦马，马鞭的声音在耳畔噼啪作响。马车出发了，驶向公路。

他没有去想自己在做什么。他感到被什么驱使着，强劲地推动着，但这回是另一股力量，一股新的力量，好像是出于他自己的意愿。这股力量突然爆发，骤然变成带着嘲弄的狂怒，把他推向无论是玛丽亚娜女士还是任何天意的力量都不情愿的去处。

卡洛斯来到了罗莎莉奥家门前。屋门的下半截关着。他跳下马车，跃过栅门，跑着进来。

"罗莎莉奥！"

他这样呼喊，大概有些过分了。他本该不紧不慢地走来，就像正在散步时，想起某件不重要的事。

罗莎莉奥正在厨房里，坐在矮凳上，身边放着一篮子玉米穗，她把剥下的玉米粒放在裙兜里。这时，她抬起了双眼。

"先生！"

她母亲在远处的炉灶旁，又惊讶又不高兴地看着卡洛斯。罗莎莉奥刚要站起来，她母亲抢在前面，按住她的肩膀，一瘸一拐地走到门口。

"我丈夫跟您说过，让你别来我家。"

卡洛斯还在外面，靠着半截门站着。没人请他进来。

"我得跟罗莎莉奥谈谈。"

"罗莎莉奥是有爹娘的。"

"那我就跟她父母谈。"

"您等等。"

她探出身子，喊了一嗓子，招呼丈夫来。接着，又急切地重复了一遍。罗莎莉奥的父亲从稻草垛后面露出身子，跑着过来，但他是从马厩的门进来的，也没有摘下头上的贝雷帽。卡洛斯依然站在外面。

"先生要跟你说话。"

"我跟先生说过了，不用来这里。要是有什么事儿，只要让人传个话……"

"是跟罗莎莉奥有关的。"

"先生有什么事儿？"

卡洛斯没有回答。他掏出烟，让了一下，沉默着，直到把烟卷点燃。罗莎莉奥的母亲向后退了一步，但仍在等待。

"先生您说。"

"我打算留在镇上，住在我家里。我需要一个人来负责……"

"一个女佣？"罗莎莉奥的母亲突然插话进来，像是受了侮辱。

"不，不是女佣。我需要一位女管家。女佣，会另找的。"

罗莎莉奥没有再看他。她静静地剥着玉米粒，手指丝毫没有颤抖。

"我想，也许罗莎莉奥……总之，如果你们愿意的话。我当然会付给她薪水，不会讨价还价。"

"先生，您不知道罗莎莉奥是裁缝吗？"

"知道。"

"罗莎莉奥不需要去服侍别人。我们家里没人当过用人。"

"哪怕是曾经当过，"她母亲补充道，"就算她爹和哥哥们养不了她，罗莎莉奥也有双好手，能养活自己。现在，感谢上帝，我们挣着造船厂的工资。"

"我想知道，她是怎么想的。"卡洛斯大胆地说。

"她没什么可说的。她在爹娘的家里，听话就是了。"

卡洛斯从罗莎莉奥父亲的肩膀上方看着她。她仍然在剥玉米粒，头微微低下，手指动作很快。

"听话就是了。"她母亲重复道。

卡洛斯有些不知所措。他不晓得应该怎样离开，同时，又必须这样做。罗莎莉奥的父母不再说话，只是在等待。老太太的眼睛里闪烁着骄傲的火花。

上帝啊，如果玛丽亚娜女士看到这一幕，她会怎么说呢！可是卡洛斯觉得自己无法用侮辱或者轻蔑的态度来回应他们。他只是耸了耸肩，把烟蒂丢在地上。

"好吧。我会找个合适的人。"

他用手指比画了一下，示意告辞。

"祝您顺利。"老太太回答道。

罗莎莉奥的父亲甚至连这话也没说。

卡洛斯离开了，上了马车后他没有回身。然而，他能感到背后"美男子"大叔那尖锐而不怀好意的目光，还有他老婆胜利后的扬扬得意。

他想，自己犯了个错误。当天晚上，恐怕卡耶塔诺就会得知，然后第二天，会在俱乐部里讲起此事，引得众人哄堂大笑。而他们两人再度相遇时，卡耶塔诺一定会当面讥讽他，甚至会故意来找他，嘲笑一番。

卡洛斯驾着马车驶向祖宅。他需要在那里躲避一下，直到沉重的心情得以好转，直到重新找回自信，能够在玛丽亚娜女士面前佯装无事，而后者没准儿也会嘲笑他呢。

天气很冷。从溺湾一带吹来阵阵阴冷的寒风。

"天气要变了。"他想。

# 十一

　　"药剂师家的女佣来了，带来了这个。""母驴"边说边递给卡洛斯一个信封，上面写着他的名字，字迹有些矫揉造作。

　　信封里是一张又窄又长的卡片，四边带有饰线，用烫金印刷的字体写着：露西娅·阿布拉尔德斯·德·皮涅罗敬请卡洛斯，今日下午若无其他应酬，可光临寒舍与本人和几位女友共进下午茶，大约五时左右。

　　卡洛斯征求过玛丽亚娜女士的意见后，写下几个字表示接受邀请。

　　离赴约还有两个多小时。卡洛斯弹了一会儿钢琴：从玛丽亚娜女士最喜欢的华尔兹舞曲，不经意地过渡到一些比较难的旋律，自己也感到弹得越来越差。

　　"我听起来倒是觉得挺好。"老太太说。

　　四点过后，又传来一个新口信，这回是药剂师本人的：他在下面等着卡洛斯，问是否愿意一同去散步。对巴尔多梅罗夫妇二人各怀鬼胎的举动，玛丽亚娜女士不禁揶揄了几句。卡洛斯临出门时，为这二人开脱了一番。

　　巴尔多梅罗神色惊慌地跟卡洛斯打过招呼，戏剧般地用力抓住他的胳膊，把他拽到街上。

　　"出了什么事儿？"

　　"我是来提醒您。"巴尔多梅罗神秘兮兮地回答道，"您要去我家？"

"我刚刚接受了您夫人的邀请。"

"您可一定要留神。这是个陷阱。露西娅想让您娶她的某一位教友。我说不出具体是哪一个，不过可以肯定的是，她已经从她们中间为您挑选了一位。"

狂风肆虐，简直要把人的身子推向墙壁，可药剂师似乎没有察觉。他站在街道中央，愁眉苦脸地看着卡洛斯。

"您一定要记住我的话，小心为上。这可关系到您的自由。"

"我倒不觉得像您说的那样是个陷阱……"

"卡洛斯，您看：您是个单身汉，虽然有传言说您是不是喜欢哪个姑娘，实际上，至今您并没有什么风流韵事。这种局面比较糟糕，没有什么比引诱一位单纯的男人上钩更容易的了。我自己就深有体会啊！眼前走过一个女孩子，长着漂亮的双腿、松仁般的小嘴，还有纯真的眼神，您顿时就像红雀一样落网了。掉进去以后，可就没救了。"

卡洛斯回答说，会谨慎行事的。

"不光是今天下午要小心谨慎，您一定要知道，一旦我老婆动了这个念头，您就被她们盯上了。您可不晓得，这种小镇上大家会耍多少花招。首先，人们会暗示您哪个女人长得好看，母亲也很有钱；接着，大家就默认您喜欢这姑娘了；然后，她就会缠上您，这样下去，不知不觉有一天您就成了正式的未婚夫了。这样一来，您就没救了，因为您要是甩了她，就别想踏实过日子了。"

"我很难想象，自己在谁眼中是块好料。"

"您真是太天真了！姓德萨，还有带角楼的祖宅，您觉得这还不够吗？"

"您别忘了，我以前待过的地方，是不讲究这些的。"

"您现在来到的地方，还是蛮讲究这些的。况且，您并不是穷人，而是个没有打理好产业的富翁。那些跟我老婆一起去修道院听弥撒的女教友们，虽然整天尽说些日课经、格里高利圣咏①和别的什么琐碎东西，可无论哪个嫁给了您，肯定会把庄园管理得一分钱都不漏。"

"要是这样的话，我倒开始觉得结婚挺值的了。"

巴尔多梅罗又一次停住了脚步。

"您可别这么乱说。无论怎样，您千万不要结婚。"

他突然用手画了个十字。

"要是我说了离经叛道的话，求上帝宽恕我。我知道婚姻是神圣的，教会也劝导人们通过结婚来防止淫欲。可是，您是了解我的，您知道这没能拯救我。"

"可这并不排除有可能拯救我。"

"您这么说是认真的？"

"完全是的。"

巴尔多梅罗把鸭舌帽往后推了推，一只手捂着前额，仿佛在擦汗。

"您一定要听我的劝告，我可是有经验的。婚姻，理论上是件大好事儿。实际上，无非是二者居一：或者我欺骗我老婆，这可是不小的罪孽；或者每回跟老婆睡觉时，总想着其他喜欢的女人，这也是罪孽。没有选择，既然都是罪孽，相比之下，单身时的奸情倒是更轻微些。而且……"

他又擦了擦汗。

---

① 又译"额我略圣咏"，是一种单声部、无伴奏的天主教会宗教音乐。

"而且，一旦结了婚，女人们令人兴奋的那一切，就只好统统放弃了。对待自己的老婆要保持尊重，如果她是那种矫揉造作的，就像我那位一样，您这辈子剩下的日子里，除了隔着睡衣摸摸她，就甭想干别的了。相反，单身的时候……"

他眼睛里闪烁出淫邪的光亮。

"您看，如果我还是单身，这会儿一定开一家让我独自享用的妓院。我要是有钱的话，就造一架当初罗马皇帝坐的那种车，让二十个放荡的女人拉着走。您想象一下，卡洛斯！我舒舒服服地坐着，女人们拉着车走，我用玫瑰做的鞭子抽打她们……"

他眼望天空，露出陶醉的表情，随即变成一脸苦相，发出一声哀叹。

"真是不得了！我稍微一不留神，就会犯下罪孽。卡洛斯，您有办法能让我摆脱这种执念吗？"

他陪着卡洛斯走到药房门前，但拒绝上楼。

"您看着办吧！无论如何也要把持住啊！我去俱乐部了。"


女佣把卡洛斯引到一间客厅兼餐厅的屋里，屋顶上垂下一盏装饰着绿色玻璃珠串和彩色棱片的吊灯。

露西娅立刻来到了房间里，她头发卷曲，脸上涂了粉，衣着很讲究，却抱歉说穿得太过寒酸了。作为回应，卡洛斯指了指自己磨旧了的衣服。

"哎呀！"她回答道，"男人们不讲究这个，尤其是像您这样有学问的人。"

她让卡洛斯坐到她身边的沙发上，并且感谢卡洛斯接受了她的邀请。

"我必须坦率地说，我有些为您感到担心。一位年轻的男士……可想而知……一个人孤单着可不好，况且，这镇子上有好多不正派的女人。像您这样的男士，需要认识像样的女人……"

她压低声音，贴近卡洛斯耳边说："我这里有两位闺密。您看……她们现在在厨房里，争着要做些蛋糕来招待您……她们俩，人又好，长得又好看。您这就能看见。"

过了一会儿，鲁拉·多瓦尔和胡莉娅·玛利尼奥进来了，两人身上都穿着盛装，显得彬彬有礼。她们的嘴唇上都涂了口红——大概是露西娅的建议——但显然不太懂得如何化妆。鲁拉是金黄色的头发，而胡莉娅是黑头发——像是特意选好的；鲁拉看人时目光温柔，胡莉娅则眼神热辣。她俩的身材同样都很结实，看来营养不错，身上穿的裙子，虽然很正经，却也把巴尔多梅罗描述的女性魅力体现得淋漓尽致。她们坐在扶手椅中，分别在沙发两侧，每当露西娅或卡洛斯跟她们讲话时，两人只是用单个字眼来简单回答。

"她们有点儿拘谨。想想看，当着您这样一位男士的面，见识过世界上各种各样的女人！"

卡洛斯见识过的女人其实颇为有限，不过他还是发挥了一下，仔细描述了一番，其中更多的是想象而非亲眼所见。鲁拉和胡莉娅，当感觉到没有被注视时，就兴致勃勃地仔细听着。

"还有巴黎？您也去过巴黎？唉，您可别跟我提巴黎！人们都说那里简直就是索多玛、蛾摩拉和巴比伦①的混合体。"

可卡洛斯还是说起了巴黎。

露西娅再次贴近他耳边，壮着胆子问道："在那里，恋人们真的

---

① 在《圣经》中，这几座城市都象征着罪恶。

当众亲吻吗？"

"我从来没留意过。"

"您做得对。有些事儿，还是不去注意为好。这世界真不成体统！哪天一定会天降烈火，把那些冒犯上帝的城市都统统烧掉。"

鲁拉和胡莉娅布置好餐桌，转身去取热巧克力和甜食。趁她们不在，露西娅夸奖起两人的美德："我的朋友啊，您一定要相信我，如果想找一个纯洁的女人，千万不要在那些被撒旦魔鬼统治的地方去找。真正称得上纯洁的女人，只有在西班牙才找得到。"

卡洛斯小心翼翼地提到了卡耶塔诺。

"您别跟我提那个魔鬼！他，还有像他一样的家伙们，想把不道德的事儿从国外带进来，可这在我们中间是行不通的，我敢跟您保证。您知道上帝说过：'阴间的门不能胜过它。'① 面对我们这些虔诚的灵魂，魔鬼是无能为力的。我真是费了好大的气力啊！不过，既然在自己的生活里找不到幸福，至少我还能凭借微薄之力来跟邪恶做斗争，这让我感到高兴，也算是一种补偿吧。"

她大胆地抓住卡洛斯的手，眼神像是在哀求："您帮帮我吧。这些女孩子中间，有一些受到了宗教的感召，我不担心她们；可是另一些，还没有听到上帝的召唤。她们都是活泼可爱的年轻人，自然也盼着有个丈夫……"

热巧克力很好喝，煎蛋饼、油条②、炸面包丁、杏仁酥、松糕和蛋糕，看上去都很诱人，可是太过丰富了，多得令人生畏。卡洛斯不得不每样都尝了尝，又再吃了一些，称赞味道可口。

---

① 出自《圣经·马太福音》16：18，原文是"我要在这磐石上建立我的教会，阴间的门不能胜过它"。

② 西班牙蘸热巧克力吃的油条（churro），中文另译作"吉事果"。

"这两个女孩子真是棒极了！她们的手巧得像修女一样！"

下午茶过后，两位姑娘唱了几首经文歌，因为世俗的歌曲她们不会，不过两人倒是很愉快地听卡洛斯唱了几曲。唱到一半时，露西娅突然咳嗽起来。她连忙跑到自己的房间，咳嗽的声音在整座房子里回响着。鲁丽塔[①]说："真可怜！"

胡莉娅也回应道："真可怜！"

她们不再吭声，卡洛斯则继续用中等音量唱下去，直到露西娅回来，她面颊上的粉饰也难以遮住脸色的苍白。

八点差一刻时，卡洛斯借口说阿尔丹在等他赴约。

"这个小伙子还不赖。"露西娅临别时说道，"可他有些误入歧途了，需要有人劝导一下。"

"也许您的某一位闺密可以，比如鲁丽塔。"

"上帝才能想出更好的主意！鲁丽塔还是找别人更好。不过，无论如何，胡安·阿尔丹令我很担心。看看，出身于尊贵的基督徒家庭，一旦染上恶习再加上不虔诚，会落到什么地步！"

她站在最后一阶楼梯上，仿佛要把阿尔丹家族四个世纪来的风风雨雨都历数一遍。为了尽快告辞脱身，卡洛斯向她们三人许诺，等自己在祖宅安顿下来以后，找个早上陪她们一起去修道院参加弥撒。

"再见，卡洛斯！"

她一直等到卡洛斯的脚步声在街道的石砖上响起，才回到客厅里，沉默地坐在两个姑娘中间。

"我们表现得好吗？"

"他喜欢我们吗？"

---

① 鲁丽塔（Rulita）是鲁拉（Rula）的昵称。

"他跟您说了什么？"

两人冒冒失失地发问，问题一个接一个地从两边抛过来。

"那你们俩呢？你们喜欢他吗？"

胡莉娅没有回答。鲁丽塔说道："要说长相，可真叫难看的。"

"那有什么重要的？他是个尊贵的人。"

胡莉娅这时候说道："他比卡耶塔诺长得好看。"

露西娅气急败坏地用脚跺着地毯。

"卡耶塔诺，卡耶塔诺！你们怎么又说起他来了！好像世界上就没有别的男人了。胡莉娅，你不该这么说。卡耶塔诺是不会娶你的。"

"卡洛斯也不会的。"

"你知道什么？"

"如果他娶了我，就不能娶鲁拉了。"

"这倒也是……"

"我们需要的是，每人都有一个年轻男人。"

"我不明白，"鲁拉说，"为什么我们都得结婚嫁人。如果是为了要孩子的话……"

"闭嘴！别说蠢话了。"

"我要说的是，我既不需要卡洛斯，也不需要别的男人。"

"你懂什么！"

露西娅眯起双眼，又突然变得温柔可亲，把手放到鲁拉的头上，抚摩起来。

"你太年轻了，孩子，魔鬼还没有盯上你。"

"您是说卡耶塔诺吗？"胡莉娅问道。

"我说的是魔鬼，它会抓挠我们的内脏，让我们把欲望的羞耻都挂在脸上……"

"什么欲望？"

露西娅指了指她的酒杯，里面盛满了雪莉酒。胡莉娅走过来，问道："您觉得不舒服？"

"不是。只是有点儿口渴而已。"

她喝了一口。

"你们注意过克拉拉吗？阿尔丹家的。你们见过她是怎么看男人的吗？你们不觉得奇怪吗？为什么她跟伊内斯——咱们的伊内斯——那么不一样？"

"因为伊内斯是个圣女！"胡莉娅插话道。

"因为伊内斯在上帝特别的眷顾下，能把魔鬼拒之于身外，可是只有很少的女人能享有这份恩典。魔鬼早晚会缠上咱们这些女人，会主宰咱们，于是需要有个男人来解救，我指的是丈夫。你们记得《圣经》里的《多俾亚传》吗？每个女人都像是撒辣①，需要被从身体内的烈焰中解救出来。而当我们没有找到拯救自己的人时，就会像克拉拉那样，脸上挂满了罪孽。你们一定要记住我举的例子：克拉拉。千万别变成像她那样的人，别像她那种做派……"

胡莉娅·玛利尼奥打断了她的话："可是我不愿意像伊内斯那样。伊内斯不会结婚嫁人，可我想有个丈夫。"

"莫非你已经被魔鬼附身了，孩子？"露西娅激动地抱住她，"我的小可怜！卡洛斯·德萨能把你从魔鬼的淫威中解救出来。卡洛斯·德萨会是个好丈夫，他性情文雅，家世也很好。"

"我不喜欢他。"胡莉娅重复道。

"你说什么傻话啊！我要是还年轻，没有嫁人，就像你这样……"

---

① 据《圣经·多俾亚传》中说，辣古耳的女儿撒辣，因为被恶魔阿斯摩太附身而失去了七任丈夫，后在天使拉斐尔的帮助下得到拯救，与多俾亚成婚。

"您当然会了，不过您是另一回事儿。"

"我是个不幸的女人，只想让你们得到幸福。我能说出什么人适合你们，因为我了解生活，还因为自从我来到这个镇上，已经见过好几个像你们一样的女孩子堕落了。咱们女人家，好像天生就注定要沉沦，幸亏现在上帝派圣乔治把我们从恶龙①手里拯救出来，派多俾亚来帮我们战胜阿斯摩太，派……"

胡莉娅·玛利尼奥把身子陷在扶手椅中，放声大笑起来，还不停地摇晃着双腿。

"对，对，露西娅夫人，这些都挺好。可是，那个没法嫁给卡洛斯的，又该怎么办呢？"

"还有卡耶塔诺呢。"鲁丽塔天真地说，"我听说过好多回，他就是魔鬼；也听您这么说过，露西娅夫人。"

雨又下了起来。一片灰色的暗云悬在溺湾上方，黑沉沉地压向家家户户的屋顶。"古巴佬"抱怨着一月份的好日子太短了。

"幸好没刮西南风。那些成对儿的拖网船，应该航行得很顺利。"

捕鱼船队的最后几条船都已经出发了，酒馆里几乎变得空荡荡的。偶尔来个老妇人，赊账买走半升葡萄酒。"古巴佬"在一个浸满油渍的账本上记了下来。

"都这会儿了，阿尔丹不会来了。他大概感冒还没好。"

卡尔米妮娅把卡洛斯等候时喝过的酒杯拿走了。

"就他家里那个样子，还是赶快把病养好吧。"

"我跟他说了，让他来这里。"

"他可不愿意欠别人的情。"

---

① 此处指西方文化中关于圣乔治屠杀恶龙的传说。

"我不是为了施人恩惠才这样做的。"

"不管您怎么看，爹，这就是施舍。"

"古巴佬"撇了一下嘴。

"你听我说过一千遍了，施舍是对接受者的侮辱。"

"是的，爹，我知道您尽说些傻话。"

卡尔米妮娅从后面的门走了出去。酒馆里只剩下了店主和卡洛斯。

"您要是愿意等的话……"

卡洛斯在那里待了一个钟头。他想跟"古巴佬"聊聊天，但对方因为腼腆总是回避。不过，"古巴佬"还是想留住他，似乎有他在，酒馆就会蓬荜生辉，虽然此刻这份光彩并没有任何见证者。

"我这是怕您等得无聊。其实，我倒是挺愿意您留在这儿的。这种鬼天气……"

"天已经晚了，我走了。"

卡洛斯站起来，往柜台上扔了一个比塞塔。"古巴佬"犹豫着收不收他的酒钱。最后，他还是找给了卡洛斯几个铜币。

"我知道，这里没人来，待着也没意思。您愿意的话，我叫人去阿尔丹家里问问他感冒怎么样了。"

"不了，今天就不用了。"

"那就明天吧。"

这时，酒馆朝街的门被人从外面推开了。进来一个年轻女人，打着一把男士用的伞，朝里面张望。

"不用了。这位……"

年轻女人走进来，收拢了雨伞。

"晚上好。"

她手里拿着一个白色的酒瓶走向柜台，看见卡洛斯，连忙把酒瓶收了回来。她愣在那里，像是不知所措，交替地看着卡洛斯和"古巴佬"。

　　"她是阿尔丹的妹妹。""古巴佬"说。

　　她带着勉强的微笑，走近卡洛斯，看上去有些不自然，同时又很高兴。她穿得很简朴：一件磨旧了的大衣，棉质的长袜，木底鞋。她个子高挑，身体很结实。

　　"卡洛斯，表哥卡洛斯。我是克拉拉。"

　　她向卡洛斯伸出一只手，粗糙而有力。

　　她跟伊内斯截然不同，却又十分相似，仿佛是两个同样的躯体，从内部被相互矛盾的激情塑造而成。她的双眼和嘴部都很迷人，嘴唇有点儿玩世不恭地向上翘着，那是一种苦涩的玩世不恭。她的眼睛很大，活泼有神，充满激情，跟伊内斯的一样。

　　"我来给胡安买点儿酒。他还在感冒，要喝加糖的热葡萄酒。"

　　她伸手把酒瓶放到柜台上。

　　"我很高兴见到你。我和伊内斯正打算明天去你家呢。你知道吧，我们去帮你收拾屋子。胡安跟我们说了，你准备住在那里。"

　　"古巴佬"往酒瓶里装满了酒。克拉拉给了他几个十分钱的硬币。

　　"你要是没什么事儿的话，就跟我一起走吧。"

　　"我正好要离开呢。"

　　"我得先去一趟鱼市。"

　　"没关系。"

　　"您知道鱼市上还有鱼吗？"克拉拉问"古巴佬"。

　　"总会打上来一些的。"

　　两人走出了酒馆。克拉拉把雨伞撑开。

"要是不介意的话，我抓着你的胳膊，这样咱们都不会淋湿。"

"当然可以。"

卡洛斯问起了阿尔丹。

"我没有去看他，是因为……"

"你不用跟我解释。他不愿意让任何人看见我们住在那个牲口圈里。说到底，他这样做是对的。"

在鱼市上，她买了几条便宜的鱼，用一片卷心菜的叶子和一张湿纸把它们包起来。卖鱼的女人瞅着卡洛斯。这会儿，鱼市里空荡荡的，被仅有的一只旧灯泡照亮着。在一个角落里，两个女人高声争吵着。

"明天我再付您钱。"克拉拉说道，没有丝毫的尴尬。

"明天？昨天欠的也一起付？"

"对，姐们儿，还有明天的呢。"

"我带钱了。"卡洛斯说。

"不用麻烦你。"

"先生要是有钱的话……加上昨天那份一共是十四个雷阿尔。"

卡洛斯给了她钱，是一个杜罗的银币。卖鱼的女人把钱扔到地上。

"我这儿没有零钱。"她说，"要是您愿意的话，您可以再拿点儿别的东西。"

"无所谓，留着明天吧。"

"不，不。"克拉拉说，"这条海鲷多少钱？"

"就算抵了那六个雷阿尔①吧。"

"好吧。"

---

① 一个杜罗相当于二十个雷阿尔。

克拉拉把海鲷放进包裹里，拽着卡洛斯说："我已经一年多都没尝过海鲷了。"她一边说，一边又撑开了伞，"是给我一个人吃的，对吗？"

"随你的便。"

"等他们都吃过晚饭，我自己炖了吃。"

她扭过头，看着卡洛斯。

"吃鱼的时候，我会想起你的。不过，你千万别说付钱的事儿啊！胡安要是知道了，还不得用棍子打死我，绝对不能让他知道。"

他们走到第一排房子的地方，克拉拉站住了。

"对他来说，赊账也比向别人借钱好，就好像赊账不是换个样儿借钱似的。"

她松开了卡洛斯的胳膊。

"好吧，明天见。"

"不用我送你回去？"

"不，不用了。"

"这么晚了……你家可在镇子外面。"

"我每天晚上都是一个人走。"

"我想，明天要还是这个天气，你们会不会不方便……"

"那又怎么样？"

"你说个时间，我可以用玛丽亚娜女士的马车来接你们。"

"那挺好，不过不要去我家里。你大约四点钟来吧，在通往墓地的路边等我们。"

她向卡洛斯伸出一只手作别。

"我很高兴见到你。"

她沿着街道，快步向坡上走去。经过一盏街灯下面时，灯光一瞬间照亮了她的身子，结实而苗条，和谐地晃动着，随即便消失在黑影和雨雾中。

"晚上好，先生。"

表匠帕吉托手里拿着草帽，在街角处向卡洛斯打招呼。


卡洛斯在通往墓地的岔路旁等待。雨已经停了，但黑云仍然悬在镇子上方，把山顶遮掩了起来。

他点燃了烟斗，轻烟袅袅上升，飘向车篷，掠过边缘，消散在空气中。

伊内斯和克拉拉来得很准时。卡洛斯从远处看见她们，打着伞，脚下穿着白色木底鞋，一条绒毯盖着两人的肩膀。

等她们走近以后，卡洛斯比较了一下。她们俩颇有些共同之处，比如走路的节奏。她们行走时就像入伍的新兵，肩膀贴着肩膀，木底鞋踏在光秃秃的路面上，发出的声响仿佛持续的鼓点。

克拉拉摆脱了雨伞和绒毯，跑向马车。

"表哥，怎么样？我们没耽搁。"

伊内斯则平静地朝卡洛斯微笑了一下。

"你好，卡洛斯。"

克拉拉向卡洛斯伸出手，伊内斯则没有。

"你们俩有一位得坐在后排。"

"你坐后面吧，伊内斯，把伞也挂后面。"

他们都坐好了。座椅足够大，但克拉拉用毯子盖住腿的时候，还是向卡洛斯挤了过来。

"你也得盖着点儿。"

"胡安怎么样了？"

"他可是命大造化大，今天咳嗽好多了。"

"他好些了。"伊内斯从车篷的阴影里说。

他们很快就到了。两人将木底鞋放在门厅，她们的长袜上套着一双薄底软鞋，克拉拉的那双，包边是红色的。

"上去吧。"

克拉拉走在前面，快步上了楼。伊内斯让卡洛斯先走，自己默默地跟在他身后。卡洛斯带她们看了看衣柜，把钥匙给了她们。

"衣服就让伊内斯来收拾吧。地板需要拖一下。这儿有水桶吗？"克拉拉问道。

"你要拖地吗？"

"当然了！我每天在家里都干这活儿。"

"在我家就不必了。"

"哎呀，跟我就别客气了。"

她朝四周看了看。

"这里需要拖干净，至少也要扫一下。你有扫帚吗？"

"有。厨房里有一把旧扫帚。"

克拉拉往头上系了一块手帕。

"让我们俩自己干吧。"

"你不用全都扫。泥瓦匠还要在这里干好几天呢。"

"你放心吧。"

卡洛斯去找泥瓦匠们。壁炉已经装好了，现在正在粉刷墙壁。

他陪他们一起抽了支烟，谈到这场雨对播种来说真不合时宜。然后，他来到大厅，生好炉火，坐下来看书。不过，没多久他就合上了书。干柴在炉火中噼啪作响，外面又开始下雨，传来了簌簌的雨声。他推开窗户，向花园望去。雨水顺着墙上黢黑的石头和园中的树冠流淌而下。远处下方，伯爵新镇沉浸在雨中，一片朦胧。圣母玛利亚教堂的钟楼耸立在黑云之间。

他暗自思忖，伊内斯和克拉拉是不是也像别人那样闯入自己的生活，是不是也在期盼着他。他想起两人的面孔，既相似又不同。伊内斯早已把她的本能升华为高尚的品行，而克拉拉看起来却深陷其中，似乎被它牢牢控制住。胡安说过，她在"等着卡耶塔诺"，而这家伙已经威胁说，迟早要跟胡安的妹妹睡觉。不过，他指的是伊内斯，不是克拉拉。

"好啦，表哥。这儿已经收拾好了。"

克拉拉站在敞开的门口，双手叉着腰，瞅着他。

卡洛斯走近她。

"我带来了一小篮子的午后茶点，是玛丽亚娜女士准备的，在马车里。"

"要是老太婆准备的，没准儿是毒药。"

她等也不等，就顺着走廊一溜小跑地出去了，消失在楼梯下面。卡洛斯来到摆放着衣柜的房间。伊内斯已经把床单和毯子都拿出来，抖落后通风晾过了。这会儿，正在把衣柜里面打扫干净。

"你们用下午茶吧。我过一会儿再去。"

"你不累吗？"

"不累。"

她说话时没有看卡洛斯。伊内斯一举一动都显示出一种不失尊严的风度，高雅中带着些异样的东西，卡洛斯没法辨认出来，也没法去定义它。

"你这里有好多衣服，不过有几条毯子已经有破洞了。我把它们放在外边。床单今天也不能收起来，得晾一晾才行。"

她跪在一个衣柜前面。

"我过一会儿再去。"

克拉拉在走廊里招呼他。卡洛斯走了出来。

"来，我想让你看看我干完的活儿。"

她把卡洛斯领到从前他母亲的房间，那是他母亲的卧室。

"我都打扫干净了，床也收拾好了。你随时都可以用。"

她指着衣柜说："里面有很多旧衣服。"

她把衣柜打开，给卡洛斯看。

"你看，有好多内衣、衬裙和连衣裙。有一件长裙很好看，黑色绸缎的。你母亲肯定是穿着它结婚的。"

她猛地把柜门合上了。

"真可惜，早晚要被虫子咬坏了。"

她手臂上挎着午后茶点的小篮子。这会儿她把篮子放在一张小桌上。

"你愿意的话，咱们可以在这儿用下午茶。"

"为什么不去客厅呢？"

"这里更干净。"

"正因为这样，还是去客厅好，而且那里有炉火。"

克拉拉又拿起了小篮子。

"走吧。"

她吃起东西来狼吞虎咽，不顾吃相，说话时嘴里含满了食物。吃完后，她脱下了大衣，把它们扔在桌上堆着的书籍上面，自己靠着壁炉坐下来，坐在石头沿儿上。

"我们家里也有壁炉，可我就从来没见生过火。"

她不再作声，望着升腾的火苗。卡洛斯从略微靠后的地方，观察着她那张被阴影遮住的脸。昏暗中，所有的性感迷人都变得模糊不清，剩下的是高高的前额、优美的轮廓——鼻梁稍稍弯曲——和坚毅的下颚。这种纯洁感只在唇部发生了变化：她的嘴唇厚实，向外突出，半掩半合着，上唇更加向前探出。它们并不难看——甚至很吸引人——但是打破了她面部侧影的柔美韵律，就像自己的画作上被别人涂了一笔。

她把双臂环抱在胸前，呼吸缓慢而深沉。炉火的亮光将她栗色的头发映出红铜色光泽，这种发色是她与卡洛斯以及其他丘鲁乔家族成员唯一的共同点，卡洛斯现在发现了。

"你这里有蜡烛吗？"

克拉拉没有动弹。卡洛斯猛地回头向门口望去。伊内斯进来了，像是一道轻柔的影子。

"有，在钢琴上，有两三支。"

他站了起来。伊内斯取来了半截蜡烛，递给卡洛斯，后者将其点燃。

"你来吃些东西吧，我们都用过下午茶了。"

"不了，再过一会儿吧。我想尽快把活儿干完。"

她静静地走出去，在身后把门掩上。

"她不会来的。"克拉拉说，"或许今天是斋戒日。就算不是，她也不会来的。等干完活儿以后，她就会祈祷。"

她把头埋在双膝之间，遮住了面庞。卡洛斯又坐了下来。

"她丝毫不会在意我们的。你不知道吗？她可是个圣女。"

她挺直上身，伸开双腿和胳膊，站了起来。

"好了，怎么样，你看了我半天了，觉得我怎么样？"

她冷不丁冒出这话，让人摸不着头脑。卡洛斯战栗了一下。

"你为什么这么说？"

"你真傻，表哥。你们男人都是傻瓜。"

她把身子陷在卡洛斯对面的一把座椅中，面向壁炉的火光。她身上有什么东西改变了，目光锐利地看着卡洛斯，几乎带着怒火。

"你不知道吗？胡安派我们来这里，就是为了看看我是不是讨你喜欢。我是说，假设你没有惦记着伊内斯，只是注意到我。伊内斯你已经认识了，你对她好像起不了什么作用。而且，她不会让胡安头疼的，她准备去当修女，这也是条不错的出路。可我，必须在招惹出是非之前，赶快结婚嫁人。"

她不合时宜地笑了起来。

"说话呀，哥们儿，别老是愣在那儿！要不要再好好看看我？"

她站起来，走到客厅中央，滑稽地迈了几步，又原地转了几个圈，夸张地扭动着腰胯。突然间，她停了下来，直直地站在那儿。

"点根蜡烛吧。我跟你说话时，不能看不见你的脸。"

卡洛斯遵从了。客厅里变得稍稍明亮了起来。

"说呀，说你喜欢我！"

卡洛斯走到她跟前，手里拿着蜡烛，照亮了她的脸。克拉拉眼光闪烁，上唇在微微颤抖。卡洛斯担心无法掩饰这一幕令他油然而生的痛惜。这种痛惜与不解——他心中有什么东西在提醒，这只是表面上显得荒唐——是出于真实的原因，尽管不知道具体指向的是什么。这并不比玛丽亚娜女士、奥索里奥神父还有皮涅罗的事情更为荒唐。同样，这也是某种等着他到来才发生的事情。不过，克拉拉并没有倾吐心声，而是在挑衅。她那双眼睛咄咄逼人，仿佛卡洛斯冒犯了她。卡洛斯感到有必要采取一种戏剧化的方式来遏制她。

"不，我不喜欢你。"

克拉拉短促地眨了一下眼睛，似乎有些迟疑，随即又缓过神来。

　　“我长得很漂亮，去鱼市头鱼的时候，大家都这么说。他们是用眼神说出来的，有时候拍拍我的屁股，或者拧一下，也是同一个意思。”

　　“你真是恬不知耻。”

　　克拉拉耸了耸肩。

　　“那又怎么样？你最好知道这一点。从昨天起，我一直装得跟别的女人一样，连我也不知道为什么。其实……”

　　她沉默下来，低下了双眼。

　　“我知道，但我不会告诉你。这样，我们会相处得更好些。你，是个傻瓜；我，恬不知耻。”

　　“我可不想跟你相处。你要不是我好朋友的妹妹……”

　　“你早就把我踢出门去了？”

　　“踢倒不至于，我一定会让你离开。我现在就请你走。这么粗鲁的场面，可不是我造成的。”

　　“粗鲁？对你来说是这样，我可是一整天都盼着它。我在想，到底是欺骗你，还是打开天窗说亮话。还是这样更好，我没那么多教养，装虚伪也装不好。”

　　“你究竟想怎样？”

　　“无非想让你知道，我是什么样的，让你别落入陷阱。”

　　“你是在暗示我，你哥哥想让我落入陷阱？”

　　“噢，不，不是这样的！胡安可不会这么做。他只是想：‘卡洛斯一个人，如果他要留下来，需要个女人。也许他喜欢克拉拉，这样也给我解除了负担。’可我是个陷阱，我招男人们喜欢。如果我一直憋着不说，讨你欢心，帮你收拾好房子，整理好床，没准儿你会喜欢上我的。然后……谁知道呢？”

她抬起眼睛看着卡洛斯，目光中怒气未消，但已变得像是在哀求。

“别赶我走。我不想跟伊内斯一起走。我想待在这里，等她走了以后可以跟你说话。”

“我无所谓。”

“我可不然。最不中听的话，我已经说过了。”

她走向座椅，没有回身，接着说：“如果需要的话，我请求你原谅我。”

坐下之前，她稍微停顿了片刻。

“能让我再靠着壁炉坐一会儿吗？我有点儿冷。”

“随便你。”

“你可以灭掉蜡烛了，现在我也不在乎黑暗了。”

她像先前那样坐着，身子蜷了起来，把脸埋在双臂之间。卡洛斯装好烟斗，点燃后，坐在钢琴边，弹了几个音阶。声音难听极了，但他继续弹下去，满腔怒火在指尖弹出的刺耳响声中尽情发泄。突然，他合上了琴盖。

“究竟为什么要这样！”他吼道。

吼声惊到了克拉拉，让她身子一颤。

“你别生气。为什么不当作是个玩笑呢？”

“你是我好朋友的妹妹，却差点儿逼着我骂你。”

“说到底，我这么做是对的。”

她缓缓地站起来，身子倚靠在壁炉旁。

“我本来可以让你喜欢我的。要是那样，会发生什么呢？你虽然不富裕，但毕竟不像我们。你有漂亮的房子，举止行为像个绅士。昨天你给了我一个杜罗，今天你用马车接我，让我坐在你身旁，还想到为我遮寒。你这个举动非常贴心，让我很感动，因为你做得光明磊落，没有趁机占我便宜。刚才，我们不出声地坐在这里，伊内斯没来之前，我盼望你能主动。如果我能让你喜欢上，只要继续装下去就好了。没准儿你会娶我。我为了逃出这个家，哪怕嫁给魔鬼都行，如果魔鬼喜欢我并不是为了和我结婚，那也无所谓。我终归会跟他私奔的。而有了你，就可以避免闹出这种事儿来。"

"魔鬼，是卡耶塔诺吗？"

"你怎么知道的？"

"我不知道还有谁更像魔鬼了。"

克拉拉看着他，嘴角露出一丝微笑。

"你不生气了？那就坐下吧。你这样站着，好像在催我离开。"

卡洛斯把蜡烛放在壁炉的隔板上，坐了下来。

"我没有那么生气了。"

她又笑了。

"你想让我继续说吗？"

"是的。"

"不跟你撒谎？"

"要跟我说谎，你就用不着像刚才那样了。"

"你开始明白了，我这样做其实更好。"

"也许是吧。"

烟斗已经熄灭了。卡洛斯重新把它点燃。

"为什么你把跟卡耶塔诺私奔，说得像是一件不可避免的事？你哥哥为什么那么害怕？"

"我又能怎么办呢？"

"难道，你爱上他了？"

克拉拉做出一个厌恶的表情。

"没有！不过……卡耶塔诺他很有钱。他要是带我去拉科鲁尼亚，我就让他花上一千比塞塔给我买内衣，让我住进一家能全身泡个热水澡的酒店。"她脸上放着光芒，"然后，他愿意对我做什么都行。我再也不回伯爵新镇了。"

"这就是全部理由吗？一千比塞塔的内衣和洗个热水澡？"

"还有不再回来。"

"你不用这么做，也可以离开这里。"

"是的。可那样的话，我只能勉强为生，过着惨淡无光的日子。当然了，我现在就可以离开，无论是自己一个人，还是随便跟哪个推销商。你知道吗，有人也鼓动过我？可是，他们当中没有一个给我实惠的，都是满嘴谎言：'我会永远爱你！我会把你当作女王来对待！'一群蠢货！卡耶塔诺至少不会骗人。他要什么，就出钱来买，不会吝啬。"她比画出一个下流的手势，"男人们都是狗屎！我买完鱼，回家的路上，广场上那家理发店的师傅有时候在晚上等着我。他是个不错的小伙子，也有未婚妻，可他喜欢我。他在公路边纠缠我，我不得不动手来自卫。有一天，我朝他裆下踢了一脚，他倒在地上，叫喊着，疼得直不起腰来。我都有点儿过意不去了，心里想，其实这么伤害一个男人也不好，他就是想要摸我的胸，不过我还是走了，任凭他躺在地上。还有一个男人有时候也盯着我，是针线铺的伙计。那家伙比较胆小，他跟着我，什么都不敢说，也不敢做。我就故意挑逗他，一旦觉得他胆子大起来了，我就逃走。你知道为什么吗？因为他们喜欢我，如果让他们得寸进尺，我就栽了。要是想让卡耶塔诺为我花上一千比塞塔，就不能这样。"

"这是你的价码？"

"唉，我不知道！可我没有兄弟们在造船厂上班挣钱啊⋯⋯"

她的脸色黯淡了下来。

"胡安是个心高气傲的人，你知道吗？他从来不肯低头。舒服惯了！一个真正的男人会收起骄傲来，把薪水带回家里，这样才有资格要求别人怎样。可是胡安全凭我们的汗水来过活，而我要是出点儿什么差错，他会打断我的肋骨，见他的鬼去吧！所以，如果我走了，就决不再回来。他要是想干掉卡耶塔诺，随他去吧。"

"你不应该这么评判你哥哥。你以为他不为自己和你们的处境感到难过吗？你不知道他有多难为情，就在这里，他恳求我不要去你们家，因为你母亲的情况。"

"他哪里在乎我妈啊！难为情，那倒是，他没准儿会的。他这个绅士，可讲究名誉了，可我从来都不记得胡安挣过哪怕一个比塞塔。"

她强忍住眼中晶莹的泪花。最后几个词，她是在啜泣中哽咽着说出来的。卡洛斯没有动弹，她也沉默了一会儿。

"你看，"她继续说，"我为了不骗你，费了多大的劲啊！你要是娶了我，或者把我带回家里当情人，一切就都解决了。我知道，我们不会有多少钱，我得像牲口一样干活儿才行，可我已经习惯了。况且，我也不会让你花费得太多，有你母亲留下来的旧衣服，改一改就够我穿十年的内衣了。"

"你对内衣这么执着？"

"因为我没有。"她用近乎天真纯朴的口吻说道，"如果我脱下这件长裙，就赤身裸体了。几条内裤，一件衬衣，都缝着补丁，这就是我所有的家当。每当洗过之后还没晾干，像今天这样，就只好忍受没有内衣穿，睡觉时也不能脱衣服，真让我感到恶心，所以我做梦都想穿干净的新内衣。你看，为了这个，我愿意付出多大代价啊！"

"我想帮帮你的。我可以给你钱。"

"那有什么用？让我哥哥揍我，以为我是从卡耶塔诺那里搞来的钱？"

"可以告诉他嘛。"

"他宁可被杀死，也不愿意接受别人的任何东西。"

"要是把钱给伊内斯呢？"

"伊内斯？"

"胡安不会觉得她是从卡耶塔诺那里弄来的。伊内斯是个规矩的女人。"

克拉拉的脸抽搐了一下，像是被愤怒的闪电劈到了。

"你也被那个虔诚的女人给蒙蔽了。"

"没有年轻男人在路上等她啊，像等你那样。"

"伊内斯的问题已经解决了。她爱上了一位神父。"

卡洛斯一下子从座椅上弹了起来，动作十分明显。克拉拉笑了。

"是的，你别害怕！她自己没有意识到，可她只想着那个人，为他活着。"

"你知道吗，他们从来都没说过话，那个人甚至都不认识她。"

"那又怎么样？她就是爱上那个人了。眼下，还只是那种浪漫的爱情。"

"你心里有些阴暗的东西，克拉拉。"

"我知道。"

她再次陷入沉默，表情悲伤。

"请原谅我。"卡洛斯说。

"为什么？你说出了真相：我是个坏心肠的女人。你也许以为我会像伊内斯那样，远远地爱上一个人，而不是盼着有人为了跟我睡觉而给我钱。可是，坏的东西并不是从我内心里生出来的，而是来自外面，钻进了我心里。当初，我们还住在马德里的时候，我就是在街上学坏的。我那时候必须去商店里赊账买东西，因为我们已经没钱了。他们才不管为什么人家给我一公斤土豆或者一个雷阿尔的骨头来炖点儿汤呢。因为我讨人喜欢！……对，我很讨人喜欢。十四岁的年纪，就有了成年女人那样的屁股。他们给我土豆和骨头的时候，顺便拍我一下，或者把我堵在一堆麻袋上又搂又抱。现在也一样。我要是不去买鱼，就没有吃的东西。可我去鱼市，是因为我会骂人，懂得怎么跟卖鱼的女人吵架，没钱的时候，也能从她们那里赊账买回几条竹笼鱼来。有拖网船捕鱼回来时，我就去海边，那里的鱼更便宜，因为渔民们都喜欢我的屁股，而我知道他们好这一口儿，就故意扭来扭去。那些人倒是不碰我，因为他们都尊敬胡安，他可是他们的上帝啊，可是大家都对我垂涎三尺。我就利用这一点。可是，当有人在路上纠缠我时，我必须自卫，胡安和伊内斯他们是不会为我操心的。然后晚上睡觉的时候，我又会想起来，因为对付回忆和欲望，拳打脚踢是没用的。"

"你觉得伊内斯没遇上过别人骚扰吗？"

"哎呀！她可从来没体会过一个男人要强吻时呼出来的热气。最有可能的是卡耶塔诺，有几次在路上等着她，可是不敢放肆，因为我也在旁边。或者因为伊内斯让他感到害怕，谁知道呢。可是，我不会让任何人害怕，我招他们喜欢，他们也是这么对我说的。我用粗话来怼他们，可是打心眼儿里，我还挺感激他们的。我又能怎么做呢？"

"你从来没有过未婚夫吗？"

"这里？你看，我最喜欢的事儿就是去看电影。我太辛苦了，做梦都想坐在电影院里，看看别人是怎么活的、受什么样的罪。我也不知道为什么这样会让我轻松许多，感到很踏实。有一回，还是我们刚搬来的时候，有个小伙子邀请我，我就跟他去了。可是，一关灯，他就想要摸我。大家喜欢我都是为了这个。我怎么可能有未婚夫呢？而且，我不好意思在白天被人看见。不到天黑的时候，我是不去镇上的。所有的女孩子都瞧不起我，嘲笑我的穿着和我的名声。噢！她们简直想揍我一顿，想当着所有人的面扒光我的衣服。我踢了那个理发师之后，他的未婚妻想要打我，我差点儿没弄死她，又不是我叫他未婚夫来的！她不知道，后来那家伙又在路上等我，有好几回呢。"

她耸了耸肩，做出一副不知羞耻的怪样。

"我说完了。"

她拿起了大衣。

"帮我穿上吧。你别嫌弃，衣服是干净的。"

"等等，你先别走。"

他帮助克拉拉穿上大衣，可她身子战栗了一下，挣脱着跑开，仿佛被某种突如其来的恐惧惊吓到了。她一只手按在腹部捂着大衣，另一只手从开衩处伸出来，张开手掌，好像要拒绝什么东西。

"我想问你一些事情。"卡洛斯说，"你要是觉得冷，我可以给你拿一条毯子来。"

"不，不用麻烦了。我不冷。"

"那你就坐下吧，像之前那样，在炉火边。刚才不是挺好的吗？"

克拉拉坐了下来，大衣有些碍事。她任凭大衣滑落下来，卡洛斯连忙拾起来。

"首先，你刚才为什么害怕我？"

"我也不知道。"

"你看见我有什么动作，还是我说了什么话，让你害怕？"

"没有，不过……跟你说完那些话以后，我觉得自己毫无防范了。"

"你都是自愿说出来的。"

"是的，可这也会让我无力防范。"

"你只要喊一声，伊内斯就会过来的。"

"与其欠她的人情，我宁肯在这里被强奸。"

"你想过我会那样做吗？"

"不是什么想法，而是一种突如其来的恐惧——我不是跟你在一起，我是跟一个男人在一起——任何别的男人，刚才都会抱住我。"

她猛地抬起头来，眼睛里闪烁着怨恨。

"你觉得，伊内斯现在会怎么想？"

"没什么。当然了，她把我们忘在一边了。至多她能听见我们说话。好吧，你想问什么就问吧。"

可是这并不容易。这会儿，卡洛斯忽然有所顾虑，担心自己显得太过虚荣或者愚蠢。他停下来，寻找一种迂回的方式。

"告诉我，你为什么跟我说起那些事情？"

"噢，我也不知道！我觉得那样挺好。"

"你是什么时候决定的呢？"

"我没决定过，是不由自主冒出来的。"

"你说过，之前一直在想，也曾经希望我采取主动。"

"是的，可我压根儿没想过会向你吐露这么多隐情。我从来也没跟别人说过。"

"你以前有过能像我们这样说话的人吗？"

"我没有闺密。"

"你需要向别人吐露吗？我是说，你说出来之后，感觉好些了吗？你看待自己时，觉得更好了吗？"

克拉拉笑了。

"你又不是神父。"

"你现在回答我这个问题，不要说谎……"

"我是不会撒谎的，卡洛斯。"她激动地打断了卡洛斯的话。

"我知道。不过，有可能我问你的问题，也许是这个，也许是别的，会迫使你第一次说谎。"

"那我永远也不会原谅你。"

"你什么时候想到，如果嫁给我，就能解决你的生计问题？"

"你是怕我在这个问题上跟你撒谎吗？"

她又笑了，兴高采烈的，好像是在玩一个小孩子的游戏。

"当我明白了胡安的想法时，我觉得这样倒也不错。"

"那以前呢？"

"以前，什么时候？"

"在我来之前。"

"哥们儿，你来以前，我根本不知道你的存在。直到你回来以后，胡安才提到你。那是一天晚上，圣诞节那阵子。他回家时很高兴，没有一个人闷在屋里，而是陪我们聊天。他没有像平常那样，因为母亲醉酒而发脾气。那天，他对我们和颜悦色的。现在我想起来，他被别人用石头砸伤了，包着纱布回到家里。我问他跟谁打架了，他说：'跟那帮造船厂的人！'接着，他就说是你治好了他，又说你认出了他，还像儿时的朋友那样对待他。我问他你是谁，他说是个非常重要的人。'要是那么重要的话，会留在这里吗？''不，不会。他只是回来待上一段时间。'所以，前几天他说你要留下来时，我很惊讶。那也是他第一次说起咱们有亲戚关系，恐怕是担心伊内斯有顾虑不愿意来吧。亲戚之间……"

她瞟了卡洛斯一眼，带着嘲讽的口吻说："咱们算亲戚吗？我称呼你表哥，不会让你觉得欠妥吧？"

"没错，咱们是亲戚。"

"那我这么不要脸，也让你受牵连了。"她声音阴沉了下来。

她用双手捂住了脑袋。

"真抱歉，卡洛斯，可我从来不知道有你这样一个人。即便想到了，也没法避免这一切。事情就是这个样子，如果说我生来就不要脸或者无意中习惯了，那也没人能治好了。从前，我只为自己感到惭愧，因为我母亲压根儿不知道，我哥哥根本不值得我尊重，我姐姐……哼！可是我觉得你是个正派的人，现在既然你知道了这一切，将来恐怕走在街上都不愿意跟我打招呼了。这很自然。"

"如果是这样，为什么你昨天让我陪你，还要我挽着你的胳膊呢？"

"昨天见到你我很激动。"

"你是不是把事情说得太夸张了？说到底，你说自己不要脸是因为什么呢？因为你觉得命中注定，有朝一日会跟卡耶塔诺私奔？首先，如果我的消息可靠，镇上有不少姑娘都盼着跟卡耶塔诺好上呢，还有许多人都渴望这样。再者，这事儿除了你自己，没有别人知道。别的事情，你也没有错。你还好多次赶跑了那些……"

他找出一个不太严厉的字眼。

"……你的崇拜者们。"

"卡洛斯，你看……"

克拉拉站了起来。她的嘴唇又在颤抖，还有她的眼神，仿佛想要移开，同时又紧紧盯住卡洛斯。

"我轻易地跟你讲了许多事情，因为很自然地说到了，我说出来也没觉得不好意思。哪怕是必须告诉你跟谁睡过觉，我也不会难为情：跟事后承认相比，认定自己有朝一日会这么做，是更难说出口的。可是，有件事我隐瞒了。这件事才是真正让我羞愧的，也是最令我难以启齿的。你什么也别说！你刚刚原谅了我，我感谢你，可你别再原谅我了。我有不好的癖好。"

尽管她声音凝重，表情很复杂，卡洛斯还是笑了。

"你玩牌上瘾？偷着抽烟，还是喝茴芹酒？"

他走近克拉拉，把一只手轻轻按在她的肩膀上。她却使劲把卡洛斯推开。

"一点儿也不好笑。我的癖好不是让别人来笑话的。"

"有人知道吗？"

"现在是你，以前是伊内斯。伊内斯可没有笑，她用最温柔的语气请求我不要再睡她的床。从前，我们一起睡，因为家里只有三张床和几条毯子。她对我说，别再睡她的床了，我明白她发现了我的隐私，觉得我很恶心。"

她往前走了两步，仰起头，朝上面看了看。

"我恨她。她当时应该训斥我、打我，应该骂我是猪；要么就原谅我，告诉我别再这么做了。像她这样的人，说句'你别那样了'当然很容易了。她回家时满脑子都是虔诚的信仰，还浪漫地爱上一个男人，却从来没闻过他出汗的气味。可是，男人们对我总是动手动脚，而且我还喜欢他们。"

她抬起头，似乎在等待着回答，或者是评判。卡洛斯向她笑了笑。两个人这样僵持了一会儿。克拉拉沮丧地摊开双臂。

"我们家里有一张草垫子，我就睡在那里，可是太冷了。我穿着衣服还有大衣躺下来，可还是没法睡着，更糟糕。一天晚上，我钻进母亲的房间里，睡到她床上。她甚至都没察觉到。谁也不知道我跟她睡一张床。现在是冬天，勉强能凑合。可到了夏天，她不洗澡，身上很难闻，就算我再爱她，睡在她身边也受不了，这让我心里很难过。等夏天到了，我一定要逃出去。"

一阵啜泣令她喉咙哽咽，但她还是努力强压了下去。

"咱们走吧。"她坚定地结束了谈话。


雨还在下，雨滴敲打着车篷，反弹后溅落在路面的鹅卵石上。马车的挂灯勉强照亮道路。伊内斯坐在车厢后排。克拉拉在卡洛斯旁边，两人的腿部被同一条毯子遮盖着。克拉拉小心避免碰到他。每当车子晃悠一下时，她就尽量往外倾斜，差点儿跌了下来。

马车绕过镇子。到了墓地旁的岔路口时，克拉拉想要下车，跟伊内斯走着回去，但卡洛斯坚持把她们送到家门口。夜里，房子的正面黑黢黢的，看不清楚，门口只有颤巍巍的一点儿亮光。

"再见，卡洛斯。需要的话，我随时再去。"

伊内斯跳下马车，把一件上衣盖在头上，穿过打谷场，脚下溅起一片水花。克拉拉穿上木底鞋时耽搁了一会儿。她撑开雨伞，却站着不动，看着卡洛斯，想要说些什么，又不知道该怎么说。她把眼睛藏在雨伞的阴影下，但卡洛斯还是看见她双眸中闪烁着迟疑的亮光。

"好吧，卡洛斯。"克拉拉终于开口说道，"再见了。"

她向卡洛斯伸出手。

"我怎么才能再见到你？"卡洛斯问。

"见我？干吗？"

"从今天起，咱们就是朋友了。"

"算了吧！我可做不了任何人的朋友。"

"可是，说不定哪天，你想找我聊聊呢。"

"随你吧。我总是晚上八点左右去买鱼。"

"那就再见啦。"

他等克拉拉消失在雨中，才驾车回来。玛丽亚娜女士在餐厅等着他，有些不安。卡洛斯粗略地讲了讲下午发生的事儿，还有跟克拉拉的谈话……玛丽亚娜女士不认识她，只是隐约知道胡安有个小妹妹。

"到目前为止，在我认识的所有人中，她是唯一一个没有盼着我来的。"

"这让你对她有好感？"

"我为什么要隐瞒呢？而且，她接受命运安排的冷漠态度，给我留下的印象很深。'等夏天到了，我一定要逃出去'，当然是跟卡耶塔诺一起了。"

"这会不会正是她希望的呢？"

"无论如何，这种愿望还是很现实的。这姑娘能有的选择并不多，要么是委身于理发师、胆小的针线铺伙计，或者其他类似的人，要么就是把自己留给卡耶塔诺。这是最好的选择。不管是她自己选择的，还是被迫接受的，某种意义上说，都很正常。"

他们用过晚餐，正在喝咖啡。喝完咖啡后，卡洛斯走到钢琴边，弹了一会儿，正是当天下午在自己家里、用那台走调的钢琴弹过的曲子。他仍然在想克拉拉，奏出的旋律仿佛为思想配上了音乐。

"她是卡耶塔诺不费吹灰之力就送上门来的猎物。当然，他更想得到伊内斯。伊内斯身上笼罩着一种神秘感，虽然我相信并不真实，但这让她出奇地吸引人。她和克拉拉一样漂亮，有着相似的魅力，可是别人不会注意到这一点，就好像她身体的一切诱惑力在出生前就消失了。普通人面对她会望而却步，可是卡耶塔诺不是普通人。假如伊内斯是您的女儿，她一定会成为卡耶塔诺最高级的征服对象和他最有力的报复手段。然而，即使不是您的女儿，她身上还是有那道圣女的光环。我指的不是她的名声，而是实实在在的光环，那种时刻从她身上散发出来的东西，无论是干活儿、沉默还是走路的时候。您一定记得，在唐璜[①]的风流韵事中，总有一位修女，伊内斯正符合这种角色。然而，我觉得卡耶塔诺是不会在伊内斯身上得逞的，除非他采用暴力，即便这样也不容易得手。等他明白过来的那天，就会发现克拉拉才是可口的补偿：她为人更加朴实，而她的魅力更是立竿见影。她要是主动示好，我想卡耶塔诺是不会拒绝的，而夏天来临的时候，她一定会这样做的。为了一千比塞塔的内衣和洗上一回热水澡！"

他离开钢琴，坐在沙发上玛丽亚娜女士的身旁。他默不作声地卷着一根烟。玛丽亚娜女士不时侧眼瞧瞧卡洛斯，边看边微笑。

"可是，这也是我们的事儿。虽说她没有像胡安那样跟我们相像，可她一旦跟卡耶塔诺上了床，这家伙就会觉得，是他个人对丘鲁乔家族取得了胜利。而且，首先是对你。"

"为什么说是对我呢，还'首先是'？"

"你设想一下，克拉拉告诉他，一个雨天下午，她在你家里任凭你摆布，可你拒绝了她。"

"如果她这样说，那不是真的，而克拉拉是不会说谎的。"

"如果她这样说，那才是千真万确呢，因为这正是今天发生的事情。"

"好吧，那又怎样呢？您说了，是我拒绝了她。如果是我主动追

---

① 唐璜（Don Juan），西方文学史上著名的风流浪子形象。

求她，那就是另一回事了。"

"也许是吧。可是，从卡耶塔诺的角度来看，他夺走了本来属于你的东西。"

"只是可能属于我的。"

"随你怎么说。你要是还没有失去占有的本能，现在说到克拉拉·阿尔丹，还有你称之为'她的命运'时，就不会这么冷静了。"

"我可以保证，我对她抱有最大的同情心。"

"也许是真的，可是从你身上看不出来。你是个医生。克拉拉·阿尔丹对你来说，只是又一个病例而已。"

"您想让我怎么做呢？要我和她结婚吗？"

"不，孩子，不是这样的！我觉得你什么也做不了，除了给她些钱。不过，换作是我，我会义愤填膺，这是男人们在面对无法避免的局面时应有的感情。"

"还有另一种方式来看待这个问题。"

"什么方式？"

"某种道义上的责任，不过我并没有感觉到。按理说，我应该感觉到才对。胡安是我的朋友，我对他也开始有了好感。总的来说，我对他们一家人都有好感，包括克拉拉。我希望能在这件事上帮助她，是的。不过，跟您一样，我想的主要是，怎么能让卡耶塔诺的征服落空。"

"这也是一种道义上的责任？"

"对我来说，并不是。您别忘了，我可不像卡耶塔诺那样。"

"你应该给这姑娘点儿钱。我是说，如果有了钱，她就可以避免你所说的那种命运。"

"我担心，如果给她二十个杜罗的话，她会觉得自己被买下来了。我可不会买我好朋友的妹妹，而且，把自己看作一个女人的拥有者，也会让我觉得很别扭。"

"夏天到来之前，你一定得想出个办法来。"

那天晚上，关于克拉拉，卡洛斯想了许久。他回想着，记忆中单单凸显出克拉拉那性感的魅力，好像在她整个人和她身上的一切中，唯有这一点被遴选了出来。当卡洛斯意识到以后，感到很不安。差不多一个月以前，他曾经给萨拉写信："你眼光这样敏锐，难道没有发现我并不是很在乎肉体的快乐吗？"结果，现在他的一部分——未曾尝试控制的那部分，竟然坚决地想要追求快乐，甚至可能在不知不觉中引导着他的行为。他请罗莎莉奥来家里当女佣，真的只是为了让卡耶塔诺不爽，还是因为喜欢她？他觉得自己毫无防范之力。如果克拉拉不是个从本能和本质上都很诚实的姑娘，如果她多少有一点狡黠，那他就无法拒绝跟她亲近。等一个月过后，说不定哪天他就变成勾引好朋友妹妹的人了。"勾引者"这个词让他不禁要嘲笑自己，不过，他开始打心眼儿里感谢克拉拉了。


早上有人来通知卡洛斯，他那些沙发和座椅都已经重新包好布面了。他说直接送到他家里好了。玛丽亚娜女士认为还缺少一张地毯，就让人从阁楼里把那些收起来不用的都拿下来，让他挑选一张跟家具布面相配的。她还建议在壁炉的隔板上摆放一些瓷器作为装饰，不过，卡洛斯婉拒了，他觉得这样过于浮华。

"那你就挑几幅油画或者版画拿走吧。没有什么比光秃秃的墙壁更让人觉得缺少人情味儿了。"

可是，卡洛斯觉得他家里的油画和版画都保存得相当好，特别是有一组画，他从小就很喜欢，现在想把它们移到角楼里。玛丽亚娜女士把地毯送给了他，也就满意了。

"你打算什么时候搬走？"

"随便哪天。没准儿明天吧。"

"你不会打算自己做饭吧？"

"为什么不呢？"

玛丽亚娜女士忍不住笑了。

"你真是太不切实际了。我觉得，你都不见得能把鸡蛋煎好。你要是这么生活的话，肯定会变成个野人。"

"为什么是野人而不是苦行僧呢？"

"对我来说都一样。如果你需要，我不反对你离开；不过我要求你每天来跟我一起用餐，还要利用我家的条件来保持良好的卫生习惯，比如洗澡。洗热水澡可是关系到道德修养的重要事情，这一点你肯定理解。既然说到这些，我还要求你勤洗勤换衬衫。我不觉得这些会妨碍你一丁点儿的自由。"

"您为什么想到了自由呢？"

"因为这正是你所担心的，孩子，我一眼就能看出来。我不是觉得不好，你这个年纪完全应该拥有自由。让我觉得有些纳闷儿的是，你竟然选择这样的陋室去住。"

那天下午，吃过饭后，卡洛斯去了祖宅。墙壁粉刷好以后，泥瓦匠们中午时分就已离去。座椅和地毯应该都放在门厅处。的确，都在那里，不过在这些东西旁边，他还看见一双白色的木底鞋。他迈开大步上了楼，来到摆放着柜橱的房间。房门敞开着，克拉拉背着身，正在整理一大堆床单。听见他进来，便转过身，平静地说：

"伊内斯让我来把这些存放好。昨天都拿出来通风了。我这就快干完了。"

"我可以自己整理的。"

"这不是男人干的活儿。"

她继续叠好床单，把它们收起来。先是那些小的，等轮到大的时，她让卡洛斯来帮忙。

"你来得正好。"卡洛斯说，"没有你在，叠这么多床单，我可真要抓瞎了。"

"你看，这个想法还不赖吧。我这就完事儿了，不会打扰你。胡安好些了，你知道吗？今天早上他去了镇上。"

她给了卡洛斯一些家务方面的建议：最好把柜门敞开一段时间，而且，有可能的话，里面放些苹果或者榅桲果，这样可以让衣物去掉潮味。

"对了，你应该把衣柜也打开，里面都满了。"

里面全是过时的女人衣服。克拉拉羡慕地看着一件件长裙和白色衬衣。她伸出一只手，在那些蕾丝花边上摩挲着。

"你都拿走吧。我这里用不着。"

这是个突如其来的想法，他知道，其实早就应该想到。不过，他说出这话时，用的却是无所谓的口吻。

"给我？所有这些？"

"对。放在这里，对我来说只会碍事。"

"可是，这些至少要值一百个杜罗啊！"

"很遗憾，值不了一千比塞塔。"

克拉拉使劲关上了柜门。

"谢谢啦，我不想要。"

"我真是蠢得不可救药。"卡洛斯暗想。他只好努力挽救这一局面，尽管不得不把对话引向本来要避免的方向，尽管不得不说谎。

克拉拉没有看他，正在穿大衣。

"等等，你先别走。"

她抬起头，满怀怨恨地看着他。

"你想要我怎样？"

"你的事情，我想了很多。来的时候，我本来想把刚才答应给你的东西送到你家去。"

"我不想要别人的施舍。"

他走近克拉拉，而她则往后退了相同的距离，直到被身后的窗户挡住。

"拜托，克拉拉，昨天你还指责你哥哥自尊心太强。"

"我也有相同的权利，不是吗？"

"你有犯同样错误的权利，谁说不是呢？可是，昨天你的态度完全不同。"

"昨天我对你的感觉跟现在不一样。"

卡洛斯走开了——离得这样近，克拉拉的皮肤散发出一股清洁、健康的味道——他找来一把椅子，却没有坐下。

"我想过你的事情。从昨天起，我意识到对你有一种义务。别误会，这种义务不需要你做任何事情，比如感激或者别的什么，只是想帮你避免——就像你昨天说过的——那种不可避免的局面。而且，不是因为你是胡安的妹妹，甚至不是因为你。换成别的姑娘，我也会承担起同样的义务。"

克拉拉突然迸发出了一阵急促的笑声。

"那你可得准备好了！像我这样盼着卡耶塔诺的，恐怕有上百个呢。还好，人这么多，他一个人忙不过来。不过，可以肯定的是，总会有几个得手的。你想怎样呢？一个个地拯救她们吗？"

"她们当中没有一个盼着我拯救的；而你则不然，至少有过那么一瞬间。此外，你还跟我说了那么多，足够让我了解，你没有去追逐他，也没有惦记着他，而他，也不是你的幸福归宿。"

"这倒不假。"

"既然这样，你为什么要拒绝我的好意呢？因为这些东西太寒酸、太少了？"

"你别犯蠢了！昨天站在衣柜前，我羡慕得哭了出来。"

"可你没有跟我说：送给我吧。"

"我不懂得跟别人要。我只知道赊账买东西。你想让我跟你说：我拿走这些，将来再付你钱？拿什么付呢？除了一种方式，我没有别的办法。"

"你在歪曲事实。谁也没有说过买卖和付钱，也不存在什么施舍。"

"那你管这个叫什么？"

卡洛斯往地上跺了一下脚，声音在木地板上回响，壁炉上的一些小摆件摇晃着叮当作响。

"你非要这样找别扭。"

"我？你刚才说'你都拿走吧'的时候，我差点儿要拥抱你！我当时既没有想过买卖，也没有觉得是施舍。你送给我，我觉得很正常，我愿意接受，只是太多了。我本来想说：不都要，只要这件和那件就够了。是你把事情搞砸了。"

"我再次请求你，把这些东西拿走，别去想是多是少。还有，我请你收下一张床，加上全套的床单。"

"一张床？为什么？"

"你有保守隐私的权利。"

"噢，卡洛斯！"

她转过身子，背对着卡洛斯，把前额贴在窗户玻璃上。卡洛斯没有动，只是在等待结果。克拉拉哭了起来。也许是因为愤怒，但更有可能是这戏剧性的一击起到了效果。

过了几分钟。克拉拉用手背擦了擦双眼，可依旧把前额靠在窗户上。

"好了。你帮我把衣柜清空好吗？"

"你别管了，我自己来。你出去吧。"

卡洛斯趁这工夫把沙发和座椅从门厅里搬上来，放进角楼的房间。他几次经过客厅敞开的门，克拉拉仍然站在窗户前。不过，等到第三次或是第四次经过时，卡洛斯看见她跪在衣柜前，身边是一堆堆的衣服。"我需要一块大的布把东西包起来！"卡洛斯回答说会找到的。他尝试着摆好沙发，铺好地毯，把扶手椅和其他座椅放到合适的位置。房间里顿时有了一种文明的气息，几乎有点儿上流社会的韵味了。他去找克拉拉。

"你想看看我的书房布置得怎么样吗？"

他用这个借口把克拉拉带到这里来，让她和自己一起用下午茶。每次回祖宅时，玛丽亚娜女士都让人给他准备好一小篮子的东西。最后，他们走遍了各间卧室，找一张合适的床。卡洛斯特意等到最后才给她看自己儿时用过的床，床身比较窄，铁架子涂着绿漆，上面有铜质的梨形饰物，床头和床尾的立板上绘着一些花环和顽皮的小天使形象。

"太漂亮了！"克拉拉说。

他们把床架拆下来，和弹簧垫、床垫一起搬到门厅里，还需要把它们和其他东西一起放到马车上。

"卡洛斯，我不想让任何人知道这件事。"

他们商量好，晚上把床运过去，大约九点钟，那时胡安应该还没有回家。

"在楼梯旁边有一个空房间。我把东西都放到那里。"

她又接着说："我也可以在那里睡。没有人关心我睡在哪里。到家以后，我会把那间屋腾空，打扫干净。虽然小，但有一扇窗户朝着打谷场。"

傍晚时分，她离开了。在门厅里，她穿上木底鞋的时候，卡洛斯对她说："你愿意明天下午跟我去看电影吗？"

克拉拉愣住了，拿着木底鞋的手停了下来。

"没错儿，我希望别人看见咱们在一起。等你去买鱼的时候，我哪天晚上送你回家。这样，理发师就不会再尾随你了。"

"可是，为什么要这样呢，卡洛斯？"

"都是为了一个目的：我跟你说过的义务。"

"你这么憎恨卡耶塔诺？"

"你不能想象成我是出于责任感才这样做的吗？"

"这我可不理解。凡事都有缘故，不是爱就是恨。你对我只有鄙视，至多也就是同情罢了。"

"不管怎样，你答应吗？"

"不，明天不行！"克拉拉打断他的话，"等星期天吧。那时候我会把你母亲的大衣改好，这样跟你一起出门，就不会让你丢脸了。"

克拉拉离开时，卡洛斯靠着门框站着。她回头看了一眼，挥手示意再见。然后，她消失在路上。天黑下来了。卡洛斯上楼回到他的房间，从窗户里探出身子，看着小镇沉浸在山谷中。灯，一盏盏地点亮。云彩下面的天空还亮着，粗大的雨点儿稀疏地落下来。从海边吹来的西风，掠过角楼犄角时发出哨音，摇曳着常春藤和树木。他点燃一支烟，脑海中寻觅着什么来思考，来驱散回想克拉拉时的幻觉，来抹去那种曾经控制他、现在汹涌澎湃、令他血液上涌的感觉。如同前一天晚上，从他内心深处传来欲望的呼唤，使他不得不小心防范。

"我卷进了多大的麻烦啊！"木已成舟，他已经身陷其中了。他会带她去电影院，有时候晚上还会在公路上驾着马车，把她送到打谷场边的门廊，那座门廊没有大门，两根柱子摇摇欲坠——还会闻到她肌肤散发的清新的味道。

他下楼来到门厅，努力把床架、床垫和一大包衣服放到马车上。费了不少力气，终于放好了，他都出汗了。他把那匹瘦马套好，出发之前，拿起装下午茶的小篮子，又喝了一口葡萄酒。

他绕了个弯，因为时间尚早，不用着急。风吹着马车的车篷，雨点儿舒缓地落在马的臀部上，同时响起的还有铃铛和踏在地面的蹄甲。渐渐地，所有的节奏变得和谐起来——铃铛声、风声、雨声，还有心跳的声音——直到融合为同一种节奏，仿佛有人在无限苍穹之上调好节拍，又像是渗入了他的血管，控制着血流，使其涌上头脑、充斥胀满。他失去了自我的意识，感觉自己与风、雨、铃铛和瘦马融为一体，也跟它们一样，被什么东西驾驭着。这只是短暂的一刻，如果持续下去，他肯定会听到像他驱赶马儿那样命令他的声音。然而，他的思绪突然清醒了。风、雨、铃铛和他自己的心跳，又都恢复了正常的节奏：它们依旧是风、雨和铃铛，与他并不相干，每样东西遵守着自己的规律。他知道发生了什么，禁不住想要分析一下，把事情掰开揉碎，以便说服自己，刚才不过是一种音乐的幻觉，并没有谁从遥远的苍穹之上驾驭他。无论如何，他毕竟可以停下来，转过身去，对那个听不见的遥远声音说不。他勒住缰绳，马车停住了。随即他笑了起来，扬起了马鞭。

"驾，'英俊'！"

"我必须冷静地考虑我的处境。尽管我接受了关于偶然的想法，还是需要摆脱掉这种逆来顺受的情绪。我太习惯于被别人指挥了，结果，当没有人这样做时，当我开始自由行动时，我的精神会创造出神话来。"克拉拉现在正在等着他，打着一把男人用的大伞，或者头上盖着一件上衣来遮雨。他去那里，是出于某些具体的原因，其中有一些他接受，另一些则不；有一些他清楚，另一些只是猜测出来的。然而，他出于意志的行动是独立的。

"哎，卡洛斯！"

克拉拉躲在一棵栗树的树洞里避雨。她跳上马车，坐到卡洛斯身边。

"家里只有伊内斯在。她不会知道的。"

"胡安没准儿会回来。"

"你不用担心。咱们马上就把东西卸下来。"

他们停下来。克拉拉不顾下着雨，从马车上把东西搬下来，把收到的礼物放在屋檐下。

"你现在快走吧。"

她站在马车边。雨水打湿了她的脸颊和头发。她微笑着。

卡洛斯向她伸出手来。

"再见，克拉拉。"

"再见，卡洛斯。"

她往后退了一些，让马车走过。

"你是个好人，卡洛斯。"

胡安很早就回来了，喝了一杯牛奶就躺下睡了。

伊内斯在剥扁豆。克拉拉守在炉灶边，熬着一锅没有削皮的土豆杂烩汤，墙上亮着一盏油灯。

"我得跟你说件事。"

伊内斯没有回答。

"卡洛斯·德萨把他母亲所有的衣服都送给我了。"

伊内斯抬起头，目光钉入克拉拉的双眼中。

"为什么？"

"他说放在家里碍事，交给我们，可以派上用场。"

"他让你把衣服捐给穷人？"

"不是，别误会我的意思。他没有让我捐给任何人，是我跟他说，那些衣服里，有一些我们也许用得上，能不能留给我们。于是，他说把衣服都送给我，随便我拿去做什么。"

"有许多人等着救济呢。"

"是，可我自己还赤身裸体呢。"

她指了一下炉火旁一根绳子上晾着的衬衣和内裤。

"我没有别的可穿。"

"好吧。"

伊内斯又继续剥扁豆。

"我得求你一件事，伊内斯。"

"说吧。"

克拉拉跑过来，跪在她身边，抓住她的双手。

"有一件黑色的大衣，很好看，还有一件旧的丝绸长裙。你能帮我改一下吗？只要把它们裁剪好就行，我可以自己缝上，哪怕干到夜里三点都行。你要理解我啊，伊内斯！我不想当修女，我想穿上像样的衣服，不想走在街上老是躲躲闪闪的，为自己的寒酸感到羞愧。"

"我会的。"

"噢，伊内斯，我太爱你了！"

她吻了一下伊内斯的手。伊内斯轻轻地推开她。

"别这样，克拉拉。"

"你为什么不把我当作妹妹呢？"

"你是我妹妹，可是其他女人也一样是姊妹。"

"别人如果受了你的恩惠，也会吻你的手。"

"我的手并没有帮上你什么忙。"

克拉拉继续蹲在她面前，依然在哀求，期待着一个微笑或是一缕充满爱意的目光，但伊内斯的双眼却好像在阴影中寻找着某种不可名状的东西。克拉拉沮丧地站起来，回到炉灶边。

"你什么时候去修道院？"

"当上帝安排好的时候。"

"你准备好入教时奉献的财产了吗？"

"还没有。"

"我会把那些衣服卖掉几件，还给你五个杜罗。是我从你那里偷着拿走的……很久以前了。"

伊内斯的手停住了，但没有抬起头，也没有看妹妹，甚至没有回话。克拉拉把平底锅放到三腿炉架上，煎了几条鱼，分别放到三个盘子里，再放上土豆，又切了三片面包。

"这是你的晚餐。"

她又端起另一个盘子，走了出去。在走廊尽头，她走进一个昏暗的房间，里面只亮着一盏小油灯。

"妈。"

老太太身上有一股茴芹酒的味儿，卧在沙发里打盹儿，半盖着一件大衣。她睁开了眼睛。

"吃晚饭了，妈。"

她坐在母亲身边，扶她直起身子，像喂小孩儿一样喂她晚餐：一小块儿鱼，一小块儿土豆，一点儿面包。老太太睁着眼睛，看着克拉拉就像望着一个陌生人，嘴里不时哼唱几句。

"来，睡觉吧。"

她把母亲搀扶到床上，脱掉衣服。床上又脏又乱。她给母亲盖上被子，收拾好盘子和餐具。

"今天我不跟你一起睡了。"她大声地说。

母亲嘟囔着回应了一声。

回到厨房时，伊内斯已经离开了。克拉拉用过晚餐，把碗碟刷干净，然后一遍又一遍地洗自己的手，还用磢石搓了搓，直到鱼腥味儿彻底消失，直到把手上的最后一点儿锅灰擦掉。她把洗好的盘子放在洗碗池中，走了出去。没过一会儿又回来了，搬来一台缝纫机，还拿来一盏煤油灯，放在桌子上缝纫机的旁边。她最后一次出去，回来时把厨房门关好，上了门闩。她往桌子上放了几件白色的衣服，从中挑出一件，把它拆开，用余下的布料做成一条内裤，用机器缝好。她不时地哼着歌，感到自己被一种巨大的兴奋强迫着，非要唱歌不可，如果不唱，早就忍不住哭出来了。她饿了，切了一片面包，蘸了点儿油和盐，吃了一口后，又把面包放到桌子上。她翻弄着那些衣服，看看从哪里能拆下一条窄花边来，把它缝到内裤边缘处。等一切都弄好了，她举起内裤，在灯光下欣赏了好一阵子，激动得发抖，简直要吻上一下。她感到自己的肌肤忍不住了，需要穿上它，被它包裹住，或者说是呵护起来。她走近炉灶，在炭火边脱光衣服，穿上了内裤和一件旧睡衣，睡衣又短又宽，带着许多蕾丝花边，袖子很长，闻起来有股陈旧的味道。她手里拎着煤油灯，在厨房里来回走动，身子直打哆嗦，笑个不停。她看着自己在墙上的影子，那是她唯一的镜子，影子里的她兴高采烈。不过，她也往内心看去，发现自己变得不一样了，有些东西，像命运这么重要的东西，业已改变。因为现在有了那条干净的内裤，轻柔地绷紧她的臀部，已经没有必要把自己出卖给卡耶塔诺了。她收拾好所有东西，蹑手蹑脚地穿过走廊，来到楼梯旁边。有一扇门上插着钥匙，她打开门，进去后把自己关在里面。

她已经把那张绿色的、画着小天使的床在一个角落里支好。她一边欣赏，一边绕着床转了一圈，把它挪正位置，嘴里还不停地在唱歌。终于，她熄灭了煤油灯，钻进了床里。

远处传来了圣母玛利亚教堂的钟声。

"两点钟了，天哪！明天谁叫我也醒不来了。"

她努力把双腿蜷起来，缩到睡衣里，用手画了个十字。床有些凉，不过厚重的毯子令她有种甜美的感觉。她把脸埋进被头。真舒服啊！一个人，睡在干净的床上，铺着绣花的棕色亚麻布床单。一段蕾丝边碰到她的耳朵，她在上面蹭了几下，感觉很惬意。

卡洛斯真好。

她的膝盖和脚很冷。如果不赶紧焐暖，就没法睡着。应该往腿上盖些东西才行，比如卡洛斯给她的那件大衣，因为另一张毯子跟其他衣服一起被放在了墙角。可她懒得起身，露出温热的肩膀来。她裹紧了被子。热流从胸部涌出，传到手臂和腹部。过一会儿，应该就能到膝盖了。她用一只脚蹭着另一只，冰凉的脚底放在脚背上，顿时不那么冷了。

卡洛斯并没有那么难看——如果仔细观察的话——并不像第一眼看上去那样。

一只脚放在另一只的上面，温暖的手掌盖住膝部。一股寒战顺着胳膊上升，快到肩部时消散了，整个身体却都在颤抖。膝盖和双脚仿佛被隔绝在外，但身体其他部分感觉还是自己的，血液流过时，带来阵阵暖意。除了双脚和膝盖，全身都在享受这种一个人睡、暖暖的、干干净净的幸福感。撸起睡衣袖子时，丝滑的布料拂过肌肤，柔软的感觉传遍整个身子，还有吸入鼻孔的气味，仿佛直抵脏腑深处。

没错，卡洛斯先前真是有点儿蠢。

冰冷的双脚，好沉重啊！她的腿有些累了，想要伸直放平。越往下脚越凉。她伸出手，够到了大衣，用它盖住腰以下的部分。大衣沉甸甸的：等焐热身子以后就把它拿开。沉甸甸的大衣让髋部发热，但终于可以伸直腿，侧着身子睡，甚至可以前胸和肚子朝下趴着睡，尽管睡衣——这么短——褪到了大腿以上。她把双臂放到枕头下面，手指碰到床头的铁栏杆，立刻缩了回来。

卡洛斯的那句话打动了她："因为你有保守隐私的权利。"

暖乎乎的身体里，有样东西在轻轻地敲击着她——你的隐私。从被敲击的地方缓缓涌出欲望的浪潮，突如其来地侵占了她的身体，一点点地蔓延到膝盖，甚至传到遥远的脚底。她把双臂抱紧在胸口以下，听见自己血液流淌的声音。

卡洛斯。

"不。这回，不可以。"

这回，不可以。但这股缓慢的潮涌不听她的话，一直上升到胸脯，上升到喉咙，上升到嘴唇。她的胳膊动了起来，开始向下滑去。

就像有一条巨大而黑暗的恶龙，钻进了她的身体，那双爪子穿过她体内，把她的双膝掰开。

　　"不，不！"她又叫了起来，"不，不！"然而，她已无法约束自己的双手。"卡洛斯！"她的呼喊像是一声呜咽。她想着卡洛斯，仿佛他是圣乔治，能把自己从恶龙手中解救出来。可是，卡洛斯不在，恶龙已经俘获了她，咬噬着她的内脏。

# 十二

"母驴"叫醒卡洛斯用早餐。她一边服侍，一边解释说，玛丽亚娜女士一大早就出发去旅行了，可能要第二天才回来，因为走的时候带上了"母驴"女儿。

"她说不想打扰您，所以就没有告别，希望您能谅解。"

卡洛斯这天没有必须做的事情，一整天完全自由。他收拾好行李，把箱子和其他所有东西都搬上了马车。

"先生您要走吗？""母驴"惊讶地问他。

"我只是搬家而已。"

"老太太会很难过的。她跟您已经相处惯了。"

海滩边上的一座棚屋下，有几个女人在缝渔网，大声地说着话。一群小孩儿光着脚在雨中玩耍。马车经过的时候，其中一个胆子大的问卡洛斯能不能捎他一段。在其他孩子惊讶的眼神中，卡洛斯让他上车，把他带到了上坡处。

"好啦！现在，你该回去了。"

那个小孩儿挤了一下眼睛，表示感谢，然后跳到公路上。

又往前走的时候，他碰上了罗莎莉奥的母亲。她假装没看见卡洛斯，路过时也没打招呼。按照这个钟点儿，还有她此时拎着的小篮子，她应该是去造船厂送饭。

上午其余时间，卡洛斯一直在收拾衣服，把它们在衣柜中放好。然后，他躺在床上，消磨了一阵时光，观察着墙壁上的斑痕，如同在做一项精神分析测试。

他很早就回到玛丽亚娜女士家中，沉默着用过午餐。

"没有人给我捎过口信吗？"他问"母驴"。

"没人来过，先生。"

从他去罗莎莉奥家之后，已经过了两三天了。跟克拉拉的相遇，让他把这件事儿忘到了一边，可现在又想起来了。他拒绝了"母驴"端来的咖啡。

"谢谢。我要去俱乐部。如果老太太回来，给我传个口信。"

"哎呀，您不用担心！老太太不会回来的。她带着我女儿一起出门，就是打算在外面过夜的。"

俱乐部里，牌局已经开始了。卡洛斯打过招呼后，坐在一张玩"三人斗"的桌边。看上去，没发生过什么特别的事儿。莫非是罗莎莉奥没有告诉卡耶塔诺自己去过她家，还是卡耶塔诺决定不提此事？

巴尔多梅罗和一个名叫古维依罗、做汽油泵租赁生意的家伙，挨桌跟各位说话。他们约好当天下午聚餐，比比看谁吃得更多、喝得更猛。

"卡洛斯，您不跟我们一起来？"巴尔多梅罗问道。

"这可是个好主意，当然了！"古维依罗补充道，"来吧，跟我们这些大富农①聚聚吧。"

他一定觉得自己这句话很风趣，便放声大笑了起来。

"大富农！当然了！法官、药剂师、镇上的主宰者，这儿还有利诺先生，要是您也肯赏光的话。"

"要是有龙虾的话，算上我一个。"

---

① 原文中"kulak"一词源自俄语，意为富农，此处借指在当地有权有势的人。

"有海鲜，还有里维依罗①的葡萄酒，敞开了吃吧！利诺先生，您尽管点就是了！我们是伯爵新镇的大富农啊！"

古维依罗那双微微泛红、不怀好意的眼睛滴溜乱转，闪光中带着嘲弄。

"卡洛斯，您也来吧。龙虾是法官拿来的，因为他判了个案子，偏袒一方，人家送给他的。当然了！是关于田庄的纠纷。起诉的一方占理，可是没想过要提前给他送龙虾。"

法官把手里的牌放到台布上，严厉地瞪着古维依罗。

"你要是再这样胡说八道，我就把你关进监狱。"

"关进监狱！天哪！咱们不都一个样儿吗，对吧？我从汽油里揩油；你在法院捞好处；这位巴尔多梅罗，卖苏打粉的时候做手脚。那些没法偷的人，比如利诺和卡洛斯两位先生，可以作为嘉宾出席。当然了！就算是荣誉大富农吧。"

等牌局结束，大约下午六点半，聚餐在镇子边上的一家酒馆里开始了。卡耶塔诺派人带来口信，说他会晚到一会儿，让大家先吃起来。

"卡洛斯，您看，还是要讲平等的。卡耶塔诺是主人。他可以让我们都饿着肚子，可他很有风度地让我们先吃起来。这真让人高兴！不过，我得感谢上帝，我的女儿们都很难看，因为如果长得漂亮的话，卡耶塔诺也会很有风度地把她们都给睡了。当然，要是那样的话，我和我老婆也能混口饭吃。"

"你最好闭嘴吧，你已经喝醉了。"

古维依罗一口气喝光了一只白色大酒杯中盛满的浊酒。

"大富农们万岁！这第二杯酒，祝卡耶塔诺身体健康，他是这里

---

① 里维依罗（Ribeiro）是加利西亚地区著名的葡萄酒产区之一。

的东家和领主，拥有共和国当局承认的初夜权①。"

有人把一只大鳌虾腿扔到了他头上，他叫唤起来。没过一会儿，就瘫倒在地上，脑袋靠着一张凳子，打起了呼噜。其他人分作三个声部，唱起一首加利西亚民谣来。唱到一半时，开始争吵，因为有人跑调了。

"卡洛斯，您会弹钢琴，您看这位是不是该唱第一声部，却唱了第二声部？"

他们又重新唱了起来，来验证一下，但卡耶塔诺的到来中断了民谣。

"哎哟，卡洛斯，你在这儿！"

他似乎没有得知卡洛斯去罗莎莉奥家的事，热情地拍了拍卡洛斯的后背，坐到了对面。当看到给他留着的那只硕大的帝王蟹时，他高兴得两眼放光。

九点半的时候，大家已经吃完了海鲜、土豆饼和一大盘子带汁的牛排。饭后甜品是焦糖布丁。

法官把他那份摇晃了一下，露出狡黠的笑容。

"每回吃焦糖布丁，我都觉得像是在咬一个女人。"

接下来的谈话便围绕着女人展开了。巴尔多梅罗已经半醉，不停地讲着荤段子。古维依罗舌头虽然不利落，却不住地想让药剂师说出真相，是不是像人们的毒舌传说的那样，镇上有位女士用棉布团来填胸，可巴尔多梅罗却装傻充愣。为了转移话题，他问卡耶塔诺："对了，'美女'是不是病了？今天上午我看见她母亲去送饭，不像往常那样都是她去。"

---

① 欧洲中世纪的一种陋习，即某一地的领主拥有当地中下层女性的第一次性生活的权利。

卡耶塔诺还不知道这事儿，不过，药剂师的发问，倒让他可以借机对罗莎莉奥的优点夸耀一番。

"这妞挺倔强，一开始老闹别扭，不过现在她可真是极品美味啊！"

"你泡她的时间比别的女人都长。"法官评论道，"我要是没算错的话，已经有三个月了。"

"再有三个月也是注定的。我是说，如果没有新人值得尝尝鲜的话。对了，前几天在市场里……"

他描述了一位陌生的年轻女人，想看看谁能帮他认出来。

"估计是个村子里的女人。"

"看来得派些人去村里侦察一下。"

他又回到了关于罗莎莉奥的话题。他快要建完一座便宜房子了，用不了一个星期，就可以让罗莎莉奥搬过去住。

"因为我比较讲究体面，只好把窗户的铁栏杆都拆了下来。先生们，我从来不从屋门进去。"

"可不是嘛！"古维依罗笑了，"你从窗户跳进去，就像小偷一样！"

"你想要收她租金吗？"法官不怀好意地问。

"当然了。一码事归一码事，要分清楚才行。租金会从他父亲的薪水里扣除。理所当然啊！在共和国政府的统治下，先生们，特权已经不复存在了。"

"看看这三个月会不会过得快些，"巴尔多梅罗说，"因为我已经有点儿迫不及待想要对罗莎莉奥动手了。"

"您要是敢这样，我肯定会打烂您的脸。"

"哎呀，您别这样啊！您享用完了，就别再霸着了，扔到河里的财物，谁先捡到算谁的。"

"具体到这件事，小母牛身上打着烙印呢，就算它到处走动，终归是有主人的。"

古维依罗大声地把他的凳子拉过来，凑到卡耶塔诺身边。

"卡耶塔诺，我要跟你说的是，这样可不对。当然不对了！我觉得你没有权利这样做，太过分了！因为，我要说的是，如果一个人钓上来一条沙丁鱼，把它吃了，也就算了；可要是用手摸摸，又把鱼放回到水里，那就应该是谁先钓上来算谁的。"

法官用指节敲着桌子。

"当心，这种比较是不公平的。你们记得吗？当初在圣安德列斯海滩上有条鲸鱼搁浅了，身上插着一把鱼叉，结果鱼叉的主人来了，把它带走了。"

"要是这样的话，我们就没有女人可找了！"

巴尔多梅罗把话让给了利诺先生。

"我认为，"利诺老师说道，"这是思维方式的问题。在一个理性的社会，爱情是自由的；不过你们也知道，现在时兴把文明社会看作是没落的。族长式的父权社会则奉行另一种思维，比如摩尔人[1]。"

"您是在把卡耶塔诺比作阿卜杜·克里姆[2]吗？"

"当然不是，不过从社会学形象而言，确有可比之处。族长不仅是女人们的主人，也是财富的主人。他强制推行例律，端坐在一棵无花果树下，根据他的智慧和理解来主持公道。"

---

[1] 摩尔人是指中世纪伊比利亚半岛（今西班牙和葡萄牙）、地中海诸岛和马格里布地区的穆斯林居民，有时带有贬义。

[2] 阿卜杜·克里姆（Abd el-Krim，1882—1963），20世纪初摩洛哥北部柏柏尔人反抗法国和西班牙殖民统治的领导者，里夫共和国的创始人。

"卡耶塔诺，这下你可知道了。"古维依罗一时变得清醒起来，要不就是挑拨离间的欲望让他酒醒了，"咱们让法官靠边站。你就坐在一棵无花果树下，巴尔多梅罗用手牵着罗莎莉奥出庭：'族长大人，我在街上遇见这个女人，她说我不能碰她。''呸，你这个不要脸的家伙！你不知道吗，这个女人是我的？……罚三十鞭子，如果胆敢再犯，就把他阉割了！'"

"阉割我，那可不行！阉割的刑罚已经因为野蛮而被废除了。"

"您呢，卡洛斯？您说说看。"

卡洛斯耸了耸肩。

"我没学过社会学。"

"可是，从您的角度，总会有些想法吧。假设您喜欢一个年轻姑娘，当您接近她的时候，发现她带着主人的烙印……"

"对，就是这样！那您会怎么做呢？"

"你们都很好奇，想知道如果我喜欢上一个女人，而她原来是卡耶塔诺的情人，那我会怎么做，是这样吧？"

法官、利诺老师、古维依罗和巴尔多梅罗都把头向后缩了回去，只有卡耶塔诺把头向前探出。

"不是这样吗？你们说啊！"

"不是的！"利诺先生的声音有点儿发颤，"大家提出的只是个抽象的问题，一个纯粹理论上的问题。法官从他的角度来解释，我也讲了我的看法。总之，要您说的也只是个理论上的回答，因为您肯定对这方面有所研究，要不就是我的信息有误。一个被占有的女人，她的所有权如何界定呢？这正是问题所在。现代社会学家们认可两性之间的关系是自由的，无论之前和之后都不存在某种依附。但是，毫无疑问，有些民族和个人的想法截然相反。为什么呢？在这方面，精神分析会怎么说呢？总得有所解释吧……这个问题，您一定理解，对于教育者来说是至关重要的。我们需要培养年轻一代对异性的尊重感，教导他们，那种对异性占有的情感，无非是一些陈旧的偏见。然而，就像我之前说的，理性的文明是一个没落的阶段……"

他继续说下去，没有留给卡洛斯回答的间隙。他讲话很快，冗长的演说很快就转向更为抽象的问题：教育是否处于危急关头；那些杰出的知识分子，比如斯宾格勒[①]，是不是颠倒了价值观；还有这个、那个；等等。很快，巴尔多梅罗就跟古维依罗窃窃私语起来，接着是法官与巴尔多梅罗耳语一番，然后他们又要了一大瓶酒。直到后来，终于有人叫停了利诺老师。

"咱们改日再谈吧。我承认，这种对话不适合聚餐的场合。"

不过，他的眼神中充满了快乐，就像打了个胜仗。

大家从酒馆里走了出来，又说又唱，一片喧闹。他们成双成对地相互挽着胳膊，走到镇子入口处分散开来。当有人说"明天见"的时候，卡耶塔诺回答道："明天见不着了。明天我得去一趟拉科鲁尼亚，会在外面待几天。"

卡洛斯没有察觉到，卡耶塔诺说这话的时候，一直在看他。

"您回老太太家？"巴尔多梅罗问道。

"她也出去旅行了。今天我回自己家睡。"

"这样的话，如果您愿意，我跟您一起走，顺便也能用我的伞给您遮雨。"

他们沉默着在菜地和土坯围墙之间穿行，绕过镇子，来到公路上。

"卡洛斯，您做得欠妥。"药剂师突然说道，"您不知道吗？古维

① 奥斯瓦尔德·斯宾格勒（Oswald Spengler，1880—1936），德国著名历史哲学家与文化史学家，代表作为《西方的没落》。

依罗专门喜欢挑拨别人吵架。这家伙心眼儿不好。要是您和卡耶塔诺打起来，他可就乐坏了！"

"您想让我当时怎么做呢？不吭声？"

"不吭声，当然不行了。他们会传出去笑话您。"

"那我该怎么做？"

"不好办，您可得多留点儿神。他们不挑拨到你们吵起来，是不会善罢甘休的。您知道前几天古维依罗在俱乐部说了什么吗？'现在究竟谁才是镇上的主宰者呢？是卡耶塔诺，还是那个新来的医生？'"

"镇上的事情，我从不关心。"

"这正是我跟他说的，而且我得承认，利诺跟我也是同样的看法。可是他们不理解有人可以置身事外。如果您不服从卡耶塔诺，那就是想要自己发号施令：这就是他们的逻辑。当然，只要还搞不清楚您二位谁能压倒谁，他们就觉得不踏实。"

两人在祖宅门前告别了。卡洛斯点燃一根火柴，找到一截放在门厅的蜡烛，上楼来到他的卧室。一片寂静中，屋子里各种微弱的杂音和雨点打在园中树木上的响声纷纷传来。天很冷。他迅速钻进床里，蜡烛还没有烧完，他就再次观察墙上的斑痕和剥落之处，借此消磨时间。颤巍巍的烛光不断生出新的影子：之前看上去像战场，现在像一群羔羊；而原先像是两只猫打架的地方，这会儿更像是一男一女拥抱在一起。

他睡着了。烛光也许还没有熄灭。不管怎样，他的灵魂已经沉湎于各种声响，在它们中间找到了一首催眠的歌谣。一开始，像是一曲模糊不清的合奏，不过在杂乱之中，他一样样地回想了起来：水井的辘轳，角楼高处的窗户，屋檐下一扇总也关不上的门，被风吹得乱响。久远的声响，让家中各个角落呈现在他耳畔，像是要囊括整座房子，又像是要把它全部搬到记忆中来。他把它深藏在心中那么多年，忘记了它的存在！这房子是他的，还有那些声响，也同样是他独有的财产。睡着了，他依然能听见它们，把它们全都真切地带入梦中，但随之而来的景象已截然不同。他从镇上回来，沿着石崖上的阶梯往上走，雨水顺着磨秃的石阶、矮墙的石壁和播种后土地上的垄沟蜿蜒流淌。阶梯仿佛永远也走不完，末端消失在漆黑的深夜里。他努力走上去，忽然间来到了花园中。雨已经停了，一轮被乌云染脏的月亮，勉强照亮园中的小径。他从紧挨着凉棚的树木，还有园中空地上的红豆杉旁边经过。一个异常平静的男人，倚靠着一棵红豆杉树，他的脸庞和双手清晰可见，同样很平静，但又都在不停地运动，因为在皮肤表面，数以百万计的细胞历历在目，每一刻都在不停地诞生和死去。原来，他就是魔鬼。

卡洛斯在惊恐中醒来，心悸不已。他摸索着找到火柴，想要点燃蜡烛，但只摸到熔化滴落的蜡油，在冰凉的桌面上板结变硬。他既害怕，又嘲笑自己害怕，但笑声并不能赶走恐惧。他想起来，在弗洛伊德的象征体系中，楼梯和魔鬼意味着什么，但依然难以平静下来。房间里漆黑一片，不时传来或近或远的声音：厨房里，或是角楼里，一扇窗户摇来摇去；走廊地面上的木板和头顶上的房梁吱呀作响；风从某个孔洞中钻进来，发出哨音；老鼠们窸窸窣窣的流窜声传到他这里，放大成巨人的足音。小时候，好多次他在夜里醒来，听见深夜的响动。他全都能辨认出来，但当疾风呼啸作响时，他会感到害怕。于是，他会伸出手来，在旁边的床上摸索着寻找母亲熟睡的身体。现在他是孤身一人。孤身一人，脑海里还残存着对魔鬼的回忆和不断涌起的恐惧。客厅里有蜡烛，可以走过去拿来一支。天真是太冷了！他起身后，一个箭步跳到门前，把房门锁上。重新上床前，他不禁为自己的举动感到好笑。他点燃了一根火柴，亮光持续的过程中，一直把它高举过头顶。用锁住房门来抵御魔鬼，纯粹是徒劳无用的戒备；因为梦见魔鬼而感到害怕，更是愚蠢不堪。他回到床上，蒙住脑袋，但已睡意全无。渐渐地，他的灵魂开始分裂：黑暗的部分相信他所梦见的，光明的部分在分析梦境，并且用理智对盲从的那部分狂轰滥炸，把它包围起来，围困住，反复攻击，让它因为荒唐而局促不安，把它推到意识最后的褶皱里，但还是没能摧毁它。它仿佛龟缩在极限中，在那里，理智失去了力量。于是，他停止了进攻，撤退到清醒的那部分中，在此他可以敏锐地思考。他借助自己所有的知识来解释梦境的缘由，为什么魔鬼会出现在梦中，为什么恰好是这个晚上，第一个独处的夜晚。是的，魔鬼的形象属于他的无意识，楼梯的形象也同样是他的无意识，也许它们和弗洛伊德的解释不同，意味着其他的东西，或许还有额外的含义，不只是一些象征，而是神话，对应着某种现实。

突然，他意识到，灵魂中的运动已经逆转了，那微小的、致力于思索和阐释的光明部分，如今已经被恐惧的阴影所包围。从这些阴影里，恐惧用新的理由来发动攻击，这些理由似是而非，迫使他不得不手画十字，或者从床上跳起来摸一摸奥索里奥神父送给他的那盏幸运小灯。这些神奇的理由，印证了魔鬼已经钻入他身体里，因为自从几年前萨拉生硬地把圣牌从他脖子上拽下来以后，他就没有得到足够的庇护。

他一直醒着，不停地战斗，眼睁睁着自己陷入矛盾之中，直到黎明的曙光照亮了窗户上的铁栅栏，他才得以入睡。

他被一阵敲门声吵醒，随之而来的是走廊里玛丽亚娜女士说话的声音。

他披上大衣，打开房门。

"稍等，我把窗户打开。屋子里黑，您别碰着脑袋。"

他又回到床上。这时玛丽亚娜女士才进来。她一身旅行的装束，身穿大衣，头上戴着帽子。

"你真是变成了一个懒鬼！你知道已经几点钟了吗？"

她坐到卡洛斯身边，告诉他自己刚从拉科鲁尼亚回来，回家之前先来这里看看他。

"对了，从什么时候起，人们睡觉不关大门了？"

"我觉得，没有人会来偷东西。"

"有人可能会来谋杀你。拜托了，你一定要多加小心啊！不然的话，我只好强迫你回我家住。"

卡洛斯穿衣服的时候，她借口要准备早餐，出去了。等他下楼后，发现玛丽亚娜女士在厨房里，和女仆在一起。房间里到处都是包裹。女仆把东西一件件放到隔板架上，玛丽亚娜女士把刚煮好的咖啡放在一个托盘里。

"这究竟是怎么回事？"

一台汽油炉灶、一盏电石灯、两盏煤油灯、铝质的炒锅、几瓶酒、咖啡、茶、一桶饼干、糖、几罐果酱……

"我的孩子，你会理解的，你一个人过苦行僧生活的计划，我可不怎么喜欢。有了这些，你愿意的话，至少可以泡杯茶，或者喝杯红酒。"

他们在餐厅里一起用早餐。借此机会，玛丽亚娜女士解释说，她去拉科鲁尼亚是为了给贡萨洛·萨米恩托汇一笔钱过去，每个月都是这样。

"说起来，我给他写的信有点儿不客气，不过，这个无赖打你回来后，就没给我一点儿音信。"

要不要告诉她，自己梦见了魔鬼，感到害怕，而自从醒来以后，就发现灵魂中有种异样的东西，令人不安？

"他要是病倒了，我一点儿也不奇怪。他给我的印象就是个老态龙钟的人。"

"那就更有道理了。他身边只有一个女儿照顾他。"

"您，甚至连家人也没有。"

"唉！我可是很坚强的。我既不怕得病，也不怕死。如果时辰到了，该走了，我就坦然离去。可是，那孩子的命运倒让我挺担心的。你已经在我身边了，可她还漂在外面。巴黎有什么让她舍不得的？"

卡洛斯喝了口咖啡，吃了一块饼干。

"也许，她的生活就在那里。这是您应该理解的。"

"我不理解。对我来说，她的生活在这里。"

"在您身边？"

"对。不过，不是为了照顾我，甚至也不是为了陪伴我，而是要学会接我的班。"

她的额头蒙上了一层阴影，用忧郁的眼神望着卡洛斯。

"我担心她做不到。我同样担心，你不是那个命中能帮助她的人。你们怎么都不顶用呢，上帝啊！"

他们一起来到镇上。午餐前，卡洛斯去了一趟酒馆，在那里碰上了胡安·阿尔丹。

"我知道，你昨天差点儿跟卡耶塔诺打起来。我不知道的是，你喜欢罗莎莉奥。"

卡洛斯说昨天的事儿并不严重，并且否认他喜欢罗莎莉奥。

"今天早上，市场里大家都在说这件事。消息是我妹妹克拉拉带回来的。对了……"

胡安找了个借口，把卡洛斯拉出酒馆。

"有件事，我想跟你解释一下，不过，对我来说并不容易。我知道，前些天你给了我妹妹们一些旧衣服，让她们去卖掉。"

"其实，我把衣服给她们，是让她们自己随便去处置。"

"克拉拉把它们当成了个人的礼物。"

"我觉得挺好。"

"问题是……她要自己穿。"

卡洛斯抓起他的胳膊。

"胡安，你为什么要自寻烦恼呢，非要辩白一件无须解释的事情？我找了个借口，送给你妹妹们我母亲的衣服，其实，这么做是因为我知道这些衣服对克拉拉有用处。我觉得没有什么不妥，更不用说冒犯你了。这件事如此简单，根本不需要什么评论。如果你不去翻弄妹妹们的东西，甚至压根儿都不会知道。"

阿尔丹没有回答，可他还是挣脱了卡洛斯的胳膊。两人走了一会儿，没有说话。

"你觉得，我没有接受卡耶塔诺给的工作，这样很不好？你认为，我应该像所有人一样，仅仅为了挣钱养家和不让妹妹们受穷，就得逆来顺受？"

"你别傻了。你要是真在乎我的评判，那就放心好了。我完全理解你的理由，也很赞同。事实上，我所做的跟你一样。"

"你可是一个人啊！"

"那又怎样？这改变事情的性质吗？"

"当然了。你可以自由地接受或者拒绝，可我，却有一份责任……"

他抓住卡洛斯的胳膊，让他停下来。

"咱们去码头吧，那边可以自由地讲话。"

他们用灯塔来做掩护。

"我丝毫不在乎人们说我是个游手好闲的家伙。至于我妹妹的看法，我也不担心，虽然我这么做是为了她们，但是她们也不会理解。'古巴佬'和工会里的渔民们是我的朋友，想法也一致，可是他们并不知道我所作所为的真正原因。他们赞赏我不屈从于卡耶塔诺，也敬佩我，因为我宁愿忍受贫穷。不过，他们对我的妹妹们，尤其是克拉拉，没有什么好印象，因为他们的女人都干活儿，还毫无怨言地操持家务，把这当作正常事儿，可我妹妹不是这样。其实，我承认克拉拉也干活儿，可她干的那些活儿，别人要么看不见，要么不当回事儿。"

他停顿了一下。

"而且，"他继续说，"大家都知道，她买茴芹酒给我母亲喝，经常赊账，而我总是不得不丢人现眼地去付钱。"

"克拉拉也有她的理由。"

"也许吧，不过那些理由是不公平的。"

"你的那些理由就公平了？"

"至少，我相信是的。你很了解镇上的情况，应该能理解我的苦衷。如果是在其他地方，我没有理由不工作。在这里，我们刚来的时候，我也尝试过。我想要教书，给孩子们办一所夜校。可是，有一天，利诺先生来找我，对我说，如果不马上遣散学生，就派国民警卫队去我家。原来，根据法律，我不能教书。当然，换成其他情况，利诺先生是不会找碴儿的。他是被卡耶塔诺逼着这么做的。卡耶塔诺以为我最终会接受他给的工作，而一旦接受了，我也就放弃了自己的尊严，就像其他人一样。也就是说，轮到有一天他对我任何一个妹妹下手的时候，我就只能像其他人那样：假装不知道。"

"前几天，你把克拉拉想要投靠卡耶塔诺的事儿当成注定的厄运。"

"是的，可我也说过，我会杀了他。这就是最主要的原因：为了拥有能杀死他的自由，我甘愿忍受贫穷。"

"你看，"玛丽亚娜女士说，"这让我对胡安更有好感了。"

"可是，您得承认，咱们的好感，丝毫不能解决他的问题。"

"如果他肯接受，我可以弄出个职位来给他。比如，帮我管理财务。"

"您别忘了，您可是渔民的船东，也就是说，您属于雇主阶级。"

"据我所知，阿尔丹从来没跟我有过什么过节。"

"但是，工会领袖这个角色，让他不能接受您提供的职位。"

"那无非是个借口，真正的原因是他的自尊心太强了。"

"也许是吧。无论如何，我是不敢当这个中间人的。"

"也是因为自尊心？"

"那倒不是，其实……怎么说呢！阿尔丹动不动就爱生气，比看上去要更难打交道。关于送给克拉拉的礼物，他完全可以什么都不说，不必找我来解释，还有比这更容易的事儿吗？"

玛丽亚娜女士让人给卡洛斯准备一份丰盛的下午茶点。

"我不想让你回家太晚。"

她还让卡洛斯务必乘马车回去。

"你家有的是地方停放。我叫人往车上放一口袋饲料，这样'英俊'就不会让你操心了。"

卡洛斯把马儿牵到一间库房里，房门通向门厅。电石灯的光亮让他在那些昏暗的地方也能方便地走动。他正要关上门，却看见长椅上有一张纸，用一块石头压着。他惊讶得差点儿把灯掉在地上。那是一个封好的信封，上面用钢笔写着姓名。他迅速把信封拆开。

卡洛斯·德萨先生：

今天晚上我会去您家归还丝巾。请您不要把门关上，这样我可以进去。您不用担心，因为今晚我是自由的。

您的仆人，向您问好。

罗莎莉奥·维依特斯

字写得很大，很有力，尽管有些粗糙，拼写有不少错误，签名歪歪扭扭的。

卡洛斯站在门厅里，陷入了困惑，唯一想到的只是用火把信点着，等着它烧掉。他看了一下时间，八点多一点儿。"今天晚上"这个说法很模糊，可能是马上就到，也可能是两个小时以后。他快步来到厨房，往玛丽亚娜女士带来的煤油灯里灌满油，点亮后把它挂在客厅大窗户后面。然后，他走到花园里，不顾下着雨，确认从祖宅入口，甚至从更远的公路上都能看见灯光。路上简直就是一片泥塘，不过罗莎莉奥已经习惯了，想必会踏着木底鞋走来。

在哪里接待她呢？在客厅还是角楼的房间里？那里会很冷的。他大步流星地跑上楼，点燃了壁炉。应该请她吃点东西才好，何况第一次去罗莎莉奥家时，她招待过自己。卡洛斯准备好那不勒斯式咖啡壶、杯子、糖、小勺，把它们都放在玛丽亚娜女士送给他的托盘中。这件礼物，真可谓恰逢其时。家里还有白兰地酒。罗莎莉奥会喜欢吗？也许，还是雪莉酒和饼干更好一些。他把东西都拿到角楼，留下一盏点燃的灯，把门敞开着。他下楼来到门厅里等待。这时还不到八点半。

这副不安的样子，被她撞见就不好了。应该平静地接待她，甚至冷淡一些会更好。几天前，当罗莎莉奥的父母羞辱他时，她并没有把这种做法当作敌意，哪怕是冷漠。她没有必要归还丝巾；何况，既然坚决要这样做，只要把丝巾放到他现在坐着的长椅上就行了，用压住信封的同一块石头压住丝巾。她非要亲自送来，还这样偷偷摸摸的，这意味着友情，也许是尊重，没准儿还有什么别的。

冷风从敞开的门中不断吹进来，他的双腿有些发僵。他只好喝了口白兰地，不再坐下，而是不停地踱步。"今天晚上"大概是指九点钟吧。罗莎莉奥的父母应该睡得比较早，他们睡下后，她就会从窗户里钻出来，一个人贴着灌木丛树篱走，以免被人发现。天上下着雨，她来的时候可能会披着那条深蓝色的大披肩，到了以后，抖落披肩之前，上面的水珠在灯光的映照下会晶莹闪烁。

"晚上好。"

她站在门槛处，犹豫不决。

"进来吧。晚上好。"

他走向罗莎莉奥，向她伸出手。罗莎莉奥没有看他，而是在披肩下面找什么东西，大概是在胸前。她掏出丝巾来，把它交给卡洛斯。

"给您。"

"你为什么把它还给我？"

罗莎莉奥目不转睛地注视着他。

"先生！一定要还的。"

"随你好了。"

他接过丝巾，把它收好。

"好吧。请进。"

"干吗，先生？"

"你身上都湿了。来，快进来。"

他在罗莎莉奥的肩上轻轻推了一下。她身上还裹着披肩，几乎遮住了面孔，双手也藏在里面。她站在门厅中央。

"我觉得，"卡洛斯说，"这里的习惯是把木底鞋放在楼下。"

"可是……我要上楼吗？"

"如果你愿意……"

她没有回答，却把木底鞋放到了长椅下面，走上楼梯。卡洛斯拿着灯，跟在她后面。大披肩几乎罩住了罗莎莉奥整个身子，下面的穗子比裙摆还要长，直到脚踝处。

走到楼梯尽头，她又站住了。她想让卡洛斯先走，后者只好又推了她一下。

"您不关门吗，先生？"

"有什么用？"

"关上吧！"她突然惊恐地喊了一声，没等卡洛斯动手，她就把门上的大锁别上了。"您不应该这样敞着门。"她补充说。

"你不用担心。这里没有人来。"

角楼客厅里比较暖和，壁炉里，火焰相互追逐，呈螺旋状上升。罗莎莉奥又停下脚步，向四周看了看。

"你到炉火边上去，暖暖身子。我准备点儿咖啡。你爱吃的话，这里有饼干。把披肩给我，需要晾一下。"

他过去帮罗莎莉奥脱下披肩，她还是站在那里，一动也不动，双臂叉在胸前，金黄色的头发落到肩上。

"你这样散着头发很好看。"

"吃完饭去睡觉之前，我在厨房里当着大家的面把辫子散开了。后来就没工夫再扎上了。"

"你坐下吧。你的长袜是不是淋湿了？可以把它们放到披肩旁边一起晾干。"

他亲自把披肩搭在一把椅子背上，正对着壁炉。借口说要准备咖啡，他转过身去，背对着罗莎莉奥。她坐下来，脱下了长袜，把光着的双脚放到炉火边上。

"先生……"

"你需要什么？啊，你光着脚呢！等等，我拿一条毯子来给你盖上。"

她想拒绝，可是卡洛斯已经走了出去。很快，他就拿着毯子回来了。

"没事儿，你别动，我来。"

他跪下去，用毯子把她的双腿和腰部以下的身子裹了起来。她没有说话，一直看着他。卡洛斯碰上她的目光，猜测着将要发生的事情，虽然不知道到底会怎样。

他很平静，动作不紧不慢，说些无关紧要的话，也听她说。

"你刚才好像要说什么。"

"想请您原谅我。"

"为什么？"

"那天，先生第二次去我家时……"

"噢，那天！是你父母，不怨你。"

"我当时什么也没法说。希望先生您能理解我。"

"我当然能理解。"

"我本来可以很高兴地答应下来。我很感谢先生您想着我。"她笑了笑，"我要是您，一定每天晚上都把门锁好。"

那不勒斯式咖啡壶里响起了蒸气的哨音。卡洛斯关掉酒精灯，等待咖啡过滤好。然后倒入杯中，把杯子递给罗莎莉奥。

"先生您这样客气不好。"

"为什么？"

"还用我说为什么吗？"

"不必。你喜欢加很多糖吗？"

罗莎莉奥有些窘迫。她伸手接过了杯子。

"这样就可以了，先生，谢谢。"

"等等，先别喝！"

可罗莎莉奥已经被烫到了。卡洛斯笑了，她也笑了。然后他们又恢复了严肃，互相对视。

"你怎么敢来我这里？"

"他今天晚上不在。"

"可你一个人，这么晚出来……"

"没有人知道，也没有人想害我。"

"你来只是为了还给我丝巾？"

罗莎莉奥默默地把空杯子还给卡洛斯。

"您要是愿意听，我还想跟您说一些事情。我不想让先生您把我想得很坏。"

"为什么我一定要这样呢？"

"您这么想，是很自然的事儿。"

"伯爵新镇上有许多女人都曾经是卡耶塔诺的情人。"

"我不在乎其他女人，我只想替我自己解释一下。"

"那为什么要对我说呢？"

罗莎莉奥避而不答，自顾自说了起来。有一天，她爹说："好多人都去造船厂上班了。"她娘回答道："没错儿，好多人呢。普通工人每天能领一个杜罗的薪水。"过了几天，他们又唠叨了一遍，还算了一下，如果她爹和两个哥哥都去上班的话，能挣多少钱。"一天三个比索，一星期就是十八个。""那你还不去求求卡耶塔诺！""我？老婆啊，这可不是男人干的事儿。"于是他们商量好让"美女"去。一天早上，她让罗莎莉奥停下手里的活儿。"你跟我一起去。"她建议罗莎莉奥穿上星期天的盛装，辫子上系上丝带，一起去了造船厂。卡耶塔诺在办公室门口遇见母女二人，问她们是谁，想干什么。"噢，对了，是'美男子'一家！"于是，让她们进去，一边听老太婆讲，一边不住地打量着年轻的闺女。"会有活儿干的，会有的。""您要叫我丈夫来吗？""不用，我改天晚上去你们家，当面答复。""先生您不用麻烦跑一趟。""不麻烦。晚餐以后，我通常都去散步。这位姑娘，叫什么名字啊？"罗莎莉奥没有回答。"回人家话啊，这丫头，你不会说话了？"两天过后，卡耶塔诺晚上出现在罗莎莉奥家里，跟男人们谈了一阵，约好从下星期一开始去上班。这时天色已晚。"先生您要是不介意，我们就去睡了。罗莎莉奥可以一直陪着您。"等爹娘和哥哥们都走了以后，卡耶塔诺问罗莎莉奥，她的房间在哪里。

"那你呢？"

"我又能怎么办呢？这就是交易。从我娘带上我一起去的时候，我就知道了。"

"你喜欢上他了？"

"我？先生！就算一道闪电在我面前劈死他，我也决不会掉一滴眼泪！我忍受着他所做的一切，真是受够了。这不是为了我自己，要不是为了这个家和我爹娘，我真想一脚踹断他的肋骨。"

"不去造船厂上班挣钱，你们过得真那么差吗？"

"才不是呢，先生！我们能差到哪儿去？感谢上帝和我们的双手，我家里从来不愁吃，还攒下了一百个杜罗，买了一头母牛。都是因为贪心啊。现在要搬到新家去住了，看他们怎么办，那里除了一个小院子能养几只鸡，连一块菜地都没有。他们早晚会怀念先生您租给我们的房子，还有田庄和牲口！每年才十五个杜罗的田租，他们还抱怨。现在，我们每个月要付六个杜罗，就为了住那个臭烘烘的猪圈！没辙，只能听主人的。"

"那他一旦甩了你……"

"这事儿，我爹娘他们才不去想呢。以前，因为家里有地，不愁找不到丈夫。现在，只有无赖们才会缠上我了。"

"我知道，卡耶塔诺就算甩了你，也不想让其他人跟你好。他说在你身上已经打了烙印，就像一头母牛。"

罗莎莉奥打了个寒战，眼睛里划过一道愤怒的闪电，不过转瞬即逝。她温柔地笑了笑，抬起双手，做了个无奈的手势。

"我又能怎么办呢？如果我家里有男人的话……"

她突然站起身来，抖落掉毯子，光着脚站在木地板上。

"时候不早了，衣服也晾干了。"

她的双脚娇小而白皙。

卡洛斯拿起长袜，用手摸了一下。

"对，已经干了，披肩也晾干了。"

"麻烦您递给我好吗？"

她手里拿着长袜，直到卡洛斯转过身去，她才穿上。

"还有披肩。您能帮我围上吗？"

她背着身子，抬起胳膊，用手抓着披肩的边儿，慢慢地把它围到自己身上。可是，卡洛斯并没有松手，他的双臂合拢在罗莎莉奥静止的身体上，她没有动弹。

　　"我的天哪！一定很晚了！"罗莎莉奥说道。

　　"过了十二点钟了。"

　　她的表情判若两人。一阵彻底的愉悦在她眼中翩翩起舞，令她说话时声音发颤，她伶俐的话语和一举一动都洋溢着欢乐。可是卡洛斯知道，这不是因为爱情，甚至也不是因为那种——据她坦言——那天晚上第一次感受到的激情，而是欺骗了卡耶塔诺和嘲弄了她爹娘后的心满意足。提到他们时，她带着胜利的怒火，希望他们看见她躺在卡洛斯的怀抱中，希望全镇的人都看见。

　　"我送你回家。"

　　"别这样，先生！您何必呢？我知道怎么走，不会迷路的。"

　　"这么晚了，我可不想让你一个人回去。"

　　"我不会有事的。"

　　她拿起披肩，递给卡洛斯。

　　"您再帮我围上吧，像刚才那样。"

　　围好了披肩，她走近卡洛斯。

　　"先生只要您吩咐，我就会一直留在这里。"

　　"你肯定不会后悔吗？"

　　"先生，您只要发话就行。"

　　她等待着答复，脸向上仰着，大大的蓝眼睛像深潭一样平静。

　　"你好好想想，如果你决定这样……"

　　"听先生您吩咐。"

她打开了门锁。

"先生，一定要把门锁好啊。"

"可是，你为什么这么害怕呢？"

"有人对先生您不怀好意。"

卡洛斯高举着灯来照亮，他们下楼来到门厅。

"我的木底鞋！我的木底鞋在哪儿？"

她抱住卡洛斯，看着他，眼中立刻充满了震惊和真切的恐惧。

"我把它们放在了这里，就在长椅旁边。您记得吗，先生？"

"你看，它们在门边上。"

"有人把它们挪了地方。"

"有人？"

她把木底鞋套在了薄底软鞋下面，木底的声音在门厅的石头地板上回响。

"先生，您回去吧。快上去，关好门！今天晚上有人来过这里！"

她走近卡洛斯，亲吻了他。

"要是有人杀害您，我会非常难过的。"

她匆匆跑开了，在一片滂沱大雨中，她的身影消失在小径的尽头。

"等等，罗莎莉奥！我跟你一起走！"

"您别出来，看在上帝的分儿上！"她回话的声音从远处传来，随后是大门关闭时金属的吱嘎声。

卡洛斯走进库房，看看是不是有人偷走了"英俊"。那匹瘦马还在角落里，缰绳拴得好好的。他拍了拍马儿，走了出来。他依旧敞着门厅，不过还是把楼梯口的门锁上了。

壁炉里残存着一些炭火。他在里面拨弄了一会儿，直到炉火重新烧旺。然后，他煮了咖啡，又喝了一大口白兰地。他想要睡下，但已毫无睡意。于是找来一些粗树枝，坐到炉火旁边，罗莎莉奥坐过的同一把椅子上。

他感到有些悲伤。他能准确地意识到这种悲伤在心中悄然产生的时刻，还有自己为了平复它——至少是掩饰它——所花费的气力，那时罗莎莉奥还在他身边，话语间洋溢着惊人的喜悦。然而，这份喜悦却无法传递给他，它并非来自亢奋的肉体，也不是因为爱情得到满足，而是一种胜利，他则是被利用的工具：顺从，几乎是被动应付，相当天真。她早已下定决心、计划好，并且付诸实施了。没准儿几天前，当他边退却边与"美男子"争执时，罗莎莉奥没有抬头，也没有放下手中的玉米穗，心中却暗暗高兴，打定主意一有机会就找个晚上把丝巾还给他。他成了罗莎莉奥的玩具。噢，当然了，她并非出于恶意！也许她觉得，既然对卡洛斯来说并无大碍——他不是想让自己去家里当用人吗，那么，不管什么理由，只要接近他，然后任凭他拥抱就足够了。她选好了时机。她当时抬起双臂，离他非常近，背对着他，毫无防范，仿佛在说："就是现在。"他顺从地抱住了罗莎莉奥，是的，可他虽然激动，却并非不能够控制住自己，在往她身上裹住披肩时松开手。然后，事情就不同了。罗莎莉奥像是找到了新的东西，非常兴奋。

他又喝了一口白兰地。对卡耶塔诺的胜利是次要的，他几乎毫不在意，哪怕被卡耶塔诺知道了，哪怕伯爵新镇的人全都欢呼他是胜利者。他并不在意。悲伤似乎来自一种屈辱，但还有别的什么，他既不能分清，也无法定义。它与悲伤交织在一起，这种感觉就像是把他跟什么人或者什么东西分开了，又像是有什么东西破碎了，而他变得孤单一人，与世隔绝，只剩下他自己。

他推开窗户，探出身子。一根红豆杉的枝杈在他头上摇曳，甚至擦到了头顶，在头发上抖落下冰冷的雨滴。狂躁而迷茫的寒风吹过，呼啸声充满整座山谷，顺着山坡向上蔓延开来。这呼啸声囊括一切，把所有其他的杂音都揽到自己怀里。他好像听到，在这一阵巨响之中，有一支笛子演奏着欢快的音乐，多少有点儿谐谑的意味，但只是一瞬间而已。夜晚的寒冷让他的血液平静下来。他觉得有必要好好想一下，弄清楚，把最近几个小时发生的事情归纳为严谨的因果关系。他在炉火边思考良久，抑制住想象，以便理智能够冷静地推断，似乎他所分析的问题并不属于他自己。就这样，过了很长时间。当他坐在罗莎莉奥坐过的扶手椅上，盖着她盖过的毯子睡着后，他觉得自己明白是怎么回事了，至少关于他回到伯爵新镇后的一切行为。但还有一点，以他的分析尚且琢磨不透，因为这一点并不完全属于他，或者说，至少他是这样认为的。如果这一点意味着某种先验意志的直接介入——这可以作为某项研究的假设，那么，随后发生的一切是怎么把他一步步引向罗莎莉奥的怀抱呢？想到这里，卡洛斯开始嘲笑自己，随即又自问为什么要自嘲。然后他发现，自从几个小时以前，他就变成了自己生活的旁观者，俨然是一位读者在面对小说中的人物。而他的生活，从外面看起来，显得很滑稽，像一只猫在追逐自己的尾巴。不过，他还发现，在分析的过程中，他把各种事情拆解得如此细碎，以至于把它们给毁掉了，而现在欣赏着留下来的残骸——那一堆给医生看的数据——仿佛这些东西从未属于过他自己。

# 十三

卡洛斯醒来时已是上午。他打开窗户，眺望着山谷，还有笼罩在雨中的小镇和溺湾中汹涌的湍流。家中一片寂静，仿佛狂风停止吼叫后，留下来一个洞穴，里面落满了不是折断就是枯死的红豆杉枝叶。

他洗脸的时候，想起了昨夜得出的结论。他觉得，按照逻辑，接下来应该就他对罗莎莉奥的行为做出一个实际的决定。有可能发生的是，她肩上扛着铺盖卷出现在门口，正如她已经暗示过的那样；或者继续跟家人住在一起，但哪天夜里还会再来找他。在这两种情况下，他都可以拒绝她，或者应该拒绝她。眼下，他放弃可以而选择应该。为什么应该拒绝她呢？为了避免陷入一种麻烦的局面或者一种不情愿的感情关系？换言之，为了保持自由？他不得不承认，这两条理由中，任何一条他都不在乎；而他的自由，经过分析，依然保持完整。既然如此，又是为什么呢？因为害怕卡耶塔诺？

有一点，昨天夜里一直搞不清楚——当然了，因为昨晚着重于探究已发生的事情，现在则不去分析它们，而是要决定今后的行为：还能继续逃避道德上的评判，而把责任当作纯粹的权宜之计吗？况且，为了达到这个目的，先得解决掉悬而未决的那一点，这对他的好奇心来说太有吸引力了：就好比有人给他端上一道神秘的食物，只要稍稍掀起盖布的一角，就会真相大白。只是，那一点也许会在不经意间被捅破，由于其自身的力量，而非有意为之，正如其他许多东西——都已被很好地了解、分辨、研究清楚——看起来是受外力所致。

在那块盖布下面，隐藏着对克拉拉的记忆，和一个非同一般又出乎意料的概念。至于它的具体名称，他先是拒绝，随即又接受了。这个名称是如此诱人，充满了戏剧性，而且被完美地界定，但从表面上看来，跟克拉拉并无联系。为什么在想起她的时候，同时想到了罪孽这个词呢？为什么两者一同出现，宛如鸟巢中的两只蛋，并列在一起，却没有相互蹭到？

　　"在任何一个人身上，"他想，"都暗藏着世界的历史。如果我把手伸进我的灵魂，掏出来的不光是这种负罪感，还是一个活蹦乱跳的尼安德特人。也许正是这个人，在梦到魔鬼后感到害怕，还依然相信魔鬼已进入他的身体，躲藏在里面，任意妄为。"不过，尼安德特人目前对他来说并不重要，但想到事实本身以及与克拉拉的关系，负罪感却实实在在，这一点他尤其在意。还有一个不争的事实，那就是他昨晚的苦心钻研，那些精确的因果关系，一下子都面目全非了，没准儿彻底无用了。然而，这种几乎到了负罪层面的感觉，并没有侵蚀他，也没有震撼到他，而是与他保持着距离，孤立着，在空中飘荡着，更像是关于某种情感的理论概念而非鲜活的情感本身。就好像是一件被忘掉的作品，重新出现之后，他不得不把它毁掉，然后再重塑起来。

　　他对罪孽的认识，派不上什么用场。为了重构分析体系，他需要具备一些神学知识，哪怕只是肤浅的——现在他并不具备，不是为了信仰，而是他无法心安理得地把这一切拘泥于心理学范畴，因为诠释这些概念的，是一门连他自己都不相信的科学。真是晦涩难懂啊！他一边喝咖啡，一边想到，没准儿奥索里奥神父能给他传授一些知识。毫无疑问，奥索里奥神父亲身体会过罪孽，又非常睿智。一定得去见见他，马上就去，就在当天上午，趁着没有别的事儿分散他的精力，也趁着还没有对自身的省察感到厌倦。他至少还很平静，自己的问题也变成了纯粹知识层面的探究，不掺杂任何情绪的东西，没有任何混浊的东西干扰到他冷静严谨的分析。克拉拉和罪孽。为什么是克拉拉呢？也许，他曾有一刻对她产生了欲望。不过在他的生活中，克拉拉的重要性显然不及罗莎莉奥。

他吹着口哨走下楼梯。

"早上好，卡洛斯。"

表匠帕吉托在门厅里，坐在长椅上，面前放着一张小桌子，上面摆满了各种小巧的工具。他手里拿着一只表，站起来的时候也不松手。在他身旁的长椅上放着一个大包，好像装着衣服，旁边还有手杖、笛子和草帽。

他微笑着，不停地眨眼。那双歪斜的眼睛骨碌碌地打转，看起来很不安。

卡洛斯走近他。

"你在这里做什么？"

"您看！我刚搬家了。"

"你是说，你搬到我家来了？"

"是的，先生。"

卡洛斯笑了。

"欢迎啊。你想把自己治好？"

帕吉托顿时大惊失色，连忙后退。

"哎哟，那可不行，先生！第一个条件就是，您别想要把我治好。"

"租房合同的第一个条件，是这样吗？"

"好吧。就算是吧。"

卡洛斯坐到长椅上，帕吉托的身边，在他肩膀上拍了几下。帕吉托低下头，把正在修的手表放在小桌上。

"你被赶出来了？"

"赶谁？赶我？不是，先生！我搬家是自愿的。"

"我不明白。"

帕吉托歪着身子看着他，有几分无赖，也有几分忐忑。

"您有烟吗？我提醒您，我可不是找您来蹭烟抽的，我今天一大早就从镇上赶过来，没来得及买烟。"

他接过卡洛斯递给他的烟，迅速点燃了，连包装纸也没剥掉。

"卡耶塔诺，"他说，"好久以来，一直让我不爽，把我又当仆人又当奴隶地使唤。我什么都受过：笑话我、踢我。像咱这号人，天生就被人欺负，既然如此，也活该没辙。可是，有些事情是不能忍的。"

他短促地吸了一口烟，接着又是另一口，看了看卡洛斯，这回是从正面。

"我还给他当传信儿的小厮。'今天我八点去。''今天我不去了。'问题是经常让我在雨里一等就是好几个钟头，大冬天晚上，这可不是人受的罪。"

他停顿了一下，像是在等待回答，或者至少是某种理解的表情。可是，卡洛斯既没有动弹，也没有说话。

"您可不知道那滋味，冬天夜里下着大雨，躲在围墙和田庄之间的小道上，聚精会神地蹲守着，不放过每个细节。该跑的时候就得跑，该等的时候就得耐心地等。"

"可是，你毕竟还有空儿吹笛子啊！"卡洛斯回答道，露出狡黠的微笑。

帕吉托兴奋起来，脸上熠熠放光。

"那当然了！您听到了，对吗？"

"对。"

"您明白是什么意思吗？"

"不明白。"

"您要是仔细听了我吹的曲子，现在根本不需要解释，笛声就足以说明了。"

"当时风太大，听不清楚。"

"还真是的，刮着大风。这该死的飓风！那就不需要再解释了。"

"我觉得有必要。你别忘了，我几乎没听见笛声。"

帕吉托挠了挠脑袋。

"您看，我也不知道能不能给您解释清楚。事情就是，差不多九点半的时候，我坐在外面，屋檐底下，因为下着雨。我开始想，要是继续跟着卡耶塔诺，就还得参与这些是非。可是，说真的，我觉得这样不好。我虽然是个疯子，但有些事情还是明白的。这些事儿，毕竟不是正人君子干的。于是，我就开始思前想后，天下着雨，我也想个不停。后来离开这里，等那姑娘到家了，我还在想。直到最后，我想出了一个办法。所以，我又回来，吹起了笛子，好让您知道。如果我来跟您一起住，那就对您负有义务，不再听命于另一位了，这样我就可以不说出来。我回到造船厂，把衣服晾干，等汽笛一响，就卷起铺盖卷搬家了。结果，我就来这儿了。我用不着跟任何人说任何事儿。相反，我要保守秘密。哎哟，还有这门啊！您有个坏习惯，总是什么都敞着。这可不好，况且，家里又没有人看管。您过世的父亲，也是一个样。"

"你认识他？"卡洛斯惊讶地问道。

"等到今年圣萨尔瓦多日[1]的时候，我就满五十岁了。您父亲是

---

[1] 按照天主教教历，圣萨尔瓦多日为每年的 8 月 6 日。

一九〇一年八月十日离开镇子的。我那时候十六岁，已经疯疯癫癫的了，不过，还是能分清楚谁是好人，谁是狗娘养的。"

他把一只手搭在卡洛斯的肩上，亲切地望着他。

"您很像他。当您来到镇上的时候，我就说：跟他父亲一个样。我向您保证，我并不高兴，因为好人都不得势，在这个镇子上，就更甭提了。您看，我就是，总是遍体鳞伤的。"

他又深深地吸了一口烟。

"这烟真好。您看，卡耶塔诺为了显示自己平易近人，在烟盒里放上这种烟，用来敬别人，可他自己抽雪茄。他从来也不给我好烟抽。"

他用闲着的那只手比画了一个粗鲁的手势。

"现在可以说他坏话了。"

"有人知道罗莎莉奥昨晚在这里吗？"

"咱们三个人，加上上帝。我用我娘的骨灰发誓。"

他迅速站起来，笔直地立在卡洛斯面前，双手合十。

"您可以信任我，卡洛斯。我要是想跟别人说，就干脆留在造船厂了。可是，去他娘的！我毕竟也有权利当正派人。"

他滑稽地跪了下来。

"我发誓，就算您把我从这儿赶出去，也不对任何人讲。"

"你可以留下来。"

帕吉托说话时带着庄严的腔调，神情也变得凝重起来。

"要是这样的话，咱们得好好商量一下。您提出您的条件，我也说说我的。"

他用手指了一下楼上。

"您家楼上有六座旧钟，都是好牌子。现在都停着不走了，得修理一下。"

"你怎么知道我有这些钟的？"

"我跟您说了，老是敞着门可不好。不过，我可什么也没偷。我从来不偷东西。人家对我唯一的指责就是，好多年前，我强奸了一个女孩子。大家都说这不好，想必是吧，就凭他们给了我一通臭揍，又把我关了六个月的疯人院，也能说明问题了。还有好多回，我喝醉了，不过这是那些想要看我喝醉的人他们的错。我从来没偷过东西。我来到这里，在屋子里转了一圈，说：六座钟都哑巴了，要是能听见它们响起来该多好啊！等修好了，听它们一个接一个地敲十二响！叮，当！叮，当！其中有一座还是乐钟。"

是壁炉上的那座。卡洛斯小的时候，常常听它报时，被它优美的乐声深深吸引。

"另一个条件是，您完全不用为我操心。我是个自由的人，饿了就吃，睡觉不多，也不需要床。我可以把这摊东西摆到哪个小房间里。我有时候工作，有时候不干活儿，谁也无权强迫我。等春天到了，我就出去。谁不让我走，我就杀了谁。"

"为什么？"

帕吉托突然变得严肃起来。

"这个咱们以后再说。"

"为什么不现在说呢？"卡洛斯补充道，带着解释的表情，"我有权了解我的租客。"

帕吉托好像有点儿纳闷儿，不过仅仅是一瞬间。他跑向长椅，拿起拐杖，把他递给卡洛斯。

"您当然有权利了。您应该了解所有的事情。我的秘密都在这根拐杖里。它每一截都有螺丝扣，可以拆下来。我攒的钱都藏在这里，您看。比塞塔硬币和纸币，一共有三百左右。到了春天，大概就有四百了。这里，是针线包，里面有针、线、顶针……自己一个人，什么都得会啊！扣子掉了，我就粘上；衣服破了洞，我就缝上。"

他压低了声音，向四周看了看，小心翼翼地说："我这里有国王和王后的照片。"

他取出一张从画报上剪下来的照片，给卡洛斯看。

"国王和王后。阿方索十三世，愿上帝保佑他。"

他笑了，哼起《皇家进行曲》[①]来。突然，他用手拿起笛子，吹着乐曲的旋律，同时在门厅里踏着士兵们的正步走来走去。

"还有别的东西呢。您把拐杖头拧下来看看。"

为了不扫他的兴，卡洛斯照做了，从里面拿出来一个小玻璃瓶，装着白色的晶状粉末。

"这是什么？"

"砒霜。我要是杀了人，就吞下它，一了百了。"

"可是，你为什么非要杀人呢？这恰恰是我想要知道的。"

帕吉托有些忐忑不安地走近他。

"您曾经有一回说过，可以治好我。"

"是的，可我本没打算这么做。这是你提出的条件之一。"

"您这话算数？"

卡洛斯伸出手来。帕吉托惊讶地看着他，立刻也开心地伸出了自己的手。

"这可不一样了，卡洛斯！您跟我握了手。您知道这在正人君子之间意味着什么吗？我知道。这就是互相保守秘密。我不会跟任何人

---

① 前身为军乐《掷弹兵进行曲》，后成为西班牙国歌。

说罗莎莉奥昨天晚上来找过您，您也别跟任何人说……"他停住了，打了个响指，"其实大家都知道了。"

"我还不知道呢。"

"您不知道我有个相好的？我有。我喜欢女人，可是没有哪个愿意嫁给我的。一个疯子！可我是个男人啊，有一回我想强奸一个女孩子。这当然不好，可是，我难道不是个男人吗？没有权利像任何人一样有个女人吗？一个疯子！好吧。有一回，我去了一个朝圣节集市，在贝尔甘迪尼奥斯镇那一带。人们给我酒喝，让我模仿爱德华多·巴里奥贝罗[1]的演说。他们让我站在一张桌子上，在一个遮阳棚底下，我就背诵了那篇演说，从头到尾，连逗号和句号都没错。可是，他们开始笑话我，朝我扔瓶子，揍我，还把我丢到一条臭水沟里，脑袋都磕破了。您看，现在还有伤疤呢。"

他拨开头发，露出一道红色的疤痕，就在太阳穴旁边。

"我躺在那里快死了，像一条疯狗一样。真应该让闪电劈死这帮孙子！他们把我扔到臭水沟里，没有一个人发发善心给我涂点儿烧酒。您觉得还有天理吗？我昏迷过去了。国民警卫队有什么用？我躺在那儿，直到她把我救起来。每当变天的时候，我这伤疤就会疼。"

"这就是全部？"

帕吉托坐下来，把笛子放下，开始把拐杖重新组装起来。

"镇上所有人都知道我有个相好的。春天一到，我就去看她。我买一大块布，上面印着好多花儿，她喜欢这个，还有一桶饼干和糖果，然后我就出发，因为她正盼着我去呢。有人问我：'帕吉托，你怎么知道她什么时候盼着你去？'我就回答他们：'你们什么都不

---

[1] 爱德华多·巴里奥贝罗（Eduardo Barriobero，1875—1939），西班牙作家和共和派政治家，曾多次担任国会议员。

懂。燕子们是怎么知道什么时候该迁徙的？'我一年到头儿都过得挺踏实，可是春天里，忽然有一天会感到身体里有什么东西敲了一下，于是我就知道，从那时起，她天天都到路边去等我。我买好东西，卷起铺盖卷就上路了，一边唱歌，一边吹笛子，在山里抄小路走。等我到了她住的村子，她果然正在等着我呢。"

"没准儿，她也同样感到身体里有动静。"

"您别当成是玩笑，还真是这样。"

他用一种特殊的神情看着卡洛斯，仿佛他是那个要说中问题要害的人。

"她也是个疯子。"他又难过又急切地补充道，"所以我不想被治好。要不是因为她，也许可以考虑。可是，如果我治好了，将来还怎么能知道她盼着我去呢？"

他把重新组装好的拐杖放在小桌上。

"改天我再接着给您讲，今天已经说得够多了。现在，您提提您的条件吧。"

"只有一个：请你不要掺和到我的生活里来。"

帕吉托笑了。

"您这话说得太不现实了。您想要怎样？让我也总是敞着门？不跟您说我知道的事情？如果有人想要杀害您，我也让他进来？而且，还有女人们的事儿。她们少不了会把您卷进麻烦里。"

"只有一个女人，而且已经结束了。"

疯子放声大笑起来，笑了好长一阵子。

"跟这个女人才刚刚开始。您可不知道，您遇上了什么样的狐狸精！"

他靠近卡洛斯，几乎贴着耳朵说："您看，我对女人们了解得不多。我有个疯子相好的，因为我们俩都疯疯癫癫的，倒也合得来。有些事情我只能猜测，不过一般都能猜中。'美女'可不是省油的灯，不信你就等着瞧吧。相反，另外那个……"

"谁是另外那个？"

"克拉拉。"

"噢，克拉拉！你知道她什么？"

"她心眼儿可好了。有一回，她来市场，到我摆摊儿的地方。她拿来一座旧钟，问能不能卖给我。'可是，姑娘，我可没钱啊。''多少都行。''你要是愿意的话，就把钟留在这儿，我看看能不能卖掉。'她就把钟留下了。那是座好钟啊，至少能卖一千比塞塔。我把它清理了一下，修好了，看谁愿意买。有人给我出价二十个杜罗，最后我把它卖给了那个做汽油生意的，卖了二十五个杜罗。克拉拉再来的时候，我跟她说：'给你，人家一共付了我这么多，一个子儿都不肯多给。''好吧。这个你拿着。'说着就要往我手里塞五个杜罗。那座钟真可惜啊！现在就摆在古维依罗家的餐厅里。我本来想买下来送给我相好的，可转念一想，钟表这东西她根本不懂，而且弄不好让别人偷了去。克拉拉想给我五个杜罗当作佣金。您说她这人好不好？还有，"他使劲压低声音说，"她的身材也比'美女'的好。"

"这你也知道？"

帕吉托坏笑了一下。

"她们俩，我都见过光着身子什么样。有一回，卡耶塔诺派我去给罗莎莉奥传个口信，说让她先上床等着。我敲了敲窗户，告诉了她。然后，我忽然冒出个念头，想要留下来窥视一下，结果从窗户缝里看见她脱下衣服，光着身子，对着镜子看自己。卡耶塔诺把我抓了个正着，狠狠揍了我一巴掌，差点儿没把我打残了。后来，我跟他说：'一个女人家，光着身子照镜子，不是什么正经货。'她长得好看，那是另一回事儿，可是克拉拉也决不输给她。"

他停下来，等着卡洛斯问他关于克拉拉的事儿，卡洛斯却只是在笑。

"好吧。一天下午，我来这里看那些钟。之前我已经来过两回了，一直琢磨着怎么在您不知道的情况下把它们修好，因为看着它们都不走，我觉得太可惜了。正在那时，我发觉有人唱着歌儿走上楼梯，就躲进一间卧室里。克拉拉进来了，开始在衣柜里翻弄起来，拿出一件衣服，比着自己穿的那件照镜子。突然，她开始解开扣子。我暗想：'她要脱下衣服，换上另一件。'可是，天哪，她脱下衣服后就赤身裸体了。谁也不会想到是这样。可是，您看，她敞着衣柜的门，却没有对着镜子瞧自己，不像那个女的。"

"后来，我就到了。"

"可是克拉拉已经穿好衣服了。"

"你听见我们说话了？"

"争吵的时候听见了。"

"这么说，你也知道我没有跟她睡觉了。"

"这个我没法说，因为趁你们用下午茶的时候，我偷偷溜走了。"

"我要是向你保证的话，你相信吗？"

"您何必跟我保证呢？我压根儿不在乎。我提到这件事，是想说克拉拉人更好，身材也更好看。您可以相信我。我对她哥哥并没有什么好感，对她父亲也一样，那家伙在政治上就是个叛徒。像他出身这么好的人，还有伯爵的头衔，却跟卡耶塔诺同流合污！都是女人们惹的祸。"

卡洛斯站起来，默默地走到门口，在门槛处站了一会儿，望着外面的雨。

"帕吉托，你过来。"

表匠怯生生地走过来，手里拿着笛子，头上没有戴帽子。湿漉漉的头发耷拉在前额上，一双歪斜的眼睛不安地转动着。

"告诉我，你是个疯子，还是个调皮鬼？"

帕吉托笑了，笑声纤细而谦卑。他把笛子贴到嘴边，吹了一个音阶。

"我还会给钢琴调音呢。"

"你到底是个疯子，还是个调皮鬼？"

"先生，您还来得及让我走人，我也会遵命的。可您要问我是不是个疯子，我怎么跟您说呢？差不多五十年了，我一直听别人说：'你比山羊还疯。'疯子们总是觉得自己是理智的。我被关进疯人院的时候，唯一一个以为自己疯了的就是我，可那里真有疯疯癫癫的家伙啊！这些问题，我实在不明白。不过，如果我是疯子，我可不愿意被治好；要是没疯，我这样也挺好的。每当我这么想的时候，就对自己说：帕吉托，你疯了。现在，我尽量做个正派人。不知道这是不是您想问的？"

卡洛斯朝他笑了笑，拍了拍他的后背。

"行了，上楼去帮我调钢琴吧。让我看看你手艺怎么样。"

他忘了去修道院向奥索里奥神父请教神学问题，而是来到镇上。玛丽亚娜女士问他为什么来得这么晚，卡洛斯连忙表示歉意。他没有提起帕吉托来，但是问了关于阿尔丹家的事情。

"他父亲是做什么的？在镇上是什么角色？"

玛丽亚娜女士简单给他讲了讲她所知道的关于雷米希奥·阿尔丹夫妇的事儿，还有他们三个孩子的情况。

"这让我对胡安的一些事情更清楚了。那他母亲呢？"

"自从她发胖以后，丈夫就不理她，跟别的女人寻欢去了。她就开始酗酒了。"

"您以前是她的朋友吗？"

"跟雷米希奥是，他单身的时候还曾经向我求过婚呢。结婚以后，他第一位太太常来看我。不过，胡安的母亲，我从来没见过。他们来到这里以后，她一直也不出门，好像羞于见人似的。我跟胡安压根儿没说过话，至于克拉拉，我应该从来也没见过她，倒是见过伊内斯。有一天，我跟她说过话，不过她不怎么讨我喜欢。我不待见这些女信徒。"

"我可不觉得伊内斯是个普通的女信徒。"

当天下午，用过下午茶以后，一个小孩子捎来口信，说克拉拉小姐在鱼市等着卡洛斯先生。玛丽亚娜女士很是诧异。

"您还记得吧，我答应这个星期天带她去看电影，今天是星期五，她大概是要提醒我一下。"

这正是克拉拉要做的，至少是个借口。她已经买好了鱼，靠在一根柱子边上等待着，背对着灯光和卖鱼女人们的叫喊。

"我叫你来找我，老太婆不会生气吧？"

"她为什么要生气呢？"

"哥们儿！她把你拴在身边，好像是她未婚夫一样。整整一个星期，我都没见着你。"

她看上去很高兴，让卡洛斯陪她回家，一路上还不停地说笑。分手的时候，她提到了星期天的约定。

"你已经有新衣服了？"

"有一件非常好的。跟我一起上街，不会让你难为情了。"

她跑着离去，没有伸手作别。回来时，卡洛斯路过俱乐部，进去后，来到玩"三人斗"的那个角落里。他看见卡耶塔诺在打牌，顿时心中一动。卡耶塔诺没怎么理会他，其他人也没有。巴尔多梅罗输了十二个杜罗，咒骂着牌太糟糕，可还非要每轮都出牌。古维依罗一边看热闹，一边开着玩笑。过了一会儿，他是唯一一位来跟卡洛斯说话的。他把卡洛斯从牌桌拉走，来到了留声机旁边，借口说要听几张新买的唱片。当最后一首探戈曲响起后，他坐到卡洛斯身边，问他在镇上过得怎么样。

"您看，这里无非只有两种活法：要么忍气吞声，要么假装忍气吞声。您看巴尔多梅罗：他恨透了卡耶塔诺，背后总是骂骂咧咧的，可当他们在一起时，看着跟朋友似的，还经常开玩笑。我也是一样。如果现在一道闪电劈死了这位主子，我肯定会痛饮一杯，祝他灵魂健康。可是，眼下只能忍着。起来反抗的人，不是愚蠢就是不明智。除此之外，我还得感谢他，多亏了他，我还能凑合活着，还能攒下点儿钱来买酒或者买其他喜欢的东西。说到底，我们大家都习惯了没事儿就抱怨。卡耶塔诺要求的，无非就是任何处在他位置的人所要求的：别碰他的东西，对他表示顺从。不过，除了这些，他其实不管别的事儿。您要是愿意偷摸发财，尽可为之，只要不偷他的就行。可是，谁要是妨碍了他的生活，他决不肯善罢甘休。"

"您这样说，是在告诫我？"

"随您怎么去理解。我跟您说是因为，您要是像人们说的，真打算留在这里，最好应该知道注意些什么。别人可能误导了您。我比较了解这里的情况，可以向您保证，卡耶塔诺这人，谁惹着他，肯定要倒霉，早晚的事儿。他看上去大大咧咧，其实心眼儿很坏。所以我想，可不是嘛，跟他作对又有什么好处呢？还是每个人都踏实过日子吧。而且，您要知道，他并不介意别人说他坏话，甚至还让他觉得蛮开心。他给大家这种权利，我们还能抱怨什么呢。"

探戈曲已经结束了。古维依罗换了张唱片。

"让人最难忍受的是女人的事儿，我理解。不过，您既没有姐妹，又没有妻子和女儿。他跟这个或者那个女人睡，关您什么事儿？另一方面，像您这样的男人，是不会喜欢镇上的女人的。我是说，如果要结婚的话。要是为了别的，随便哪个都不错，也无所谓是不是从前跟卡耶塔诺好过。那天，您关于'美女'罗莎莉奥的话……"

他侧过眼神，仿佛不经意地观察卡洛斯的面部。卡洛斯连眼睛都没眨一下。

"……有点儿过分了。他总是说那一套，其实只要有点儿耐心就行了，因为等他把那妞儿甩了六个月以后，您就可以去睡她了，我也可以，向来都是这样的。他知道，他跟哪个女人好的时候，我们大家都垂涎三尺。他那样说，就是为了故意挤对我们。可是，还没有哪个女人被他甩了以后又重新得宠呢。既然是这样，何必在这些事儿上跟他过不去呢。只要等等就行了。"

他在卡洛斯的腿上拍了几下。

"您看着吧，等到夏天的时候，咱们就能带上罗莎莉奥去聚餐了。"

牌局那边，安静了一会儿之后，又发出一阵喧闹。巴尔多梅罗大声地埋怨说第三个人不会玩，应该钓主才对。卡耶塔诺说他输了牌没有风度，离开了牌桌。卡洛斯招呼他过来。

"嘿，卡耶塔诺。"

卡耶塔诺穿过大厅，坐在古维依罗身边。

"什么事？"

"我得告诉你一下，从昨天起，表匠帕吉托来我家住了。"

卡耶塔诺正要点燃一支烟，听到这话，手停住了，一动不动地看着卡洛斯。

"我驾着玛丽亚娜女士的马车回到家里，看见他正在等我。他说已经想好了，愿意治好疯病，不过在此之前，想知道我是不是值得他信任。所以，如果我不介意，他就在我家住下来。我觉得挺有意思，就答应了他。今天一大早他就走了，后来带着摆摊儿的东西和行李回来了。"

卡耶塔诺点燃了烟。古维依罗脸上的笑容不见了，有那么一瞬间，他惊恐地望着卡洛斯。

"好吧。我不介意。"卡耶塔诺抽了一口烟，回答道，"你早晚会腻烦他的。"

"您会把他治好吗？"古维依罗问道。

"我尽力吧。"

"你说，昨天夜里他就睡在你家了？"

"我想是的。都夜里一点钟了，他还忙着修一座钟。他想把我家里的钟都修好。"

卡耶塔诺耸了耸肩。

"你要是不介意的话，就把他当成一件礼物吧。我猜想，一个小丑也可以当作礼物来送人。"

卡洛斯回到家里时，看见疯子正在调钢琴，琴盖敞开着。

"这活儿可不容易。"他说，"我还没清理好呢。这音色也太差了！估计得有二十年没人弹过了。"

卡洛斯检查了一下，称赞帕吉托干得不错。

"我对卡耶塔诺说，"他直截了当地说，"你从昨天起就住在我家了，来这里是为了把自己治好。你别说漏了嘴。"

帕吉托站起来，陷入了思考。

"要是过了一阵子，他们发现我还是这样疯疯癫癫呢？"

"不要紧。我们谁也不知道将来会发生什么，以及到时候怎样做才好。"

"这倒也是。您这样说，是为了让他不起疑心，对吧？"

"也是为了让你避免挨他一顿臭揍。"

他递给疯子一把烟卷。

"我去看会儿书。明天见。"

帕吉托接着干他的活儿，忙了一阵子，把琴弦擦干净，听听声音。突然，他把所有东西都放下，下楼来到门厅，戴上草帽，关上门，把钥匙放在兜里。外面下着雨，可他毫不在意，出去时有些匆忙，直到走出庄园看了看时间，才放缓了脚步。他沿着公路走了一段，然后翻过一道篱笆，在播种好的田地里跑了起来，就像熟悉自家小径一般，知道该在哪里落脚。快到罗莎莉奥家的时候，他又回到公路上，蹑手蹑脚地前进，用一片灌木丛做掩护。他打开栅门，进到牲口圈里。屋门敞开着，"老美女"正在厨房里清洗碗碟。帕吉托躲进一棵栗树的树洞里，这是他惯常的藏身之处。他知道怎么把身子放进去才能舒舒服服地守候在那里。跑来一条狗，窜到他身前，他抚摩了几下后，狗就走开了。"美女"举着一支蜡烛走了出来，用手护着火苗不被风吹灭，走到鸡窝那边，待了一会儿，便回到屋里，把门关上了。帕吉托又看了一下时间，还早。遇到这种情况，为了解闷，他通常都会回想过去的事儿。他尤其喜欢回忆那些好的事儿，比如跟贝尔甘迪尼奥斯镇那个女疯子在一起的时候。他就这样屁股靠着栗树的树根，像是坐在唱诗班的高椅上，多次回想起她来。树洞壁壳把他隔绝起来，和一切都分离开来。他用草帽遮住双眼，任凭一幕幕往事浮现出来，被他那精确的记忆排好次序，没有一点儿走样的，也没有一点儿是杜撰的。他看见自己帽子上装点着鲜花，满心陶醉地吹着笛子，行走在山间。那个疯女人站在山脚下的岔道口等他，一发现他就呼喊起来，朝他跑过来，在他身边又跳又笑，拥抱他，拉着他奔向一个山洞，一起藏起来。在那里，疯女人用印着花朵的布料把赤裸的身子裹起来，头发上插满茴香枝和欧洲报春花，吃着饼干，高兴地笑着，而他则在旁边吹着笛子。有时候，村里的年轻人夜里过来，想要戏弄他们。有天晚上，他们强奸了疯女人，帕吉托被绑住手脚，无能为力。第二天，他找了一个秘密的藏身处，简直像一个野兽的巢穴。晚上他们躲在那里，听见那群年轻人寻找他们时的叫喊声。这时候，疯女人抱紧了他。

围栅的栅门响了一声，往事的回忆顿时烟消云散。卡耶塔诺的身影静悄悄地穿过牲口圈，直奔窗前。他敲了几下玻璃窗。帕吉托使劲把身体贴在树洞深处，把草帽藏了起来。

卡耶塔诺又重复了一遍。窗户打开了，是罗莎莉奥，她穿着衣服。

"你好啊！"卡耶塔诺说。

他把双手撑在窗台上，准备跳进去，但罗莎莉奥拦住了他。

"您别进来。"

"为什么？"

"因为我不愿意。"

帕吉托把脑袋从藏身的地方伸出来，立刻又害怕地缩了回去。可他不能总这样蜷缩着，因为他们说话的声音被雨声盖住了，听不清楚。

卡耶塔诺坐在窗台上，板着脸。

"我跟您说了别进来。您要敢动，我就拿门闩来。"

她从一个角落里抄起了门闩。卡耶塔诺跳了进来，抓住她的手，使劲扭动，直到她松手把门闩掉在了地上。罗莎莉奥挣扎着，想用指甲挠他，抓到了大衣上，还用牙咬了卡耶塔诺抓住她腕子的那只手。

"臭婊子！"

他一脚把罗莎莉奥踹翻在地，扑到她身上，不停地揍起来，直到自己打累了。罗莎莉奥叫喊着，后来变成了哀号。重重的拳头打在她脸上、胸口上，不问青红皂白地发泄着怒火。楼上的窗户打开了，"老美女"喊道："罗莎莉奥！"

她身后有人走动，问着什么。窗户又关上了。"老美女"衣冠不整地下了楼，打开罗莎莉奥的房门。

"哎呀，先生！"

她喊了一声，却没有去救罗莎莉奥，也没有拦住卡耶塔诺。"美男子"从他老婆的肩膀上方张望着。两个儿子在厨房里听着，一声不吭。

"哎呀，先生！她对您做了什么？"

卡耶塔诺跪着，推了一下罗莎莉奥那奄奄一息的身体。她的裙子和衬衣都被扯破了，内裤被撕烂了，后背、大腿和阴部都暴露在外。卡耶塔诺擦了擦汗，带着鄙夷和狂暴，向罗莎莉奥惨遭毒打的身上唾了一口。

"先生！"

"老美女"向前迈了一步，她丈夫也跟着往前走。

"您脸上流血了。要不要涂上点儿烧酒？"

一个儿子跑到杯盘架那里，取来一只小口大肚的瓶子。"老美女"打开瓶塞，递给了卡耶塔诺。

"昨天晚上，谁跟罗莎莉奥在一起？"卡耶塔诺问。

"谁也没有，先生！她一整天都没出家门。"

"谁来看过她？"

"没有人，先生！看在我们去世的祖宗的分儿上，请您相信我，谁也没有来过。因为先生不来，她很早就睡了。她对您做了什么？"

卡耶塔诺往手心里倒了一些烧酒，涂在前额上被抓破的地方。

"啊！"

他灌下一口酒。他的双脚被门闩绊了一下，于是弯下腰把它捡了起来。

"哎呀，先生！您还要打她？"

他没有打罗莎莉奥，而是冷冷地击碎了梳妆台镜子，一下下地把床头柜打烂，又把床砸塌了。

"哎呀，先生！"

他从窗户跳出去，消失在黑暗里。罗莎莉奥躺在地上，动弹不得。她不停地啜泣着。"老美女"关上玻璃窗，上好门闩。

男人们都坐在厨房里，眼睛看着地板，默不作声。"老美女"站在门口，双手叉着腰，背对着罗莎莉奥，嘴唇因为生气而颤抖着。

"明天我们不能去上班了。"其中一个儿子说。

"不能了。""美男子"回答道。

"老美女"带着怨恨，转过身子，冲着女儿的身体说："她到底对人家做了什么？"

男人们不知道该如何回答。"老美女"拖着她那条患了风湿病的腿，走到厨房里，瘫坐在一条板凳上。

"你们得去，至少要把工钱领回来。明天是星期六。"

帕吉托从藏身的地方出来，跳过围栏，急急忙忙地沿着陡峭崎岖的小路跑了起来。他回头看了几次，好像看见卡耶塔诺的身影也在跑。他回到卡洛斯的祖宅时，已是上气不接下气，进去后把门关好。门厅照例有两个洞眼，他从其中一个向外窥视着花园小径。几分钟后，卡耶塔诺也跑来了。他到了以后，站在门前，停了一会儿，一直在犹豫。有两三回，他把手伸向了门环，却没有敲门。然后，他踱起步子来；最后，慢慢地消失在黑夜里。

帕吉托把草帽放在门厅的长椅上，点燃一根火柴，走进了他的小屋。他身上穿的衣服被雨水打湿了，于是换了另一件满是补丁的，光着脚上了楼。

走廊的尽头亮着光。帕吉托来到角楼里，没有敲门就走进了书房。卡洛斯正在壁炉边看书。

"你来这里干什么？"

帕吉托没有回答，径直走到炉火边，暖暖身子。他不时看看卡洛斯，笑了起来。

"你从哪儿回来的？"

"卡耶塔诺刚刚暴打了罗莎莉奥一顿。我的妈呀，我这辈子都没见过这样的毒打！又是用脚踹，又是用拳头捶，好家伙！她也使劲反抗，给了他几下。"

他指了一下白兰地酒瓶。

"您能给我喝一点儿吗？……我都淋成落汤鸡了。"

他喝了一口，又笑了起来。

"那顿揍，我的妈呀！她简直快要死了，连我都没挨过这样的打。您再给我口酒？"

他又喝了一口，清了清嗓子。他脸颊发热，酒精令他眼珠乱转，手在坎肩儿里摸索着找烟。

"后来，卡耶塔诺跑来了，想要敲门，可是没敢。现在应该还没走远。"

"你开门去把他找回来。"

"您别干傻事儿了。您的名字压根儿没冒出来，是她自己把卡耶塔诺拒之窗外，真够厉害的。"

卡洛斯站了起来。

"我要去看她。"

"换了我，是不会去的。她爹娘会知道的，然后明天卡耶塔诺也会知道。"

"那又能把我怎样？"

"要是我，我可不去。如果您要去，也别一个人去，带上把猎枪自卫啊！"

"我可没有猎枪。"

"那就随便带样别的东西，一把刀、一把剪子都行。我会跟您一起去。"

"为什么？"

"有条狗老是叫唤。它认得我，只要摸几下就老实了。狗都跟我合得来，您知道吗？一般来说，我跟各种动物都合得来。然后，还有那扇窗户。您去，她是不会开的。而且，您也不能顺着公路走，我可以带您抄近路。"

"咱们可是说好了，你不要掺和到我的生活里来。"

"这种情况可关系到咱们的共同利益啊。我要是让您一个人去，弄不好既没了主人，又没了房子。"

卡洛斯沉默地踱着步子。帕吉托站在火边，不停地打哆嗦，看着他走来走去。

"您要是不介意，我再喝一口。"

"好吧。"

"我的骨头都要湿透了。"

"你没有可换的衣服吗？"

"咱们不是还要出去吗……"

"你等一下。"

卡洛斯走出去，来到自己的卧室，在行李箱里翻腾了一阵子，找出一只手电筒，打开试了试，然后又回到角楼里。

"咱们走吧。"

"您多穿点儿，雨下得可大了。带上刀。"

贝雷帽和雨衣，没有别的了。仅此而已。卡洛斯放弃了带刀的念头。不过，来到门厅后，他等帕吉托在花园里巡视了一下才出来；出了祖宅，由帕吉托引路，他跟在后面，两人没走公路。疯子不让他打开手电筒。到了罗莎莉奥家，卡洛斯又等了一会儿，直到帕吉托把狗安抚好，才在他指出的地方翻过栅栏。走到窗户边，他等着帕吉托用一块石头轻轻地敲打着玻璃：一下，两下。

"算了吧，她应该已经睡下了。"

"咱们既然都来了……"

他又敲了几下，传来了窗户打开时木头的响声。卡洛斯用手电筒照亮了自己的面部。

"您出来之前，给我个信号。"帕吉托说完就躲进栗树的树洞里去了。他看着卡洛斯进了屋，窗户重新合上以后，才开始回忆往事。

屋子里，地上满是玻璃碎片，卡洛斯踩上去的时候咯吱作响，纷纷破碎。卡洛斯在窗户前被罗莎莉奥挡住，她不停地抽泣着，抱着卡洛斯，一句话也不说，靠在他胸口上。她浑身都是一股酸醋的味道。直到卡洛斯打开手电筒想要照亮她的时候，她才开口，同时用双手捂住了脸。

"您快关上！我不想让您看见我这副模样！"

然后，她问卡洛斯，怎么会跟帕吉托一起来。卡洛斯解释了经过。

"你为什么这样做呢？"随后，他问道。

"自从跟您在一起后，我就不能再让他进来了。"

"为什么？"

"我也不知道，先生，反正觉得心里不舒服。我知道他会揍我的，可还是这么做了。我现在很高兴。"

她一直抱住卡洛斯不放，说话声音很轻。她嘴唇动弹的时候，蹭到卡洛斯的脖子，仿佛是一种爱抚。

"明天，我去跟他打一架。"

"您别这样，先生！"她贴得更紧了，"别让任何人知道跟您有关。我不想让卡耶塔诺知道。我要让他觉得，是我自己有胆量甩了他，没有别人帮忙。您就让我高兴一回吧。"

她央求着，也担心卡耶塔诺暗地里伤害卡洛斯或者杀死他。卡耶塔诺身强力壮，而且只要他下命令，有不少人都愿意替他杀人坐牢。

"我可不愿意先生您出什么事儿。我会非常难过的。"

"那你就去我家，留下来。"

"也不行，先生。您要是愿意，我去多少次都行，留下过夜也可以。不过，别让任何人知道，就像昨天那样。"

"明天你来吗？"

"等我养好了伤再去。我不想让您看见我这个样子。我的脸肿了，胸口上都是瘀伤。我去之前，会让表匠给您送个口信儿。现在，您快走吧。"

她小心地用左手打开窗户，右手还抱着卡洛斯的腰。卡洛斯给了个信号，帕吉托走了过来。

"不用担心。"

他跳了下来。

"让我亲亲您。"

罗莎莉奥的嘴唇还流着血。卡洛斯被这咸咸的味道所吸引，像是在挽留他。他想要再跳进去。

"不，先生。今天不行。"

帕吉托拽了拽他的衣服，狗正在他的鞋上嗅来嗅去。


"我得去一趟俱乐部。"卡洛斯对玛丽亚娜女士说。

之前，他一直沉默着，时而聚精会神地思考。玛丽亚娜女士问过他两三次，是不是出了什么事儿，他显得忧心忡忡。他冒着雨，在码头那边转了一圈，想要散散心。来到俱乐部的时候，牌局已经开始了，不过卡耶塔诺并不在。卡洛斯看着大家打牌，有人问他，他回答说，想学学怎么玩儿"三人斗"，因为总得找点儿事儿来打发时间。

"随时都行。"巴尔多梅罗对他说，"您来我家，我教您。露西娅也会玩儿。"

卡耶塔诺来得晚了一些。他看上去心情不错，至少装作如此。牌桌没有空位置了，他就坐到了卡洛斯身旁。

"怎么样？你习惯镇上的生活吗？这里可不比维也纳。"

卡洛斯感觉到，在那笑容的背后，卡耶塔诺在寻找什么，也许想要证实某件事。不得不承认，卡耶塔诺受过的英式教育并非全然无用。

有人来找正在玩牌的古维依罗，卡耶塔诺便接过他的位置，替他来保住几个比塞塔。

卡耶塔诺很快就赢了。古维依罗回来后，没有继续打牌，而是去试几张唱片。利诺和巴尔多梅罗输了牌，表示抗议。

"巴尔多梅罗，我给您一个补偿。"卡耶塔诺满不在乎地说，"您要是愿意的话，随时可以去跟'美女'睡觉。"

卡洛斯一直沉稳地静候着，等待卡耶塔诺以这种或那种方式出招。他没有恼怒。其他人则停下了手里的牌。

"哎哟！您跟她吵架了？"

"昨天晚上，我臭揍了她一顿，把她打残了。"

利诺正要打出一张好牌，可无论是他还是别人，都没关心牌局。

"您讲讲啊！"

卡耶塔诺笑了。他把牌放在台布上，双手开始比画，像是在表演。

"揍一个女人，就是要揍个痛快，想怎么打就怎么打。昨天晚上我由着性子干了一回。"

他把脸贴近利诺，在耳边说了几句。教师的眼中顿时闪出淫荡的亮光。

"真不得了！您这样做了？"

"她不愿意，还跟我较劲。结果，我就揍了她。"

"后来呢，她顺从了？"

"我已经没兴趣了。揍一个赤身裸体的女人真过瘾啊！说实话，她还对我又抓又咬。你们看……"

他给大家看他的手，上面有一处青紫的伤，还有前额上被抓破的地方。

"不过，打得起劲的时候，这点儿伤并不觉得疼。我真是铆足了劲揍她，都出汗了。我把她打瘫在地上，这臭娘儿们真让我觉得恶心。罗莎莉奥彻底报销了。既然我已经付给了她到这个月底的钱，我想……"

他转过身子，冲着吧台喊道："小伙子，给我拿几张纸来。"

年轻的侍者跑着从吧台拿来了纸。卡耶塔诺一边写字，一边继续说："我想给你们一些优惠券，分给想跟她睡一夜的人。您，巴尔多梅罗，当然了。您呢，利诺先生？"

他在二人面前晃动着那张纸，药剂师和教师又惊愕又欲念横生。他微笑着，摆出主宰一切的姿态。

"嘿，卡耶塔诺！"

"可是她，也许……"

"别担心！我已经把她这个月的钱都付过了，她要是敢拒绝，我就烧了她家的房子。也就是说……"

他停顿了一下。

"好吧，房子不能烧，毕竟有主人。"

"那就再揍一顿。"古维依罗建议道，"你再给我一张优惠券，我去揍她。张开巴掌，使劲揍她的屁股，那滋味儿应该蛮不错的。"

他举起自己的手，在空中对着一个想象中的，也许是渴望中的屁股抽打起来。

"你呢，卡洛斯，你不想要一张优惠券吗？我想她肯定不会拒绝你。你可是她家的房东啊。"

卡洛斯态度和蔼，彬彬有礼，仿佛要给别人敬上鼻烟一样。他开始转守为攻。

"我可不敢肯定。"

"你和我，都对她享有主权嘛。"

"我的主权，是不会行使的。而且……"

"什么？"

"这么玩儿，没有意思。有什么可过瘾的？"

"哎哟，卡洛斯！"巴尔多梅罗多嘴地插话道，"有什么可过瘾的？您好好看过'美女'吗？"

"没怎么看过，不过这还不够。至少，对我来说是这样。作为礼物，我觉得不能接受，也许因为我对奴役的理解跟卡耶塔诺不一样。而且，作为俱乐部的玩笑，我觉得口味还不够重。要是真想来点儿狠的，就应该让全镇的人都拭目以待，不干不罢休，而干完以后，足够让人说上一百年。所以，要是玩儿的话，我希望大家听听我的建议，那就是：咱们中的两位，比如我和卡耶塔诺，赌点儿重要的东西，比如我的命和他的命，要不就是他的家产和我的家产。如果'美女'拒绝了拿着优惠券去她家的人，或者我在她的房间里超过一个小时，那就算我赢了；如果她把我拒之门外，或者她答应跟拿着优惠券的人上床，那就算我输了。否则，既没有风险，又不刺激，那种冒险我可不感兴趣。"

"他说得真好！"教师低声说。

卡耶塔诺专注地听着，连眼睛都没眨，不过他脸上也没有露出任何感兴趣或者恼怒的表情。最后，他笑了。

"卡洛斯，你真没有幽默感。"

"也许我有，不过跟你的不一样。"

"我不明白的是，"古维依罗插话道，"卡洛斯，您为什么要把一切都弄得这么悲壮？其实，这就像有人送给我几只龙虾或者一个鳗鱼包子，我跟大家说：先生们，来尝尝吧。"

"我不能理解，怎么能把做成包子的鳗鱼和卡耶塔诺赏给大家的年轻女人等量齐观呢？"

"等量齐观？那是什么呀？"

"你真蠢，古维依罗！等量齐观的意思是……"

卡耶塔诺把手伸到教师的嘴边，阻止他讲话。

"卡洛斯，你说到点子上了。你和我之间，永远也无法相互理解，因为对我来说，'美女'和一只美味的龙虾没什么区别。或者说，只有一个区别，那就是，享用完了以后，怎么把她们扔掉。"

"太棒了！太棒了！"古维依罗哈哈大笑地叫嚷着，"那如果相反，是她们把你甩掉了呢？"

"如果相反，"卡耶塔诺平静地、一字一顿地回答他，"我就把罗莎莉奥塞进你嘴里，撑死你。"

古维依罗继续笑，笑得更厉害了。不过，笑声中，他的脸微微扭曲了一下，仿佛是一闪而过的仇恨，代替言语做出了答复。

"利诺先生，您那张牌该出了。"卡耶塔诺边说边拿起自己的牌。

# 十四

熨好一条镶着三拃宽蕾丝花边的衬裙，可不是件容易事儿。要想熨好带波浪褶皱的花边，就难上加难了，尤其是早就没有了精细熨烫的习惯。最近一次熨烫上浆的衣服——胡安当初穿过那种衬衫——已经是许多年前的事情了。

事实上，如今男人们已经不再穿需要熨好胸前花褶的衣服了，女人也不再穿带裙摆的衬裙了。克拉拉是从玛蒂尔德夫人的衣服中淘出来的，非常喜欢，简直爱不释手，所以想要穿上。纯粹是心血来潮。卡洛斯是永远也不会知道的，不过他若有兴趣了解，只需要看上一眼就能发现：坐下来跷起二郎腿时，衬裙的蕾丝花边裙摆正好在长裙下面露出来一点点，在小腿肚的位置。这样，既不显得放肆，姿态也不算轻佻，而且看起来多么漂亮啊！

已经是凌晨三点了。她后背酸痛不已，因为一直弓着身子，全身的重量都压在右臂上。整整一个星期了，她天天熬夜，每天晚上都在厨房里缝缝补补。也许身子都瘦了，好吧，这并不要紧。她已经改好了大衣和长裙，都叠好了放在她的床上。现在只差衬裙了，再稍微熨一会儿，就大功告成了。只要一会儿，也许一刻钟就行了——假设炭火不会烧尽、熨斗不会凉下来的话。她走到灶台旁边，使劲吹了一下。熨斗的排气口里，冒出一点点火星和一大堆灰烬。火要灭了。还说一刻钟呢！连五分钟都悬了。

卡洛斯永远也不会猜到克拉拉为他做了些什么。

这只是她所做的一部分，或者说，她想要做的一部分。她计划了好多事情，哪件都不容易。一开始，倒没有这么复杂。一开始，她觉得只要明确表示感激——不管何种方式——就足够了。比如，如果他想要亲吻自己，那就让他亲。不主动向他提出，但也不会为难他，或者就电影里看到的什么情景来借题发挥。"好吧，不过就这一次啊！"就这一次，这话倒不难说出口，即便心中接吻的欲望不是很强烈，亦可为之。可是，之后会发生什么呢？不是指卡洛斯在她身边，拥抱着她那会儿，而是过后，等她一个人独处、没有力量战胜自己的时候。好吧，还会跟往常一样。难道非要这样吗，一直这样？有了卡洛斯，也还要一直这样下去？他会知道的，至少可以猜到。

正是在这个时候，她开始酝酿更复杂的计划。不许他亲吻自己，不让他轻易得手，甚至根本不提起这事儿来。要是卡洛斯在电影院里，趁着黑暗想占便宜呢？一想到这里，她顿时感到恶心，不是因为自己，而是因为卡洛斯。她可以想象卡洛斯要求接吻，或者出其不意地亲吻自己，但想象不出他在电影院里这样吃豆腐。卡洛斯肯定会采取另一种方式，自己对他的青睐也都源于这份安全感。噢，要是卡洛斯也像别人一样企图不轨——比如，像那个理发师一样——自己对他的好感会顷刻间土崩瓦解，再也不想看他那张脸了！所以，如果她因为卡洛斯行为正派而尊重他——那天下午，她毫无防范的时候，他本来可以趁机得手，而且他对这一点也心知肚明——那她也应该端正自己，这才算公平。当然，不能只是表面上。

必须改变自己，以便有一天能对他说："嘿，卡洛斯，我那次跟你坦白过的隐私，现在已经没有了，不再有了，已经……"怎么说才能既明白地表达出来，同时又不用直接提到呢？"我不再那样了。"或者，这样更好："卡洛斯，你看，我现在睡觉的时候，可以踏踏实实地入睡了，你知道吗？"他会理解的。

不仅如此。说得好，还要想得正。纠正想法更难，却绝对是必要的，因为所有的罪恶都从想法中诞生，而想法来自欲望。可是，如果自己对卡洛斯有欲望呢？这是笃定要发生的，甚至已经发生了，简直像着了魔一样地发生了。当别人跟她说"那个住在祖宅的医生在追求'美女'罗莎莉奥，想要把她从卡耶塔诺手里抢走"时，她心里好痛。随后又觉得卡洛斯值得敬佩，因为他敢做别人不敢的事情，夺走镇上霸主的一个女人（其实是两个，因为她自己也被夺去了）。但这种敬佩并不能阻止她每天胡思乱想。卡洛斯追逐着"美女"，卡洛斯守在她家边献殷勤，也许已经跟她上了床——想到这里，就不再是"美女"了，而是换成了想象中的自己：转身走向窗户，等待它打开，卡洛斯跳进来找她。

所有这一切也都要改变。可是，该怎么做呢？

熨斗已经凉了。蕾丝花边还差三分之一没有熨好。还好，剩下的只是后摆那部分。她把衬裙像系围裙那样贴在身上，走了几步，看着它摇摆时那么优雅，真让人高兴。

她在厨房中央站住了。"要不要跟姐姐一起去修道院？"她想。

她听说过许多次，所有那些跟伊内斯和露西娅去参加晨时弥撒的年轻女人，都得到了庇护，不会犯下罪孽。甚至有传说，任何不想某一天被卡耶塔诺追求的女人，只要加入她们的行列，跟她们一起去听弥撒，像她们那样祈祷，做她们所做的事，就可以避免厄运降临。克拉拉对她们并没有好感，觉得她们都很乏味，装腔作势而又虚伪。她们不管干什么都显得矫揉造作，看待别人时趾高气扬，仿佛属于另一个阶层。不过，也许她们确实属于一个不同的阶层——缺少想象力，压制欲望，或许因为被庇护了起来，压根儿没有感受过欲望。怎么能做到这样呢？她不得而知，也从来没有兴趣去研究个中奥妙。不过，事实是明摆着的。她们总是一大早成群结队地去往修道院，看上去像修女一样，人们都尊敬地看着她们，仿佛真是修女。卡耶塔诺还没有敢对其中任何一位做出非分之举——几个月前，他对伊内斯有所企图，但也只是白费工夫而已。

她想起了那一幕。伊内斯并没有吵闹。她用纯朴的态度，说了几句客气话，请求卡耶塔诺继续他的行程，结果这家伙就听从了。如果可以这样对付卡耶塔诺，一个有血有肉的活人，那用来对付想象中的东西，岂不更容易。

可是，怎么跟伊内斯说"我想跟你一起去"呢？如果她壮起胆子说了，伊内斯也答应了，到时候当着其他人，那些从来没正眼看过她的人，又该如何同行呢？可是，她必须尝试一下。在修道院里，奥索里奥神父想必是个魔法师一类的人，有特殊的能力可以帮助年轻女子们抵御卡耶塔诺。当然了，是那些愿意抵御的。

（或许，她姐姐并没有爱上奥索里奥神父。对一个男人，有可能只是喜欢，而并非爱情。或者，这里所说的爱情，意味着一种不同的情感。）

比如，她可以天一亮就起来，把一切都收拾停当，在伊内斯出门之前就动身，一个人去修道院，在那里等着。教堂是个公共场所，不会赶走任何人。她可以坐在后面，然后一个人回来。等过几天后，也许就敢跟其他人凑在一起，一同回来了。奥索里奥神父不会发现多了一个人的，而且，如果他有什么特别的祝福或者要驱魔作法，她也能跟着沾光。

一大早就得起来：早上七点。现在已经是三点多了。


她从家里出来时，有点儿害怕，天还黑着呢。她把母亲的披肩盖在头上，不光因为下着雨，还因为这样别人会把她当作路上的村妇。她绕过镇子，来到通往修道院的公路上，经过时看到卡洛斯的家，高高地、黑黢黢地耸立在一块巨大的山岩上面，一半被阴暗的树木遮掩着。她真想走上去，敲敲大门，喊出自己想说的——然后赶快逃走。

当然了，那只是愿望而已。她的双腿好像独立地在行走，似乎身体在走动中与思想和意志毫无关联。有时候，看起来像是截然不同的东西，完全分离开来。她只要是在干活儿，身体就自行其是，仿佛不去理会思想和愿望。当头脑中产生什么东西时，从来不会传达到身体，而是藏在脑子里，在那里运动着、变化着。

"也许，那就是灵魂吧。"

相反，如果有什么从身体里冒出来，当它顺着胸口和嗓子炽热地上升，就会点燃一切，把一切搞乱，包括头脑，也包括灵魂。

如果总是像现在这样，就不需要驱魔作法，也不需要什么特别的祝福了。可是，现在这样，只有在干活儿或者行走时才有可能。爱恋的时候，是需要身体的。

也许奥索里奥神父的驱魔能保持这种分离，创造出某种囚禁欲望的牢房，或者制止它的诞生。把它关起来，对。这样可以知道它的存在，感觉到它活着，等着有一天会跳出来，燃烧一切，尽情释放烈焰。但是，弄死它，那可不行。

"我不想当修女。"

晨曦在山顶上渐渐明亮起来。道路的尽头传来一辆木轮车的吱嘎声。她加快了脚步。木轮车出现在一个转弯处，推车的人正在跟两个提着篮子的女人说话。

"早上好，感谢上帝。"

"早上好。"

她想问一下修道院离得是不是很远，但没敢张口。她继续快步行走，来到海边时，便听不到木轮车的声音了。海浪到处互相撞击着，散发着泡沫的浪尖被柔和的曙光照亮，破碎后消逝在沙滩上。远处，浪头愤怒地拍打着悬崖，攀岩而上。修道院的灯光在泡沫的上方闪烁着。

她再次感到害怕，好像纷至沓来的海浪会打到她，把她吞噬掉。她想起一个传说，有一回，海岸和修道院之间的那条路塌陷了，海水把一群醉醺醺的朝圣者和负罪者都淹死了，他们的鬼魂有时候会在夜里回来，在海滩一带吟唱他们的悲痛。

她脱下木底鞋，跑了起来，冒着脚下被浸湿的危险，一直跑到通向修道院的斜坡处。到了那里，她继续跑，仿佛被什么东西追赶着。终于，她气喘吁吁地来到了空荡荡的门厅。为什么这么害怕呢？她孤身一人，站在硕大的石板广场上，在那轻柔而不加修饰的光亮下，显得很不真实。窗户里的两三盏灯光，倒映在潮湿的石板地上，好像把它们穿透了，从洞眼里冒出微弱的火苗，恍若来自遥远的地狱。

她双腿发抖，心跳得很厉害，于是放下木底鞋，画了个十字。

"只有我们这些犯下罪孽的人才会这样。她们是不会害怕的。"

她们很快就会静悄悄地出现。克拉拉不想被她们撞上，甚至不想被她们看见。她看了看四周。门厅的尽头是巨大的修道院——单调而庞大，只有一扇关着的大门和数不清的窗户——没有任何角落可供躲藏；另一侧，教堂已经开门了，从里面传出模糊的亮光和远处教士们唱诗的声音。她穿上木底鞋，又跑了起来，一直跑到教堂的大门里，身后一路回响着木底的响声。教堂里空荡荡的，中间被什么遮挡住了，在那后面，教士们在唱诗，亮光也是从那里传来的。她戴上面纱，靠着一根柱子站着，边等待，边听教士们唱诗。

"您来听弥撒？"

一位神父静悄悄地走近她，手里拿着一本书和一支点燃的蜡烛。他再次问道："您是来听弥撒，还是想要忏悔？"

真奇怪！他长得像胡安。胡安老了以后，估计就是这个样子。

"我来听弥撒，那个弥撒……"

"那您就去地下圣堂吧。从门口右手的那扇小门进去。"

"谢谢。"

"如果您想忏悔，我九点钟以前都在。"

他指着一间昏暗的忏悔室说。

"谢谢。"

神父又好奇地看了看她，然后离开，走进忏悔室里，看起书来。这时克拉拉发现修道士们已经不再唱诗了，一切都归于寂静。

她小心翼翼地慢慢往下走，心中忐忑不安。照亮楼梯的只有两盏油灯，位置那么高，光线又昏暗，与其说是照明，实则在潮湿的墙壁和落满灰尘的角落里平添了几道阴影。每下一节台阶，木底鞋的声音都在穹顶下干巴巴地回响起来，那响声向下逃窜，像是要赶在她前面，提前通告她的到来。她脱下木底鞋，踮着脚走下最后几节台阶，站在入口的门槛前，昏暗、孤独和寂静令她心怀畏惧。她不祥地感到自己面对着某种陌生的东西，也许很可怕，全身都在战栗。她差点儿就要调转脚步，顺着楼梯向上逃走，逃出地下圣堂和教堂，远离修道院，回到熟悉的、不会让她害怕的地方。只是有一种力量阻止了她逃走，推着她走进去；当她的双脚踏在地下圣堂那冰冷的地面上，目光寻找着何处藏身时，那股力量帮她克制住了自己。

这里地方不大，上面有个穹顶，摆放着几张长椅，最里面是一座祭坛。祭坛上竖立着一座瘦长的十字架，还有几支点燃的蜡烛，又短又粗，放在类似茶杯的小碗儿里；福音书合着，没放在讲稿架上，而是搁在一个靠垫上面。别的什么都没有，既没有圣徒形象，也没有鲜花装饰。

她躲在最远的一个角落里，不知为什么跪了下来。她用这个姿势待着，似乎想把自己藏匿起来，不让别人发现，仿佛有什么太过神秘而宏伟的东西将要在她面前出现，而她在那里会碍事。因为，在那几乎令人毛骨悚然的寂静中，在那戏剧般的幽暗中，隐藏着什么，绝不仅仅是一场为女信徒们所做的弥撒，那东西一定会使在场的人为之动容。不过，她此刻依然是老样子，并没有感到幸福，而是心中充满恐惧，一种新的、无可名状的恐惧。

楼梯那边传来了她们下楼时的脚步声，也跟她的不同。这些脚步声轻缓而富有节奏，令人顿生敬意，就像士兵们齐步前进，黑夜里走在没有屋舍的旷场上，没有亮光，也没有音乐的喧闹。其实，无非是一些人两两一对下楼时寻常的脚步声，但这种节奏再次令她惊愕，如同期待着一群天使的出现。她们一对对地走进来，分别是露西娅夫人和伊内斯、胡莉娅·玛利尼奥和萨丽塔·库托、佩芭·费雷罗和鲁拉·多瓦尔……一共十四个人。她们丝毫没有动容。佩芭·费雷罗还是那么胖，虽然努力保持庄重，走路的时候还是扭动着髋部，裙子摆来摆去的，像个老妇人。她们都跪下来，手画十字祝福，但她们的动作都特别审慎而端庄。克拉拉想模仿她们，却做不好。

摇铃声响过，走进来一个侍童，后面跟着一位神父。他的穿着不同于其他人，披着一件绿色的罩衣；进来时双手交叉握在身前，头有些前倾。鞠躬行礼后，他走上祭坛，把什么东西放在上面，又走了下来。侍童不在他身边，而是远远地站在一旁。

"我就走到神的祭坛。"①

"神啊，我的神，我要弹琴称赞你。"②

她们所有人都一起低声地回答。克拉拉身子战栗了一下。她从来没见过这样的弥撒，新奇的感觉让她摆脱了自我和各种念头，专注地倾听与观看。

"愿全能的上帝怜悯你们……"③

神父走上踏台，绕着祭坛走了一圈，然后回身朝向她们。

"我们恳求你……"

突然，伊内斯唱了起来。

"求主怜悯。"

其他人也回应着。克拉拉想要跟伊内斯一起唱——声音非常低，如同耳语一般，为了不让别人听见——可是她会的不一样：同样的音乐（上帝啊，多少年了，从上学那时候起，多少变故啊！），但歌唱的方式不同。一切都是另一个样子。她闭上眼睛，甚至想把耳朵也堵上。她们唱得真好听，多么甜美啊！神父也唱了起来：

"在至高之处，荣耀归于神。"④

然后是合唱。再后来，是神父独唱。最后是伊内斯唱。她唱的，克拉拉从来没有听过，无论在学校里还是在别的地方——也许在她没有听过弥撒的这些年，事情全都改变了。

"列国要敬畏耶和华的名，世上诸王都敬畏你的荣耀。"⑤

———————

① 此处和以下几处原文均为拉丁语。本句出自《圣经·诗篇》43：4。

② 出自《圣经·诗篇》43：4。

③ 出自《圣经·创世记》43：14。

④ 出自《圣经·路加福音》2：14。

⑤ 出自《圣经·诗篇》102：15。

这些不属于她。她愈发强烈地感觉自己在偷窃、在亵渎什么东西，而这东西永远也不属于她，恰恰是因为她在亵渎和偷窃。还有，尽管她想要进去，却做不到，因为有什么把她拦在外面，像一道藩篱把她隔离开，让她只能观看和倾听。

神父大声朗读了一段后，走到祭坛的一角，开始用西班牙语讲话。

"今天的《福音书》里说，天国'它好比酵母，一个妇人拿去拌在三斗面里，直到整团面都发了酵'①。这是一种比喻。《福音书》同样解释说，耶稣用比喻向人群讲了这一切；他向他们讲话，没有不用比喻的。这是为要应验那借着先知所说的话：'我要开口，用比喻说出创世以来被隐藏的事。'②"

神父的声音很好听——他就是奥索里奥神父吗？——可是克拉拉听不懂他说的话。神父不断讲解着，他的话充满了整间地下圣堂，也许还进入了那群安安静静、凝神倾听的女人们心中，照亮了她们，让她们充满喜悦。可唯独没有照亮克拉拉，甚至没有进入她心中，而是留在了外面，推搡着她，把她推向墙壁，像是要赶她出去。她努力地听，使劲想把这些话塞进头脑里。那究竟是什么，被一个女人藏起来，然后把一切都改变了？神父讲的是天国，但是克拉拉感觉指的是她，好像那酵母就是她的罪孽，这让她觉得浑身发热，整个灵魂满是脓疮。这只发生在她一个人身上，其他人没有一个心中藏着会腐烂生疮的东西。如果神父一直这样说下去，她们都会明白，他所指的正是这个混进来的家伙，大家都会转过头来，发现她龟缩在角落里，被折

---

① 出自《圣经·路加福音》13：21。

② 出自《圣经·马太福音》13：34—35。

磨，也被控诉着。她没脸让人发现自己，认出她是个负罪之人。她站起来，紧贴着阴影，走到门口，然后顺着楼梯往上走。神父的说话声渐渐远去，只是一些声音而已了。随后，她们又开始唱诗。

她手里提着木底鞋，快步向上走，连气都来不及喘，仿佛教义里的那些诗句像皮鞭一样抽打着她，要把她打得赤身裸体、伤痕累累地倒在石阶上。她来到教堂里，才觉得踏实了一些。这里有几个人，都是村妇，裹着大披肩，跪在地上，篮子放在一旁，木底鞋搁在篮子旁边。她们大概不会唱诗，也不会用拉丁语来回答神父，没准儿她们也有罪孽，就像她一样。如果对她们说："我干了这个。"她们会回答说："没事儿，丫头，你又没有伤害别人。"她走近这些人，感到心中很舒坦。她们一个接一个，排着队等待忏悔。她们前进时并不站起来，而是连篮子一起蹲着往前挪动，好像担心有人把手伸到布罩下面，偷走几个鸡蛋，或者一只鸡。那些小鸡闹腾个不停，主人也没法让它们安静下来。克拉拉跪下来，排在队尾，也在等待着。情绪上的变化，让她觉得自己很像这些女人，于是也跟随她们做同样的事。她并没有等多久，因为神父很快就把这些人打发掉了，让她们在最近的柱子旁边或者面对圣母祭坛短暂地悔过一下。然后，她们就往头上戴好湿布垫圈，把篮子放在上面，快步走出去。市场大约九点钟开门。

克拉拉好多年都没有忏悔过了。五年，也许十年。她都不记得忏悔前的礼仪了，看见前面的人怎么做，她也照着做：靠着格子窗跪下，手画十字大声地祝福，好让神父听见她。当神父问起跟时间有关的事儿时，她不知道该如何回答。神父又问了一遍。

"不知道。好久了。"

"你是不是来地下圣堂听弥撒的其中一位？"

"那是我姐姐。"

"这么说，你没有做过良心检查就来了？"

"什么检查？"

她后悔这么问了。弄不好，神父会把她赶走。

"就是把各种罪孽都回想起来，一并带来。"

"唉，没那必要。我有一种，不会忘记的。"

她说了。在神父的要求下，准确说出了频繁程度和当时的情况。她以为说完后神父会训斥她，至少也会责备她。可是，神父什么都没说。

"您听明白我说的了？"她壮着胆子问了一句。

"是的。我完全听懂了。"

"那……您想知道是什么时候开始的吗？"

"如果你愿意说的话……"

"当然了。很久以前，我十四五岁的时候，是门房的女儿教给我的。她是个病殃殃的孩子，后来得肺痨病死了。当时，我没有试过，因为并不在意。后来，等我长大以后，想了起来。从那时起……"

"好的。我明白了。"

"我还需要再跟您说什么吗？"

"不用了。"

"那，您不责备我？"

"我为什么要责备你呢？我在这里，是为了以上帝的名义来宽恕你。你应该悔过。你应该理解这意味着什么：它指的是，你要为冒犯了上帝而感到痛苦，还要发愿不再继续冒犯。"

"可是，上帝会关心我吗？"

"当然会了。"

"我从来也没察觉到，也没敢想过。当然，上帝很眷顾我姐姐，可我姐姐她是个好人。我，不是。我从来也没觉得上帝会在意我，也没想过会对他有多大的冒犯，您明白吗？就像上帝不知道我的存在一样。"

"如果是这样的话，你为什么来忏悔呢？"

"其实，我不是来忏悔的。这是我后来才想到的。我本来是想加入那一群在下面听弥撒的人，像她们一样。我一大早就起来了，来到这里，等待着。可我在下面很害怕，就逃了出来。"

"你为什么害怕呢？"

"噢！那种弥撒是为圣女们做的，我可不是。您不知道，她们是怎么祈祷和唱诗的，简直像天使一样。我在那里格格不入。而且，神父发现有一个负罪的人，就开始说起我来。我羞愧极了。"

"那，当你来忏悔室的时候，盼望着什么呢？"

"盼望您责备我。可是，我不知道为什么，没人责备我。我想，我要是向耶稣基督说了跟您说过的话，他一定会把我赶走。"

"恰恰相反，耶稣基督会原谅你的。"

"那样的话，对我也没有用处。"

"你为什么这么说呢？"

"这是真的。我需要有人让我无地自容。不然的话，我还会继续下去。"

"有一件事我需要知道。如果你没有想过上帝，为什么还需要有人宽恕你的罪孽呢？你所做的，只有在上帝面前才算是罪孽。"

克拉拉笑了。

"您还不太了解我遇到的情况。有个男人，您知道吗，我想让自己无愧于他。"

"为了那样，你来寻求耶稣基督的宽恕？"

"应该是这样吧。"

"你应该希望自己无愧于耶稣基督。你对这个男人的期待，恰恰可以帮助你在上帝的眼中变得讨人喜爱。"

克拉拉没有回答。神父马上问道："你听懂了吗？"

"不太懂。关于那件事，倒是听懂了。如果您宽恕我，我会感觉好一些。今天，当我见到他的时候，我会穿得很优雅，会让他觉得我很漂亮；不过，如果除了这些，我还被赦免了罪孽……总之，我不知道该怎么说。他也知道我做那事，是我自己跟他说的。当然了，我跟他说的时候，并不在乎他知道。"

"那他，没想办法治好你？"

克拉拉打了个寒战。

"您知道他是谁？"

"我可以猜到。"

"那……您也认识我啦？"

"不认识，不过……"

克拉拉往后退了一下。

"你怎么了？"

"我害怕。您不会跟他说吧？"

"我不可以跟他说，即便可以，也不会这样做。你不明白吗？你在这里所说的一切，都是对上帝说的。不过……"

"什么？"

"我希望能帮助你。"

"为什么？"

神父停顿了几秒钟才回答。

"你应该知道，耶稣基督把我们一起拯救了出来，让我们聚集在圣体旁边，因此我们都是兄弟姊妹。"

"这话我听过好多次，可是，所谓手足之情，我从来也没有感受过，哪怕是我的一奶同胞们。伊内斯，可以理解，她是个圣女，有许多别的事情要忙；可是，另外那个，他又不是圣徒，连边儿都沾不上，也从来没为我做过任何事情。您看见了吧，如果有人早早地抽我几个嘴巴……"

"或者带着关爱听你诉说。"

"有谁想过关爱我呢！就算说过，也只是随便说说而已。他们说过好多次，有多么爱我，可那副样子不像是真正爱我。"

"他也是这样？"

"他并不在乎我，这正是糟糕的地方：如果他在乎我，早就会让我羞愧、会骂我了。可是，他是笑着听我讲的，甚至没有像您这样，想到要宽恕我。所以，我必须做的就是改变自己。"

"我可以帮助你。"

"让他爱我？"

"让你无愧于上帝。"然后，见克拉拉没有回答，神父继续说，"我可以帮助你变得像你姐姐那样。"

"我可不想。"

"你不知道自己在说什么。"

"可我知道我想要什么，如果变成姐姐那样，我就会永远失去他了。"

克拉拉站了起来。

"等等，我还没赦免你呢。"

可是，克拉拉不听他的话。她已经迈开坚定的步子，走向大门。

神父探出头，眼神焦虑地看着她。当她快要走出去时，神父离开忏悔室，在她身后跑了起来，终于在门厅里追上了她。

"你听着，不管怎样，我都想帮助你。我……我是你的一个远亲。"

她用悲伤的目光望着他。

"我不相信您。"

"为什么？"

克拉拉耸了耸肩。"我也不知道，只是一时冲动的感觉吧。"

神父跟在她后面，直到路边，在那里对她说："你什么时候想来，都可以再来。"

克拉拉匆匆走下斜坡。她没有回头，也没有说再见。到了海边，她想，这个上午算是白费了，当时心血来潮，想要来修道院，真是愚蠢。不过，她感到很难过，也不知道为什么，只是觉得一股悲伤从心中涌上喉咙，让她想要哭出来。

回到家里的时候，胡安已经在发脾气了，他在床上喊道，已经九点半了，咖啡还没准备好。克拉拉默默地走进厨房，点燃炉灶。

"你今天早上去哪儿了？"他问道。

"随便走走……"

克拉拉推开客厅的门，走了进去。客厅非常大，可是空荡荡的，相当凄凉，只放着一只旧的斗橱和几把摇摇晃晃的椅子。斗橱的镜子太小了，而且镜面那么脏，简直看不清楚，不过，对克拉拉来说，毕竟有了个借口。她走进客厅，径直来到斗橱所在的角落。伊内斯坐在窗户旁边，正在诵经或是祈祷。她没有动弹，甚至连眼睛也没有抬一下。

"我要出门。"

她站在镜子前，里面只能看见身子的一段，就像是幽灵的一段。走近或者走远，都不管用，因为虽然那一截身子的大小会有变化，可镜子照出来的形象依旧模糊不清。

她决定了。

"你想看看我这件大衣是不是合身吗？"

"好的。"

伊内斯的目光只是将将触到她，便回到了祈祷书上。真是没办法。

细想起来，祈祷是更重要的事，她并没有权利来打扰、打断姐姐，可是克拉拉需要有人对她说，你真漂亮，大衣和长裙特别合身，简直看不出来是改过的。细心一点儿的人还会说，这料子真棒。噢，裙子的绸面沙沙作响，她穿上时多么享受这声音啊！身上穿着这条长裙，感觉整个人都焕然一新了。

还有手套。伊内斯肯定没有注意到。她是前一天买的，花了七个半比塞塔。没有比这更好、更精致的了。黑色的，带着白色的针脚。她戴着有点儿紧，但那种皮革裹在自己粗糙手指上的弹力，让她有种胜利的感觉。

她还买了另一副，棕褐色的，没那么精致，比较便宜。她在厨房里做饭时戴着它们，之后刷洗碗碟的时候也没有摘下来。现在，它们被挂在碎木枝上，在炭火边晾干。花了三个比塞塔和三个雷阿尔，她就可以呵护好双手，不被弄脏了。没准儿还能变得更细嫩些。

还有一双丝袜。她没敢给伊内斯看，更没敢让她看自己穿上丝袜的双腿。可是，在自己的房间里，她欣赏了好长时间。她把一面小镜子放在屋子的一角，贴着地面，前后来回走动。镜子能照见脚踝，一直到小腿肚。一切都很好。丝袜，配上一双黑色的摩洛哥山羊皮鞋，高跟的，让她的腿显得很好看，身材也更加挺拔了。这双鞋花了她五个杜罗。

"天哪，买这点儿东西花了多少钱啊！弄不好，下星期连吃饭的钱都没有了！"

发卡、小梳子，还有一段丝带，用来打理好头发。花销总计五十三个比塞塔——得说全了才行——她还买了一副带花边的白色胸罩。有蓝色和粉红色的，她觉得太夸张了，特别是跟其他的内衣不太搭配。她穿上以后，看了看自己，有点儿失望，因为并没有显著的改观。她凭着记忆，比较着自己胸部的轮廓和在一些杂志广告里看到的，那些真是太完美了，简直无法企及。

五十三个比塞塔，太邪乎了。玛蒂尔德夫人留下来的衣服，她拿到市场里卖掉，换来二十个杜罗。

她来到走廊里。母亲就别指望了，肯定是像往常一样睡着了，如果没睡，那就更糟糕了，因为她会发脾气，乱喊乱叫。要是碰巧有一会儿她能注意到自己呢？克拉拉走了进去。

"妈，我要出门去。"

母亲坐在沙发上，身上盖着一条毯子。她用浑浊的眼神看了看女儿，嘴里说了些什么，克拉拉听不明白。她身上很难闻。

"妈，您可以去里间待一会儿，这里也该通通风了。"

暗示她是没有用的。母亲直起身子，指了指杯子和酒瓶。

"你会喝死的，妈。你身体糟糕透了。"

然而，她还是往杯子里倒了一点儿烧酒，递给了老太太。克拉拉看着她喝下去，接着就听见她牲口般的鼾声。

跟这样一个人是没法问自己漂不漂亮、裙子合不合身的。

还剩下胡安。他还没有起床，也许不打算起床了。根据他早上的情绪来判断，应该是兜里一个子儿也没有了。胡安的自尊心非常强，从来也不肯让别人请他。他总是自己付酒钱，如果没钱，就干脆不出门。如果有烟卷，那还好；如果没有了，他就随便找碴儿，大发雷霆。

这会儿，估计是没有烟抽了。

不过，她还是走近房门，听了听，过了一会儿，轻轻地推开门。

"你进来干什么？"胡安吼道。

他光着腿，跪着从地上捡起好多烟蒂来，把它们放在一小块儿报纸上。克拉拉一进来，他立刻跳回床上，烟蒂全都掉到了地上。

"你看见没有？你为什么不敲门就进来？"

"对不起。我把它们捡起来。"

她弯下腰，可是够不到地上的烟蒂。

"真难闻。"

胡安不屑地瞅了她一眼。

"你转过身去，我自己捡。难闻，我也只能抽它们啊。你来干什么？"

他脸上的样子真滑稽，头发乱蓬蓬的，简直像是个红色的鸡冠子！

"我要出门。"

"那又怎样？难道你还要让我批准？"

不管他怎样，克拉拉还是微笑着。

"哥们儿，家里没有一个人好好看一眼，告诉我打扮得好不好。"

"你打扮得好不好，关我什么事？"

"也许对你挺重要的。我要跟你的好朋友约会。"

这时候，胡安才仔细打量了她一番。

"我猜，皮鞋和丝袜，该不会也是他送给你的吧？还有手套？你从什么时候起戴手套了？"

"我是用自己的钱买的。多好看呀，是吗？"

她抬起胳膊，得意地看了看双手。

"我早晚会打断你的肋骨。"

"为什么？这钱可是光明正大的。我去市场卖了一些衣服，人家给了我二十个杜罗，我还剩下一些留给你呢。"

她把一个杜罗银币扔到床垫上，胳膊肘撑在铁床架上。胡安往肩上披了一件旧外套，没有去拾那钱。

"行了，哥们儿，别那么矜持了。你可以拿去买烟。钱给你，我不记恨的。"

"你为什么要跟卡洛斯约会？"

"是他邀请我的。他想带我去看电影。"

"那你呢？"

"啊，我很高兴去啊。卡洛斯是个好小伙子。"

她微笑着坐在床沿上。

"我跟他出去，你不应该觉得有什么不好。"

"我可信不过你。"

"我能干什么呢？偷他东西？"

胡安郁闷地摇了摇头。

"不是那样。你会给他找麻烦的。"

"因为跟他出去约会？"

"我明白，你也明白我的意思。不过我提醒你，不管怎样，我都会跟卡洛斯站在一起，要打也是打断你的肋骨。到时候，你可别说我事先没警告过你。"

床上，靠近枕头的地方，放着一堆稿纸和一支铅笔。胡安拿过来，看了一阵子。

"别打扰我。"

"现在还不行。既然你说到了这个……"

"我这样说，是为了提醒你。足够了。"

"我想告诉你，我喜欢卡洛斯，我会尽一切努力做他的未婚妻，不会在乎你怎么想。"

胡安猛地直起身子，抓住她大衣的领子，盯着她的眼睛看了一会儿才松手，用力推了她一下。

"你真不要脸！像你这样的女人，缠着卡洛斯这样的男人做什么？你觉得他会跟你结婚吗？"

"为什么不呢？你不也曾经想过吗？别不承认！你派我去他家，想看看我是不是讨他喜欢。"

"派你？"胡安禁不住笑了，"不是派你去，是派伊内斯去。你怎么会这么想呢？"

他继续笑着，笑声发自内心，充满了诧异、惊愕和开心。

"派你！派你去他家！"

克拉拉感觉像是挨了揍，还被鄙视嘲讽，同时她也觉得哥哥有道理，确实只有她自己才会那样想。伊内斯跟她一起去，和她一起在那里，姐姐同样漂亮，品行又是那样完美。她强忍住怒火，没有回嘴，只是耸了一下肩膀。

"问题是我去了，而且我喜欢卡洛斯。你早就应该想到，除非你希望我勾搭上卡耶塔诺，然后让他给你在造船厂安排个工作。"

胡安抬起手想要揍她，但克拉拉拦住了他的手。

"别这么欺软怕硬！卡洛斯不会因为这个而尊重你的。"

她站起来，甩开了胡安的胳膊。

"情况变了。现在，我有了自己喜欢的东西，我想要得到它。我既不需要你的批准，也不在乎你的想法。不过，你要是想阻拦我，我就偏要乱来，看你觉得怎样才好。"

她步伐坚定地走向房门，出去之前，转身对胡安说："如果有必要的话……就像你说的，就算给卡洛斯找麻烦，我也会做的。"

她来到走廊里，用力关上门，声音在空荡荡的房子里回响起来。克拉拉踩着高跟鞋，回到自己的房间，把鞋脱下来，用一张报纸包好。然后她换上木底鞋，腋下夹着包裹，出门来到院子里。外面下着小雨。她想，如果走得快些，可以在雨下大之前赶到教堂那里。

路上走过一群群盛装打扮的女孩子，像她一样，也朝镇上走去，大概也是去看电影，或者是参加舞会。她暗想，那些人会打量着自己，惊讶地对她的新衣服议论纷纷。她没有回头，径直来到空旷的广场上。教堂大门旁边，有一个老太太在卖栗子。她走过去，买了一些烤好的。

老太太吃惊地看着她。

"克拉拉，你今天真漂亮。"

"真的吗？"

"当然了。"

她挤了一下眼睛。

"有未婚夫了？"

克拉拉微笑着耸了耸肩。

"谁知道呢！没那么容易。"

"你岁数也不小了，估计有二十五岁了吧。"

"二月份的时候。"

"这个年纪，该有个男人了。单着可不好。"

克拉拉脱下木底鞋，包了起来。

"您帮我存一下。我回家的时候来取。现在，您得告诉我，"她有些忐忑地问道，"喜不喜欢我这双皮鞋？"


卡洛斯去俱乐部打发时间。至少，这是他给自己找的理由，然后不太情愿地接受了。当他走进去、来到玩"三人斗"那群人附近时，突然发觉大家都不自然地安静了下来，仿佛遇到一片真空，谁也没有料到，谁都不适应。这提醒他，人们之前正在议论他，而他的到来打断了大家的谈话。他们都目光游移，冒出几句玩牌的话来遮掩什么。

新添了一位来看热闹的，白色头发，面相却很年轻，目光中透着胆小。没有人引见他，不过自从卡洛斯进来以后，他就开始不安地移动，每回都逐渐接近，直到站在卡洛斯身边。他轻轻用胳膊肘碰了一下卡洛斯，凑到耳边说："请您来一下。"

他们来到大厅的另一端。

"请允许我介绍一下自己。我姓帕迪亚，是个医生。"

他伸出手来。

"您怎么样？"

"请您包涵，我先前没去拜访您，不过……"

他向卡洛斯笑了笑，那笑容开朗而质朴，多少有点儿胆怯。

"因为大家都说您是个有学问的人，我不清楚您是否肯见我。现在，我知道了，您非常平易近人。我这么说，您不会介意吧？"

卡洛斯让他不必介意，自己也抱歉说，没有想过见一见同行。

"咱们大概是一个岁数。您是在哪里上的学？"

"在圣地亚哥。"

"啊，圣地亚哥！我是在马德里上的学。我从小就住在那里。多棒的城市啊！当然了，对您来说，您可是在维也纳待过的……"

"我也在马德里住过，很喜欢那里。"

"这里简直就是世界尽头啊。唉，那些年啊！我最怀念的就是剧院。我喜欢看首场演出，去剧院的时候总是拿捧场的免费票①。《快乐而自负的城市》公演那天，我把哈辛托②先生驮在肩膀上。您知道我说的是谁吧？"

这一番话也像是预先策划好的，用来遮掩什么，或者为了争取时间。

"我知道早就应该去问候您，尤其是当我得知您不打算在这里行医的时候。您想必已经知道了，这里挣不到什么钱。我是个法医，薪水少得可怜，而每个月的定额诊费……每户也就是四个比塞塔。还好，我是个单身汉。"

而且，没法开特效药。这里向来都是用药剂师的配方，要不就干脆什么都不用。

"远的不说，昨天我看了一个病人。您也许认识，是个叫'美女'罗莎莉奥的女人。她全身都是挫伤。'应该蘸着擦洗剂给她揉搓一下。''哎呀，先生，用醋不行吗？'还一个劲儿地抱怨说，家里很穷，擦洗剂太贵了。其实总共也就是六个雷阿尔。"

"您为什么跟我说起这事？"

---

① 此处指剧院免费邀请一些专门鼓掌、捧场的人观看演出，以便烘托气氛。

② 哈辛托·贝纳文特（Jacinto Benavente，1866—1954），西班牙著名剧作家，1922年诺贝尔文学奖得主，《快乐而自负的城市》是其作品之一，于1916年5月18日在马德里拉腊剧院上演。

帕迪亚犹豫了一下。

"大家都说……"他向四周看了看，压低声音说，"没人相信卡耶塔诺打她是出于他所说的原因。大家都觉得您也牵扯在里面，我想提醒您一下。"

"提醒什么？"

"当着您的面儿，谁也不会做什么，但是您应该小心为上。备不住天黑的时候有人放冷枪，然后……我可不想给您出具死亡鉴定。"

他指了指那些在绿色吊灯下静静地玩着"三人斗"的人。

"他们当中有些人对您有好感，不过，因为害怕，没有一个敢站到您这一边来。我自己……"

"您也害怕？"

"您看，我告诉您这些，是出于对同行的关心，虽然我也纳闷儿，像您这样的人，怎么会卷入这种麻烦事儿之中。咱们都得自重。您不应该来俱乐部，也不该跟这些人聊天。在这种小镇上，不能不拘泥于礼节，否则他们马上就把您当作同类了。您看，我就是个例子。我这个人性格随和，不会跟任何人翻脸，结果来这里一个月以后，大家就都不把我放在眼里了。更甭说卡耶塔诺了……那家伙……"

他做了个手势，也不知道具体是什么意思。

"您一定要听我的。保持距离，还有……"

他停顿了一下，确定从最近的桌子那里听不到他的声音。

"晚上别走公路。"

他在卡洛斯肩上拍了一下，又大声地接着说："我跟您说，像那样的剧院，现在可是没有了。您大概读过《血的婚礼》①那本书吧？

---

① 《血的婚礼》是西班牙著名诗人、剧作家费德里科·加西亚·洛尔迦（Federico García Lorca, 1898—1936）的戏剧作品。

唉，我真想看看话剧，对比一下……"

他轻轻推着卡洛斯走向大厅中央，一起转悠了一阵。帕迪亚又回忆起《快乐而自负的城市》和他对哈辛托先生的顶礼膜拜，简直像崇拜一位斗牛士那样。

有人说："他缠着卡洛斯，又在老调重弹呢。"

从海边吹来冰冷的寒风。卡洛斯躲到拱廊下面，一路向上走到广场。圣玛利亚教堂的钟指向下午五点整。他停住了脚步。对面，教堂的门廊下，克拉拉正在等他。她已经看见了卡洛斯，于是离开卖栗子的女人，向后慢慢退到暗处。这时，卡洛斯正穿过广场走来，卖栗子的女人说了句话，好像是"您挑的这姑娘真不错！"。克拉拉靠在拱形雕饰的小立柱旁，头发蹭着一位无头圣女像的双脚。卡洛斯停下来，默不作声，微笑着朝她看了又看。她在那里等待着，没有动弹，仿佛卡洛斯将要做出判决或者赦免。

"你就像换了一个人。"他说。

他伸出手，克拉拉用力握住，不肯放开。

"这是你能对我说的最好的话了。"

紧接着，她没有看卡洛斯，又补上一句："谢谢。"

她好像要哭出来似的。卡洛斯挽起她的胳膊。

"要是这样，为什么……"

他没敢把话说完，因为克拉拉并没有哭。

"我忙了整整一个星期，就是为了这个。缝衣服缝到凌晨四点，盼着有人对我说一句：你真漂亮。"

"我应该早点儿跟你说，因为确实如此。"

"噢，你跟我说的那句更好！那是我不敢奢望的。你明白吗？你就像换了一个人。'像'，就很不错了，离'是'不远了。"

"你难道想变成另一个人？"

"打心眼儿里想。"

他们离开了门廊。卖栗子的女人说："祝你们开心！"然后又笑了起来。

"那个女人说我很漂亮。之前，我问过胡安和伊内斯，他们都不理睬我。我没觉得不好，因为他们也都有自己的问题，我是个不合时宜的人。不过，他们哪怕说几句让我踏实的话，我也会感激不尽。如果家里有面镜子，我就用不着征求他们的意见了。"

"你为什么想变成另一个人？"

"唯一一个不需要问我这个问题的人就是你了。"

"我承认，你有些地方需要改变。比如，我不喜欢你的吃相。"

"就这个吗？"克拉拉笑了，攥了一下他的胳膊，"这太容易了。我还记得那些高雅的礼节。问题是……我觉得没有用处。"

离电影开始还有一个钟头。卡洛斯建议找个地方坐坐，于是他们走进一家半像酒吧、半像酒馆的铺子，里面有一群穿着盛装的工人，围着一张"七点半"的赌桌吵吵嚷嚷。两人远离嘈杂，坐到一张长条松木桌的一端。克拉拉拒绝了喝咖啡加茴芹酒的提议。

"我妈就喝这个，我觉得恶心。"

酒馆老板给他们打开一瓶廊酒①。

"这瓶酒放在这里，少说也有三十年了。从来没有人点过。"

"给我们留着吧。每个星期天，我们都来喝两杯。"

"你是说，每个星期天都会约我出来吗？"等酒馆老板走开后，

---

① 源自法文 Bénédictine，是 19 世纪始创的一种草本利口酒。

克拉拉问道。

"这是咱们的约定。"

"告诉我，卡洛斯，你真的希望我改变吗？像我一样那么渴望？"她激动地问道。

"我希望的程度和你一样，而且也只是因为你自己想要改变。"

克拉拉做了个沮丧的表情。

"这不是我想听你说的。"

"咱们之间的约定是不说谎。"

"所以我向你坦白了我的失望，并没有遮掩。"

"你本来希望怎样呢？"

"怎么说呢？比如，你说，不能满足于已经做到的，你盼望有更多的变化，或者你对我提出要求。不过我看出来了，你那天说的所谓责任，只是为了避免我委身于卡耶塔诺。好吧。这方面，已经没有危险了。"

她明显有些伤感。卡洛斯感到有些内疚。

"你没有想过，做你自己不是也很好吗？"

"别这么说！谁都不会觉得这样好。"

"刚才我跟你说过，你需要有些小小的变化。我觉得这是自然而然的事儿，不用刻意为之。比如，穿一件漂亮的长裙，就像你身上这条，要想留下好印象，还应该有优雅的举止，不能说粗话。我得承认，今天你还没有做出任何令人反感的事儿来。你表现得非常得体，甚至我认为你展现出了真正的自己。知道怎么穿得好看，已经足以让你找回自己了，从前的那个自己。"

"从前的？"

"对，也许是很久以前。如果不是这样，你现在恐怕会很尴尬，

400

连穿什么样的裙子都不懂。"

克拉拉做个了手势。

"好吧，卡洛斯。我很高兴你这样想，可这样还不够。"

她停了一下，迅速看了他一眼，接着说："你觉得伊内斯怎么样？你希望我像她一样吗？"

"我觉得伊内斯很好，可是，如果你要是跟她一样，咱们就不会坐在这里，聊这些事了。"

"那些跟她在一起的女人呢？"

"我几乎都不认识。"

"她们又正派又好看。没有一个……"

她低下了头。

"你明白我的意思。"

"我想你和她们的区别就是，她们的罪孽，只有听忏悔的神父才知道；而你的事情，我知道。不过，我想让你明白，仅仅由于这个原因，你不该觉得自己不如她们，更不该觉得不如我。我也有我的罪孽，将来也会讲给你听，这样会让咱们感到彼此平等。"

"谢谢，可是毕竟不一样。"

"为什么？"

"如果有一天你结婚了，你用不着向妻子坦白。相反，我却必须告诉我的丈夫……"她稍作停顿，马上又接着说，"我不知道能不能做到，因为我会感到羞愧。所以，我想要变好。"


电影院的铃声响了起来，通知观众入场。门口聚集着一群人，大声说着话，乱哄哄的。浓妆艳抹的露西娅夫人，还有簇拥着她的那群年轻女子，在人群中略微有些不协调。她们也意识到了这一点，刻意留出一些距离。克拉拉也显得与众不同，而且出人意料。她走过的时候，人们都目不转睛地瞧着，在一旁窃窃私语。她昂着头穿过人群，一直没有松开卡洛斯的胳膊。

售票窗口前排着长队。卡洛斯也排了起来。

"不用了。"克拉拉说，"卖票的是我一个朋友，她会给我两张票的，不用等。把钱给我。"

她从一扇小门进去，卡洛斯等着她。这时，露西娅夫人做了个手势，招呼他过去。

"您怎么样？"

她离开那群伙伴，向卡洛斯伸出手，做出一副难过的表情。

"哎呀，卡洛斯，卡洛斯！您真让我失望！"她低声说，"您跟什么样的女人交往啊！大家都在说'美女'的事儿，现在，我看您又这么钟情于克拉拉。"

"您搞错了。我既没有跟克拉拉也……"

"您不用解释。所有的男人都一个样。可我，还给您选了我的一位朋友呢！当然了，她们那种女孩子，是不会单独跟一个男人去看电影的。您要是看上了伊内斯，那还好！可是，克拉拉……倒不是说，她有什么不好。可是，对您来说……太俗气了！得了，您快跟她去吧！她正等着您呢，看见我跟您说话，她会不高兴的。"

放映厅是一个又窄又长的房间，里面是木质的硬扶手椅。入口的上方，向前探出一排与大厅同宽、类似包厢的座席，悬在池座顶上。卡洛斯看见露西娅夫人和她的朋友们坐在那里。

"你怎么没买包厢的票？"他问克拉拉。

"我不想挨着那些矫揉造作的女人。"

"不过，那里才是你的位置。"

“下回吧……”

坐扶手椅的观众席闹哄哄的。人们朝地上扔着花生壳、纸团，彼此高声招呼着，前排的小孩子们射箭玩耍，互相叫骂或是打斗。一位身穿马翁布衣服的引座员不停地喝止，却无能为力。一片喧嚣之中，几乎听不见唱片播放的音乐。

灯光熄灭后，人们安静了下来。屏幕上出现的是加里·库珀[1]，饰演孟加拉长矛手的长官。当他一下击中了一条毒蛇时，所有人都惊呼起来："噢！"

克拉拉脱下了大衣，仔细叠好后放在怀里。她激动地关注着长矛手们的冒险，眼睛快乐地眯缝起来。当主角杀死毒蛇的时候，她也赞叹不已，庆幸法兰奇·汤恩[2]没有这么快就死去。

"男人们不再是这样了。"她低声说。由于她凑得很近，卡洛斯的脸颊能感到她说话时的呵气。

这是她唯一的评论。等到灯光亮起时，她仿佛变了样，一脸的幸福。可是，出来的时候，不巧从露西娅身旁经过，克拉拉被她盯得不舒服，不禁皱起了眉头。

"我跟你在不在一起，关这个蠢货什么事？"

"没准儿她喜欢你的大衣吧。"

"她没看我的大衣，她看的是我。让她瞧吧……"

她挽住卡洛斯的胳膊，故意炫耀似的贴近他。

---

[1] 加里·库珀（Gary Cooper，1901—1961），美国著名影星，曾获两次奥斯卡最佳男主角奖。此处讲的美国影片是《傲世军魂》（*The Lives of a Bengal Lancer*），于1935年年初上映，由亨利·哈撒韦执导、加里·库珀等人主演。

[2] 法兰奇·汤恩（Franchot Tone，1905—1968），美国演员、导演和制片人，也是《傲世军魂》一片的主要演员之一。

"你不介意我这样做吧？我就是想让她碰一鼻子灰，哪怕她到处跟人说我勾搭你。"

突然间，她说："对了，她不会是爱上你了吧？"

"你别瞎说。"

"要不是这样，我不明白她干吗那么恶狠狠地看我。"

电影散场后，如果下雨，人们就沿着拱廊走；如果天气好，就来到广场中央。年轻小姐们靠右走；普通的女人们，根据自己的偏好，走一侧或另一侧；干手艺活儿的女人们，靠左走。

克拉拉给卡洛斯解释了散步时的规矩，并且建议他——如果不打算这时候就送她回家——去别的地方坐坐。

"咱们还回那家酒馆吧。"

"好吧。"

人不多。他们点了些喝的东西。卡洛斯把对话引向克拉拉的童年。她讲了一些在教会女子学校读书的事儿，那是所不错的学校。突然，有一天，她父亲说，在公立中学可以学到更多东西，于是就给她报了名。

"其实是因为没钱付学费了，教会学校很贵。"

在公立学校里，克拉拉发现男人们都很喜欢她。男生们总是跟她说些粗俗的话，校工们也利用一切借口来接近她，假装无意地摸摸碰碰。有的老师也像看成年女人那样盯着她。

"有一位老师，很年轻，教我们拉丁文。这个人很腼腆，他喜欢我，班上所有的女生都知道。他从来不提问我，不管我怎么折腾，也不批评我。有一次，我在街上遇见他，他壮着胆子跟我说话，只想知道在哪里可以见到我父亲。我告诉他可以去格兰佩尼亚大厦，因为我爸不跟我们住在一起，而是住在他的单身公寓，我从来也没有去过。我不知道这位拉丁文老师跟我父亲说了些什么，总之他回家时大发雷霆，不让我再去学校了。后来我才知道，那个胆小的家伙居然责备我父亲，因为他让我一个人在马德里街上走，还提出要跟我结婚。你想想，这有多荒唐！我那时还不过十五岁。结果，就再也没去上学。

"后来，家境败落了。我父亲很少给钱，也不管家里的事儿。伊内斯整天都在教堂里，或者去以前的教会学校，那里的修女们都很喜欢她。她经常留在那儿吃饭，甚至随便找个借口，就在那儿待上整整几个星期。

"我羡慕她，因为她非常优秀；也嫉妒她，因为她不用像我一样，自从用人走了以后，就得在家里干活儿。可是，我倒觉得很自然，我应该是那个做出牺牲的。至于胡安，他勉强混日子，即便回家来，也只是为了睡觉。他参与学生闹事，曾经被捕过。我们只好把空余的一个房间租出去。那时候，我们住在一座骑兵营房对面。女门房得知我们要招租，介绍了一位长相不错的士官，穿着红色制服，戴着轻骑兵军帽，简直像是一位将军。我立刻就喜欢上他了。他的房间挨着我的，中间隔着墙，不过门离得很远，因为我要进自己的房间，先得穿过母亲的卧室。没过多久，这位士官就开始向我献殷勤，看见我一个人的时候就来找我，随便找个借口跟我说话。他结过婚，但是跟老婆分居了，因为她和别人偷情。一天，他对我说他爱我，我让他滚开，还威胁他说，如果再跟我说什么，就把他从家里赶出去。其实，我越来越喜欢他了，如果他是单身的话，没准儿就跟他私奔了，因为他只是个士官，家里人是不会同意我们结婚的。自从那回吓唬他以后，他就不再缠着我了，好长时间都不说话。当我们碰上的时候，他也只是看看我而已。一天，我收到一封信，没有签名，信里充满爱意。我猜一定是他写的，就没往心里去。他又继续给我写信。一开始，写得情意绵绵，像是从书里抄下来的，那种卖给士兵们、教他们给未婚妻写信的书。我一个人看了以后，觉得真好笑，不过心里其实挺喜欢收到这些信的。后来，写信的口吻变了，说他渴望拥有我，我终将是他的。他开始写，当我决定跟他出走以后，我们会做些什么，描写得细致入微。如果说，一开始我觉得恶心的话，后来他那些信反而变成了一种乐趣。我把它们读了一遍又一遍，跟着了迷一样，信里说的东西，整天在我脑子里不停地打转儿，弄得我像个傻子似的。后来，他开始敲墙，每当听到我有动静时，他就轻轻地敲。他先是在信里要求我以同样的方式回应他，后来又让我按照他说的去做。而我竟然鬼迷心窍地照着做了，我所有的恶习都是打这儿开始的。我不知道这种情况会发展成什么样儿，也不知道如果持续下去，我是不是会疯掉，或者明知他是有妇之夫，也会跟他一起沦落天涯。父亲一点儿也不关心我们。伊内斯和胡安不常在家。母亲开始酗酒，家里所有操劳的事儿，都落在了我身上。有一天，我决定给那个士官写信，于是就写了一封很长的信，但是没敢马上交给他，而是等了很久，每天晚上都想着第二天交给他。直到最后，我把信放在他枕头上，还添上一段说，无论他带我去哪里，我都愿意跟他走。那天夜里，他没有敲墙，反而是我敲了，可他没有回应。第二天，他很早就离开了，在饭厅的桌子上留下一个信封，里面装着当月的房租钱，还有一张字条，说他会让人把行李取走的。然而，我还是等着他回来找我，等了很长时间，用读他的信来蒙骗自己，直到有一天，我把那些信统统烧掉，不再去想他了。但是，我受的伤害已经无法治愈了。那时候，离共和国成立已经不远了。我们日子过得很紧张，因为胡安不知道找了个什么借口，跟一帮学生去了比利牛斯山区①。后来我才知道，他参加了一次起义，不得不逃往法国。多亏了这件事儿，我才不再想那个士官了。父亲也参与到政治里，经常往返于马德里和加利西亚之间。有一回，他给我们寄来一千比塞塔，我妈想自己存起来，可是我逼着她用这笔钱来付欠下的房租（不知道已经多少了），还有其他的债务，剩下的用来过日子。我们大吵了一回，不过，我妈只拿去了一部分钱，后来我才知道，她给胡安寄了一笔钱，那家伙在法国过得很糟糕。直到共和国成立后，胡安才回来。那些日子里，父亲经常到家里来，有时候给我们带些钱来，还信誓旦旦地说，我们很快就可以摆脱困境了，因为他的一些朋友当上了部长，许诺给他金山银山。胡安也很兴奋，没事儿就去惹乱子，当有人开始烧教堂的时候，我知道他也在其中。突然，一天晚上，有人来通知我们，父亲病得很厉害，让我们去他家里。我妈说她不去，哥哥和姐姐也说不去。我，也不明白为什么，只好自己一个人夜里赶过去，看着父亲怎么撒手人寰。后来我知道了，原来，我是三个子女中唯一一个合法婚生的，于是我就成了父亲的继承人，因为他所剩的财物，还有我们现在住的房子，都属于他的遗产，而母亲没有任何权利继承，其他人也没有。"

她停顿了一下，神情悲伤地看着卡洛斯。

"伊内斯和胡安他们俩，因为这个，从来也没真心关爱过我，好像都是我的错似的。"

卡洛斯装作不太在意这段故事。他吃了点儿东西，点燃一支烟卷。

"依我看，胡安品质上并不坏。至于伊内斯，我觉得她是个有慈

---

① 西南欧重要山脉，分割欧洲大陆与伊比利亚半岛，是法国和西班牙之间的天然边界。

悲心肠的人，也不在意这些凡人琐事。"

克拉拉笑了。

"对，对，凡人琐事。"

她沉默了一会儿，继续说："最好的办法就是离开马德里，回到伯爵新镇。胡安不愿意，因为有人已经向他许诺了未来的前途，可是时间一天天过去，他还是空着手回家，除了希望什么也没有。我们住的那个区，已经没有人再愿意让我们赊账了，我们把能卖的都卖掉了，有些日子只能吃煮兵豆，连油都没有。伊内斯默默地忍受着，从来也不抱怨，这的确是事实。可是，胡安总爱大吵大闹，遇到麻烦也只能找我，因为我妈不愿意过问任何事情，她闷在自己的房间里，要是有茴芹酒，那就更好了。直到有一天，我彻底摊牌了：除了离开这里，没有别的办法了。可是，想走也不容易啊，那个女门房不让我们把家具搬走。我们也没钱买火车票。胡安求人弄到了票，我也说服了守夜人——他也是加利西亚人——求他允许我们晚上带上所有能带的东西，离开这里。那简直就是场闹剧：我从阳台上把装满衣服的包裹一件件扔下去，守夜人从街上捡起来。等所有东西都在外面了，我们悄悄地走下楼，拿好行李，飞快地奔向火车站。房门也没锁，家具都在里面，钥匙插在门上。守夜人说，我要是亲他一下，就给我一个杜罗。我亲了他，但没要钱。我能怎么办呢？人家已经够意思了。当晚剩下的时间和第二天的一大半儿，我们都是在火车站里挨过的。胡安出去一阵子，带回来几个比塞塔，是从别人那里借来的。靠着这点儿钱，我们在路上才有饭吃。不过，火车出发之前，女门房赶到了，冲着我们好一顿数落，我们权当耳旁风，因为这时候已经顾不上羞耻了。直到火车终于开了起来……好了。我们到了拉科鲁尼亚。为了买长途汽车票，又是一番周折。这回又轮到我把事情搞定了，因为我去了父亲的一个亲戚家里，跟他说了我们的情况。而他，为了让我们保全面子——按照他的说法——给了我十个杜罗。不过，给我之前，问了我一大堆不着调的话，又说我长得漂亮，还让我随时来拉科鲁尼亚找他，他会帮助我的。"

她挤了一下眼睛，笑了。

"你明白吗？看起来，只要面前是个漂亮姑娘，哪怕是亲戚也不放过。真是什么人都有啊！不管是侯爵还是骑兵士官，都是一路货色。还好，对付这些勾当，我还算不糊涂。要是我幼稚一些，把他的话当真，哪天受够了跑到拉科鲁尼亚去，那可就真有的瞧了。我哭的时候，看看他抚摩我的那个样子！脏兮兮的老家伙，真让我恶心。"

她不带怨恨地说着，好像那些回忆让她觉得很有趣。

"我所有的不幸，都是因为我有个漂亮的身子；我也知道，要是哪天我在这世上遇到什么好事儿，肯定也是出于同样的原因。我真不知道是应该笑，还是应该哭。"

克拉拉用紧握的双拳抵住下巴，看着卡洛斯，眼睛里颤动着某种无奈，也在寻求帮助。突然，那双眼睛不再颤动，也不再求助，而是睁得更大，也显得更加深邃了。她的目光平静下来，露出崭新的、不一样的光亮，使她的双眼，甚至整个面容都焕然一新，仿佛洗掉了所有性感和玩世不恭的痕迹。她的嘴唇微微上翘的曲线，变得平顺了。半开半合的双唇之间，均匀的呼吸深沉而平静。就这样，不知过了多长时间，卡洛斯一直在努力掩饰着他的不安，甚至有点儿害怕。"如果我现在握住她的手，立刻就会结束一段故事，又开始另一段新的。"

作为患者来看待，克拉拉简直是完美的。她对所有的问题都一一作答，不管是什么性质的问题，都毫无保留，也绝不扯谎。面对卡洛斯的不解，她回答道："我为什么要隐瞒呢，何况最重要的你都知道了？"

卡洛斯觉得有必要了解，跟士官的那段经历，是否在克拉拉的心灵上留下了某种印记。

"那家伙真恶心。"她说，"因为，仔细想想，我可以理解，任何一个男人跟女人在一起时，都会亲吻她，做些出格的事儿，可他从来也没碰过我一下。他都是凭空杜撰，然后写给我，让我也一样去幻想。你不觉得这种人脑子有毛病吗？"

她憎恶她的回忆。她认为，正是这种影响，让她生命中有些东西被扭曲了。

"因为，我觉得正常情况下，一个女孩子会想要找一个男人，爱他、嫁给他，可我从来也没有这么想过。男人们总是让我觉得是一种有用，但又令人恶心的东西。"

钟声敲过九响，卡洛斯送她回家。他们在教堂旁边停了下来，克拉拉换上木底鞋时，卖栗子的女人问他们玩得开不开心。她看着卡洛斯，补充说，克拉拉是个好姑娘。

"您看，她虽然出身不一般，可无论对待谁，都那么谦和。"

克拉拉笑着回答说，她比所有人钱都少。

"别的女人，"卖栗子的女人说，"也有跟你一样穷的，可她们都以为自己是侯爵夫人呢。"

走到公路上，克拉拉松开了卡洛斯的胳膊。

"没准儿，"她说，"有人会跟踪咱们。"

他们俩并排同行，但没有挽住胳膊。克拉拉不时回头看看。

"你看，那边来了两个。"

卡洛斯也看了一眼。好像确实有两个影子在走动，远远地，不紧不慢。卡洛斯评论了一句，克拉拉并没有回答。

等他们快走到家的时候，克拉拉说："今天你对我非常好，卡洛斯，但是……"

"还有'但是'？"

"如果你告诉我应该怎么做，我会更高兴，会努力去做到。"

没等卡洛斯回答，她就跑着离开了。到了门口，看见卡洛斯还在那里，没有走开，正在跟她说再见。她挥了挥手，然后进去了。

家里，伊内斯已经做好了晚饭，放在炉边：炖鱼，还有牛奶咖啡。克拉拉给她母亲端去，喂她吃下去。然后回到厨房，自己也吃了一些。洗好碗碟后，她回到自己的房间，不知道胡安是不是在家里。

她过了好久才睡。坐在床上，她思忖着，想要改变自己的愿望，并没有得到期待中的帮助。她还和几天前一样，孤立无援。也许是她的愿望太不合时宜，没人会在意，也没人会因此而感谢她。很明显，卡洛斯觉得这并非什么要紧的事儿。显然她不怎么讨卡洛斯喜欢，至少没有她希望的那样。卡洛斯可能会萌生一点友情，或者是一份同情。对，同情，这样说更好。也许只是因为她是胡安的妹妹。卡洛斯很赏识胡安，还为他辩解了好几回——男人们总是能互相理解。卡洛斯对她所做的，也是由于胡安的缘故。也可能是因为，他觉得克拉拉讲的东西很有意思。

即便如此，卡洛斯本来还是可以帮助她的。比如，给她一个建议，或者开个药方。

神父问过她，卡洛斯有没有试图为她治疗过。其实，她所经受的，或者说，她所做的，就像是一种病（她自己也这样猜测过）。果真如此，为什么卡洛斯一直无动于衷呢？也许是因为，把一个有弱点的女孩子留在身边，总是有用处的，以便需要时当作一种慰藉。

她很难接受这一点，便用相反的理由来辩驳，对自己说，卡洛斯是个好人，像一位绅士一样地对待她——"会不会是一种变相的冷漠？"——他是第一个把她当作人来看待的男性——"莫非，对待我，真正有人情味儿的做法是另一种？"——但是，她的理由并不占上风。虽然卡洛斯从来没把她当作可能的征服对象，她还是因为对方的态度而觉得被刺痛、被伤害了。"做你自己不是也很好吗……"见鬼去吧！她觉得，自己这样一点儿也不好，她喜欢干净，但她身上有些东西是不干净的。

然而，现在她身体里产生的欲望，却写着卡洛斯的名字。除了意志，她没有任何办法来抵御。如果发个愿呢？比如，赤足行走去圣安德列斯修道院朝圣，跪着爬上那道斜坡……

卡洛斯转身的时候，古维依罗和巴尔多梅罗为了不被发现，把身子紧紧贴在灌木丛树篱上。古维依罗掐灭了烟卷。

等卡洛斯走远后，他们才抄近道回来。

"怎么样？"俱乐部里的人问他俩。

"还是我说的有道理。"巴尔多梅罗心满意足地回答道。

古维依罗沮丧地坐下来，要了杯苦艾酒。

"面对事实，不得不服输，先生们。他连那姑娘的衣服都没碰一丁点儿。"

"既然这样，他干吗要送她呢？"法官问道。

"我也这么问自己：他干吗要送她呢？"

"我们不妨设想，他想要赢得那姑娘的芳心，跟她结婚吧。"

众人用一阵齐声大笑来回答巴尔多梅罗。

"别蠢了，伙计！"

"为什么说我蠢呢？咱们得说清楚。"

"首先，卡洛斯不会不知道，他身边这只鸟儿是什么货色。当然了，除非他自己很愚蠢。"

"具体到这个女孩子，大家又了解多少呢？有谁跟她睡过觉吗？"

"唉，这种事儿从来都说不准……"

"也许她在别的地方有过什么，在这里还真没有。先生们，当咱们把假设当成真事儿的时候，其实压根儿都没注意过这个女孩子。"

"行了！您也知道，这姑娘，她的品位比较俗。她喜欢跟那帮水手混在一起，跟她哥哥一个样。您还不明白吗？"法官为自己的风趣而发笑，"她和她哥哥都忙着安慰那些人：胡安向他们许诺公平分配，她则由他们来公平分配。哈哈哈！如果有疑问，可以去问工会……"

"哎哟，这样很好，去问问工会。我建议俱乐部主席正式致函给工会领袖，应该这样写：'理事会成员，在此次特别会议上……'然后，咱们把工会的回复装裱到镜框里，以资证明！"

卡耶塔诺一直不出声，饶有兴趣地观望着。他一边抽烟，一边微笑。

古维依罗向他发问。

"卡耶塔诺，你不说两句？"

"我可没有资格参与这件事。"

"关于女人的事儿，你的资格可用不着别人授予。"

"来吧，说说您的看法。"

卡耶塔诺扔掉烟蒂，喝了一口酒。

"我只能跟大家这么说：克拉拉·阿尔丹是个漂亮女人，身材也很好。这一点你们都同意吧？"

"当然了，那身材真是棒极了！"

"毫无疑问，她是镇上最漂亮的女人之一。可是，很明显，我从来没接近过她。"

"从来没有。"

"如果大家承认的话，为什么没人问我是什么原因呢？"

他向身边看了看。没有人回答。

"从这里就可以推断出，你们大家一向只见树木，不见森林，没有看到问题的根本。如果没有不利的原因，你们觉得我会放着糖果不去尝吗？"

"我一直觉得，对待阿尔丹的妹妹们，出于她们的身份，您还是比较尊重的。"巴尔多梅罗大胆地说。

"尊重她们？"卡耶塔诺狂笑起来，"出于她们的身份？您没想过吗，我怎么会在乎她们的身份呢？两个婊子养的，不过如此！您太蠢了，巴尔多梅罗！"

药剂师低下了头。

"先生们，我之所以没有盯上克拉拉·阿尔丹，原因非常简单：咱家的店里可不收废品。清楚了吗？"

然后，他又带着胜利和说教的口吻补充道："进我家门的，没有不是处女的。要么就是已经结了婚的。"他非常短促地停顿了一下，然后盯着巴尔多梅罗，补上了这句。

药剂师觉得，那眼神仿佛是一道判决。


卡洛斯去玛丽亚娜女士家里用晚餐，吃饭时一声不吭，一副忧心忡忡的样子。

"你怎么了？"吃甜品的时候，老太太问他。

他解释了半天，话说得很绕，几乎令人听得不耐烦。按照通常对"不高兴"一词的理解，卡洛斯并没有不高兴，但事实上确实如此，因为有些事情让他感到不快。

"我一个词儿也不明白，卡洛斯。"

"人与人之间的关系，"卡洛斯回答道，"是具有道德属性的。它们所产生的后果，也蕴含着道德意义。今天，克拉拉让我不高兴的地方，不是在道德方面，而是在美学方面。这个女孩子用一种凄楚的方式打动了我，但那是一种虚假做作的悲情。您明白我的意思吗？"

"不明白。"

"也许是因为我自己没有理解好吧。不过，'虚假做作的悲情'这个词我用得还算贴切。我的意思是，让我感动的原因，不是高尚的、有品质的，而是庸俗的。您可以比较一下，对一位乞讨者的怜悯和那种由于某种无法挽回的巨大不幸所引发的同情。前者是有办法拯救的，而后者则不行。您给了乞讨者几个钱，就不再有怜悯之心了。现在，您理解我了吗？"

玛丽亚娜女士笑着表示认同，而卡洛斯仍在不停地说、不停地看着她。

"凭着您对克拉拉的了解，足以明白，她所有的问题都可以用钱来解决。只要有了几个比塞塔，她就跟任何别的年轻女人一个样了。当然，她长得比较迷人，而您和我都觉得对她负有一些义务。"

"我可没觉得负有任何义务。"

"我有。"

"那是你杜撰出来的。"

卡洛斯在回答之前，停顿了一下。

"这很难解释和理解，不过它是真实的。我觉得自己对克拉拉负有义务是因为，即使不情愿，我毕竟在这里，而我回来恰恰是为了拯救她的生活。"

"我的孩子，你真是疯了！"玛丽亚娜女士笑着回答他。

"如果我承认被某种力量支配着（这一点，谁也没法把它从我脑海中抹去），那就只能是二者取其一：我回来，要么是为了把'美女'罗莎莉奥变成我的情人——如果上帝是这样指引我的，那太奇怪了——要么就是为了和克拉拉结婚。这两种可能性是最接近的，同时对我来说，也是仅有的。难道您希望是第一种吗？"

玛丽亚娜女士不再笑了。

"你真是疯了。"她重复道。

"我的推理是无懈可击的。然而，我必须感谢天意尊重了我的自由，因为，我确实可以不理睬克拉拉，而选择罗莎莉奥。"

他说起来一本正经，几近严肃。玛丽亚娜女士努力将心中的不安平复下来，继续听他讲。

"您别以为这最后一种选择只是任性而已。如果我想为它找到理由，马上就可以。因为，有谁能说，罗莎莉奥在上帝眼中不是个讨人喜爱的女孩子呢？难道上帝选中我，不是让我把她从现在的困境中拯救出来，让她走上一条更光荣的道路吗？当我的情人要比当卡耶塔诺的情人更加体面。这一点，您也会同意的。"

玛丽亚娜女士长舒了一口气，好像看到某种危险已经远去了。

"我以为你是认真地说呢，让我吓了一跳。"

"我没有开玩笑。问题是，我的处境很滑稽，要么就是，我总要分析一切的癖好，更凸显了这种局面的可笑之处。不过，您看，如果我们承认是天意把我带回到这里……"

"可是，你为什么总要坚持这一点呢？压根儿也没有什么天意！

你回来是因为你想要回来，而你的那些义务，如果有的话，也是另一回事儿。"

"您不相信上帝，玛丽亚娜，可我相信。假如不相信，我是不会踏实的。上帝可以解释许多东西，没有他，这些东西是说不通的。"

"难道不是你杜撰出来，恰恰为了解释这些东西？"

"我敢肯定不是。我分析了所有的假设，没有一个能让我满意。我们要么接受上帝，要么接受命运。我情愿接受上帝，因为即使他支配我，至少还留给我选择的余地。命运则不然，无法选择。命运会说：你回到那座小镇，去跟克拉拉结婚。这种情况下，如果我不希望、不想或者不能跟克拉拉结婚，又能怎么办呢？哪怕我更喜欢罗莎莉奥，也要被迫接受她？还是跟她结婚，同时把罗莎莉奥当作情人？这样做，不但丑恶，对我的财力来说也是承受不起的。不，不行。要么是这个，要么是那个。您觉得呢？"

老太太给自己倒了一小杯咖啡甜酒，一口喝了下去。

"请原谅，孩子，不过，为了能安心地听你说，我得先喝口酒才行。"

"您给我也来一口吧。"

卡洛斯也喝了，然后笑了起来。

"您可以把我说的当作玩笑，不过，这是千真万确的事实。罗莎莉奥和克拉拉，非此即彼。药剂师的太太本来还想在这两位中间塞进她的某个闺密，我可不希望她得逞。我不喜欢那些人。她们都是非常会料理家务、非常讲究礼数和非常纯洁的女孩子，不过一点儿也没有吸引力。"

"你别忘了，对于这第三个位置，我也有我的候选人。"

"您的候选人，那位漂亮而有教养的赫尔曼妮！一个幻象跟两个有血有肉的女人是无法竞争的。"

卡洛斯站起来，拿起装着赫尔曼妮照片的银质相框，看了一阵。

"如果我父亲的灵魂活在我身上，或者我从他那里继承下来的不只是姓氏和这样的鼻子，我应该会爱上这个女孩子，就像我父亲当初爱上您一样。可这个女孩子不存在。上帝不愿意给我这个机会。"

"你可以强迫天意去做的。"玛丽亚娜女士极为坚定地说。

"您是什么意思？"

"就是这个意思，卡洛斯，就是这个：面对天意，哪怕是违逆天意，我们也有自己的意志。"

卡洛斯走过来，坐在沙发的扶手上，抚摩着她的头发。

"您为什么如此关爱我？"

玛丽亚娜女士没有回答他，任凭卡洛斯抚摩她的头发，岔开了话题。但那天晚上，她迟迟无法入睡。她想到克拉拉，想到卡洛斯可能会答应跟她结婚，也许真会娶她。当然，不是因为爱情，而是出于同情，或者认为那是他应尽的义务……这个念头可能会钻进他的头脑，那样的话，他就没救了。


露西娅夫人把汤盛好，等着丈夫回来。

"你喝醉了？"她问道。

巴尔多梅罗看了看她，坐下来，没有回答。他尝了一口汤，结果烫到了嘴唇。

"你老是给我盛这么烫的汤！"他抱怨起来。露西娅回答说："你喝醉了。"

他用勺子搅动着汤，喝之前先用嘴吹一吹。这些动作让他把目光集中在汤盘里，仿佛汤的温度真让他很不舒服。露西娅不再看他，坐在那里出神，她没有盯着汤，压根儿也没去尝，而是凝视着被自己手指不停转动的一只空杯子。

"你那个朋友卡洛斯跟所有人一个样。他喜欢庸俗的女人。"

"是的。"

她只是个肺痨病人。一个得了肺痨的女人，仅仅因为她已经结婚了，就会让卡耶塔诺为之动心吗？几年前她还算漂亮，现在脸色太白了，身子也太瘦了，肋骨都能一条条数出来。

"我不明白，像他这样的男人，上过大学，怎么会找克拉拉那样的女人。"

"想必是喜欢呗。"

一个女人要想招人喜欢，身上多少得有点儿肉才行。不光看起来要可爱，用手摸起来也要舒服。巴尔多梅罗的手指已经失望好久了。除非卡耶塔诺觉得，他泡女人的经验和记录上，还缺少个得肺痨病的。

"正因为他喜欢这种女人，才显出他的平庸：不就是长着眼睛的一坨肉吗！好像灵魂根本不存在似的。"

灵魂！他可以肯定，露西娅的灵魂并没有吸引卡耶塔诺。可是，那又怎样呢？万一，他的女人有什么他忽视了的魅力呢？

他把汤盘移开，仔细端详着妻子。

"那些只知道寻找龌龊快感的男人，就像你那个朋友卡洛斯……"

"你怎么知道他要寻找什么？"

就算拿着放大镜看，她也没有什么是巴尔多梅罗没看过的：一张疲惫的脸，一双焦灼的眼睛，一具消瘦的身体。对，还有灵魂，但灵魂触摸不到，也看不见。既不能让他头脑晕眩，也不会让他萌生扑上去狂咬她的欲望。当一个女人口中只有灵魂时，说明其他的已经完结了。

"而且，你也没有必要掺和到这里来。你要是不知道，我可以告诉你，俱乐部有些人尾随着他们俩，看见卡洛斯连她的衣服都没碰一下。"

"怎么可能呢？"

"你听见了，真是一点都没碰她。"

"那要看他们之前都干了些什么。眼下，他带她去过电影院了。"

"那又怎样？"

女佣走进来，端来一盘烤鱼，放在桌子上。

"把盘子拿来，我给你盛上。"

"那你呢？"

"我不想吃。我身子不太舒服。睡觉前喝一点儿牛奶咖啡就行了。"

"你应该去山里疗养一阵子。"

"你就是想甩掉我。"

巴尔多梅罗耸了耸肩，开始享用海鲷鱼。吃第二口的时候，下巴上已经油光闪亮了。

"随你怎么想。不过，至少应该去趟圣地亚哥，让医生给你拍个透视片子。"

他这个建议纯粹是出于责任感，为了让自己的良心不至于因为漠视露西娅而受到谴责。至于其他的，自从好久以前，露西娅的死就被他看作唯一的解决办法：一种遥远而迟缓的办法，恐怕很久以后才会到来。

当巴尔多梅罗起身离开餐桌时，露西娅留下来，慢悠悠地搅动着咖啡里的糖块儿。

"回头见。如果有人找我，就说我在俱乐部。"

不过，他并没有去俱乐部。他来到了药房里间，想要拿点儿钱去玩"三人斗"，忽然想起来，这个星期的账还没做呢。他招呼女佣："给我来一杯咖啡。"

他还取出藏在书后面的烧酒，喝了一口，又拨弄了一下火盆里的灰烬，让火重新烧旺。他蜷缩在扶手椅里，把双腿放在小圆桌的桌布下面，嘴里叼着烟卷，一边做账，一边回忆起往事来。他回想起婚姻生活中的私密之事，每个星期天晚上他都会做，硬着头皮不得不做，为的是当露西娅想要亲热时不辜负她的期望。即使用棉花团垫胸作假，露西娅以前还是很迷人的。有时候，她激动得忘情时，也会任由巴尔多梅罗脱光她的衣服。"不，上帝啊，真是羞死人了！看在上帝的分儿上，巴尔多梅罗！你好歹也关上灯啊！"这些都是令人兴奋的回忆。他留恋着，不断回想着细节，尽管是好久以前了，但依然保持着鲜活。

巴尔多梅罗曾经跟他的朋友——圣地亚哥的忏悔神父——讨论过这种行为的正当性。他们讨论了整整一下午，桌上放着道德神学的典籍，打开的篇章正是《论婚姻》。

"是正当的。"

"你想必能理解，应该给这个悲伤的、注定要死去的女人一点儿快乐。既然我没法带给她别的乐趣……"

"那可要看，你是不是真的不能带给她别的乐趣。"

"要说不能……可是，你知道，当一个人被恶习缠身时……"

"你是想说，你不能自觉地改正？"

"我还是跟你简单明说了吧，其实我并不想改。"

"既然这样，我不明白，你为什么还担心那样做是不是罪孽？"

"我在外面做的事，的确是罪孽，这我很清楚；但是，家里的婚床可是神圣的。"

他想过好多回，星期天晚上的付出是一种慈悲的行为，上帝会看在眼里的。他把这当作最艰巨的任务之一，为了完成好，他总是全力以赴。

"……不过，有时候，光是回忆还不够，因为回忆虽然能带来幻想，但幻想一碰上现实，就烟消云散了。于是，请相信我啊，真需要有足够的毅力才行，必须得想着别的女人，才不至于转过身子，独自睡去。"

"那可是罪孽啊！想别的女人……"

"那我的初衷呢？难道我的初衷一点儿也不算数吗？"

现在，这些努力勾起的回忆也是不够的。巴尔多梅罗想把它们记录在账簿边缘的空白处。简单的裸体形象在不断扩展，在线条的勾勒下，演变成丰腴的肉体：躯干、臀部、胸脯，他的眼神贪婪地移动着。

"初衷！地狱里全都是充满善意的人。"

那些回忆就像是一束束光线，即便画下了凌乱的草图，还是纷纷消散了。相反，与忏悔神父的争论还顽强地存留了下来。

"为什么那是罪孽的真正原因，你们永远也不会知道。我一向认为，伦理学家们对这个问题的看法是偏颇的。"

"你要跟我说圣亚方索·利古力①……"

咖啡和烧酒已经喝完了，第二根烟卷也已接近尾声。他沮丧地看了看表。她还醒着吗？他今天路过电影院时，看见海报上的主角是加里·库珀。没准儿露西娅不喜欢他。

---

① 圣亚方索·利古力（Alphonsus Liguori，1696—1787），意大利神父，赎主会的创始人。

"上帝啊，请你宽恕我的罪孽，帮帮我吧。她是个可怜的女人，你知道，如果星期天她快乐一些，接下来一周情绪都好。"

可是有时候上帝并不听他的祷告，因为一系列次要原因会把一切搞糟。

他上楼之前又抽了一支烟，把烟蒂扔掉。走进房间时，里面漆黑一片，不过露西娅还有动静。

"别开灯，拜托，我头疼。"

他没出声，脱掉衣服，钻进被子里。他用脚碰了碰露西娅冰冷的双脚。

"别碰我，拜托！"

"你在打哆嗦啊！"

"你还挺关心我的。"

"我想给你暖一暖。"

"别打扰我！"

从来也没有这样过。他很惊讶，又觉得被羞辱了，尽管仔细想来，也许上帝正是以此种方式来回应他的祷告。不过，即便如此，他还是觉得被冒犯了。

"我跟你说了，别来烦我！你听见了吗？"

"可是，你知道自己在说什么吗？"

"清清楚楚。"

巴尔多梅罗在床上坐了起来，把灯打开。

"你干吗开灯？"

"我想看看你的脸。我没法相信你是认真的。"

"我绝对是认真的。"

露西娅把自己藏在被单下面。

"露西娅！"

巴尔多梅罗摇晃着她，令她露出了瘦削的肩膀。她尖叫起来，好像受了伤一样。她转过冷冰冰的脸，眼睛被灯光刺痛，不停地眨着。

"我不愿意，你明白吗？你以为女人就是奴隶吗？我的身子，我有权做主！"

"你的身子不是你的私人财产。"

"那你的身子呢？难道属于我？"

"伦理明确规定，当妻子被丈夫要求同房时，不可以拒绝，除非病重，你可不是这样。"

"我拒绝。就是这样。"

"这可是罪孽啊！"

他平静地从床上起来，把双脚放进露西娅送给他的绒拖鞋里。当感受到毛绒的温暖时，他有些心软了。没有必要大吵大闹，相反可以语气柔和地警告她，当然要说得精确，把事情的方方面面都说清楚。

"这是一个已婚女人能犯下的最严重的罪孽，比给我戴绿帽子还要糟糕。"

露西娅迅速在床上坐起来，用那双焦灼的眼睛看着他。

"对，这是最恶劣的罪孽。此外，还有侮辱。难道你没有意识到刚才侮辱了我吗？换作其他的丈夫……"

他开始穿衣服，也不知道为什么，但还是穿上了。露西娅没有看他，也没有听他滔滔不绝地继续讲，甚至引用到耶稣会教士卢戈①的话，还有关于婚姻本质及其主要和次要目的的阐述。

"因为圣保罗非常清楚地说过，而后圣彼得……"

---

① 胡安·德·卢戈·基罗加（Juan de Lugo y Quiroga，1583—1660），西班牙神学家，耶稣会教士。

他说要去俱乐部，临走前，最后一次强调："如果你坚持拒绝的话，你要为我的行为负道义上的责任。"

他迈着坚定的步子穿过走廊，不过走到楼梯口时，他觉得这一幕还不够完整，应该再说些重要的，至少是必要的话。

他走回卧室，在门外停下来，听了听，露西娅好像在啜泣。他觉得胜利了，想要进一步巩固胜局。

"如果你还有疑问，可以去问忏悔神父。"他说了以后，又侧耳倾听，想着万一露西娅回应他，或者给他个台阶，让他进去，然后留下来。

可是露西娅没有回答，甚至不再啜泣了。"这女人真顽固。"

"啊！"他把门推开一半，补充说，"你应该知道，这种情况下，去修道院听弥撒是没有用处的。你没法在上帝的恩典下领受圣餐，而且只要你不改变想法，祈祷时说的任何东西都是徒劳的。对了，让奥索里奥神父给你讲清楚吧！"

这句话露西娅听到了，直抵心窝，与指控她犯下比通奸更严重的罪孽的那些话交织在一起。她丝毫没有战栗，情绪上也没有任何惶恐，而是非常镇定。比通奸还严重，简直是最糟糕的。可她没有害怕，反倒很平静。她不再看对面的墙壁，转而审视内心，因为这种平静让她感到意外。她本来以为会有挣扎、悔恨、心痛、改过的念头，或许会跑到走廊，招呼巴尔多梅罗，然后又马上改变主意，再次拒绝他，固执地坚持这样做，哪怕下地狱的恐惧逼迫她接受时，她依然说不，因为这是她发自肺腑的呼声。可是，那种平静犹如负罪意识的光芒，从心中升起，把她全身笼罩起来。她相信，无论再做出什么事，都不会犯下更大的罪孽了，仿佛自己负罪的可能性，已然击中了最高的标靶。

"比通奸还恶劣。"

她任凭因为兴奋而颤抖的身体在床单下滑动，在黑暗中也没有闭上眼睛。那天晚上，她的意志渴望打开一扇门，好让长着卡耶塔诺面孔的魔鬼造访她的梦境。一个身材魁梧的魔鬼，粗鲁而强壮，眼神咄咄逼人，露西娅盼望着被他的双臂紧紧抱住。

# 十五

　　杨树林转弯处，河道变得宽阔起来，水流也平缓下来。有人在那里垒起石头，搭建了一座棚屋，那是好多年前了，因为石头早已残损不堪，棚屋也摇摇欲坠了。共和国的市政厅在靠近海滩的地方，修建了一座水泥的洗衣坊，遮风避雨，由值守的公务员发号排队，每个小时收一个雷阿尔。那里暖和些，但是离得远，而且去那儿的女人们，不是吵架，就是唠叨个不停。转弯处的旧洗衣棚已经没人去了，只有克拉拉和"石鹬鸟"还去，因为离家比较近，也因为她们不喜欢去那种嘈杂的地方。

　　而且，克拉拉喜欢"石鹬鸟"，因为她为人真诚，也爱干净。至于其他方面，克拉拉并不在意。

　　她把衣服装在一个锌桶里，来到河边。"石鹬鸟"在那里已经有几小时了：一大堆洗好的床单在篮子里简直放不下。

　　"昨天我看见你跟那个医生在一起。"

　　"所有人都看见了。"

　　"你觉得怎么样？"

　　"哎呀！"

　　"不会是因为你不漂亮，你打扮得挺像样的。"

　　克拉拉把白色的长裙从桶里拿出来，微笑着递给"石鹬鸟"看。

　　"让我看看。""石鹬鸟"说。

　　她仔细观察着，用手摸了摸布料和花边。

　　"这料子真好！你从哪儿弄到的？"

"别人送的礼物。"

"噢！"

克拉拉戴上了手套。

"这是干吗？"

"为了不伤手。"

"为了一个男人，真是下工夫啊！"

"唉，总之，没用的。"

她开始洗衣服。"石鹤鸟"在一块石头上捶打着一条大床单，上面满是补丁。

"听我跟你说，要是喜欢上一个男人，千万别让他跑了。"

"我又能怎么办呢？逼着他跟我上床？"

"这可不是最有用的办法。"

她没说话，把一条床单递给克拉拉，两人合力拧起来。

"你觉得，有了孩子就可以拴住一个男人，我也曾经这么想过。我告诉他我怀孕了，他说好吧，他会去古巴赚钱，然后回来跟我结婚。他走了，可再也没有音信了。"

"不是所有男人都一个样。"

"跟第二个，我还是做了同样的事儿。可是，那家伙连古巴也没提，就这么若无其事地到处游荡，跟其他女人有了三四个孩子。轮到第三个的时候，我坚决不干那事，小心谨慎地，最后跟他结了婚。"

"你怎么做到的？"

"我给他施了巫术。"

克拉拉笑了。

"你笑什么？我要是跟他上床，又得怀上孩子，然后他就溜之大吉了。像这样，我不生孩子，结果他成了我丈夫。"

克拉拉记得，那个男的，除了是"石鹬鸟"的丈夫，还有点儿傻。

"问题是要看值不值得。"

"如果你想要的就是嫁给他……"

"当然了。不过，除此之外，他要是还爱我……"

"得了吧！找个男人，无非就是为了能干活儿，还有趁咱还年轻的时候满足一下。其他的都是瞎扯。"

她把另一条床单放进水里，用强壮的胳膊拿起来，在石头上用力揉搓。

"都是瞎扯。在这个世界上，干活儿就是为了吃饭，吃饭就是为了干活儿，除了这些没别的。男人要不是能那个，压根儿也没啥鸟用。所以，你知道吗，你要是决定了，我认识一个巫婆，花不了多少钱，就能帮你一把。"

"不，不用。如果他愿意，当然好；不过，要强迫他，怎么说呢，我觉得这样不光彩。"

"随你。"

沿着河边，小"母驴"走了过来。她仔细看好每一步该在哪里落脚，生怕弄脏了那双锃亮的皮鞋。她大衣里面穿着白色的围裙，头上戴着波浪式的燕尾帽，简直像一顶王冠。克拉拉吃了一惊，停下来，双手有些发颤。

"她来这儿干什么？""石鹬鸟"问道。

"是来找我的。"

"你们不是跟那老太婆不对付吗？"

"母驴"在河对岸停住了脚步。她故作娇态，抱怨路不好走。

"我家夫人派我去阿尔丹家的祖宅，找一位克拉拉小姐，他们说她在这里。太可怕了！那样的房子也能叫祖宅？”

她说话时阴阳怪气的，说到“克拉拉小姐”时，笑了出来，手里不停地转动着一把张开的雨伞。

“什么事儿？”克拉拉问道，看也没看她。

“我家夫人让你去一趟，跟她谈话。”

“好的。”

“吃饭前的时候。”

“好的。”

“你家主人几点钟吃饭？”“石鹡鸟”问道。

“所有人都是同一个时间吃饭。”

“那是所有不干活儿的人。我们什么时候吃饭，得看上帝什么时候愿意。”

“你们不是文明人。”

“石鹡鸟”双手叉着腰，凶巴巴地说：“要是当文明人就得头上戴那玩意儿，还得管那老太婆叫‘我家夫人’，上帝最好让我离文明远点儿，阿门。”

克拉拉低声劝她不要再吵了。

“我这就去，等我洗完这件衣服。”

“母驴”鄙夷地噘了一下嘴，也没告别就离开了，迈着小步子，小心翼翼的。

“好好看路，别掉进水里把漂亮衣服弄湿了！”“石鹡鸟”冲她喊道。

等“母驴”走远以后，克拉拉说：“方便的话，这件帮我洗一下。我得去一趟。”

穿好衣服、鞋子，戴好手套，克拉拉没法看见自己全身，那面小镜子只能照出半截腿来。她踢了镜子一下，出去了。她没有绕着镇子走，而是从中间穿行，只是为了找个橱窗当镜子，好好看一下自己。市场里熙熙攘攘，长途汽车刚刚到站。一位推销商正从车顶上往下卸样品，朝她说了句恭维话；理发店的小伙子看见她，顿时愣住了；再往前走，食品店门口探出好几个脑袋来。一位俱乐部的常客远远地跟着她，装作若无其事的样子，看见她走进老太婆家门，马上回去向那群人报信儿。在场的人操着各种口音议论纷纷，只有一位用卡斯蒂利亚语清楚地说，他没听懂。

"没准儿是玛丽亚娜女士给她钱买新衣服的。"

"那又是为什么呢？"

克拉拉既没找到镜子，也没能在针线铺的玻璃橱窗里好好看一下自己，走路时很不踏实。门厅的铜饰，前厅里柔软的地毯，还有"母驴"那张敌视而粗俗的脸——她从背后看起来是多么纤细和高雅啊——使她有些胆怯。但她看见远处有一面嵌在金色边框里的大镜子，像是一种诱惑，于是走到近前照了照，发现自己很漂亮，也没有显得不协调。她冲着自己微笑了一下，心中在感谢上帝。

"早上好，克拉拉。"

玛丽亚娜女士静静地走来，笔直地站在她身旁，朝她微笑着。克拉拉有点儿羞怯地回应了对方的问候。她向后退了一步，透着心虚的一小步，好像后悔了，想要离开似的。但她坚持住，努力承受着老太婆的目光。天哪，这眼神真有力量！

"进来，别站在那里，里面也有镜子。"

克拉拉犹豫了一下。

"因为……在我家……"

"把大衣脱下来吧。这里比较热。"

见克拉拉有点儿为难，玛丽亚娜女士又说："我来帮你。"

不过，没等玛丽亚娜女士走过来，克拉拉自己已经脱下来了，把大衣拿在手里等着。玛丽亚娜女士转身招呼"母驴"。

"把克拉拉小姐的大衣接过来。来，快点儿！"

女佣低着头接过了大衣，克拉拉注意到她那凶狠的眼神。"我哪天非得把她那眼珠子抠出来不可。"她想，随即背过身去，不想再看到那眼神。

玛丽亚娜女士挽着她的胳膊，推着她走向一扇门。房间里面暖烘烘的，柔软的地毯踏上去静谧无声。她停住了脚步。

"您过得真好！"她说。

老太婆指派她做任何事情，她都会去做的，因为玛丽亚娜女士发号施令时的派头，那么自信，又那么富有。像这样，随便谁都成为贵妇人，哪怕单身有个私生子，别人也不会对她失敬！

"好吧，您请讲。"

玛丽亚娜女士坐在沙发上，朝她指了指对面的一把扶手椅。扶手椅很宽，又大又软，坐在上面，体会到身子陷下去的感觉简直太美妙了。

"你喜欢这个？"

"当然了！"

"你家从前也很好，少说也跟我这里一样。"

"我不记得了。您知道……"

她欲言又止，担心说出不得体的话来，于是又重复道："好吧，您请讲。您叫我来，想必有什么事情。"

"为了认识你。"

"没有别的事？"

"您盼着有别的事？"

"是的，夫人。我以为您叫我来，是让我别再跟卡洛斯约会了。"

"我为什么要这么做呢？"

"我名声不好。"

"我也一样。"

"那可不一样。好家伙！有这么好的房子，我才不在乎名声好不好呢。"

"我的确不在乎什么名声。"

"确实。"

"可是，因为你穷，你担心自己的名声。"

"您看，就像一个人长得丑，又想要好看。因为没有办法……"

玛丽亚娜女士拿起针线活儿来。

"你喜欢卡洛斯吗？"她冷不丁地问道。

"是的，夫人。我知道您会问我这个的。"

"为什么？"

"您会为了别的事儿叫我来吗？"

"你说得有道理。不过，我已经知道了，用不着太聪明就能发现。那他呢，他喜欢你吗？"

"我怎么知道？卡洛斯是个古怪的人，是那种永远也猜不透他心思的男人。我觉得他喜欢我，但还不够让他认真地来对待我。所以您不用担心。"

"谁跟你说我担心了？"

"您现在好比是他母亲，肯定觉得我不是个理想的儿媳妇。这我承认。不过，当然了，做母亲的总是想给儿子找个并不适合的女人。"

玛丽亚娜女士笑了。

"那你是说，你适合卡洛斯了？"

"帮他摆脱贫寒，我不行。我虽然是我家的户主，有一小块地，可这些微不足道。当然了，女人的用处是在其他方面，我想。"

"可是，看起来事情不妙啊。如果他不喜欢你……"

"我没说他不喜欢我，只是还没喜欢到想要跟我结婚。"

"那要是不结婚呢？"

"别人已经抢在我前面了。"

"'美女'？"

"人家都这么说。您别以为我来这儿是要告密。说到底，他毕竟是个单身男人嘛。"

"可是，这不会让你高兴的。"

"夫人，我见过男人们经常像狗一样缠着我，比您更清楚一个女人有多大的吸引力。这事儿当然不会让我高兴，我也很难过。可是，又能怎样呢，难道求着卡洛斯把她换成我？"

她停下来，看着玛丽亚娜女士，脸上露出突如其来的惶恐。

"您不会叫我来就是为了建议我这样做吧？"

"你觉得我会这样做？"

克拉拉在扶手椅上向后挪动了一下身子，不敢回答。玛丽亚娜女士突然用生硬的口气说话，就像跟"母驴"说话时一样。她冷冷地看着克拉拉。"回答我。"

克拉拉鼓足勇气，说道："问题是，如果您要我去做，我会做的。"

她克制住自己，站起身来，走近玛丽亚娜女士。

"夫人，您看，我不知道我说的话是对还是错。我不习惯跟您这样的人打交道，您完全明白。我每天跟牲畜们说话的时候，想说什么，就说什么，不用担心得罪它们；要是它们觉得被冒犯了，用同样的方式回应我，也就没事儿了。您把我叫来，让我说出想说的话，可现在您却因为我的直率而生气。好吧。我没想惹您生气。我这么说是因为，我突然担心，您让我来就是为了那样做，而且更让我害怕的是，如果您要我那样做，我会心甘情愿去做的，这我也跟您说了。不过，您别误会，只有您要求我，我才会做；如果您没有，或者他没有要求我，我永远也不会。我想说，我事先没有想过要勾引卡洛斯，就算曾经动过这个念头，我也退缩了。说到底，两个月前我都不知道这个人存在。所以，您尽可以放心。"

老太婆又露出了笑脸。她已经不再生气了，笑了起来。克拉拉摊开双手站在她面前，再没有话可说了。

"你发泄过，觉得轻松些了？"

她拿起拐杖，用它把克拉拉推向座椅。

"我说，你坐下。我喜欢你。你不像你父亲，还有你哥哥那样懦弱。你要是现在想哭，就哭吧。我要是你，肯定会哭出来。"

"不。"

"那更好。这样咱们可以说说话。"

"我都已经说完了。"

"我还没开始呢。"

她站起来，摇了一下铃铛，让"母驴"端来两杯葡萄酒和一些吃的东西。

"现在，我要跟你说件事。我有一个空着的底商铺位，离市场很近。我想在那儿开个店，家用五金店。"

克拉拉惊讶地看着她。

"您？"

"为什么不呢？我没说要亲自站柜台，卖几米装饰花边给那些村妇们。我需要找一个信任的人，你能帮上我的忙。我会付给你一份薪水……"


"胡安，你别走。我有话要跟你们说。"克拉拉对她哥哥说。

"跟我？"

"跟你和她。"

她用戴着手套的一只手，指了一下洗碗池里的盘子。

"等我刷完这些。"

胡安耸了耸肩，点燃一根烟卷。

"不知道你要跟我说些什么。"

他走进客厅。伊内斯在那里，坐在窗边，腿上放着打开的祈祷书。胡安走近她，朝那本书看了一眼。

"别告诉我你已经能读懂拉丁语了。"他开玩笑地说。

伊内斯仰起脸，冲着他微笑了一下。

"克拉拉有话要跟咱们说。她告诉你了吗？"

"没有。"

"你觉得她会说些什么？"

"我要出门了。"

"可她要跟我们说话呢……"

"不是什么蠢事，就是些下流的勾当。我去我屋里等着。"

他走了出去。他的房间还没有通风，床上也乱糟糟的，跟刚起床时一样。他打开窗户，呼吸着湿润的空气。

"怎么着？你来不来？"克拉拉在门外喊他。

他站起来，走向客厅。走出屋门时，往肩上披了一件大衣。天气很冷，一股冰冻刺骨的寒冷。

"好吧。什么事？"

伊内斯正在缝一件大衣的翻边。克拉拉靠在没生炉火的壁炉边，抬起一只手，边说边比画。

"今天我去了老太婆家里。她叫我去的，想要给我一份薪水。"

胡安原本漠不关心地走到窗前，看着笼罩在雨中的菜园。听到这话，立刻转过身来，好像被心中什么东西猛烈地震撼了一下。他想咒骂克拉拉，冲她大喊一声："你跟她有什么好说的！"可是他没有这么做，因为伊内斯微笑着，似乎这个消息让她很开心。于是，他便躲在窗户所在的角落里观望着。

"她想要开个家用五金店，说我可以给她帮忙。运气真不错啊，她要付给我至少四十个杜罗，有了这些钱……"

"你说什么？她要付给你四十个杜罗？"

"对，至少这么多。也许是五十个。"

胡安从窗边的藏身处走出来，向前迈了几步，看着克拉拉，笑了。

"就这些？"

"我觉得已经够多了。"

"作为一份工作的薪水，也许是；作为卖身的钱，那可太便宜了。我不会这么便宜就把自己出卖掉。"

他拉过一把椅子，亲切地坐在伊内斯身旁，再次重复道："我不会这么便宜就把自己出卖掉。"

克拉拉惊愕地看着他们俩。伊内斯还在缝衣服，没有说话；胡安则满脸嘲讽地冲着她微笑。

"我不明白你的意思。这跟你没有关系，她找的是我。"

"可是，她要收买的是我。这很清楚。因为她不敢直接这么做，也因为人家处事圆滑，所以才向你提出来。不过，这种手段跟卡耶塔诺的一个样，都是想趁我贫困潦倒时来收买我。"

他转身对伊内斯说："咱们的妹妹这么蠢，还以为人家看她脸蛋儿漂亮，要送她一份礼物呢。"

"压根儿就没有说到你，胡安。老太婆……"

胡安抬起一只手。

"别再说了。咱们何必争论这个呢？"

"这可是一份薪水啊，胡安！一份薪水，一份工作啊！可以让咱们摆脱这种艰难的生活，活得像个人样！你知道吗，只要有了四十个杜罗，就能给咱们派上多大用场啊？"

"是给你，你可以好好享用这些钱。"

"是咱们大家的！"

"是你的。至于我，如果你接受了这份施舍，我就离开这个家。"

伊内斯吓了一跳。胡安把椅子向后挪了一下，站起身来。

"你听好了，克拉拉。我没办法阻止你去为老太婆服务，可我会离开这个家。我不能用老太婆给的钱来买剩面包，或者是用卡耶塔诺给的钱，都一样。"

"可是，为什么？你能告诉我为什么吗？难道我去工作会伤害到你吗？"

胡安走近她，几乎碰到她的脸。

"你一点儿道德也不讲。你想想看，如果渔民们罢工呢？你想想，如果他们要求涨工资呢？我有什么脸面来鼓动他们、指挥他们，走在他们前面，去跟老太婆提要求呢？我可是吃着人家的面包。"

克拉拉被他的话推搡着，一直后退到墙边。

"啊！是因为这个！"

她转过身，哀求伊内斯说："你呢，伊内斯，你怎么看？"

伊内斯抬起双眼，目光离开了手中的活儿。

"我？如果胡安离开这个家，我跟他一起走。"

"你们都见鬼去吧！"

克拉拉用力迈着大步走出客厅，使劲把门关上，震得墙壁直颤，有一处墙皮都掉了一块。她抄起雨伞，穿上木底鞋，出了门。她决心要告诉玛丽亚娜女士，自己同意接受那份工作。

绵绵细雨中，她沿着公路每走一步，怒火就消退一些。她想，胡安也许有道理——当然了，是从他的角度来看。她想……

到了镇上，她走进一家专卖品商店，买了一张信纸和一个信封。就在那里，她给玛丽亚娜女士写了一封信，信里讲了实情。她找了个捎口信的少年，给了他几分钱，让他把信交给玛丽亚娜女士。

她回到家里。远远地传来缝纫机的声音。她在厨房里找了个角落，坐在一张矮凳上，默默地哭了起来。


卡洛斯跟克拉拉星期天约会的消息，"老美女"是在市场里听说的，而老"美男子"是干活儿时得知的。傍晚时分，又来了一位女邻居，说起此事，好像生怕罗莎莉奥还不知道似的，想看看会发生什么事情。

罗莎莉奥正在准备晚饭。男人们快要回来了，他们趁着雨停的空隙去了菜园子。那位邻居缠着她母亲说个不停。罗莎莉奥连身子都没回，专心在炉边做饭。那位女邻居每讲到一个细节，就徒劳地看看她。看上去，卡洛斯和克拉拉之间发生的任何事情，她都漠不关心。

等邻居走后，男人们回来之前，她也没有回应母亲的评论。她娘依然喋喋不休，于是她喊道："您能不能闭上嘴？难道我是卡洛斯的未婚妻吗？"

她爹回来了，不久，哥哥们也到家了。罗莎莉奥把饭菜端上餐桌。然后，她回到自己的房间里，换了身衣服。

"你要去哪儿？"其他人问道。

"出去一会儿。"

她没有解释，身上裹着披肩就出门了。

"她好像带着什么东西，是吗？"

"带着呢。"

母亲把身子探出门口，看见她顺着公路走远了。

"不是去卡洛斯的祖宅，好像朝山丘方向去了。"

这时候，兄弟中的一人走到路边看了看。

"对。她去山丘那边了。走的是小道。"

"她去山丘那里干吗？"

那条小道，沿着山丘的陡坡向上爬升，两边是树篱和播种好的田地，再往上走是松树林。雨水顺着小道中间流淌下来。罗莎莉奥走路时踩在一块块石头上，以免锃亮的木底鞋被弄湿。她来到一幢白房子前面，中间是一片打谷场。天已经黑下来了。穿过打谷场的时候，一只狗叫了起来。有个声音喝住了犬吠。然后，有人问道："是谁啊？"

她直到踩在门槛上时才回答。

"晚上好。"

炉灶里生着火，还有一根点燃的蜡烛。一位胖胖的老妇人，面带微笑，正在炉边削土豆皮。她看了一眼罗莎莉奥。

"你是谁？"

"罗莎莉奥，'美男子'家的，我是裁缝。"

"噢！"

"我能进来吗？"

"进来吧。"

罗莎莉奥走了几步便停下来。老妇人用表情指给她一张小板凳。

"罗莎莉奥，'美男子'的女儿。"

"对。"

"就是现在跟那位少爷相好的。"

"已经不了。"

"已经不了？"

罗莎莉奥点了点头。

"为什么呢？"老妇人继续问道。

"您看。"

她脱下披肩，叠好后搁在腿上，又往上面放了一个包裹，是她悄悄带来的。老妇人先看了看那个包裹，然后又看了看罗莎莉奥。

"这是一打鸡蛋。"

"上帝报答你。这年头……"

罗莎莉奥把包裹交给她。老妇人打开包裹，站起来，把鸡蛋放在一个盘子里。

"真不错。"

"我本来是要送给另一个人的。"

"上帝报答你。"

老妇人把盘子放到餐具架上，转身对罗莎莉奥说："这么说，你跟卡耶塔诺吵架了？"

"我把他甩了。"

老妇人惊讶地瞧着她。

"你真有胆量？"

"是的。"

"给我讲讲……"

"有什么用？反正是在他把我甩掉之前……"

老妇人又坐了下来，微笑着说："会有别人的。"

"会有的。"

"像他那么阔气的，可没有啊！"

罗莎莉奥耸了耸肩。

"有钱并不是一切。"

"那，你来这里干吗？"

"我觉得我不能生育。"

头一回有样东西在她瞳孔里颤抖了一下，似乎是关切或是激动。她补充道："您觉得有办法治好吗？"

"所有的事儿，都有办法，有的多些，有的少些。"

"我想怀上孩子。"

"另外那个人的。"

"对。"

老妇人头上戴的头巾有些松动了，她重新系好。

"你看，三十多年前，有一回安古斯蒂娅斯夫人来找过我。"

"她那时候也不能生育？"

"更糟糕，生下的孩子总是夭折。她那时怀着卡耶塔诺。一个月圆之夜，我把她带到迷途桥那里，给她肚子里的孩子做了洗礼，结果就生下来了。"

"您真应该不给他好好洗礼。"

"她送给了我一块金盎司。现在我还留着呢。"

罗莎莉奥指了指那些鸡蛋。

"我会再给您拿些来。要是我怀上孩子，就送您一副金手镯。"

"你要是觉得这样值得……"

"值得。"

"你等一下。"

老妇人走到厨房里，把土豆倒进锅里。然后，她取出一点儿炉灰，倒在一个杯子里，跟油、盐混合在一起，随后用手画了个十字。

她变得严肃起来，面朝着炉灶，火苗的光影在她脸上舞动。她低声祷告了一阵，又在混合物上画着十字，口中哼唱起拉丁语来，手里用一把木质的长勺搅动着糊糊。然后，她把杯子举到火上，再次哼唱起来。从她的嘴里冒出一连串圣徒和魔鬼的名字。

"到里边来。"

老妇人举起蜡烛，罗莎莉奥跟在她身后。她们走进一间小卧室，墙壁粉刷过，屋里有一张铁床，铺着葡萄牙床罩，还有几把椅子和一张挨着铁床的松木桌子。

"躺下。"

当罗莎莉奥躺下时，老妇人把杯子搁在一把椅子上。她没有放下蜡烛，就掀起罗莎莉奥的裙子，把内裤脱了下来。罗莎莉奥的腹部全露在外面。

"衣服真好啊！腿也真好看。少爷们都喜欢这样的。"

"这种治法安全吗？"

"没有比上帝的意愿更安全的了。"

"我会给您一副金手镯。"

"现在闭上嘴。当我说'荣耀归于圣父'的时候，你就回答'阿门'。把眼睛也闭上。"

"不会有问题吧？"

"你别动弹。"

老妇人把蜡烛盘放在桌子上，一边祷告，一边用手指蘸着混合物，在罗莎莉奥颤抖的肚子上画着十字和圆圈。

"现在，把腿叉开。"

"那里也要涂上？"

"也要涂。"

她继续祷告和涂抹。门一直开着，从外面悄悄进来一个身材健壮的年轻人，在一片阴影中，一双眼睛突然像两盏灯一样点亮。老妇人看见他，喊了一声："你出去！"

年轻人迟疑了几秒钟。罗莎莉奥惊恐地张开眼睛，看见了他。她慌忙放下裙子，遮住了大腿。

"他是谁？"

"我儿子拉蒙。你别担心。"

"您把门关上吧。"

老妇人关好门，别上了插销。

"得重新开始。"

"好吧。"

她重复着涂抹和祷告，直到罗莎莉奥说"阿门"。

"您觉得他看见我了吗？"

"谁？"

"您儿子。"

"那有什么要紧的？他不会把你怎么样的。"

"我得一个人下山回去。"

"我跟你说了，他不会把你怎么样的。他是个好男人，要说在地里干活儿，整个镇子上也找不出比他更好的。感谢上帝，他刚服完兵役回来。你真不知道没有他的这两年我是怎么过来的……"

她们来到厨房里。拉蒙坐在灶边的石头上，看着炉火。

"坐下吧。"

"太晚了。"

"坐一会儿。拉蒙，把板凳给她拿来。"

拉蒙平静地取来一张矮凳，又坐回到灶边。他不停地看着罗莎莉奥，双眼发亮，如同黑暗中的炭火。罗莎莉奥感到他的目光在自己身上扫来扫去，不停地触摸，简直要透进肉里。

"你的哥哥们都在造船厂上班，对吧？"

"以前是。我爹也是。他们已经被解雇了。"

"那现在呢？"

"田庄还不错，能养活一家人。"

"可那不是你们的。"

"就像是自家的一样。我们只付给卡洛斯·德萨先生一丁点儿钱。"

"可是，工厂的薪水……"

"他们都那么说。"

"你呢？"

"我的手还算巧，每天能挣上一个杜罗，可以养活自己。"

"你哪天来一趟。我这儿正好有几条床单要改一下。"

"随时都行。"

罗莎莉奥站起身来，可老妇人做了个手势，让她再待一会儿。

"那些活儿不着急。到时候我再找你，大概下个月吧。"

老妇人穷追不舍地问她田庄的事儿，种些什么，收获什么，养的牛和猪怎样。拉蒙没有挪地方，他用眼神在罗莎莉奥的嘴唇、胸脯，还有两条腿上不停地挠痒，就像一只粗糙而有力的大手在轻柔地抚摩她，而她则愉快地让他抚摩自己。有一回，她把脸转向炉火，对拉蒙的目光报以一个长久的微笑。

"好啦，我走了。"

"随你。"

"我到时候会来告诉您……"

"要不，让拉蒙送你回家吧？天已经黑了。"

拉蒙惊得一哆嗦，身子向前倾了一下。罗莎莉奥害怕起来。

"不，不用。路我很熟。"

"帮她照亮，拉蒙。"

"再见。"

拉蒙拿起一盏煤油灯，走到门口。他把灯高举过头顶，身子往旁边闪开一些，让罗莎莉奥走出来。当她穿过打谷场的时候，他站着没有动弹。罗莎莉奥裹紧披肩，从容地走过去，可是，刚一到阴影里，她就顺着小道撒腿跑起来，也顾不得溅起的水灌进木底鞋里，把薄底软鞋弄湿。她跑是因为拉蒙的眼神好像在拍打她的后背，仿佛要剥光她的衣服，把她按倒在湿漉漉的草地上。那种明知自己被人渴望的快感让她十分害怕；那种违背自己意愿而去回应的欲望，令她胸膛起伏、嗓子发干。

看见家离得不远了，她靠在一棵栗树上歇歇脚。雨还在下，雨水打湿了她的脸庞和头发。她觉得踏实了不少，想起了卡洛斯：回想着他温柔的拥抱，也幻想着拉蒙会怎样拥抱她。

她还想到，卡洛斯是一位贵族少爷，而拉蒙只是个农夫；卡洛斯是弗雷阿美田庄的主人：一座房子，好几个费拉多的耕地，中间有小溪流过，还有少许的丘陵……

她爹娘和哥哥们围坐在桌边，沉默地等待着。罗莎莉奥推开门，站在门槛前喘着气。他们转过身来，看着她。她娘问道："你从哪儿回来的？"

"我回来了。"

"我想知道，你从哪儿回来的！"

她平静地关上门，走向自己的房间。她娘又重复道："我跟你说了，我想知道……"

"我愿意从哪儿回来，就从哪儿回来。您别管我的事儿！"

"我非把你赶出去不可！"

"您敢！"

她把自己关在房间里。她娘在外边怒气冲冲地责骂着，怪她爹没有家长的尊严，还怂恿哥哥们跟她对着干。罗莎莉奥躺下来，闭上眼睛，模模糊糊地听着那些吵闹声，就好像不是冲着她来的。后来，是他们结束家务时的声响，直到最后一切归于寂静。她没有动弹，没有睁开眼睛，但她的意志已经抹去了对拉蒙目光的回忆，取而代之的是卡洛斯的言语和爱抚，这正是她现在想要的，也是令她身体里欲望勃发、火烧火燎的东西。突然，她从床上起来，打开衣柜，匆忙找出一身内衣来，脱光身上的衣服，换上它们。然后，又穿上一双精致的丝袜和毛料的薄底软鞋。

楼上一个声音让她的动作停下来。有人从楼梯上走下来，敲她房间的门。

"罗莎莉奥！"她娘喊道。

"别打扰我睡觉！"

"你把蜡烛熄了，别浪费。"

她熄灭了蜡烛，等着一切再次归于寂静。这时候，她摸索着找出一瓶香水，想起卡洛斯亲吻过她的部位，在上面喷了一些。然后，她用披肩遮住脸的下半部，手里提着木底鞋，从窗户里跳出来，跳到打谷场上。

雨又下了起来，但没有刮风。不过，她还是支好窗户，免得发出声响。然后，她绕过房子，走进播种好的地里。她抄小路来到卡洛斯的祖宅，小心地推开大门。

帕吉托在他的小房间里，正在小心翼翼地用锤子把一座钟里的擒纵器敲正。他听到门轴的吱嘎声，立刻跑到门厅里。罗莎莉奥已经进来了。

"你要干吗？"

"我来找先生。"

"我要是他，就把你踢出去。"

"我跟你说，我要是他，就……"

罗莎莉奥轻轻推开他。

"你别瞎掺和。把门关上。"

她顺着楼梯向上走，到了一半处，转身问帕吉托："他在哪儿？在他的房间，还是在角楼里？"

"在净界①呢。你没听见他弹琴吗？"

钢琴声从远处传来，为罗莎莉奥引路。她敲了一下门，没听清回答便推开了门。卡洛斯坐在钢琴边，双手停下来，望着她。

"罗莎莉奥！"

"晚上好，先生！"

---

① 此处指根据天主教传统教义，未受洗礼、尚无理智的儿童死去后灵魂所居之处。

他走过去。她向前迈了一步，没有关门。

"进来，来啊。"

"先生，您帮我脱下披肩吧。"

她呼吸急促，欲望在眼中跃动，若张若合的嘴唇向前探出。卡洛斯亲吻她的时候，注视着她，想从她身上找出比欲望更深入内心的东西。但是，罗莎莉奥的瞳孔里闪出一道调皮的亮光，犹如一张网，或是一道防线。卡洛斯被她缠绕住，任凭自己被眩晕拖曳着。

"我的国王啊！<sup>①</sup>"罗莎莉奥脱口而出。

---

① 原文为加利西亚语。

# 十六

女佣问安古斯蒂娅斯夫人要不要喝咖啡，她回答说不用了，她要去教堂领圣餐。

此时是上午八点半。从敞开的窗户外传来造船厂的声音。灰蒙蒙的晨雾里，一条深色的船正在靠近码头，鸣响汽笛，码头上的人叫喊着，让他们把船头朝向岸边，抛下缆绳。

卡耶塔诺从一间工棚里出来，快步走向码头。一位监工走过来，跟他解释了那条船靠岸的情况。卡耶塔诺下达了命令。他回过身来，看见母亲，挥了挥手。

"早上好，妈妈！"

监工们和工人们也纷纷问候。他们每天早上都这样做。这种表达尊重的仪式令安古斯蒂娅斯夫人十分高兴。她向两边的人们报以微笑，俨然是一位享受礼遇的女王。这时，卡耶塔诺走到窗户下面。

"你要出去？"

"我去听弥撒。"

"我让人给你备好车。"

"不用了，儿子，离得很近。"

"你看，早上天气很冷。"

"我穿得很暖和。"

"万一感冒了！"

他向母亲抛了个飞吻，回造船厂去了。监工们和工人们再次见证了这对母子之间的相亲相爱。安古斯蒂娅斯夫人满意地看着儿子，他是最强大的、最有权势的人。尽管他穿得跟大家差不多，却仍然因为身材和表情而显得与众不同。而且，他还有一副好心肠，比人们说的要好多了。

然而，她必须为儿子祷告。白天、晚上，她都坚持这样做。她虔诚地敬奉上帝，为的是让卡耶塔诺不至于误入歧途，也为了让他不会遇上任何坏事。嫉妒他的人可不少。

她从窗边走开，戴上披巾，往手包里放了一些用来施舍的钱，又多带了点儿，以备不时之需。

她来到走廊里，经过餐厅门口时，看见哈依梅坐在桌边，早餐放在面前，还没有碰过。他没看安古斯蒂娅斯夫人，也许什么都没看。他已经有些糊涂了，至少是心不在焉，看上去像是呆傻了。

安古斯蒂娅斯夫人觉得是上帝开始惩罚他了，而当上帝这样做的时候，想必有其道理。不应该干涉上帝的理由，也不应该在他履行正义时做出蠢事来妨碍他。

来到街上之前，她画了个十字。女佣撑好伞，等着她。

"雨下得真大！"安古斯蒂娅斯夫人随口说了一句。

她还在想着她丈夫，想着上帝的公正。上帝听见了她的话。她从未要求过报复，而是讨回公正。上帝，首先是公正的。

在路上，她遇见两位也去听弥撒的女信徒，便和她们结伴而行。她跟两人打过招呼，问她们出门在外的丈夫怎么样了。她们说哈瓦那那里的情况很糟糕。

"要是男人们不再寄钱回来，我们可怎么过日子啊！"

这两个女人都没有儿子可以在造船厂工作，她们只有女儿。

"当然，她们现在还小呢。"两人中更为年轻的那个女人语带讥讽地说。不过，安古斯蒂娅斯夫人没听出话里的影射，也没想到那层意思。

　　她们在教堂门前作别。安古斯蒂娅斯夫人把一些比塞塔分发给乞讨的穷人，然后就进去了。女佣正在抖落雨伞上的水，那两个女人把她叫住了。

　　"你知道她听说那事儿了吗？"

　　"什么事儿？"

　　"'美女'罗莎莉奥的事儿呀。"

　　"我什么都不知道。"

　　"你不知道吗？卡耶塔诺狠狠揍了她一顿，把她打惨了。听说她动都动不了，真可怜啊，整夜疼得乱叫。"

　　她们详细讲了一遍。两个女人的说法也不完全一致，甚至有些矛盾，但女佣一股脑儿地照单全收了。教堂的钟声最后一遍敲响时，她们才匆匆忙忙地走进去。

　　出来的时候，安古斯蒂娅斯夫人问女佣，为什么迟到了那么久。她回答时吞吞吐吐的样子让夫人产生了怀疑。直到夫人命令她从实招来，还威胁要打发她走人时，女佣才说了出来。当然不是在街上，而是在安古斯蒂娅斯夫人的小会客室里，门关得严严的。

　　"你不许跟任何人说。"

　　"夫人，从我嘴里是不会说出去的，可是所有人都已经知道了。"

　　"就算是这样，你也一句都不要讲。"

　　"我不说，夫人。"

　　女佣出去了。安古斯蒂娅斯夫人把咖啡从面前挪开，她失去了胃口，心乱如麻，灵魂也蒙上了一层阴影。她哭了起来，无法思考，感情冲昏了头脑，但从心中升起一句简单而不断重复的祈祷词："我的上帝啊！我的上帝啊！"这句话涵盖了一切。她为儿子祈求宽恕，也为自己祈求宽恕。

就这样，过了很长时间。外面不断传来各种杂音，有时还能听见卡耶塔诺的说话声，不是在发号施令，就是在斥责别人。安古斯蒂娅斯夫人感到惊恐不安，想教训他一下，却又做不到。还是祈求宽恕更容易些。卡耶塔诺并没有冒犯自己，而是冒犯了上帝。她跟儿子站在一起，为他祈求宽恕。

然而，她不禁要自问，为什么卡耶塔诺会做出这种事来？以往，许多次，他也有过情人。这固然不好，但无非就是些男人们的事儿，何况他还送给人家很好的礼物，那些女人也从没抱怨过。上帝应该仁慈地看待这种行为，因为，仔细想来，他并没有作恶，而是行了善事，让不少人摆脱了贫困的处境。他为什么要打这个女人呢？一定是有理由的，不过，也许上帝并不认同这些理由。至少，她应该知道是什么原因啊！她可以去问儿子，的确；但是卡耶塔诺为了让她安心，肯定不会说实话，而那个"美女"，为了多讹一些钱，也会撒谎的。

突然，她有了一种醍醐灌顶之感。一套先验的因果关系，在她脑海里以完整的、不容置疑的方式，明确地呈现出来，仿佛有一位严肃的天使在她耳边宣讲着。

"我许诺过要修一座献给露德圣母的祭坛，可没能实现，都怪那个老妖婆。"

显然如此。上帝和圣母在她最珍爱之处惩罚了她，让她为儿子的罪孽而痛苦。她许下了诺言，在圣母面前郑重承诺，然后遇上第一道障碍就裹足不前了。于是圣母恼怒了，给她一点颜色看。显然如此。真正犯下罪孽的不是卡耶塔诺，而是她自己。可怜的卡耶塔诺！还以为他会干出什么卑鄙的行径呢，其实他不过是上帝用来惩戒自己的工具而已。她连忙跑到卧室里，跪在圣母像前。她不再为儿子祈求宽恕，而是为她自己。"不要惩罚他，惩罚我吧！"她一边啜泣，一边呼喊，"我该怎样做，你才能宽恕我？"在金色边框装帧的画像中，忧愁圣母①显得那样美丽与哀伤。她盯着圣母那双痛苦的眼睛，想从中得到答案。可是，那双眼睛丝毫也没有动静，甚至连看都没看她。不过，答案在她心中涌动起来，如此清晰，正如她之前理解了上帝惩罚的原因。

她跑到梳妆台前，整理了一下面容，然后叫女佣进来。

"看得出来我哭过吗？"

"看不出来，夫人。"

"你去找少爷，告诉他我要用车。"

卡耶塔诺来了。他亲吻了母亲一下。

"你怎么了？"

"没事儿。"

"一定是有什么不高兴的事儿。"

"我说了，没有。"

"是因为爸爸？"

"我一上午都没看见他！"

"你哭过。"

"对，不过没什么，是我自己的事儿。"

"你要去哪里？"

"去修道院。"

"我亲自开车送你去。"

"我跟你说了，不是什么要紧的事。"

---

① 在西班牙语中，安古斯蒂娅斯夫人名字（Angustias）的含义恰恰是忧愁，带有宗教意味。

"就算这样，我还是要送你去。这是你第一次去修道院。"

他没有再多问。一路上，他们沉默不语。

"你，在车里等着我。"

"你要跟谁谈话？"

"修道院院长。"

卡耶塔诺耸了耸肩，打开了车门。

"你要是拖得太久，我就进去找你。"

安古斯蒂娅斯夫人试图摆出一副严肃的表情，却并不成功。

"需要谈多久，我就会待上多长时间，你留在这儿别动。"

汽车的噪音吸引来一位平信徒修士。他引导着安古斯蒂娅斯夫人来到一间又阴暗又潮湿的接待厅里，简直像地牢一样。接待厅里面摆着沙发、摇椅和几把带靠背的座椅，座垫已破损了大半。地面上铺着的石砖很滑，墙壁上的石灰，不是裂开黑色的缝隙，就是成块儿地脱落下来。

"我要见富尔亨西奥神父。"

平信徒修士正要出去，她又补上一句："就说是安古斯蒂娅斯·萨尔加多夫人在等他。"

等待中，她走近窗口。灰色的天空，纷乱的云彩，比那间接待厅令人愉快多了。安古斯蒂娅斯夫人心情有些压抑，想道："他们过的是怎样的生活啊，真可怜！"来这里的想法真好，给修道院一大笔捐献的念头就更好了。谁知道呢？也许上帝的安排正是这样，到头来，受益的是修道院的神父们。上帝的想法真古怪啊，而且会通过何等不为人知的路径来实现他的意图啊！首先要有上午发生的不愉快；还有之前卡耶塔诺对罗莎莉奥的暴行；再往前，还有玛丽亚娜女士的倨傲。她的倨傲也是上帝布局中的一环吗？一想到这里，她心里翻腾了一下。不，不会的。玛丽亚娜女士总是背离上帝行事。那可是另一回事儿。于是，安古斯蒂娅斯夫人把玛丽亚娜女士从上帝的仁慈中剔除掉了。

"早上好。您在欣赏我们的寒酸？"

修道院院长微笑着，向她伸出手来。安古斯蒂娅斯夫人弯下腰要去亲吻，却被他阻止了。

"你们在这里得挨多少冻啊！"

"再多也得忍着。当然，一年比一年更难挨了。这辈子剩下的年头儿里，我们的身上都透着寒气。"

"上帝啊！"

"说是这么说，这种寒冷也是上帝赐给我们的……"

他指给安古斯蒂娅斯夫人一把不太破旧的座椅，自己也坐下了。他把双手藏到教士披肩的下面。

"我真希望能在好点儿的地方接待您，可除了这里就是内院了。您穿得够暖和吗？还好，您穿大衣了。好吧，您请讲。"

安古斯蒂娅斯夫人不知从何说起。神父尖瘦的面庞让她有些不安，这张看上去谦卑的脸，似乎带着某种嘲讽；而那看似平和的目光，一旦注视起来，仿佛能直抵灵魂。

她说起想要修建露德圣母祭坛的愿望和遇到的挫折。镇上某位名声不太好的女士，是这件事儿的罪魁祸首。讲话过程中，她时而停顿一下，院长便回答一声"啊！"或者"噢！"，这些感叹词虽然变化不多，却都充满了惊愕。

"……所以，我想要在修道院的教堂里修一座祭坛。这里来的人虽然少些，不过圣母一样能得到尊崇。"

"就算您修在荒漠里，也是一样的。"

"对圣母的膜拜肯定少不了，因为有你们在。我希望……"

她欲言又止。神父鼓励她说下去。

"每天在那个祭坛都举行一次弥撒。作为报偿，我会送给修道院一件很好的礼物。一件重要的礼物。你们需要什么？"

"所有东西，夫人！"

他开始罗列清单。现在，轮到安古斯蒂娅斯夫人不时冒出感叹词了，再加上一些矫揉造作的姿态。"真的吗？别人竟然都不知道！""让你们这样挨饿受冻，上帝是不会宽恕我们的！"

"上帝会宽恕一切的，夫人。当然，对热心救助的人，他也经常予以奖赏。"

他们约好，下次见面时具体谈一下钱的数目和要求。

卡耶塔诺已经抽完三支烟了。当母亲走出来的时候，他正在点燃第四根。院长亲自送她出来，走到车边，跟卡耶塔诺打招呼。汽车发动的时候，院长还祝福了他们。

"这个人挺和气的，他们的处境很艰难啊！"安古斯蒂娅斯夫人说。

卡耶塔诺按捺住自己，没说出对教会不敬的话来。

"你需要多少钱？"他调侃地问道。

"这个以后再说。眼下，我只想了解一下他们需要什么。"

车子驶下斜坡时，两边的海浪拍打着岸礁。离海岬不远处，几条拖网船正在与风浪搏斗。


欧亨尼奥神父正在给一幅很好看的《帕多瓦的圣安多尼①》做最后

---

① 原名费迪南多·布尔良（Fernando de Bulhões，1191—1231），是天主教圣人之一。

的修改。他带着怒气和嘲讽，在画上涂涂抹抹：洋红色的淡彩、微笑的侧面像、泛着珍珠光泽的百合花，还有粉红色的无邪肉身。修道院院长悄悄地走进他的房间里，来到画前，欣赏起来。欧亨尼奥神父还在全神贯注地给画作杀青。

"画得真好，您不觉得吗？"

欧亨尼奥神父转过身，低声嘟囔出一声问候和一句抱歉。

"我知道，艺术创作差不多和宗教迷醉一样使人心无旁骛。您不用道歉。"

"不，不，这可不一样。上帝不会允许我这样比较的！"

"不过，这幅画很好看。我们能卖多少钱？当然，要考虑到共和国一来，这类画就不怎么值钱了。"

欧亨尼奥神父想了个高价。

"比方说，一千比塞塔。"

"一千比塞塔！您画这幅圣安多尼花了多少时间啊？两个月？还得再过一个月才能晾干。之后还需要包装好，以防损坏。然后运到巴塞罗那去，又得一个月。还要等着卖出去……都算下来，四个月以后才能付钱。这买卖真不划算啊，欧亨尼奥神父！现在人们已经不尊重艺术了。那些装在玻璃镜框里的印刷圣像更便宜，效用也一样。"

"真抱歉，神父，我没法画得更快了。"

"我没有要求您这样。不过，我想到还有更好的差事……"

他推着欧亨尼奥神父走向窗户那里，压低声音，有点儿神秘兮兮地说："我得跟您谈个事儿。有人刚刚给我送上一件大礼。"

他讲了跟安古斯蒂娅斯夫人的会面。

"您觉得，我能跟她要多少钱？五千杜罗，还是一万杜罗？"

"这可是好大一笔钱啊！"欧亨尼奥神父有些吃惊地说。

"这不算多。出于谨慎，我没打算超过一万杜罗，不过我正好需要两倍的钱。两万杜罗。有了这两万杜罗，咱们就可以开始了。"

欧亨尼奥神父没敢问他，有了这两万杜罗可以开始干什么。他只是用眼神来表达疑问。

"这正是我想要跟您说的，恰恰是这个。"院长小心谨慎地回答道。

他把声音压得更低了，还用严峻的目光盯住欧亨尼奥神父那惶恐、游移的眼神。

"我想在修道院里办一所学校。"

"可是，依照教规……"

"生计的需要，远在教规之上。"

"您想怎样呢？咱们办一所儿童学校来赚钱？"

"别傻了，神父。我完全清楚要做什么。"

他从窗户边走开，找了一张板凳坐下来。

"您听好我说的话：伯爵新镇上有四十多个中学生，有些去卢戈①的圣母昆仲会学校，另一些去维戈的耶稣会学校。咱们要是开办一所寄宿学校，他们就会来这里。眼下，我并不指望四十个学生都来，只要来二十个就足够了。咱们也是二十个人。按照最低价格收费，也足以让每个学生养活一位修道士了。只要有二十个孩子，就不用再忍饥挨饿了！您明白吗？二十个孩子，每人收三十个杜罗！不过，我需要添二十张床、六间教室的用品、卫生间、新的马桶，还有现在人们想让孩子享受到的所有东西。两万杜罗的开销！如果萨尔加多夫人给咱们提供一半，另一半无论如何得想办法搞到。我就是为了

---

① 卢戈（Lugo）是加利西亚地区的城市。

459

这事才来找您的。"

"您想让我……"

"您先别急。"

院长站起来，不慌不忙地走向欧亨尼奥神父，抓住他的胳膊。

"我需要您，有两个原因。第一，您要说服奥索里奥神父，让他不要反对这个计划。在教士全体会议上，奥索里奥神父能影响那些年轻人。"

"我也会反对的。"

"我不在乎您反对，对我来说甚至有益无害。修道院里，除了奥索里奥神父，没有谁听您的。不过，我命令，听好了，命令您去说服奥索里奥神父，让他明白，办学校是咱们的救命生计。"

"奥索里奥神父自己会思考的。"

"这正是令人遗憾的事儿。不过，您必须说服他。"

他笑了，露出一脸的恭维相。

"比如，您只要跟他说，雨果神父曾经这样想过，就可以了。"

"雨果神父听到这样的计划会感到震惊的！"

院长再次用严厉的目光盯着他，用力抓住他，几乎把他逼到窗户所在的角落里。

"我有充足的理由相信，雨果神父想要在修道院里办一所寄宿学校，我可以肯定。您必须相信这件事。寄宿学校是他众多计划中的一个，也是为数不多的、合乎情理的计划之一。"

"好吧。"欧亨尼奥神父想让院长离远些，"好吧！"他重复道。

"还有一件事。您知道教堂彩绘那事儿怎么样了？"

"我还没有新的消息。"

"那些画，欧亨尼奥神父，可以成为您告别艺术的收官杰作。如果您能画得漂亮、宏伟，就像您喜欢的那样，少说也能挣到两万五千比塞塔！虽然还凑不到预算的钱数，至少可以开始干了。一万五千杜罗。有些地方难免要将就一下……"

他在欧亨尼奥神父的肩上拍了拍。

"您赶紧骑上骡子，去一趟卡洛斯家里。我觉得，眼下最好先跟他说一下，比直接找玛丽亚娜女士要好。"


欧亨尼奥神父骑着一头母骡子，从牲口圈门走出修道院。平信徒修士给了他一把大伞，用来遮雨。雨水顺着伞骨流下来，一条晶莹的水柱落到骡子头上，正好在两只耳朵之间。狂风大作，从海边咆哮而来，拍打着他的后背，把坐骑推向公路边缘。欧亨尼奥神父担心骡子会跌下去，大风没准儿会让骡子的直觉失灵，把它推到下面的海滩上，海浪在那里留下来一堆堆的海藻。

走过沙地之后，他想，自己在这样一个日子里，肩负着重任，从修道院出来，样子看上去一定很可笑。"我大概像是个打着伞的堂吉诃德。"其实，仔细想来，这并不算什么。他那副模样，打不打伞、骑骡子还是步行，总是有些滑稽。

"亲爱的卡洛斯，我来找您谈一件不太令人愉快的事。"用这种方式开头挺好，勇敢而坦诚，当然还有更好的。然后，跟他讲一下与院长的谈话。"我需要您告诉我，玛丽亚娜女士是否还打算用绘画来装饰教堂，还有，她能付我多少钱？"他有胆量这样说吗？他又想象了一下见面的场景，想到卡洛斯会惊讶地听着他的话，也许会不高兴。他重复了一遍那些话，不禁感到潮湿的脸上阵阵泛红。应该找一些更委婉的说法，用暗示的话语来避免尴尬。哪些呢？他又想象出另一种开局方式，另一种问候方式，甚至另一种登门方式。"碰巧路过这里，我就想到……"也不好。拐弯抹角的话说完以后，终究还要做出那番令人羞愧的表白。而所谓的偶然造访，在这种天气下，也是令人难以置信的，尽管卡洛斯会礼貌地装作接受。

然而，他不得不继续往前走。受院长委派，他必须面见卡洛斯，谈谈教堂彩绘的事。走在光秃秃的卵石铺成的公路上，与大风的推搡相比，这种胁迫的力量更为强大。就这样，他来到了上坡处。骡子不再小跑，而是慢步前行，走上斜坡顶端之前，还停下来好几回。他终于来到了卡洛斯祖宅的铁栅栏门前。

"也许他不在。"

他殷切地盼望着卡洛斯不在家，这样他就可以回到修道院，对院长简单地说一句："他不在家，改天我得去得更早些。"

被风吹断的杂草和小树枝散落在小径上。从树上落下来的雨水敲打着伞冠。在敞开的门厅前，欧亨尼奥神父停住了脚步，还在做最后的犹豫。他还可以回去，可以编个借口，可以……

帕吉托出现在门厅里。他看了看神父，笑了。他一边打招呼，一边还在不停地笑。随即，他就不见了。欧亨尼奥神父听见他上楼的脚步声。没办法了。卡洛斯很快下楼来迎接。欧亨尼奥神父从骡子背上下来，在门槛处等候，一只手举着张开的雨伞，另一只手里攥着缰绳。

"镇静。"

主人接过缰绳和雨伞，神父被带到角楼里。他喝了卡洛斯泡的咖啡，在炉火边取暖，还欣然接受邀请，喝了一点儿白兰地。

"我真是冻僵了。您的房间真好看，就像一位教士修行的房间，当然要比我们的多一些人间的气息。"

一切都以不同的方式发生了。现在，最困难的是把话题引向自己的意图。

他觉得来得有些不是时候，似乎妨碍了什么，即便只是主人那份自在的孤独：卡洛斯表现得很热情，但看起来并不高兴。

"我路过这里，于是想来看看您。我这就走。"

"现在下这么大的雨，我冒昧地邀请您跟我一起吃饭。当然了，如果修道院院长同意的话。"

"院长……"

院长派他来谈一桩生意，接受邀请可以看作为了谈成生意的必要之举。

"我倒是很想留下来，可我要是没记错，您通常都是跟玛丽亚娜女士一起用餐。"

"下这么大的雨，我可不想跑到镇上去吃饭。不过，我可以派个人去通知一下，把饭给咱们送过来。"

卡洛斯让帕吉托驾着马车去捎个口信。回来时，他显得很高兴。欧亨尼奥神父认为自己有义务谈起教堂彩绘的事，无法回避；不过，接受了人家的邀请，他越发觉得这样有失礼貌。他鼓起勇气，和盘托出："卡洛斯，您看，我来这里并非偶然，也不是我自己情愿的。其实，是富尔亨西奥神父派我来的。"

他讲了当天上午与院长谈话的过程，叙述中还加入一些评论和歉意。卡洛斯对这一令人不快的建议并不介意。"我会跟玛丽亚娜女士说的，看看最多能出多少钱。"相反，他对学校的事倒很关心，特别是奥索里奥神父的处境。

"奥索里奥神父为什么会反对呢？"

"您难道不理解吗？按照教规，我们是不能从事教育的。"

对卡洛斯而言，这种分歧的根本原因如此复杂，是他所不能理解的。不过，他仿佛能听到修道院院长与奥索里奥神父无声对峙中的细节。

"早晚有一天，这一切都会结束的。"欧亨尼奥神父说，"不过，不会有好结果。奥索里奥神父是弱势的一方。"

"那他为什么不去别的修道院呢？"

"没法去。我们的教团只有这一所教址。您记得吗？我们只是重建教派的一项试验。"

"今天上午，如果没下雨，我本来要去看望你们。我需要你们的帮助。"

"我？"

"还有奥索里奥神父，或者说主要是他。我要是没记错的话，他是位神学家。"

"对。"

"我并不确定是否需要一位神学家——其实更需要一位懂神学的心理学家。我需要关于负罪感的一些解释。"

在欧亨尼奥神父回答之前，他又补充说："是关于我自己的、一桩个案的具体解释。我有两次感觉到自己犯下了罪孽，最近一回就是昨天夜里，刚刚过去。我不明白，因为我不太相信这是一种罪孽，几乎可以肯定地说，我不相信是这样。您注意，这只是一种感觉，不是确信。"

他笑了笑。

"当然，我同样不相信魔鬼。然而，我有种感觉，魔鬼已经潜入我的灵魂。我没说我相信，但我能感觉到，能体会到。我可以指出是哪一天、哪一刻他进入了我的身体，以及怎么进入的，尽管不知道为什么。这是个性情温和的魔鬼，不是让人亵渎神灵、口吐泡沫的那种。这个魔鬼跟我合得来：他安静、爱分析思考，从来都不慌不忙。在地狱里，他们一定知道每个人适合什么。"

他笑了，但神父没有笑。欧亨尼奥神父一动不动地听着，他那双注视着卡洛斯的眼睛里，颤动着某种遥远或尽力掩饰的惶恐。

"您为什么要开玩笑？"

"上帝可不允许我开玩笑！只是，我不会因为地狱的眷顾而大惊小怪。我是个研究科学的人，而这种体验是崭新的。我要做的是仔细观察自己。我强调，我不相信魔鬼，不过很明显，他就在我身体里。还有，那种负罪感……"

他想起来欧亨尼奥神父喜欢抽烟，于是向他敬了烟。

"刚才我跟您说过，我需要一位懂得神学的心理学家，其实并不准确。我需要的其实是一位自己有过罪孽体验的神学家。"

欧亨尼奥神父身子颤抖了一下，垂下了双眸。

"谁没有过呢？"

"不是广义上的罪孽，而是……"卡洛斯停顿了一下，笑了笑，"比如说，经历狂妄的体验对我来说没有用处。我是个比较谦逊的人。我的事情，跟第六条戒律有关①。我知道，根据神学家们的说法，这一条是各项罪孽中最不严重的。不过……"

欧亨尼奥神父打断了他。

"请您不要讲伦理。如果我们在伦理的层面来讨论，那什么也弄不清楚。伦理是属于后果范畴的，而罪孽则属于本质。善与恶是伦理上的概念，罪孽与恩典才属于宗教的体验。您所说的不是恶，而是罪孽。"

---

① 根据天主教十诫，第六条为毋行淫邪。

"的确如此。您能给我讲讲吗？"

欧亨尼奥神父躲避着卡洛斯的目光。他眼睛盯着刚刚点燃的烟卷，手不住地发抖。卡洛斯本以为神父会回答他："是的，我可以给您讲讲我的经历。"突然间，他意识到欧亨尼奥神父也有一段故事，而他仅仅窥到一点细枝末节，恰似冰山一角，下面沉没着可怕的往事。有那么一瞬间，他想起了赫尔曼妮母亲的画像——只是一刹那而已。神父抬起眼睛，悲伤的眼神似乎在乞求什么。卡洛斯笑了。

"不。您想要我讲的，我讲不了。"欧亨尼奥神父回答道。他的声音里透着虚假。

"也许奥索里奥神父同样无法回答我。很难找到合适的人来为我解答疑惑。说得更明白些，不仅这个人要彻底了解我的隐私，我也需要了解他的。否则，又有什么用呢？比如，我跟您说，昨天晚上我和一个女人共度了几个小时，我允许她来，因为在她身上我不仅找到某种释放，还有自由的保障。可是，等她走了以后，我有种感觉（是感觉，我再说一遍，不是什么智力或精神上的东西，而是身体上的），觉得自己犯下了罪孽，而魔鬼就在我身体里。已经是凌晨了，我无法入睡。如果您把一根刺扎进手里，会觉得它是外来之物，很不舒服，直到把它拔出来为止。我当时就是这种感觉，现在也是，觉得不舒服，因为它来自身外，从外面扎进来，如同一根刺。我能感觉到，它不属于我，就像有人把它掷过来，扎进我的身体里。而我，亲爱的欧亨尼奥神父，不光需要摆脱这种不适，还需要理解它为什么会出现。我灵魂中存在的任何东西，哪怕是最复杂、最神秘的，都不能解释为什么我会觉得自己的某种行为是罪孽。"

"那您小的时候呢？没有相信过罪孽这一说吗？"

"我小的时候，仅仅把那些违反法律的行为称作罪孽。我最初的概念不是宗教性的，而是伦理层面的，是从我母亲那里学来的，她有一颗法官的心。这种从法律角度看待善恶的做法，在学校里得到延续，在那里我的道德意识可能有所完善，但从来也没有过真正的宗教体验。后来，我理解善恶的方式改变了，因此我认为，就算两个人相爱了，不管是我的生活，还是她的生活，更不用说宇宙世界了，什么也没有被撼动。我不觉得这样是坏的，尽管也许并不好，但我觉得它是一种罪孽。我能感觉到，您理解吗？我感觉到了，请原谅我再次强调它作为感觉这一特点。因为这一点也很荒唐。罪孽，理所当然应该是灵魂所体验到的，应该是一种顿悟的结果，无论这过程有多快，都是一种智力行为，而不是一种处于非理性状态、在神经和血液里感受到的东西。"

他说话时站立着，表情平静，用温和的语气和微笑来舒缓过于激动的言辞。在他的话语和声调之间，存在着极为明显的反差。他自己也察觉到了，于是笑了笑。

"您为什么笑？"

"因为这一切都很可笑。"

"不。"

"您要跟我解释为什么并不可笑？您要跟我说，是上帝从外面暗示我、支配我；而他暗示我、告诉我他存在的方式，正是那种非理性的感觉？这是您要做的吗？"

"我无法解释这些，我无法向您解释任何东西。不过，这一切中都有上帝的身影，我觉得很明显。"

"奥索里奥神父曾经跟我说过'上帝也会为您而降临'，或者类似的话。我不相信。说到相信，我更倾向于魔鬼。这家伙，至少我能感觉到他。我能感觉到，也能看到他。当我闭上眼睛的时候，当我睡觉的时候，只要我愿意，就能看见他。他是个令人着迷的家伙。"

"您不要开玩笑。"

"这就是您的忠告，仅此而已？"

"我无法跟您说更多的东西。我不是……"

卡洛斯打断了他。

"要是这样，那所有说过的话也纯属多余。您看，那天，奥索里奥神父也遇到类似的情况。如果我不继续往前走，如果您不帮助我继续往前走，咱们这番谈话无非就是重复已经说过的东西，这一幕也是徒劳无益的，我原地转了个圈，什么都没有弄明白，与此同时……"

"您想让我说什么呢？说我和您一样，也有过同样的感受，但它对我来说毫无用处？您想让我说，是罪孽把我带到了修道院？"

"不。我没想让您跟我说任何个人的经历。"

"如果对您有帮助，我可以说。"

显然，他忐忑不安地等着卡洛斯用话语、表情和眼神来强迫他说出口。惶恐的心情令他的双手和呼吸都在颤抖。卡洛斯却只是说："您认为一段故事可以作为范例吗？"

"之前您说的是隐私……"

"对，是隐私，不是作为榜样的故事。我要的是两个人之间本质上的接触，而不是寓言故事。您的故事，恐怕对我不会有用。"

欧亨尼奥神父踏实了一些。

"您刚才这些话，"他说，"让我回想起雨果神父很久以前说过的一些东西。不过，您看，无论是奥索里奥神父还是我，都只能记住一些模糊的想法和只言片语。为什么会这样呢？不光是您，我们也要找到答案。"

"咱们还是在原地踏步。这话奥索里奥神父也说过。"

"雨果神父说的是，男人因为女人而得到拯救，反之亦然。他理解爱情和婚姻的方式是简单而深刻的，可我无法回忆起来，无法复述哪怕任何一个想法。我只是模糊地记得一些：两个人，相互拯救；构成男女之间关系的爱情，与上帝对所有人的爱是相同的，或者，"他停下来，像是在记忆中搜索，"更准确地说，是参与到这种爱情之中……不过，经我这么一说，好像只是一种陈词滥调。其实，有更深刻的含义。"

"您为什么觉得对我没有用处呢？我现在的情况，不是要得到拯救，也不关女人的事。"

"您刚才说过……"

"……有个女人，确实。不过，我要强调，她在这件事里并不重要。噢，请不要惊讶！我跟您说过，她是自愿来我这里的，我同意她来，是因为可以保证我的自由。但是，在我们两人的生活之间，并没有其他的关系。她来这里，是因为对她有好处，或者，说得粗俗些，她借助我来得到她想要的东西。"


安古斯蒂娅斯夫人沉默着，有些悲伤。卡耶塔诺看到她忧心忡忡的目光，那目光长时间停留在他身上，充满了温柔，也透着不安。每当她得知儿子开始了新的冒险或是又抛弃了某个女孩子时，都会这样注视着卡耶塔诺，不过从来也没有如此执着过。

餐桌的另一端，哈依梅正在费力地咬着一块褐色面包的硬壳。他老了，眼皮垂了下来，一双眼睛几乎完全失去了神采，眼神又怯懦又害怕。他已三十年没在餐桌上说过话了，而自从卡耶塔诺长大成人以后，他就不敢再看儿子了。当安古斯蒂娅斯夫人跟他们的儿子谈话时，哈依梅好像被遗忘了，龟缩在角落里。

"您不喝咖啡吗，妈妈？"卡耶塔诺问道。

"不了，我要睡觉了。"

"等一下，我来扶您。"

他绕过桌子，帮助母亲站起来，搀着她的胳膊走了出去。哈依梅先生把头抬起了一阵，直到房门关上；然后，他又继续嚼那块儿面包皮。走到卧室门口，安古斯蒂娅斯夫人想要吻别儿子。

"不，妈妈，等一会儿。你先躺下，我有话要跟你说。"

"有什么事？"

"我想跟你谈谈。我先去抽根烟，等你招呼我。"

女佣打开门，等夫人进去后把门关好。卡耶塔诺点燃一支英国香烟，在门口踱步，直到女佣探出身子。

"少爷，您可以进了。"

"好的。你走吧。"

安古斯蒂娅斯夫人的床很高，有三层床垫。卡耶塔诺小时候，好多次跟母亲一起睡，还记得她经常哭泣。这会儿，她戴着眼镜，手里拿着一本祈祷书。

卡耶塔诺走过去，亲吻了她一下。

"你怎么了？"她问道。

"我什么事也没有，不过你……"

"我好极了，你知道的，连风湿病都不犯了。"

卡耶塔诺坐在床沿上。

"今天上午，我以为你去修道院只是一时心血来潮，或者是神父们先前向你提出过请求。现在我觉得不是那样的。"

"为什么？"安古斯蒂娅斯夫人在说谎前犹豫了一下，"就是那样。修道院院长通过胡里昂神父告诉我……"

"不是的，妈妈。"

"我发誓！"

"不要发誓，那可是罪孽。"

卡耶塔诺笑了，拿起母亲的手，亲吻了一下。

"我妈妈从来不会犯下罪孽。我妈妈是世界上最好的女人。不过这一次，她想瞒着我。"

他停顿了一下，看着母亲的眼睛。

"告诉我，他们都对你说了些什么？"

"什么也没说。我向你保证！"

"你不告诉我，我就不让你睡觉。是跟玛丽亚娜女士有关的事儿？"

"不，不！这回跟她无关。"

"那是？"

他不再微笑了。母亲看到他露出一副严峻的表情，通常是他发号施令或者惩罚别人时的脸色。这让她有些害怕。

"你别这样。不是什么要紧的事儿，是……关于那个罗莎莉奥。"

"他们跟你说了什么？"

"说你打了她，这样可不好，像你这样的男人不该做出这种事来。这是欺软怕硬的表现。"

卡耶塔诺迅速看了她一眼，低下了头。

"是谁告诉你的？"他冷冷地问道。

"这不重要。"

"肯定是哪个歹毒的家伙，诚心要惹你不高兴。"

"你为什么要那样做？"

"不是我的错。是……"

他做了个发狠的表情，站了起来。

"我没法跟你解释！这是男人的事。可你不应该不高兴，跟你一点儿关系也没有。"

"你的一切都跟我有关。"安古斯蒂娅斯夫人难过地说，"当你干了不好的事儿，上帝会惩罚我的。"

她把卡耶塔诺拉过来，让他重新坐下，用手抚摩着他的头发。

"我知道你没有错。是我的错。"

"妈妈，你别说这些傻话！你跟这事儿完全没有关系。"

"你哪里知道！父母什么时候不为孩子做错事负责呢？永远都要，永远。孩子做错事，就是对我们的惩罚。"

"可是，你为什么老说惩罚呢？谁要惩罚你？"

"上帝。"

卡耶塔诺往后退了一下，严肃地看着她。

"上帝要想惩罚你，先得过我这一关才行。"

"你不要说这种亵渎神圣的话！"安古斯蒂娅斯夫人惊慌地遮住自己的眼睛。

"对不起。可是……"

很难用话语来解释清楚，让安古斯蒂娅斯夫人理解他亵渎神圣的理由：他有自己的想法，想让母亲幸福，没有道理放弃这些想法。他放弃解释，选择了亲吻母亲。

"对不起，妈妈。我确实打了罗莎莉奥。要是知道这样会惹你不高兴，我绝不会做的。不过我说了，不是我的错。发生了一些事情，然后……总之，她不值得你难过。她就是个臭婊子。"

"她也是上帝的造物。"

"可她伤害了我。"

"伤害你？"

她突然用温柔的目光看着卡耶塔诺。

"一个这样的女人？是因为你爱她？"

"不，不是这种伤害。"

"可怜的孩子！"

她又抚摩着儿子，心中再次坚信上帝利用卡耶塔诺来提醒他，就像今天上午想到的那样。为什么去过修道院以后，她产生了怀疑呢？为什么又相信卡耶塔诺有错呢？很明显，他受了委屈，现在还受着呢。而且，上帝偏偏要在她内心最脆弱的地方来惩罚她。她见不得卡耶塔诺经受痛苦。

"好了，你别这样。我不再难过了。我知道你没有错就放心了。"

"不过，你得告诉我，是谁跟你说的。"

"这不关你的事。"

卡耶塔诺怒气冲冲地攥紧了拳头。

"哪天我一定会教训他的。"

想起殴打罗莎莉奥的事，没有让他痛苦；甚至当她想要赶走自己时受到的羞辱，也不算什么；真正让他难过的是母亲的不愉快。他仍然坚持要问出，指控他的人究竟是谁。

"你不明白，妈妈，那些好嫉妒的女人，故意编造出这些故事来伤害你。"

不过，他答应不再提起这件事情，母亲也说自己不再难过了，晚安告别时还露出了微笑。卡耶塔诺走到楼下的办公室，倒了一杯白兰地。他真想把波希米亚水晶做的酒瓶摔到墙上，或者抄起一根鞭子闯到街上，逢人便揍。所有人都是罪魁祸首，因为所有人都同样嫉妒他，而他对所有人都统统报以鄙视。

"这座混账的小镇！"

他跟大家保持着距离，掌控着他们，迫使他们承认他的实力。他甚至还允许他们中间存在一些明目张胆的敌人和异议人士，这不过是为了让其他人看到，最终他还是会掌握一切。这种平衡是他有意安排的，如何操控全凭他随心所欲。他要是不高兴了，可以把整座镇子搞垮，或者把那些心存不满的家伙悉数赶走。只要他想这么干。

　　对，从前一直是这样的。可是，毫无疑问，有些东西已经改变了。他曾经想过，却又打消了这种想法，因为很愚蠢。现在，在他那间昏暗而舒适的办公室里，这种想法又回来了，他不能，也不应该再次拒绝。有些东西已经改变了，而他开始成为这种变化的受害者。相关的人和事都昭示着某种反叛。否则，罗莎莉奥怎么敢拒绝他呢？毫无疑问。可他却对此视而不见。他被一时的激情所支配，为了受挫的骄傲而大动干戈。怎么没有想到呢？母亲会因为人家说他儿子打了一个女人而感到痛苦。正是这一点——而非对上帝惩罚的恐惧——才是真正让他母亲悲伤的原因。

　　有些东西已经改变了。表面上，镇上唯一的新鲜事就是多了一个人。其他的，乍看起来，还都一个样。有些爱传闲话的女人在母亲面前搬弄是非，这不是什么新闻。变化发生在表象之下，仿佛暗流涌动。有传闲话的女人们，这不新鲜，可是现在，她们不光嫉妒，还平添了几分傲慢无礼。究其原因，就是卡洛斯，这个大鼻子蠢货，正是因为他，自己才揍了罗莎莉奥；也是因为他，自己才在众人面前炫耀那顿毒打；还是因为他，母亲一整天都在难过，不得安宁，没准儿还哭了。就像小时候，母亲给他讲的那个故事："……铁匠给我做钥匙，钥匙能打开谷仓，谷仓里装满谷子，谷子用来喂母猪……"[1]一

---

[1] 此处和下面的一段歌谣，原文均为加利西亚语。

切事情皆有原因，一切行为也要有人负责，环环相扣。"……母牛挤出牛奶，牛奶送给铁匠，铁匠给我做钥匙……"最终归结到卡洛斯。

"我得狠狠揍他一顿。"

这个念头让他从座椅上跳了起来，紧皱的眉头顿时舒展开来，脸上也露出了开心的笑容。他不再思考，而是一步三阶地跑上楼梯，想象着拳头落在卡洛斯的脸上，那张木偶戏丑角一样的脸，好像天生就是为了挨揍的。他迅速换好衣服：西装、衬衫、领带。他照了照镜子，相当满意：衣冠楚楚，就像要跟益格鲁－南美银行总裁去一家伦敦酒店共进晚餐一样。然而，他浑身的血液都在血管里沸腾起来，紧握的双拳不时击打着空气。出门之前，他戴上一顶礼帽，放弃了带武器的念头。

他冲到空无一人、湿漉漉的街上，汽车发动机的轰鸣声打破了夜晚的宁静，几只脑袋探出窗外张望。"这个钟点儿，卡耶塔诺要去哪里？""现在没有情人了，估计是去寻欢吧。"他来到卡洛斯祖宅的铁栅栏前，下了车打开栅栏，蓝色的三件套西装被蹭湿了一些。他感到很镇定，能够主宰自己的情绪：动手打人之前，还可以争论和嘲笑。最后，他把车停在门厅前，点好烟斗。抽了几口之后，他按了一下喇叭。

帕吉托半掩着门，探出头来。

"哎哟，帕吉托！"他在疯子脸上拍了一下，"有一阵子没看见你了！"

"晚上好。"

"我来看你主人。"

他推开门，走了进来。疯子那双惶恐的眼睛不停地眨巴着。

"我没有主人。"他坚决地回答道，声音里略带恼怒。

"啊！没有？那你在这儿干吗呢？治病？"

"我住这里，可我不是用人。我干我想干的事儿。他提出他的条件，我也有我的条件。就是这样。我们是两个自由的人。"

卡耶塔诺禁不住笑了起来。

"这我喜欢！自由万岁！"他又板起脸嘲讽地说，"你不是用人，那谁去通知卡洛斯我来了？"

"我。"

"这么说来，你还是用人。"

"我才不是呢，哼！您难道分不清什么叫职责，什么叫给朋友帮忙吗？"

"帮我？"

"不。帮他。"

"你以前可没帮过我，你那会儿听我使唤。敢不服从，我就揍你。所以，现在……"

他逼近了几步，假装威胁要动手。帕吉托逃到楼梯上。

"嘿，别碰我！现在别想再打我了。我不会服从任何人。"

"算了吧。告诉你主人，我想见他。快去！"

帕吉托消失在楼梯上方。卡耶塔诺暗想，这家伙对自己还有些害怕，或许他主人也一样。他坐在最后一级台阶上等待，背对着楼梯口的那扇门，若无其事地朝空中吐出一口口的烟雾。

"他来了。"还没走进角楼的房间，帕吉托便惊慌失措地说道。

"谁？"

"他，卡耶塔诺。他在下面。"

"他来干什么？"

"他说要见您，可是我觉得……"

他进来，走近卡洛斯。

"我去跟他说，您已经睡下了。这家伙很坏，没准儿要来杀您。"

卡洛斯笑了。

"我如果不见他，别人会怎么看我？你说，俱乐部里的人会怎么想？你自己，又会怎么想？"

帕吉托低下了头。

"好吧。那就让他进来。不过，我会拿着门闩躲在门后。"

"不用。"

"卡洛斯，您不了解他！对他要小心提防才行。"

"谁说我没有提防？不过，我还是要跟他谈谈。"

疯子耸了耸肩。

"随便您吧。不过，将来别说我没提醒您。"

"他要是杀了我，我将来也不可能说什么了。"

他推着帕吉托向门口走去。

"你先走。我这就出去迎接他。"

卡洛斯一边平静地穿过走廊，一边想到只有一样武器可以用来防身，也许对付卡耶塔诺并不管用。

"不过，他难道真要来杀我吗……"

走到楼梯门口时，他挺直了身子。

"你好，卡耶塔诺。"

"晚上好，卡洛斯。"

他依然用嘴叼着烟斗，走上来，进门的时候，又问候了一遍。

"晚上好。"

卡洛斯关上门，还上了锁。卡耶塔诺猛地回过身子。

"你干吗要锁上？"

"我还不熟悉帕吉托的习惯。没准儿他是那种喜欢偷听的人。"

他接着又说，"我走前面，给你带路。"

来到角楼的房间，他闪到一旁，让卡耶塔诺进来。"这是我的书房，没有你的那样豪华，不过还算暖和。你请坐。"他走到柜橱边，取出一些喝的东西，"除了白兰地，没有别的了。还有咖啡。"

卡耶塔诺表示接受。趁卡洛斯倒酒的时候，他环顾了一下房间，然后一边喝着白兰地，一边称赞了几句。卡洛斯也在对面坐下来，靠着壁炉。他微笑着听对方讲话，接着说起修缮工作和他刚回来时房间的状况，然后又讲到他母亲让人把房间封起来的事儿。

"你看，这个房间就是让我回到伯爵新镇的罪魁祸首。"

他好像没有被吓住，不停地讲些无聊的话，仿佛是世界上最自然的事儿。不过，如果此时卡耶塔诺站起来，冲着他说"卡洛斯，我要打烂你的脸"，他身边并没有任何东西可以用来自卫。卡洛斯的座椅比卡耶塔诺的要矮一些：只要扑到他身上，挥拳猛揍就是了。可是，这样干没意思，而且说到底，并不好。这也不是卡耶塔诺想要的。如果只是拳脚相加，没有言辞交锋，没有让卡洛斯眼瞅着将要挨揍，没有看着他站立不稳、说话吞吞吐吐，也许还会道歉和求饶，那也太不过瘾了。因为卡洛斯没办法应付，也没办法自卫。所有的优势都在卡耶塔诺这一边：他更加强壮，抱定目的有备而来，可以选择时机；而卡洛斯只会感到一种莫名其妙的恐惧，甚至连这也没有。他怎么能这样踏实地讲话，如此自然，好像他们之间什么也没发生过呢？——两三次针锋相对，差点儿吵起来，还有罗莎莉奥——难道罗莎莉奥的事儿，只不过是自己的猜测？

"好吧。我猜，你这次来访纯粹是礼节性的吧。我都忘了，听到你的名字时，才想起来你欠着我一回呢。"

"欠你一回？"

"你记得，我去过造船厂。那间办公室才真叫漂亮呢！"

"我来也是要找你谈谈。"

卡耶塔诺把白兰地放在桌子上，不知道从何说起。一刻钟以前，他觉得那是多么容易的事儿啊！可是，一切都以不同的方式发生着，尤其是卡洛斯那种看似无辜的平静，竟然以为自己来这里是客套的回访。他到底是愚蠢，还是在演戏啊？

"我想要问你一件事，非常严肃的事。"

"说吧。"

卡耶塔诺迟疑了片刻，问过之后，又马上后悔这样做了。

"你跟罗莎莉奥上过床吗？"

卡洛斯笑了，既没有攻击的意味，也不带傲慢，不是那种能招来拳头的笑，而是有些天真和惊讶的笑。

"天哪，这叫什么问题啊！你不明白我不能回答吗？"

"我来就是为了知道真相，不弄清楚，我是不会走的。我这样问你，是男人跟男人之间的事。如果你是男人的话……"

卡洛斯仍然坐在那里，卡耶塔诺的口气看来并没有让他不安。也许他还没有意识到那些话是很明显的威胁……

"真相！"卡洛斯注视着他，既没有恼怒，也没有恐惧，只有像是好奇的眼神，"真相！如果我不告诉你，我就不是个男人，这是你的看法。真奇怪！我的看法恰恰相反。"

"我可以说服你……"

"那可不是件容易的事！要说服我，咱们恐怕得争论一整夜，你得驳倒我的行为原则才行。一句话，要想让我接受你的看法，你得把我变成另一个人，变成和你相似的人，而这是不可能的。我恐怕永远也不会告诉你真相。"

卡耶塔诺在座椅上向前探了一下身子。他继续用严厉的口气说："我把这叫作怯懦。"

"那又怎么样？对我来说，说出真相才是怯懦。就像有人因为害怕威胁而供认了罪行，或者更复杂一些。比如，如果我是伯爵新镇上随便某个人，会跟你说：'不，卡耶塔诺先生，我没跟她睡过觉。您怎么会这样想呢？'这样说，是为了讨好你。要么就说：'对，先生，我跟她睡过觉。那又怎样？'这样说，是为了显摆给你戴了绿帽子，这对于伯爵新镇的人来说，可不是什么小事。现在好了，我觉得自己跟他们都不一样，我不需要讨好你，也不需要显摆占了你的便宜。对我来说，这个问题要换个方式来看：其实问题是，首先，你以为罗莎莉奥跟我上过床，就打了她，然后又炫耀你的所作所为。这种情况下，我必须对你说'不'，不管真相究竟是什么。我必须这样做，就是要让你为自己的不公正而感到内疚。"

"那我要是不相信你呢？"

"噢，那样的话，事情就复杂了！这说明你经受不起内疚，你意识到自己犯了错，为了给自己开脱，就给罗莎莉奥安了个莫须有的罪名。"

"我根本没有这样想过！"卡耶塔诺斩钉截铁地回答道。

"并不是说你怎样想，也不在于你的意志自觉接受了你的想法，这其实是更加模糊、更加深刻，也更难以弄清楚的东西。"

"我不感兴趣。你不明白吗？我唯一盼望的，就是你回答说跟罗莎莉奥上过床，然后我就打破你的脑袋。"

卡洛斯依然带着微笑，拿起壁炉的拨火棍，伸手递给卡耶塔诺。

"拿着。打破我的脑袋吧，不过别指望能听到你想要的回答。"

他攥着拨火棍，猛地站起来。瞬间，他占据了比卡耶塔诺更有利的位置，而且还有武器在手。卡耶塔诺努力遏制住防备的动作，哪怕只是眨一下眼睛。可是，卡洛斯并没有举起铁棍往他头上打，甚至并没有准备攻击，只是平静地继续把棍子递给他。

"如果这就是你的目的，那你就算打死我也无法知道真相了。然后，为了给自己开脱，你只能给我编造个罪状，就连你自己都会越来越不相信。再然后……"

"然后，怎么样？"

"然后，面对审判你的法庭，你会没法做出正当的回答。"

卡耶塔诺也站了起来，笑了。

"法庭？审判我的法庭？你真不知道我是谁、有多大能耐啊！"

卡洛斯手里还拿着拨火棍，但已不再举着，而是自然地放下来，靠着壁炉的隔板。他空着的那只手又拿起白兰地来，喝了一口。

"真奇怪！"他随后说道，"我开始相信，我对你的判断错了。"

他抬起眼睛，看着卡耶塔诺，仿佛在看一个怪物。

"我的职业主要是研究各种人，然后把他们分别归类。那回跟你谈话之后，我想：'卡耶塔诺是一位英国式的绅士。他去过英国，在那里接受教育，举止行为像个完美的英国人。'我一点儿不奇怪，英国人身上有种东西，无论是谁都会被吸引的：他们优雅而善于控制自己。一个英国人是不会用浅色皮鞋来搭配深色上衣的，也不会让任何人从他流露出的言行中揣测他的情感。一个英国人总是勇于面对责任……"

"我正在面对责任！"卡耶塔诺打断了他。

"是的，可是你打了罗莎莉奥，然后又当着一群蠢货的面大肆炫耀你做的事。正是从那时起，我怀疑看错了你。这种行为很奇怪，跟你整个人完全不相符。要知道，一个人所有的行为都源于他的性格。每个人的性格决定他会做什么和永远不会做什么。比如说我，我有知识，是不会相信某些事情的。如果突然有人对你说'卡洛斯·德萨先生梦见了魔鬼，觉得魔鬼进入了他的身体里'，你会相信吗？你不觉得很荒唐吗？因为，理所当然，一个像我这样的人，是不会相信魔鬼的，更不用说觉得魔鬼堂而皇之地占据了我的心灵。我不得不相信你打了罗莎莉奥，因为事情很明显，但我觉得很荒唐。于是，我做了个推断：要么他不是一位真正的绅士，要么他患有危险的双重人格障碍。无论是哪种情况，我当初的判断都是错误的。我没有想到，你可能是个双重人格的患者。太有意思了！这种病具有强大的摧毁性，无法抗拒。它从内心发作，把人撕裂、分开，让患者变成一个任人摆布的傀儡。你的敌人们，只要坐在你家门前，等着你一点点毁掉自己就足够了。"

卡洛斯说到这里便戛然而止，令他的话有一种坚定不移的口吻，这种自信的语调是卡耶塔诺所不能理解的，不过已经开始影响到他。

"我觉得，你说的没有半点儿是真的，还有你上次说过的什么情结。我找一位医生咨询过，简直是胡说八道。"

"我还没说完呢。"卡洛斯回答道。

他把拨火棍扔到柴架上，点燃了一根香烟。

"我不止一次听说你要干掉我。好几个人都这样跟我说过，说你会在夜里杀死我，或者派个人来谋害我。我，出于骄傲，是不会相信的。人家越是跟我说，我越是不会采取措施来防范。我一个人回家，我家的大门总是敞开着。如果说唯一有点儿担心，那就是，我得承认对你的诊断出错了。因为，就算我刚才跟你说了这么多，还有我对你的怀疑……"

他把白兰地杯子放在壁炉上，微笑地看着卡耶塔诺。

"我还是觉得，你不会杀死我，就像我不认为自己会相信魔鬼一样。我是说，你不至于暗算我，或者雇个打手来干掉我。"他一边坐下，一边补充道。

"那面对面呢，就像咱们现在这样？"

"几分钟以前，我递给你拨火棍……"他迅速地扫了一眼卡耶塔诺的脸，又用同样的语气继续说，"现在我再给你倒些白兰地。你的杯子已经空了。"

"你这个家伙，真让人无法忍受！"卡耶塔诺回答道。

卡洛斯站起来，往两人的杯子里都倒了些白兰地。

"只不过是跟你不同而已。我所做的是分析别人，这很有意思。"

他递给卡耶塔诺盛满白兰地的酒杯。

"不过，把这事儿当作消遣，并不是每个人都能做到的。比如，你就不行。对你来说，人们就像是一个个方块儿，以一种固定的方式移动，这样你就可以操纵他们。如果其中一个人突然改变了行为，你就会不高兴，因为你的行为也要随之改变。你把人们都当成上好油的机器，但是如果其中一个用意想不到的方式来回应，你就会大惊小怪，干出各种傻事，比如殴打罗莎莉奥，来到我家企图让我承认跟她上过床。我则相反，更愿意探究事情的原因……比如说，现在我想知道你为什么来我家。我没指望你告诉我，因为连你自己都不清楚！不过，今天晚上我会反复地琢磨，看看能不能重构驱使你来我家的心理过程。相信我，这并不容易。眼下，我需要弄明白你的行为中一些矛盾的地方。你来这里看起来是出于某种不安，然而，自从来到我家以后，你始终像一位绅士一样控制着自己。我无法理解。"

他坐在扶手椅上，把身子向后靠了靠，用力地吸了口气。

"你这样的男人真幸福啊！如果哪个女人干了些出乎意料的事，

痛揍一顿就解决了。而我，相反，恐怕要花上几个小时来研究罗莎莉奥为什么……"

"咱们不要再说罗莎莉奥了！"卡耶塔诺不耐烦地回答道。

"随你好了！我以为可以帮助你理解她呢。"

两人一时沉默下来。卡耶塔诺用手转动着酒杯，卡洛斯抽着烟。

"你这个家伙真奇怪。"卡耶塔诺终于开口了，"你就会耍嘴皮子，不过你懂得怎么利用好自己的口才。我确信你没有道理，无非是用连篇的空话来忽悠我，不过我确实被你忽悠了。你看，我都承认了，你有我缺少的东西。"

"那太少了，不是吗？你可是其他什么都有啊……"

"我有，可任何东西都有用处。像你这样的人，可以非常有用。无论是搞政治，还是做生意，总有些非常诡诈的家伙，为了防备这些人，或者为了说服他们，我不得不采取强硬的手段，也正因为如此，很多时候我没法得到足够的好处。我需要一个像你这样的人。我能帮你当上议员。"

卡洛斯忍不住笑了。

"我？我当议员？我父亲曾经当过，又让这差事见鬼去了。"

"那天我许诺给你医生职位时，犯了个错误。你看，我继续在招认我的错误。我现在向你提出的是，结成一个联盟。咱们两个如果联手合作，可以干成许多大事儿。"

"更确切地说，你的意思是，有了我的帮助，你可以干成许多大事儿。"

"我懂得该怎样报答你。"

"用什么呢？"

"金钱，权力。"

"这不是你想要的吗？"

"我已经有了，可还需要更多。现在我能主宰伯爵新镇，将来有一天，我要主宰整个加利西亚的工业，再往后……"

"我不感兴趣。"

"有朝一日，我会当上部长，用不了多少年头。下次选举我们就能赢下来，整个国家都会变样的。我们会朝着社会主义国家发展，而我会成为非常重要的人物，会拥有更大的权力，也会对辅佐我的人知恩图报。"

"可是，权力真的是你最感兴趣的吗？"

"当然了。"

"为了什么呢？"

"为了什么？那还用问吗？为了所有人都想要的呗。权力是唯一值得拥有的东西。"

"比享受快感还重要？"

"那当然了！"他眼睛发亮，笑得很开怀，"从女人身上得到的真正乐趣，就是控制她们，把她们玩弄于股掌之间。至于其他的，全都不重要。"

卡洛斯站起来，把双手插在兜里，走到房间尽头。他突然转身走回来，脸上一副故作惊讶的表情。

"能让我讲一会儿吗？我是说，不要打断我，无论你觉得我说的有多么荒诞不经。尤其是，你不要以为是恶意。我是医生，医生的话总是要听的，哪怕诊断的结果令人不愉快。"

卡耶塔诺撇了一下薄薄的双唇，眨了眨眼睛。

"你想说什么就说吧。"

"不过，我不是要诊断，只是要描述一下。权力，对于行使它、因它而遭受痛苦，还有在一旁观望的人来说，是截然不同的。我属于最后一种人，我所看到的你的情况，跟你自己看到的大不相同，正如你的情人们和马仔们看到的也很不一样。对我来说，你所谓的权力、你的权力，只是一种在统治者和服从者之间充满幻象和狡诈的游戏。你的臣民中间，有一种心照不宣的默契，因此他们任凭你来主宰，为的是从中获得利益。我不怀疑，你想跟哪个女人睡就跟哪个女人睡，可我不觉得她们都是被你诱惑的牺牲品。其实，仅仅是一个女人为了得到好处，主动向你投怀送抱而已。所有这些女人都得到了好处，那些服从你的男人们，也是一个样。不过，一旦有一个或者有一群女人想要反对，她们就能做到。比如说，那些去修道院的女信徒们，你对她们无计可施。"

"女信徒们？那些俗不可耐的、跟着药剂师的老婆去听弥撒的女人？"卡耶塔诺又一次笑了起来，笑声是那样高傲、盛气凌人和充满自信，"我不跟她们睡觉，是因为我不想……"他略作停顿，换了个语调，"而且，暂时还没有想过！"

"这要尝试过才算数。不然的话，一个明显存在的事实就是，至少她们可以逃出你的势力范围。不过，还不光是这样。即便在那些顺从你的男人或女人中，你的意志又能达到什么地步呢？和他们的自由行为相比，被你所支配的行为又能占多少呢？在他们的行为中，包括了仇恨、内心的嘲讽，还有仅仅因为顺从你而产生的憎恶。窥视一下奴隶的意识，会令人不寒而栗，令人感叹为什么奴役会助长无法无天的恶行。"

"所有这一切都让我快活，让我觉得更加有权有势。你能理解吗？当一个打心眼儿里想要杀死我的人低头亲吻我的手时，那种莫大的满足！简直比一个漂亮女人还让我着迷。"

"我无法理解这会给你带来快乐。"

"说到底，你不过是个虚伪的卫道士。你现在站在奴隶们这一边，可你别忘了，你的祖上也在这里当过主人，不比我强到哪儿去。他们也干过我现在干的事儿，也会跟我有同样的感受。你谴责我，也就是谴责他们。"

"不一样。他们的权力是继承来的，几乎是他们的义务。相反，你却是费力争取来的。"

"所以，我觉得更高人一筹。靠继承得来的权力，何德何能？"

"我关心的不是德行，而是另一个问题。为什么一个人会如此需要权力？"

他审视着卡耶塔诺，像是给他一个回答的机会。卡耶塔诺在目光的逼迫下回答道："所有人都希望能主宰别人，不过有些人做到了，另一些人做不到而已。"

"但是，为什么呢？一个权欲旺盛的人，他的灵魂里有些什么？那些如果掌权就感到快乐，也唯有掌权才能快乐的人，他们的灵魂究竟怎么了？你想过吗？"

"这就好比问我，当一个美女走过时，为什么我会想跟她上床？这很自然嘛。"

卡洛斯摇了摇头，表示否定。

"不完全如此。也许对一些男人来说很自然，但这种自然和疾病是一个道理。权力的欲望就是一种病症。"

卡耶塔诺笑了起来。

"那样的话，我们都已经感染上了。"

"也许是吧，可是不会因为这样就不再是疾病了。"

卡耶塔诺没有回答。他沉默了一会儿，有几次他似乎想说些什么。最后，他回到壁炉旁。

"你说的话，我一句也不相信。"

"你不能相信，因为它会改变你人生的基础。"

"那么，你肯定相信我是个软弱的人了？"

"我们都是。很久以前，强者的种族就已经消失殆尽了。要想成为强者，需要有一种高级的情感把灵魂的各个部分凝聚成一个坚固的整体，没有任何缝隙。尤其是，意识不能自我分析，为恶行寻找开脱的理由，或者接受某种形式的宽恕。罪责的意识是具有摧毁性的。没有这种意识的人，或者承认宽恕是客观存在的人，不受它的影响。可是，在我们的时代，这样的灵魂少之又少，要不就只存在于原始的、无足轻重的人那里。我们知道得太多了，我们也不可能摆脱对自己的认识，哪怕是再小不过的一部分。随便在哪张报纸上，平凡之辈都可以找到对他们缺点的揭露。另一方面，我们已经失去了对恶的防范。今天的人，很难相信他的双手只做善事，因为恶行是不争的事实。于是，就找来许多动听的理由，只有愚蠢的家伙们才会相信。有人以崇高之事的名义来作恶，以人类美好未来的名义来作恶，以大众福祉或者随便什么名义来作恶。可是，这样做的人，越是位高权重、势焰熏天，越需要蒙蔽自己、说服自己相信那些能拿来当作理由的东西，因为他一旦不再相信了，就会被自己灵魂里的妖魔吞噬掉。只要让他们行动不得、孤独地面对自己，他们就会自我毁灭掉。"

他放下了胳膊，之前一直不停地比画着，配合着言语。然后又补充道："没有选择：要么欺骗自己，像你这样；要么正视现实，失去所有行动的可能，就像我所做的。所以，咱们两个不可以结盟。你没法把我拉扯过来，而我反过来则每时每刻都给你来一番这样的说教，会把你搞垮的。"

"你说的话，我一句也不相信。"卡耶塔诺闷声重复着，"我知道，我没法跟你争辩这些，因为我没有你那样的口才。可是……"

他挺直身子，走近卡洛斯，嘴角绽开一丝笑意，眼睛里闪烁着新的光芒。他把一只手搭在卡洛斯的肩膀上，率性地微笑起来，直至放声大笑。

"你等着瞧吧！先前我跟你说过，我是个注重行动的人。没错。除了这样，我没法证明你错了……我会证明给你看的！"

卡洛斯微微歪头。

"做出错误的判断，对一位知识分子来说是最糟糕的事情。可是，既然我热爱真相，就必须承认，哪怕不得不认输。我只提一个条件：你不要再一次让我失望！不可以再打罗莎莉奥。咱们公平竞争……"

"但要用我的武器。"

他喝完了最后一杯酒。卡洛斯再次给他照亮脚下的路，送他到门口，等着他的车子发动起来。这时，帕吉托才从后面走近卡洛斯，问他："你们打架了吗？"

他重复地问着，一次，两次。卡洛斯没有回答他，手里提着煤油灯，望着小径的尽头。


一九五六年五月至十月

于马德里

读客®
## 彩条文库
**外国文学读彩条，大师经典任你挑。**

扫一扫，立即查看彩条文库全书目，
收集下一本文学好书！